本书获得北京大学上山出版基金赞助,特此感谢!
本书为第57批中国博士后科学基金面上资助项目(项目编号:2015M570953)。

沙龙

一种新都市文化与文学生产（1917—1937）

Salon:
A New Urban Culture and Literary Production in China, 1917—1937

费冬梅 著

青年学者文库

北京大学出版社
PEKING UNIVERSITY PRESS

图书在版编目(CIP)数据

沙龙:一种新都市文化与文学生产:1917~1937/费冬梅著. —北京:北京大学出版社,2016.3

ISBN 978-7-301-26915-2

Ⅰ.①沙… Ⅱ.①费… Ⅲ.①中国文学—现代文学—文学研究 Ⅳ.①I206.6

中国版本图书馆 CIP 数据核字(2016)第 030127 号

书　　名	沙龙:一种新都市文化与文学生产(1917—1937) Shalong: Yizhong Xin Dushi Wenhua yu Wenxue Shengchan (1917—1937)
著作责任者	费冬梅　著
责任编辑	魏冬峰
标准书号	ISBN 978-7-301-26915-2
出版发行	北京大学出版社
地　　址	北京市海淀区成府路 205 号　100871
网　　址	http://www.pup.cn
电子信箱	weidf02@sina.com
新浪微博	@北京大学出版社
电　　话	邮购部 62752015　发行部 62750672　编辑部 62750673
印刷者	三河市北燕印装有限公司
经销者	新华书店
	965 毫米×1300 毫米　16 开本　23.75 印张　329 千字 2016 年 3 月第 1 版　2016 年 3 月第 1 次印刷
定　　价	58.00 元

未经许可,不得以任何方式复制或抄袭本书之部分或全部内容。
版权所有,侵权必究
举报电话:010-62752024　电子信箱:fd@pup.pku.edu.cn
图书如有印装质量问题,请与出版部联系,电话:010-62756370

此书献给我最亲爱的艾若谷小朋友。谢谢你,宝贝儿,你让我懂得了爱。

序一

吴福辉

费冬梅的文学沙龙研究,与我过去一段时间内所做的海派、京派题目,靠得比较近。她像是擦身而过,向前跑去了,却让人眼前一闪。我是抱着极大的兴趣,来看待这个课题可以包容的那些新老问题之间的张力的,觉得真被道出一些微言大义来了。于是被邀写书序的时候,也就挣不脱,有点自投罗网的味道。

《沙龙》一书给人的总印象是:紧紧围绕着一种文学现象,从头至尾,全神贯注地加以考察。切口虽小,一旦切入,里面则是风光无限,四通八达。它说明只要这种文学现象真正具有典型性,如能抓住并辐射开去,是可以达到文学史的各个方面的。这里就有对文学沙龙的正面和侧面,内部和外部,性质和功能的多样叙述论证和条分缕析,特别是像作家与作家的关系如何构成作家群体,构成流派社团,对文学作品和文学风格的产生、传播起到什么作用,生成了怎样的文学环境等等的一一细说。抓得紧,放得开,直达文学史细节所能深入的程度,小题目被做大了。

寓论于述,是本书行文的特点。沙龙本身及能引发思考的文学问题甚多,作者先理清沙龙的概念,按照一定的梯次将曾朴父子的"马斯南路寓所"、邵洵美的"花厅"、林徽因的"太太客厅"、朱光潜的"读诗会"等四大沙龙的实例置于前,然后综合起来按照沙龙与人、沙龙与文学这样的两大板块来归总分析。就这样,此书的结构必然使得论述鲜活,有依有据,在事例中包含各种相关的问题。至于问题究竟怎样提出,是可见仁见智的。不过书中材料提出的丰赡与使用熟稔,竟让我这个 1981 年就为《十月》杂志写过介绍钱钟书小说《猫》的人感到吃惊。我这才悟及,《猫》不就是实写中国沙龙的一篇作品吗?我虽不主张用"索隐"的"对号入座"方法来读本质上属于"虚构"的小说,但如能将林徽因和朱光潜两个沙龙的十几位文化名人一一引入,破解原型,以增加对作品本来就有的"影射性"的理解,那还是有益的(我当年对《猫》的影射性略有所闻,但哪里下过这等寻觅的功夫呢)。

有许多沙龙问题,作者都是依仗这种细节在意义中的穿行,来完成阐释的。

比如沙龙跟时代的一致性及复杂性。中国最兴盛的沙龙年代,与现代文学的高峰期正好相合。"聚"和"散"都为作者所看重。沙龙的性质,当出自一种作家的聚集。这聚集的旺盛时间按照本书题目标示的是 1917 到 1937 计 20 年,按四大沙龙存在的时间是 1927 到 1937 共十年(从曾朴在上海法租界租住洋房,召集作家算起)。而百年中国现代文学的高点,之一是"五四时期",之二即上世纪 30 年代。我曾经做过上世纪 30 年代小说的统计,将 114 位小说家的代表作 170 篇(部),按发表时序排列,结果前五年平均每年产生 13 篇(部),后五年平均每年产生 24 篇(部),30 年代中期的繁盛状况便不待言了(见拙作《深化中的变异:三十年代中国小说理论与小说》)。这与沙龙产生的条件是相关的。作者认为,从西方引入中国的这种作家"类聚"方式,条件有四:一是文艺观念的相对接近;二是要有懂文艺、有组织力的召集人(最好是女性。作者钩沉的材料证明,当年曾朴想物色苏雪林和王映霞,但都因有短项而放弃);三是要有提供"客厅"("沙龙"原意)与待客的物质基础;四要正逢社会的文艺风气浓烈。这四条中,文艺观和作家群都需长期积累,物质水平也务与经济发展相搭配,那就难怪历史会选择 1930 年代这一时期了。聚不易,散也不易,将沙龙的"散"一并列入论述,是本书的独创,分析虽弱但线索都已经理出。《论语》原本产生于邵洵美沙龙,却终因林语堂与邵的政治社会观念有隙,而分裂了。另外一例是对林徽因诗《一句话》的评价不同,造成以"新月"为班底的太太客厅众人发生分歧,派中有派了。可见一个沙龙和任何群体一样,在未被社会承认的孤立状态下,可以一致对外,等被普遍承认的时刻反倒显出裂痕。沙龙聚散方式是文学史的常事,是规律,被作者一一点明。

再如沙龙中的作家生存状态。作者指出,中国现代沙龙与古典文人的"雅集"不同,它是自由主义知识分子的聚集地,是以留学生、洋派西装少年为主流,是京派海派文人的源头。为什么表面上也找咖啡馆、书店开会的左翼没有沙龙?就因为来自西方的沙龙,内中各人虽然含有精神的共同点,但又是松散的、自由的,文学空间是个人的。左翼文人是集体的,有纪律的,是以统一目标为主旨的一群政治型作家。而且,沙龙多转型中的文人,曾朴自办沙龙,由"老新党"转为"老先党";沈从文在林徽因的客厅和《大公报·文艺》的约稿圈子里完成了从民间身份向都市、学院身份的转变;徐志摩在京海之间游走;尤其特别的,是郁达夫和左翼作家交好,且又是唯美主义邵洵美的座上客。只要将郁达夫曾出现在多种沙龙的事例一摆,他的关心社会下层疾苦的广大同情心,及灵魂深处向往有个性的自由创作的焦灼感就十分明显。他的游离的生存姿态便跃然纸上。而总体上,许多作家正是在沙龙中经历了从传统文人间的血缘、地缘关系转向学缘关系,而获得现代性的。沙龙推动新潮,引进新人,它的某种先锋性质就凸出了。作者讲述这些沙龙事实,没有条条框框,没有一二三四,考察的深度只来自沙龙人际关系与都市文学空间纠葛的史料,使得我们脑中的文学史也变得"错综"起来。

沙龙和文学作品产生的具体关系并不易论述,作者并未回避。沙龙既然是文艺观点集中对谈、研讨的地方,产生流派、产生新人、产生新作品是自然的事。作者由沙龙交谈语境向文本转化的趋势,提出"互动"的观点,更具体地提出沙龙文人的密往和沙龙作品有"互文"关系,在文体上形成独有的"影射小说"和"对话式小品",是有一定信服力的。不过《玱女士》的举例还不够准确。此作品对左翼女性作家(暗含丁玲)的"合写"方式,并非沙龙作家独有。晚清民国的鸳蝴作家似乎早就发明"多人合写"小说的体例,为的是挖空心思地给文学做广告。倒是后面提到的林微音《花厅夫人》,无论故事、人物由来,或是文艺观念和笔法的依据,均来自沙龙,是标准的沙龙小说。可惜剖析得还不够,因为作者光注意沙龙创新体的能力,忽略沙龙对已有文体的改进成绩了。也由此忽略了对沙龙何以没有产生重大作品的讨论。因为文学毕竟是散漫的个体劳动,沙龙的社交性质容易引起创造性注意力的分散。沙龙利于交流,利于把新人推向文坛,如萧乾小说和何其芳散文得京派沙龙的推荐。它能启发、促进文艺的繁盛,能试验性地提出文学革新的命题,像在朱光潜的"读诗会"讨论过的新诗形式和前途,和"语体文"的发展走向,但不足以产生伟大的作品。沙龙摆了"精神贵族"的架子,容易拒人于千里之外,却并不开1930年代知识者精神文化的高端地位,所以受到左翼的批评。整个一部世界文学史、艺术史所支持的是"穷而后工",是先进的人们在逼仄困窘的条件下经过思索产生的伟大作品。将来有没有可能改变这种情况尚不清楚。

一部研究专著也要受学者本人思想、视野、学识、才分的影响。费冬梅是位年轻学人,有一定文学功底,受过良好的学术训练。刚出手的这本论著,根基结实。她肯下做材料的功夫,使用材料娴熟、有板有眼,已经很不错了。她的论述风格鲜明,对鲁迅、胡适、郁达夫的评价虽不一定精确,却绝不仰视,无顾忌,有新一代学人的爽快立场。她的思想方法以对待沙龙为例,比过去较为复杂,充满悖论。沙龙是什么?是聚也是散,包括分裂和游离;是群体行为,也有个体自由色彩;是民主对话讨论,又可保有排他的门户之见。这是一种开放而不封闭的学术观点,作为起步也很难得。

中国现代文学研究的新时期,从"文革"结束到现在已近40年。调整作家评价标准之后,紧接着是以现代性研究为导向,直指文学流派研究,进入多元的文学整体格局。后来是考察现代期刊、出版、传播的兴起,逐渐传至对文人的写作方式、交流方式和生存方式的研究。这种从人到作品的反复过程,在我的《插图本中国现代文学发展史》中也有所反映。写抗战文学的时候,就专写了在战争环境下作家的生存状态和写作方式的变化,自成一节。一定时代下,人怎样,文学怎样,"沙龙研究"就是人与文学的另一类关联研究,在本书中被作者把握住了!这种关联,必在人的理想和实用目的之间往返飞翔或降落,但在当今的情况下,文学商业化的现实使得一辈子从事文学创作和评论的人们伤心、沮丧,也是不争的事实。但我相信,与人有血肉关联的文学还有希望。全世界的史前时代岩画,都画出了人类一旦劳动温饱有余就开始从事艺术、从事文学的铁一般事实,所以文学是不会绝的。应当警惕的倒是,文学来自社会的物质生活层面,究竟属于精神。凡是与人的关系密切的精神产品,都不能过度商业化、市场化。教育、医疗、文学过分市场化的结果,便是衰落。而文学"沙龙"同作家的精神关系和创作关系密不可分,现在作者的研究,表面的层面涉及得多一些,作家在沙龙内部会遇到哪些思想精神的压力、动力?沙龙作为人(作家)和人(作家)的交流形式,有哪些积极处和局限性?与商业化、市侩化有哪些遭遇和拒斥?这都是可以深入思考的问题。研究沙龙的意义,只有在我们更加明白了文学的意义、文学中人和人的意义之后,才能拨阴霾而见广大蓝天,才看得更透彻些。我愿以此与年青的朋友共勉。

2016年2月29日(难得多一日)草于小石居,3月5日改定

序二　欧洲"沙龙"小史

方维规

2015年12月在巴黎讲学,冬梅寄来她的专著《沙龙:一种新都市文化与文学生产(1917—1937)》二校稿让我作序。这次讲学就住在市中心巴黎圣母院不远的街道,闲暇的时候常在塞纳河边散步,常去咖啡馆和酒馆,还有那数不清的博物馆和画廊,深深地感受到这座城市的文化积淀和底蕴。几百年前,法国贵族和宫廷文化的影响力日益弱化,市民阶层逐渐走上历史舞台,沙龙和咖啡馆对精神生活的影响日渐明显,也就是哈贝马斯(J. Habermas)在其《公共领域的结构转型》中所说的那种景象。在巴黎读《沙龙》文稿,自然别有趣味,很能激发"思古"之情:有些豪宅深院,正是彼时著名沙龙所在。这里不仅是沙龙的诞生地,也是中土西去者初识沙龙之地。最初领略沙龙风情的中国人,当为清季最早的驻外使节。而他们踏上西土的年代,恰逢所谓"沙龙时代"的19世纪。

1877年1月21日,郭嵩焘抵达伦敦,中国第一个使馆在伦敦开馆。4月30日补颁国书,他充驻英公使,并于1878年兼使法国。他的欧洲纪程,见诸其《伦敦与巴黎日记》。郭嵩焘出使的时间不长,外交建树也不多,但其日记在中外交流史和文化思想史上有着极高的价值。郭氏日记内容丰富,政治、经济、天文、地理无所不谈,但对日常生活的记述极为简约。张德彝是随其出使英国的翻译官,他的《随使英俄记》对中国使臣日常生活的记载,远比郭氏日记详细得多。

光绪四年一月至六月,即1878年春夏,张德彝和其他使馆官员随郭星使在伦敦和巴黎赴"无数"茶会。从《随使英俄记》可以见出,当初与西人的不少交往应酬,多半以中国传统用词"茶会"称之,且为宽泛含糊的说法。总的看来,"茶会"约有两种含义,一为请宴、招待会之类的外事活动,亦即"party"(直至20世纪上半叶,不少中国文人雅士常用party意义上的"茶会"称谓"聚会");一为"沙龙"亦即salon。仅在这半年时间里,张德彝随星使赴索立斯百里侯夫人、德尔贝伯夫人、世爵鲁特尔夫人、葛里扉夫人等"夫人茶会"近五十次;时常一日两次,甚至三次,以致张德彝在日记中埋怨说:昼夜赴茶会应酬,疲惫不堪。驻英副使刘锡鸿与郭氏不和,最后状告郭氏;指数罪状之一,便是青睐西洋、效仿洋人所为。

何为夫人茶会?张德彝有一种说法:"约人晚酌[晚宴]最为上等。请人者固为恭敬,被请者亦有光荣。非彼此至契及交结要务者无此举。凡请茶会、跳舞等会,皆女主一人出名[邀请],请晚酌则夫妇同出名。"可以断定,夫人茶会正是当时西方上流社会所热衷的沙龙。在晚清诸多纪程、述奇、采风记中,因为极大的文化差异,中华来客或多或少都会讲述西方女性在公共场合的情形,描写她们的社交生活、言行举止等。对于西方知识女性的认识,张德彝在《欧美环游记》(即《再述奇》,1868—1869)中有一种很有意思的说法:"合众[美国]女子少闺阁之气,不论已嫁未嫁,事事干预阃外,荡检逾闲,恐不免焉。[……]不为雌伏而效雄飞,是雌而雄者也。"在《使还日记》(1880,见《小方壶斋舆地丛钞》第十一帙)中,张德彝亦记载了不少"夫人茶会"。

以上不多的一些文字,主要叙写中国人是何时初识沙龙的,也就是一个西方事物何时进入中国人的视野并见诸文字。进入20世纪以后,用"茶会"说salon者,亦不乏其人,比如胡适在《美国的妇人:在北京女子师范学校讲演》(载《新青年》第5卷第3号,1918年9月15日)中,讲述了其朋友的夫人"是一个'社交妇人'(Society Women),善于应酬,懂得几国的文学,又研究美术音乐。每月他[她]开一两次茶会,到的人,有文学家,也有画师,也有音乐家,也有新闻记者,也有很奢华的'社交妇人',也有衣饰古怪,披着短发的'新妇女'(The'New Women')。这位主妇四面招呼,面面都到。来的人从不得见男主人,男主人也从来不与闻这种集会"。

《沙龙》一书以1917—1937年为时间框架,围绕曾朴、邵洵美、朱光潜、林徽因这四个著名沙龙,深入查考了主要分布于上海和北平两地的沙龙文化的兴起和发展。从沙龙这一特定的都市空间来挖掘一种时尚文化与文学生产的关系,同时折射出那个历史时期一部分文化人的精神面貌和关怀,自有其独特之处,理当成为中国现代文化史和文学史的一个篇章。冬梅是这方面的专家,而我只是借助文稿才得知一些往事。所知不多,也就不敢妄加评论。

沙龙是西洋舶来品。该书在探究中土沙龙之前,首先介绍了欧洲沙龙的历史发展,这是必要的。然而,中国学界在论述西方沙龙时,迄今似有不少以讹传讹的现象,这也包括个别中译西方著述中的一些不准确的说法。因此,我想借此机会对欧洲沙龙的源流、演变和特征做一个简要的梳理,且主要以沙龙的发源地、沙龙文化尤为发达的法国为考证对象。名曰"小史",即提纲挈领。这既可视为对有些说法的订正或对有些论述的补充,而就《沙龙》的架构安排而言,或许也是一种形式的开场。

据1742年《策德勒普通百科辞书》(Zedler's Universal-Lexicon)之说,法语salon(沙龙)借义于宫廷的代表性建筑,表示"主厅""会客厅"。与西班牙语salón一样,这个法语词源于意大利语salone,即轩敞的sala(正厅)。在法语和西班牙语中,"沙龙"也早被用来指称"主厅"里举办的(社交)活动。

1600年以降的法兰西土地上,也就是胡格诺派教徒的八次内战(1562—1598)所带来的蛮荒之后,君主集权和与之抗衡的文明运动,共同为沙龙文化的兴起提供了土壤。封建领主和贵族因动乱而逃离其乡村领地,巴黎开始出现各种尚美圈子,并被视为新型的交际文化。许多贵族宫殿在巴黎拔地而起;贵族生活与新兴市民生活的接触,催生出各种沙龙,或曰私密小天地(ruelle)。沙龙的早期发展与贵族结构的改变密切相关,贵人显要由于权力的丧失而急需寻求补偿和"升华",并以精英文化拒斥鄙俗糜烂的宫廷文化。野蛮之后,人们竭力追求文化的精致化。沙龙讲究时尚和风度,还有打情骂俏、仪式化的舞蹈、即兴表演和机智的言谈,都令沙龙特具魅力。

沙龙是介于公共空间和私密场所之间的社交圈子,多半以一个殷实聪颖的女主人(salonnière)为中心,不少沙龙贵妇本来就是贵族,而且才貌双全。女主人定期或在固定会客日(jour fixe)与宾客(habitués)聚会,有新朋也有旧友,不少人都是名流。就沙龙的文化渊源而言,可追溯到中世纪骑士对名媛贵妇的爱慕之情及情人约会(Cours d'amour),以及意大利文艺复兴时期的交际形式;并且,沙龙与文艺复兴时期意大利宫廷建筑有着许多相似之处。

尽管如此,沙龙的真正历史起始于朗布依埃夫人(M. de Rambouillet)临近卢浮宫的沙龙:Hôtel de Rambouillet。从1610起,她定期在其著名"蓝屋"(chambre bleue)招待作家和政治家,这是巴黎最早的尚美圈子,也是与宫廷颉颃的另一种公共空间——这是其新奇之处!也是从那个时候起,女性在社会生活中的地位逐步提高,她们获得了从未有过的文化声誉,一个个女才子走到前台争奇斗艳。文化精致化的极端表现,或曰法国文化史中的所谓"préciosité"风格,亦当源自朗布依埃夫人的沙龙。

约从17世纪中叶起,法国人眼里特别有文化的生活方式和行为举止,被形容为précieux或préciosité,既有"高贵""典雅""精致"的意思,亦有"做作"和"故作姿态"之义。这在巴黎沙龙文化中尤为明显,特别体现于谈吐和调情。这个概念形容有教养、有品位、有身份的人,不少沙龙女主人也以les précieuses自居。她们是秩序的维护者,沙龙中谈论品位问题时最有发言权的人,也就是最讲préciosité的人。另一方面,附庸风雅、过于招摇的女人也常被如此形容,被视为可笑的拿腔作势者。新近从事女性解放课题的研究,甚至认为préciosité对斯时文学做出了创造性贡献,以莫里哀(Molière)的著名剧作《可笑的女才子》(*Les Précieuses ridicules*,1659年首演,1660年印刷出版)为关键。有人认为朗布依埃夫人就是该剧的人物原型之一。

在17—18世纪的巴黎沙龙里,贵族与富有市民、艺术家与学者聚集在一起,形成了一种远离宫廷和教会的新的公共空间。与贵族世界不同,沙龙基本上是一个开放的社交圈子,社会成分是混杂的,但在观念上是平等的。沙龙无视阶层和性别的界线,成为自由的思想交流场所。人们追求社交、精神和艺术创造性,消弭社会等级和歧视(例如对妇女和犹太人的歧视)。沙龙常客能够保证话题的持续性,人们在那里畅谈文学、艺术、哲学或政治问题。

沙龙的历史与欧洲启蒙运动密切相关。在整个18世纪,法国沙龙对启蒙运动的发展有着非同一般的意义,并培育了法国大革命的土壤。丰特奈尔(B. de Fontenelle)、拉莫特(A. de La Motte)、伏尔泰(Voltaire)是杜梅讷公爵夫人(D. du Maine)巴黎南郊索城宫殿的常客。丰特奈尔、孟德斯鸠(Baron de Montesquieu)、马里沃(Ch. de Marivaux)、阿根森(R.-L. d'Argenson)、圣皮埃尔(A. de Saint-Pierre)时常出入于朗贝尔夫人(M. de Lambert)的沙龙。马蒙泰尔(J.-F. Marmontel)、爱尔维修(C. A. Helvétius)、博林布罗克(Lord Bolingbroke)则喜欢造访公爵夫人当桑(C. G. de Tencin)的沙龙。

尤其是乔芙兰夫人(M.-Th. Geoffrin)、杜德芳侯爵夫人(M. du Deffand)、雷丝比纳斯夫人(J. J. de Lespinasse)、德爱皮内夫人(L. d'Epinay)、内克尔夫人(S. Necker),她们的沙龙几乎见证了法国启蒙运动的高潮,18世纪下半叶法国的大多数天才人物都出入于她们的沙龙:达朗贝尔(J. d'Alembert)、布封(C. de Buffon)、孔多塞(M. de Condorcet)、狄德罗(D. Diderot)、格林(M. Grimm)、爱尔维修、霍尔巴赫(P. H. Holbach.)、拉哈珀(J. F. de La Harpe)、卢梭(J.-J. Rousseau)、杜尔哥(J. Turgot)等。

沙龙在18世纪的新发展,以"理性交际"为观念前提,这使沙龙文化与启蒙运动的联系彰显无遗;在百科全书派中,"沙龙"发展为一种艺术批评形式。随着以沙龙命名的艺术展的不断兴盛,也出现了公开的艺术批评:18世纪最著名的艺术批评家当数狄德罗,他总共撰写了九篇沙龙评论,这也是现代意义上的艺术批评之起源,其批评文字至今令人钦佩。

自1759年起,也就是狄德罗给其艺术随笔冠以 Salons(《沙龙》),这一法语词的运用得到了重要拓展,常见于后来的艺术批评。在法国,承袭这一用法的有波德莱尔(Ch. Baudelaire)、左拉(É. Zola)等人,在德国则见之于海涅(H. Heine)。

如前所述,17世纪的巴黎沙龙是贵族、知识者和艺术家喜爱的聚会场所,能够出入于朗布依埃夫人、雷卡米埃夫人(J. Récamier)、斯居戴黎夫人(M. de Scudéry)、赛维涅夫人(M. de Sevigné)等著名沙龙是一种特权和荣誉。贵夫人们把不同的贵族圈子与市民社会的知识人和作家聚拢到一起。高乃依(P. Corneille)得以在沙龙中推出他的剧作,观众多半是上流社会有影响力的人。被一个著名沙龙认可的诗人,或能在那里演出自己的剧作,展出自己的作品,可以很有把握地得到巴黎社会的认可。就文学而言,沙龙也是作家和学者们的社交场所,是现代文学生活之公共场域的原初形态。尤其在17—18世纪,巴黎沙龙是许多文学思想或倾向的滋生地。

前文所说"préciosité"(我暂且译之为"典雅派"),后来演变为一种潮流。它在很大程度上源自朗布依埃夫人的蓝屋。1661年,德叟梅思(A. B. de Somaize)的《典雅派大辞典》(Le grand dictionnaire des pretieuses)问世,其中附有此前一年由他主编出版的《私密天地言谈之钥》(Clef de la langue des ruelles),也就是沙龙语言要领。这对当时的法语和文体都产生了重大影响。《典雅派大辞典》共列出400名法兰西名人,称其为préciosité 的推动者,并把préciosité 定义为群体现象。同样,朗布依埃夫人沙龙里形成的(用今天的话说)关乎文学生产、传播和接受方面的交际活动,也在典雅派那里得到传承。

文学沙龙堪称最典型的沙龙,沙龙起始就少不了文学话题,比如朗布依埃夫人沙龙中的谈资。可是,明确地起用"沙龙"作为文学社交概念,还是后来的事。作为"文学交际"(société littéraire)的同义词,"沙龙"见之于马蒙泰尔的回忆录(1800—1806),或斯达尔夫人(Mme de Staël)的小说《柯丽娜》(Corinne ou l'Italie, 1807)。沙龙被看做文学交际的一种特殊形式。

就此而言,我们还可以把目光转向欧洲其他地方:

文学沙龙在18世纪的德意志土地上走红,成为市民社会的交际场所,贵族一般采取敬而远之的态度。在德意志诸侯领地,沙龙原本只是宫廷的特权和习俗。然而时代发生了变化:魏玛的阿马利亚公爵夫人(A. Amalia)的"诗神苑"(Musenhof)得到维兰德(Ch. M. Wieland)和歌德(J. W. von Goethe)的赏识,他们经常出入其中,为德国古典文学的兴盛做了准备。范哈根夫人(R. Varnhagen)的沙龙是柏林浪漫派的活动中心,洪堡兄弟(W. und A. von Humboldt)、施莱尔马赫(F. Schleiermacher)、费希特(J. G. Fichte)、施莱格尔兄弟(A. W. und F. Schlegel)、蒂克(L. Tieck)、海涅常在那里高谈阔论艺术、科学和新思想。1820年代,维也纳的舒伯特(F. Schubert)聚会,则是一种音乐—文学沙龙。

在俄国,沙龙女主人弗贡思卡佳侯爵夫人(Z. Volkonskaja),本身就是一个作家。在1825年十二月党人的起义惨遭镇压以后的沉重岁月里,她的莫斯科沙龙是进步作家如普希金(A. S. Pushkin)、密茨凯维奇(A. Mickiewicz)等人交流思想的地方。1840年代,彼得拉舍夫斯基(M. Petrashevsky)的沙龙则是更典型的文学社团,那里传播的傅立叶(Ch. Fourier)和费尔巴哈(L. Feuerbach)思想,对陀思妥耶夫斯基(F. Dostoyevsky)、波雷斯耶夫(A. N. Pleščeev)、谢德林(M. Saltykov-Shchedrin)那样的年轻作家产生了很大影响。

从文化地理上看,18、19世纪和20世纪初,沙龙主要集中在欧洲都市和国都,那里有滋生沙龙的良好土壤,例如蒙塔古夫人(E. Montagu)的沙龙(伦敦),斯达尔夫人的沙龙(瑞士科佩),雷卡米埃夫人的沙龙(巴黎),贝鲁奇夫人(D. E. Peruzzi)的沙龙(佛罗伦萨),楚克尔坎窦夫人(B. Zuckerkandl)的沙龙(维也纳),范哈根夫人的沙龙(柏林)。

前文说及狄德罗的沙龙随笔,那是他应好友、德国人格林(M. Grimm)之邀,为卢浮宫两年一度的艺术展而撰写的九篇专栏文章(1759—1781),发表于格林主编、供欧洲少数精英和贵族阅读的手抄刊物《文学、哲学和批评通讯》(Correspondance littéraire, philosophique et critique)。这便涉及法语"salon"的另一个义项,即"艺术展"。下面我就简单胪列一下法国 Salon/艺术展的历史发展:

Salon/艺术展可追溯至 1665 年的第一次皇家艺术展,那是一次不对公众开放的沙龙。嗣后,国王路易十四于 1667 年特许法兰西皇家美术学院成员在卢浮宫展出其作品。1669 年,艺术展首次将展馆设在卢浮宫的大画廊(Grande Galerie);战争或其他原因,迫使艺术展时断时续。直至 1725 年,展会一直在大画廊举办,此后移至卢浮宫方形沙龙(Salon Carré)。1737 年至 1748 年,艺术展每年一届(1744 年除外),此后至 1794 年为双年展。展品多的时候,卢浮宫阿波罗沙龙(Salon d'Apollon)亦充展厅。因为展会总在春季举办,人们后来习惯称之为"五月沙龙"(Salon de Mai)。

这些艺术沙龙中展出的作品,均由评委严格审定,都很符合皇室艺术趣味亦即主流风格取向和品位,基本上只有皇家美术学院成员才能参展。1665 年至法国大革命的 1789 年,38 次艺术沙龙每次只展出 40 至 70 位艺术家的作品,其中约四分之三为绘画作品,其余为雕塑等作品。进入 19 世纪以后,这个官方展会成为法国首都万众瞩目、最具魅力的文化活动之一。1848 年之后,这个艺术沙龙在巴黎大皇宫(Grand Palais)举办。

1848 革命以后,尽管不属于美术院的艺术家也能力争参展,但是遴选大权依然在美术院成员之手,而这些人只认可传统风格的作品。于是,被拒绝的艺术家得到拿破仑三世允准,于 1863 年创立"落选者沙龙"(Salon des Refusés,亦可译"淘汰作品展"),展示自己的作品,其中包括布丹(E. Boudin)、塞尚(P. Cézanne)、马奈(É. Manet)、毕沙罗(C. Pissarro)等画家的作品。这个艺术史上非同一般的对立沙龙的问世,被许多艺术史家视为现代艺术的诞辰。1884 年,不被皇家美术院接受的独立艺术家成立了"独立沙龙"(Salon des Indépendantes),以此与官方的"五月沙龙"分庭抗礼。由于没有自己的评委,他们既不评选也不颁奖。

1889 年,也就是巴黎举办世博会那年,官方沙龙成员在参展问题上的不一致意见,导致艺术家群体的分裂,其中许多人后来以新成立的"法国美术家协会"的名义,每年举办一次艺术展。独立于法兰西美术院的还有巴黎建筑师儒尔丹(F. Jourdain)于1903年领衔创建的"秋季沙龙"(Salon d'Automne)。为人所知的风格而外,人们在那里还能见到野兽派、立体派艺术家的作品。除了所谓"高雅艺术"(Arts Majeurs),那里还展出建筑模型、雕塑作品和工艺品。

关于"艺术展"意义上的"沙龙",刘半侬(刘半农)的节译作品《灵霞馆笔记:倍那儿》(载《新青年》第3卷第6号,1917年8月1日),说及法国天才女演员倍那儿(Sarah Bernhardt)的"《风清雨过图》'After the storm'经法国Paris salon赛会给予优等奖章"。李思纯在《平民画家米勒传》(载《少年中国》第2卷第10期,1921年4月1日)一文中,讲述了米勒"第一次出品,陈列于展览会,(salon)在一八五三年。共作品三幅,《刈草者》(the reapers)、《一个牧羊人》(a shepherd)、《剪羊毛者》(the sheep-shearers),便小有名誉,得了第一次的纪念奖品"。他还提及"一八五七年的沙龙(salon)中,亚布君(Edmond About)对《拾落穗》一画的批评"。在《宗教问题杂评》(载《少年中国》第3卷第1期,1921年8月1日)中,李思纯再次说到"巴黎一八五七年的salon,正是自然派的平民画师米勒(J. F. Millet)陈列他的名作《拾穗》,[……]"同年,田汉在《恶魔诗人波陀雷尔的百年祭》(载《少年中国》第3卷第4期,1921年11月1日)一文中音译"salon",说波德莱尔的"文学生活从投书新闻杂志,批评一八四五—六两年的沙龙为始"。

至于文学沙龙亦即"文学交际"意义上的沙龙,李劼人在论述《法兰西自然主义以后的小说》(载《少年中国》第3卷第10期,1922年5月1日)时,援引了西方的一种观点:"古典主义的文学,只是为沙龙(Salon)作的;罗曼主义文学,只是为文会作的,只是为新闻界艺术界上等人物作的,只是为自己消遣作的;直至写实主义出现,始一扫前弊。"上文或许可以让人推断:斯时,不少中国学人和文化人似乎已对"沙龙/Salon"概念有所了解,至少是那些崇洋趋新的文化人已经认可这一概念。

目 录 Contents

001　序一　　吴福辉

007　序二　　欧洲"沙龙"小史　　方维规

001　导论

上　编

009　**第一章　"沙龙"概念的引入和兴起**
009　第一节　西学东渐背景下"沙龙"概念的引入
020　第二节　二三十年代沙龙的历史形态
040　第三节　从"清谈""雅集"到"沙龙"的转变

047　**第二章　"老夫聊发少年狂"：曾朴和他的沙龙**
047　第一节　马斯南路客厅与真美善书店
064　第二节　渴望现代——曾朴与新文学作家的交往
073　第三节　曾朴沙龙的文化活动
085　第四节　文坛佳话如何生成？——谈刘舞心事件

100　**第三章　邵洵美和他的"花厅"**
100　第一节　"唯美诗人"与"花厅先生"
109　第二节　小圈子与大风气："好社会"的主张
117　第三节　"甜葡萄棚"成员及其活动

143　第四节　1933年海上文坛的"女婿"风波

164　第四章　客厅内外:林徽因的"太太客厅"
165　第一节　沙龙女主人的成长
170　第二节　林徽因沙龙的活动
185　第三节　从"客厅"到"文坛"
191　第四节　反对的声音:是名媛还是知识分子?

215　第五章　朱光潜家的"读诗会"与一场诗歌论争
215　第一节　朱光潜初入北京时的文坛
219　第二节　朱光潜周围诗歌圈子的形成
234　第三节　1937年前后的"胡梁论诗"

下　编

251　第六章　沙龙里的知识分子
252　第一节　合辙:沙龙知识分子的集体认同
268　第二节　歧路:沙龙知识分子的分歧
279　第三节　徐志摩:行走于京海之间
286　第四节　沈从文:从边缘到中心的位移

299　第七章　沙龙与现代文学创作
299　第一节　沙龙与都市文学的发展
310　第二节　"诗坛双璧"与一篇小说——《珰女士》
326　第三节　文学作品中的沙龙——以林微音《花厅夫人》为例
335　第四节　沙龙与中国现代散文的发展

348　**结语**

353　**参考文献**

359　**后记**

导 论

笔者对"沙龙"的关注起源于对知识分子研究的兴趣。知识分子研究一直是学术界的一个热点,近年来,从都市空间的角度研究知识分子成了一个新的研究路径,这些都市空间大体有茶馆、书店、大学、会馆、公共媒体、同人刊物、社团流派等,在对这些空间的考察中,都市知识分子的公共交往和精神文化生活得以逐步呈现。本书所要研究的对象"沙龙"是西方的舶来品,是现代中国都市空间中非常特殊又不大为人所注意的一种。借助此空间的考察来研究某几类知识分子的精神文化史,与此同时,从知识分子的视野来观察这一特定的都市空间如何在中国兴起、发展和衰落,以及它对中国思想文化的发展起到了什么样的作用——这是本书的主旨所在。

那么首先有必要对"沙龙"的涵义做一界定。在西方文化中,"沙龙"一词本意为"客厅",指有知识、有身份的男女人物以言谈和娱乐为目的的经常性的非正式聚会活动,一般是在宅院的客厅中举行,由一个女主人负责邀请和招待宾客以及主持沙龙交谈。此外,"沙龙"一词还有一个所指,即作为"艺术品展览"的空间和制度。这一个涵义比"文艺客厅"的所指要晚许多,它起源于 1737 年在罗浮宫方形大厅(the salon of carre of the Louvre)的一次艺术作品展。此后,人们便也用沙龙指称艺术展览。在中国语境里,"沙龙"同样有两个涵义,一是"文艺客厅",知识人在此聚集交谈;二是"艺术展览",有"展厅"之意。这两层意义上的沙龙的引进对中国现代文化都做出了不可忽视的贡献,出于研究的方便和中国的特殊情况,本书将在如下意义上使用"沙龙"一词:现代中国的知识分子相聚一处,以核心主持者的住所、客厅、书店为主要活动空间,举行的自由探讨文学、艺术、哲学、政治等话题的社交活动。本书将以此文艺客厅意义上的几个沙龙为主要研究对象,同时会涉及相关的文艺展览意义上的沙龙活动(事实上,这两种活动之间并不是截然可分)。

在二三十年代的中国,沙龙是个流行的文化现象,主要分布于上海和北平两地。在上海,来华的西方文化人对其十分热衷。创办万国艺术剧院的弗里茨夫人的沙龙可谓一时之盛,胡适、邵洵美等都是座上宾。中国人自己创办的沙龙则要数曾朴为先,邵洵美的沙龙与之关系密切,在人员上多有交集。到了30年代初,徐仲年和孙福熙创办了"文艺茶话会",在上海、苏州、杭州、南京等地多次举行沙龙活动。同时期的北平,林徽因和朱光潜的沙龙也先后举办,影响遍及京津文坛。除此之外,上海的内山书店、新雅茶楼及DD'S咖啡馆,北平中山公园的"来今雨轩"等地也有不少文化人的自由聚集和交谈活动,一则这些沙龙活动规模较小,二则缺乏核心长久的主持人,因此本书仅选取曾朴、邵洵美、朱光潜、林徽因这四个沙龙做个案分析,而在论及沙龙中国史之际也会将其他沙龙活动纳入其中。

那么20世纪二三十年代兴起的这个沙龙现象,是从怎样的一种历史话语里成长起来的,与20世纪中国社会转型期的政治、思想、文化有着怎样的关联?同时,沙龙的引进和流行与中国传统文人精神文化生活之一部分的"清谈""雅集"有什么不同,在引进这一西方已经过时了的文化活动的同时,上海、北京这两个城市对沙龙产生了怎样的"同化"作用?这是本书要解决的一个前设性问题,在解决这个问题之后,我的关注将转到具体的沙龙空间。

首先要问的是"谁在说"?在沙龙里,谈诗论文的都是哪些人?由此形成的知识分子群体体现了什么样的社会学群体特征?沙龙的成员一般毕业于高等学府,文化程度较高,在北京的沙龙成员主要来自学院知识分子,这些人大多有留学欧美的经历,思想上主张自由、民主,生活方式偏于西式,对纯文艺有坚定的追求,所在领域也比较广泛,不限于文艺界。上海地区的沙龙以留欧、留日学生为主,多为自由派文人,成员有文学家、画家、雕刻家等。我的分析重点在于:为什么是这几个群体选择了沙龙这一形式作为交往的途径?这些群体的内部交往结构是怎样的?沙龙与沙龙之间又存在怎样的交集和歧异?体现了什么样的文化权力场域?在对这些问题分析的过程中,不可避免地要涉及沙龙与时代环境、媒体、学院、都市文化等之间的关系,在多种关系的张力之中,不同的沙龙聚合产生了不同的知识群体。

接下来便是"说什么"的问题。在沙龙里,人们交谈的话题是什么?哪些话题是最引人兴趣的,哪些又是泛泛而谈,对话题的选择体现了这些知识分子怎样的关怀意识与思考?一般而言,沙龙话题比较宽泛,然而"讲学复论艺"大抵是核心话题。曾朴的沙龙主要关注法国文学,邵洵美的"花厅"与英美文学紧密相连,林徽因的"太太客厅"文艺色彩浓厚,朱光潜的"读诗会"则以诗歌理论的讨论占了主角。本书将在上编的个案分析里对此做详尽探讨。

最后,这些频繁的沙龙活动对当时的思想、文学、批评起到了什么样的作用?本书的下编将着力于解答这个问题。在研究过程中,本书将主要采用文学社会学的研究方法,着力于对具体沙龙组织机制进行考察,详尽分析沙龙所凝聚的知识分子群体的性质、特征和影响。此外,比较研究将一直贯穿于论述的进程之中。其中之一是作为西方舶来品的中国沙龙与传统中国文人精神文化生活方式的比较,此外是由于沙龙的分布地区不同所造成的文化差异的比较。在理论上,布迪厄的"文化场域理论"和哈贝马斯的"公共领域理论"给我许多启发。

关于沙龙的研究,目前所见大多为外文著作。其中最为著名的是哈贝马斯的《公共领域的结构转型》,在其建立的公共领域模式中,沙龙占据了一个非常重要的位置。在哈贝马斯的理解中,沙龙和咖啡馆、宴会等机制一样,是城市中突出的文学公共领域,是没落的宫廷公共领域向新兴的资产阶级公共领域过渡的桥梁。他认为,公众在17世纪的法国指的是作为文学和艺术的接受者、消费者和批评者的读者、观众和听众,而这些公众,或是指当时的宫廷臣仆,或是坐在巴黎剧院包厢里的城市贵族以及部分资产阶级上流社会。在这种贵族式的社交天地里,现代因素开始萌芽,而后随着许多华丽的室内沙龙的出现,宫廷宴会厅逐渐被取代。这些沙龙拥有独立的经济地位,也有着一定程度的独立性。不仅是文学批评中心,也是政治批评中心,从而见证了公共领域由文学向政治的演进。

在哈贝马斯公共领域理论的影响之下,70年代以后出现了一些讨论妇女与公共领域关系的研究著作,兰德斯《法国革命时期的妇女与公共领域》和古德曼的《文学界:法国启蒙文化史》以及苏珊·戴尔顿的《建立文学界:18世纪欧洲公共和私人领域的重新连接》等都是基于此理论的基础上对沙龙妇女与启蒙运动关系的研究(这些书目前还没有中译本)。目前国内可见的关于沙龙研究的中译本,有《法国沙龙女人》和《沙龙的兴衰——500年欧洲社会风情追忆》以及《沙龙——失落的文化摇篮》,然而这三本书严格来说都不属于学术著作,主要是对欧洲沙龙的历时性描述。

国内关于文艺客厅意义上的沙龙研究,大概有如下几种:高恒文在《京派文人:学院派的风采》一书中专辟一章介绍京派的两个沙龙,但流于平面的描述且比较简略。许纪霖主编的《近代中国知识分子的公共交往》一书中将林徽因、朱光潜的沙龙作为现代中国文学公共领域的一脉做了简要论述。其余的以单篇论文为主。我所见的主要有以下几篇:刘晓伟的《现代上海(1927—1937)沙龙的文化功用》[1],作者在文中提到了三种沙龙类型,"咖啡座谈""曾朴的真美善书店""邵洵美的花厅",分别对其做了概述。李蕾的《京派作家的聚合形态考究——以沙龙为论述中心》[2]对林徽因的"太太客厅"和朱光潜的"读诗会"与京派文人的聚合之间的关系做了简要描述。此外,沙龙活动在林徽因、李健吾、朱光潜等中

---

[1] 刘晓伟:《现代上海(1927—1937)沙龙的文化功用》,《青海师范大学学报(哲学社会科学版)》2011年第7期。
[2] 李蕾:《京派作家的聚合形态考究——以沙龙为论述中心》,《吉林大学社会科学学报》2009年第7期。

国现代作家的传记中被多次提及,然多流于文艺性的泛泛而谈。

以上著作针对的"沙龙"指的都是文人聚集自由交谈的文艺客厅,至于"文艺展览"意义上的沙龙,研究者多为美术史学者。有人从艺术批评与沙龙的关系角度作出了研究:《西方现代艺术批评的起源——18 世纪法国沙龙批评研究》(中国美术学院,洪潇亭博士论文)、《法国艺术展览与现代艺术批评的兴起》(中国美术学院,洪潇亭硕士论文);有人研究沙龙与绘画公共领域的关系:《十七、十八世纪法国绘画公共领域研究》(中国美术学院,葛佳平博士论文)、《竞争的公共性空间——18 世纪中后期的巴黎沙龙》(中央美术学院,初枢昊硕士论文)。——以上论文针对的多是欧美沙龙。关于沙龙对中国现代美术展览制度和现代美术发展的影响,这方面的研究目前尚不多见。

沙龙在晚清民国时期是个很流行的文化现象。而对于这一现象,逸事式的描述和平面化的历史梳理显然不足以显示它背后的丰富内涵。沙龙对中国现代知识分子群体形成的功用,沙龙里知识分子之间的社会交往与特定文学方式及主题的关系,沙龙的实践与中国女性文学的发展之间的关系,沙龙社交与中国传统文化转型以及时代思潮之间的关系等等话题都没有得到很好地阐发,而这正是本书着力研究的重点,也是意义所在。

上　编

第一章 "沙龙"概念的引入和兴起

晚清以降,通过翻译,"沙龙"一词进入中国,使得中国文人的交往方式发生了很大改变,促使了中国传统文人由"清谈""雅集"向"沙龙"的转变,并开辟了一个崭新的公共文化空间,成为现代中国难得一见的一方"公共领域"。本章将考察20世纪作为西方文化之一角的"沙龙"输入中国后的变迁和发展,分析20世纪中国文化人对沙龙的思考和接受,并对"沙龙"与"清谈""雅集""茶会"等词的异同作出辨析。

第一节 西学东渐背景下"沙龙"概念的引入

已有的关于沙龙的研究著作,大多从沙龙与女性文化的关系着眼。据考证,沙龙的前身正是以欧洲贵族女性为核心的"文艺宫廷",在这些小规模的"文艺宫廷"里,一些文人学士充做谈士以资娱乐。后来,当此类谈话活动由宫廷走向私家庭院时,真正的"沙龙"文化开始兴起。17世纪,沙龙最先在巴黎产生,这时候的法国,女性有比较充分的自由,可以和男士在客厅里自由交谈,而当时的英国、西班牙等国家尚不具备这样的宽松风气,沙龙的出现较之法国要晚许多。据欧美学者考证,最早的文学沙龙由德·朗布依埃夫人(Mme. De Rambouillet)创办,其沙龙自1608年开始创立,不少举足轻重的学者都曾出入其中,"1630—1648年是沙龙的最辉煌时期,每逢星期三,朗布耶公馆便成了社会风尚和文化生活的重要活动中心"①,对后世法国及整个欧洲的沙龙风气产生了深远影响。② 到了18世纪,沙龙在法国的影响力达到了顶峰,当时法国社会沙龙林立,代表了各种类型的审美和思想流派,并在整个欧洲逐渐蔓延开来,德国、英国、俄罗斯等国家的沙龙亦步亦趋地模仿法国。③ 可以说,在很长一段时期内,沙龙象征着精神层面的欧洲,并被当作"妇女解放运动的排演舞台",成为欧洲精神文化与女性文化的一个凝聚点。

"Salon"一词来自法语,从词源学上看,"Salon"一词最初指的是一种空间意义,意指城堡里的接待大厅。后来,沙龙由一个空间概念扩展到文化活动领域。1737年,罗浮宫方形接待大厅举行艺术展览,简称为"沙龙"。然而直到1807年,在德·斯塔尔夫人的小说《柯丽娜》中,才出现了对于"沙龙"这一概念的运用,指向一类文艺谈话活动,自此,现代意义上的"沙龙"一词逐渐普及开来,并被我们今日用以指代昔日的文学沙龙。④ 与此同时,"展厅"意义上的"沙龙"仍然流行。波德莱尔就专门写过针对沙龙艺术展览的评论。到了19世纪中期,沙龙展览仍然兴盛,并对艺术批评产生了很大影响。而文艺谈话意义上的沙龙对西方哲学、文学及艺术的影响更是深远。欧洲文学史上产生了许多描写沙龙人物的文

---

① 〔法〕阿兰·克鲁瓦、让·凯尼亚:"第十一章·自由空间·沙龙与雅女",《法国文化史》,傅绍梅、钱林森译,上海:华东师范大学出版社2006年版,第237页。
② 参见〔美〕艾米丽亚·基尔·梅森:《法国沙龙女人》,郭小言译,北京:中国社会科学出版社2003年版,第4页。
③ 19世纪以后,沙龙逐渐衰微。值得关注的是英国作家维吉尼亚·伍尔夫和父亲赖斯黎·史提芬爵士先后组织了一个知名的文学沙龙,赖斯黎·史提芬爵士的沙龙凝聚了一批英国的思想菁英,这些人中有哈代、亨利·詹姆斯、乔治·艾略特等,这个沙龙充满了严谨的学术研讨氛围。而伍尔夫本人的沙龙相对来说则轻松愉快许多,在她的居住区布卢姆斯伯里形成了一个由艺术家、作家、哲学家和科学家聚集的小团体,这个沙龙以众多知名人物汇聚而为人景仰,也因两性关系的复杂混乱一度引人非议。但无论如何,这对父女组织的沙龙在19世纪末20世纪初的文化史上留下了浓墨重彩的一笔。
④ 在当年的沙龙女主人那里,很多人并不以"沙龙"一词指代自己所组织的社交活动,比如杜·德芳侯爵夫人就以"人才事务所"来指称自己的沙龙。参见《法国沙龙女人》相关论述。

学著作,莫里哀的《可笑的女才子》①、屠格涅夫的《罗亭》②都是以沙龙人物为主要描写对象,帕斯卡尔的《思想录》是在沙龙里产生的,至于拉法耶特夫人的小说则是沙龙生活的最直接产物。

　　沙龙最早进入中国,主要通过两个途径。一是被动的输入,一是主动的引进。前者主要通过晚清来华的传教士或其他外国文化人。鸦片战争前后,西方文化大规模地传入中国,以传教士为主的西方人大批来华,他们开办学校、编辑报纸、传播宗教思想的同时,也带来了西方的生活方式和文化信息。另一方面,中国洋务派也开办福州船政局等机构积极向西方学习。1877年,福州船政局选派35名学生出国留学,其中便有陈季同。陈季同在法期间,与欧洲政界人物多有交往,法国政治家莱昂·甘必大(Leon Gambetta)常邀请陈季同出席他的政治沙龙,③陈季同从中受到法国沙龙文化的熏陶是可以想见的。事实上,陈本人虽未直接提倡沙龙,但他写过专门提倡咖啡馆的文章,在这篇文章里,陈介绍了法国咖啡馆浓郁的文艺空气,明确表达了对沙龙文化的认同。这篇文章后由张若谷翻译成中文,于《申报·艺术界》上发表。1891年陈季同归国,于1897年末在上海创办中国女学堂,并倡议组织召开中西女子大会,以讲求女学,师范西法,开一时风气之先。据《新闻报》记载,当年参会者达122人之多,内中不乏博学多才之人(《新闻报》刊载的《闺秀诗钞》写道"艳闻盛会尽

---

① 莫里哀在此剧中讽刺了沙龙女性的矫揉造作,但莫里哀本人却正是在沙龙氛围里成长起来的。这部剧作讽刺的正是德·朗布依埃夫人著名的"蓝色沙龙",即法国文化史上最早的文学沙龙。
② 1856年,屠格涅夫的《罗亭》发表。在这部著名的长篇小说中,屠格涅夫花费大量笔墨描述沙龙辩论场景,罗亭以他杰出的口才在沙龙中赢得了众多成员的认同和赞叹。可以说,"沙龙"既是小说主要情节的发生背景,也是推动小说情节发展的结构性元素。
③ 法国作家罗曼·罗兰1889年2月日记中记载了陈季同在沙龙场合的风采:"他(陈季同)身着漂亮的紫色长袍,高贵地坐在椅子上。他有一副饱满的面容,年轻而快活,面带微笑,露出漂亮的牙齿。他身体健壮,声音低沉有力又清晰明快。这是一次风趣幽默的精彩演讲,出自一个男人和高贵种族之口,非常法国化,但更有中国味。在微笑和客气的外表下,我感到他内心的轻蔑,他自知高我们一等,把法国公众视作小孩,[……]听众情绪热烈,喝下全部迷魂汤,疯狂鼓掌。[……]"参见陈季同:《中国人自画像》,黄兴涛译,贵阳:贵州人民出版社1998年版,第1页。

英才,宝马香车络绎来。难得中西诸姊妹,成城众志绝疑猜"①)。这次大会由陈季同的法国夫人赖妈懿主持,可说是法式沙龙传入中国的早期雏形,主要是以倡议女子教育为发端的,因其参加者全为女子以及偶一为之的性质,更多具有的是仪式性的意义。

到了20世纪,在接触到更广泛的西方文化之后,知识界对沙龙这一文化形式的思考有了新的进展。梅光迪的文章是目前我看到的国人较早提倡沙龙的文字。1917年5月,梅光迪在《中国留美学生月报》上发表《新的中国学者:一、作为人的学者》(The New Chinese Scholar: I. The Scholar As Man),公开提倡沙龙。

> 文学史家告诉我们,十七、十八世纪法国学者之所以变得雅致(urbanity),主要是沙龙客厅里的女性的功劳。在那以前,学者总是邋遢的,言语也很粗暴,简言之,他们从前是枯燥,不登大雅之堂的学究(pedants)。然而,沙龙客厅里那些文雅的女性,把他们调教得文质彬彬,稳重练达,我们从近代最伟大的文学批评家圣·博夫笔下那些名媛给予学者的优雅的熏陶,就可以知道女性的影响有多大。直到今天,法国女性在文化圈还是很有势力。法国学者也是世界上最优雅的[……]
>
> 歌德说:"与女性同游(society),是举止得体的初步。"我想我们都有目共睹。美国男人的温和的行为完全是靠女性来维持的。没有女性的熏陶,男人就好凌霸、欺压、倨傲,传统中国的学者向来邋遢、暴躁、古怪,再也没有人比他们更需要优雅的女性雅致的熏陶了。与女性同游,可以让我们学得温和之气,以及我们最缺乏的举止得体之礼。而我们跟她们交往绝对不像有些人所想象的,只是一种社交上的乐事。那其实是一种严肃的磨练,是一种削去我们棱角的磨练。②

---

① 《闺秀诗钞》,《新闻报》1898年6月4日。
② 转引自江勇振:《舍我其谁:胡适璞玉成璧(1891—1917)》(第1部),台北:联经出版事业股份有限公司2011年版,第594页。

梅光迪主要从男女两性的性别特质上着眼,希望提倡沙龙,意欲借助沙龙里女性雅致的熏陶,使得中国传统的学者能改变"邋遢、暴躁、古怪"的性情。显而易见,梅光迪理想中的沙龙是由女性主导的。在此之前,留学生胡适也在日记里表达了类似的想法:

> 吾自识吾友韦女士以来,生平对于女子之见解为之大变,对于男女交际之关系,亦为之大变。女子教育,吾向所深信者也,惟昔所注意,乃在为国人造贤妻良母以为家庭教育之预备,今始知为了教育之最上目的乃在造成一种能自由能独立之女子,国有能自由独立之女子,然后可以增进其国人之道德,高尚其人格。盖女子有一种感化力,善用之可以振衰起懦,可以化民成俗。爱国者不可不知所以保存发扬之,不可不知所以因势利用之。①

胡适意图造就一种"能自由能独立之女子",这样的女子可以"增进其国人之道德,高尚其人格",同时,这样的女子可以"化民成俗"。在中国历史上,高级妓女曾扮演过类似的功能,而其所处的青楼作为一个文人士子交往的公共空间,颇类似于西方的沙龙。试举两例。晚明名妓柳如是的风姿和善谈给后人留下了不少佳话,陈寅恪在《柳如是别传》中,无限感慨:"河东君往往于歌筵绮席,议论风生,四座惊叹,故吾人今日犹可想见是杞园之宴,程、唐、李、张诸人,对如花之美女,听说剑之雄词,心已醉而身欲死矣。"②晚清名妓胡宝玉曾在自己的居所内与客"茗话",据记载,胡宝玉"乔为男妆,轻裘缓带,冠缀明珠,手持金质烟管,从容而出。向客一一致敬已,遂作茗话。偶及灾赈事,议论风发,动中肯綮。精神四属,不令座客一人向隅,仿佛堂属之相见于公署也[……]见宝玉正色庄语,顿忘为青楼"③。这里的"茗话"即几十年后现代文化人热衷的"茶会"。

---

① 胡适:《胡适日记:1915年10月30日》,曹伯言整理,《胡适日记全编(1915—1917)》(第2卷),合肥:安徽教育出版社2001年版,第300页。
② 陈寅恪:《柳如是别传》(上册),上海:上海古籍出版社1980年版,第175页。
③ 《清稗类钞》卷十,"娼妓类",第16页。转引自叶凯蒂:《清末上海妓女服饰、家具与西洋物质文明的引进》,《学人》第9辑,南京:江苏文艺出版社1996年版,第401页。

而胡宝玉之"议论风发,动中肯綮",可谓善谈之女主人也。19世纪最后的二三十年一般被誉为名妓的黄金时代,这个时期的高等妓女文雅风采以及技艺都很出色。姚民哀在20年代写文感慨道:"伎女下称校书,亦曰眉史,命名何等雅驯。岂黄毛丫头,学得三声游板荒腔,便得谓之伎女。在昔伎女,必有一技之长,方能存于交际社会,不则无澉饭之地。"①姚民哀指出了"伎女""校书"技艺的高超,同时指出了她们身处环境的交际特征。在男女身份地位悬殊的社会里,男性往往不能与家中的妻妾进行精神上的交流,当时也没有其他的男女社交渠道,于是妓院便同时充当了这一社交功能,②一些才貌出众的高级妓女往往被士人引为精神知己,当聚众闲谈之时,可谓颇类似于西方沙龙里的女主人。

然而,胡适期待的新女性和梅光迪理想的"沙龙客厅里的女性"自然不是胡宝玉这样的名妓,而是接受教育的新知识女性。③ "与女性同游,是举止得体的初步",歌德的这句名言对20世纪初期中国的留学生而言,无疑振聋发聩。这是较早的基于男女人格充分发展基础上的对沙龙交际的倡导。在胡适、梅光迪两人的意识里,沙龙的光彩主要归功于沙龙女主人。

以上陈季同、梅光迪所谈的"沙龙"都是"文艺聚谈"意义上的,"展览"意义上的"沙龙"亦有人提倡。20世纪初,随着留学法国的中国学生越来越多,关于法国文化和留法感想的文章也多了起来,这其中,就有法国沙龙艺术展览的消息。1921年,《申报》刊登了一则消息《天马会员报告法国美术消息》④,此文中,天马会成员江小鹣、陈晓江介绍了法国艺术展览的情况,其中就介绍了沙龙:"散龙(注:沙龙)是很正派的!国家会

---

① 花萼楼主(姚民哀):《花底沧桑录·嫖客与伎女今昔观》,《新声》第5期,1921年9月1日。
② 1914年6月30日,胡适在日记里对这一文化陋习做了反思:"吾国人士从不知以狎邪为大恶。其上焉者,视之为风流雅事,著之诗歌小说,轻薄文士,至发行报章(小报),专为妓女作记室登告白。其下焉者,视之为应酬不可免之事,以为逢场作戏,无伤道德。妓院女闾,遂成宴客之场,议政之所。"见《胡适日记全编》第1卷,第310页。
③ 在胡适当年的留学生圈子中,陈衡哲可谓理想代表。事实上,当陈衡哲回国任教后,亦曾在家举办茶会。
④ 《天马会员报告法国美术消息》,《申报》1921年7月8日。

(国家美术展览会)就有些古怪了,但是十分新奇的作品,这两个会里面是不能陈列的。"①"凡一个美术家,先经过散龙里最好的,可以到小画院,小画院之后到罗克省白而,然后分到各省的画院里,到美术家死了后,再选到博物馆,最好的还可选到罗佛而。"②由此可知,"沙龙"一词是由海外留学生率先使用,并逐渐传入国内。最初的译名并不一致,比如这篇文中就译作"散龙"。

根据现有资料,国内最早在展览意义上正式使用"沙龙"一词的是刘海粟,1923年刘海粟在《天马会究竟是什么》一文中提及天马会的成立是模仿法国沙龙的结果:"江君有鉴于此,建议于同志,创立常年展览会,每年春秋两季征集国中新的绘画陈列之,以供众览,其制盖仿法之沙龙、日之帝展也。"③这是目前看到的最早的材料。1927年,《艺术界》也刊登了《林风眠发起北京艺术大会》④的通告。文中林风眠主张以"法国沙龙"的办法,倡办大规模的艺术大会。但大会的口号与"法式沙龙"的优雅闲适氛围颇不相和,而是充溢着激进的革命色彩。⑤ 此外,还有不少资料表明,民国以来在文艺展览意义上使用"沙龙"一词,主要集中在留法学生那里。到了30年代,"沙龙"这一新名词在中国语境中已经被广泛认可。刘海粟在《东归后告国人书》中就详细介绍了自己的作品入选法国著名沙龙的情况。⑥

除了"沙龙"这一词汇,关于"沙龙风"的巴黎文艺氛围的介绍文字也

---

① 《天马会员报告法国美术消息》,《申报》1921年7月8日。
② 同上。
③ 刘海粟:《天马会究竟是什么》,《艺术》第13期,1923年。
④ 《林风眠发起北京艺术大会》,《艺术界》第16期,良友印刷公司1927年版。
⑤ 口号曰:"打倒模仿的传统的艺术!打倒贵族的少数的独享的艺术!打倒非民间的离开民众的艺术!提倡创造的代表时代的艺术!提倡全民的各阶级共享的艺术!提倡民间的表现十字街头的艺术!"参见林风眠:《林风眠发起北京艺术大会》,《艺术界》第16期,良友印刷公司1927年版。
⑥ 文中刘海粟详列自己的作品入选法国沙龙情况:"十八年(1929年)秋九月入选秋季沙龙之作品为《北京前门》凡一帧。十九年(1930年)春五月于沙龙蒂拉里之作品为《森林》、《夜月》、《圣扬乔而夫之陋室》、《玫瑰村之初春》凡四帧。十九年(1930年)九月秋季沙龙第二次入选《向日葵》、《休息》凡两帧。[……]"转引自《二十世纪西画文献·刘海粟》卷,北京:文化艺术出版社2010年版,第242页。

很多。早在晚清外交使节的笔记中,就曾出现描写法国巴黎文化空间的文字。当年流亡在外的王韬笔下亦曾出现咖啡馆的场景:"男女嘲笑戏狎,满室春生,鲜有因而口角者。"①而民国的留学生们,更是为巴黎浓郁的艺术氛围着迷,在与中国国情比较的过程中,巴黎更显出高雅迷人的色彩。1920年,《少年中国》杂志上刊登了一篇《旅法的断片思想》,作者对法国国民的艺术修养之高深表惊奇:"巴黎的博物馆如 Louvre 和 Luxembourg 里面,许多的男女,抱着美术史,进去作考订生涯的,和带着画板,作临摹生涯的,都可以表现法国人艺术美的普遍化。""反观中国的社会,哪里有美感的存在?"作者并将其提升到国民性这一层来,说"我爱这文艺思想熏陶出来的国民性,我爱这轻暖明媚的南欧气候风物"②。五年后,一位中国画家庞薰琹留法,在巴黎艺术氛围最浓郁的蒙巴尔拿斯区生活了两年,期间,他经常坐咖啡馆,感受着这里浓郁的文艺氛围:"咖啡馆并不是以来喝咖啡为主,而是文化界活动的场所,也不只是画家、雕刻家,还有文学家、诗人、文艺评论家、记者、交际花,例如'琪琪'等等。"③而傅雷对巴黎文艺生活的描写更炫目多彩:"在巴黎,破旧的,簇新的建筑,妖艳的魔女,杂色的人种,咖啡店、舞女、沙龙、Jazz、音乐会、Oinema、Poule、俊俏的侍女,可厌的女房东,大学生、劳工、地道车、烟囱、铁塔、Montparnasse、Halle、市政厅、塞纳河畔的旧书铺、烟斗、啤酒、Porto、Comoedia、……一切新的,旧的,丑的,美的,看的,听的,古文化的遗迹,新文明的气焰,自普恩加来(Poincare)至 Josephine Baker,都在他脑中旋风似地打转,打转。他,黑丝绒的上衣,帽子斜在半边,双手藏在裤袋里,一天到晚的,迷迷糊糊,在这世界最大的旋涡中梦着……"④这股巴黎文艺风对中国学生的熏陶是深刻的,并潜移默化到他们日后的人生之中。

值得注意的是,国人大多以"茶会"来指代"聚谈"意义上的"沙龙"。

---

① 王韬:《漫游随录卷二·道经法境》,《漫游随录·扶桑游记》,长沙:湖南人民出版社1982年版,第81页。
② 李思纯:《旅法的断片思想》,《少年中国》第2卷第4期,1920年10月。
③ 庞薰琹:《就是这样走过来的》,北京:生活·读书·新知三联书店2005年版,第72页。
④ 傅雷:《薰琴的梦》,《艺术旬刊》第1卷第3期,1932年9月。

第一章 "沙龙"概念的引入和兴起

"茶会"一词源自中国传统文化,明代文人画大家文徵明就有一幅作品叫《惠山茶会图》。而晚清以来,"茶会"一词得到了现代化的重新应用。在梁启超的书信、胡适的日记中都曾出现"茶会"一词,他们参加或举办的茶会实际上就是沙龙。1912年11月1日,梁启超在给女儿梁思顺的书信中提到自己开办"茶会"一事:"昨日吾自开一茶会,于湖广会馆,答谢各团,此会无以名之,只得名之曰'李鸿章杂碎'而已。政界在焉,报界在焉,各党在焉,军人在焉,警界在焉,商界各行代表在焉,蒙古王公在焉,乃至和尚亦到十余人。"①胡适日记1913年12月23日写道:"在假期中,寂寞无可聊赖,任叔永、杨杏佛二君在余室,因先煮茶夜话,戏联句,成七古一首,亦殊有趣,极欢始散。明日余开一**茶会**,邀叔永、杏佛、仲藩、钟英、元任[……]周仁,荷生诸君同叙,烹龙井茶,备糕饼数事和之。复为射覆,谜语,猜物诸戏。余拟数谜,颇自喜,录之如下[……]"②胡适这里所说的"茶会",虽然形式上比较接近于传统文人的"雅集",实质已然是西方式的"沙龙"③。而另一位留学生吴宓在日记中也有多次参加外国人主持的"茶会"的记载,④这些茶会事实上也便是沙龙。中国留学生频繁地参加国外的沙龙聚会,对沙龙这一文化空间多有接触,获益良多。回国后不少人继续保持了这一生活和社交习惯。另一方面,也可以看出,"茶会"一词早于"沙龙"在中国文化人中流行。在30年代的文人公共交往中,"茶会"一词也更多取代"沙龙"成为众多文化人指代此类公共聚谈的

---

① 此茶会成员十分多元,可以说是中国较早的政治沙龙,然而梁启超对这种公共活动方式很是不以为然。
② 胡适:《一七、假期中之消遣》,《胡适日记全编》第1卷,第210页。
③ 1915年,诗文唱和在海外留学生中间依然十分流行,任鸿隽、杨杏佛、梅光迪等友人之间常题画唱和,探讨诗文,拟制灯谜,咏物赋诗。胡适形容这种生活:"烹茶更赋诗,有倡还须和。诗炉久灰冷,从此生新火",并将自己的成绩归功于这种友朋之间的辩论:"回首四年来,积诗可百首。'烟士披里纯',大半出吾友",感慨"人生无好友,如身无足手。吾生所交游,益我皆最厚","学理互分剖,过失赖弹纠。清夜每自思,此身非吾有。一半属父母,一半属朋友"。
④ 与此同时,这些留学生还成立了"星期谈话会",讨论学术和国际国内政治形势等话题。而在通常情况下,吴宓将与友朋的谈天称为"游谈",寓"交游"和"清谈"之意。吴宓本人显然从这些"游谈"中获益匪浅,他经常在日记中记录陈寅恪的谈话内容,并表示"听君一席话,胜读十年书"。

一个常用词汇。

1898年曾朴与陈季同相识,在陈的指导下系统学习了法国文化和文学知识,对法国沙龙尤其着迷,从此便予以大力提倡。在曾氏眼里,沙龙成了他所向往的西方异域风情的象征。同时,借助沙龙交往,他欲引进异国文学(主要是法国文学),激发中国旧有文学的生命力。而留法学生李金发,则从沙龙功用的角度提出了别样的见解。李金发在他的《法国的文艺客厅》中写道:

> 法国的文艺客厅(Salons litteraires 或音译作"沙龙")在历史上是很有名,而很关重要的,且多为好客的贵妇人所主持,如现代之文艺俱乐部,其重要者如 Deffand 夫人 Geoffrin 夫人 Necker 夫人 Récamier 夫人 Lespinasse 女士之客厅,都红极当代的,任何文豪都出入她们的幕下,可是到了后来,报纸杂志发达了,作家聚会之处多在编辑室,或酒吧间,客厅渐随之而门庭冷落起来,到十九世纪末,已找不出几个重要的文艺客厅,一九一四年,还有几个次等的,到了一九二〇年简直消灭净尽。(当时还有许多咖啡馆,是大文豪来往的地方,以后有机会再谈这些。)这种风气是非常有趣,而值得提倡的,当代的作家,可以时常会面,联络感情,得切磋琢磨的益处,讨论问题,演讲,游艺,甚至组织政党,新进的作家亦可以有机会认识几个老前辈,不致埋没天才。可惜我们中国没有这样好客而有钱的夫人,女士,给我们大家认识之机会,不致再文人相轻,我笑你,你骂我,弄得大家以后不好意思,各筑壁垒。为今之计至好有一个文艺俱乐部,给各派文人聚集,则以后各报纸屁股必可少打笔墨官司,[……]①

促进文人之间的友谊,消除文人相轻而致的笔墨官司,李金发的出发点在于促进文坛和谐局面的建设。其实在李金发撰此文的1934年,中国本土的情况并非如他所说"没有这样好客而有钱的夫人,女士,给我们大

---

① 李金发:《法国的文艺客厅》,《人间世》第18期,1934年。

家认识之机会",上海、北平、南京,各式沙龙已经风生水起,只不过完全类似于西方沙龙模式的仅林徽因一家而已。至于邵洵美,对沙龙则有着更为具体详尽且高远的理想,他意图通过文艺沙龙的倡导,把文艺打进社会里去,一面推广文艺风气,一面改良社会,从培育一个"小规模的好社会"开始,进而达到实现"一个大规模的好社会"的理想。在邵洵美眼里,沙龙不再是一种消闲娱乐方式,也不止于引进西潮,而是被赋予了更深厚的改造国民性和"文化救国"的意义。此时,沙龙成为了一种先进文化的象征,一个理想的乌托邦所在。

"沙龙"这一新名词在晚清民国的引入和传播,自然和这一时期思想演进的脉络密切相关。正如学者章清所云"近代中国出现的诸多新名词、新概念也成为'转型'的象征,甚至堪称'重塑'了中国社会与中国历史"①。沙龙的引入,与中国知识界理解、学习欧洲文化有关,也对中国的文化产生了深远的影响。沙龙是 Salon 一词的音译,当"沙龙"引入中国之际,同时出现了其他形式的译名。比如邵洵美就用"花厅"一词来翻译"Salon",他说只是为了一种字面上的漂亮,但很明显,从这个译名上我们可以看出一种古典趣味。这个翻译和华林将"咖啡馆"翻译成"佳妃馆"在趣味上是一致的,都试图将西方的外来词"古典化""中国化",从中都折射出中国知识分子在面临西方文化大批涌入之际,希望"化西入中"的意图。此外,如上文所说,"沙龙"在中国语境一度有两个指称。一是指美术展览意义上的。一是文人聚谈意义上的。这两个意义在沙龙初进入中国之际,一度连用。但在实际的传播中,文艺客厅意义上的沙龙更为人熟知。另一面,"沙龙"一词的使用情况,也折射出中国思想界的分歧。一部分趋新的文化人,如曾朴、林徽因、徐志摩、邵洵美等对沙龙十分热衷,发文倡议并身体力行,而另一部分文化人却依然坚守着清谈雅集的传统文人生活,对现代化的都市文化持拒斥态度。

---

① 章清:《知识·政治·文化:晚清接纳"新概念"之多重屏障》,方维规主编:《思想与方法:近代中国的文化政治与知识建构》,北京:北京大学出版社 2015 年版,第 115 页。

概而言之,"沙龙"一词既是对传统文人清谈雅集的一种新命名,另一方面,它还指代了一种新型的文人生活和交往方式。这种方式随着西学的流行和传播,在中国大都市快速地传播开来,并逐渐成为一种"现代""洋气"和"摩登"的象征。由此,"沙龙"这一新名词所创造的新文化现象,以一种都会流行文化的方式,构成了20世纪二三十年代一个独特的文化风景,此后的中国,再没有出现这样一个沙龙兴盛的时期。

第二节 二三十年代沙龙的历史形态

理论上的倡导很快变为实际上的行动。20世纪二三十年代,沙龙在中国便不是新鲜物事了。上海、北平、南京、杭州、苏州各地均有类似的沙龙组织召开,只不过有的比较正式,按期举行,而有的只举办一两次后就不了了之。在上海和北平,先后有曾孟朴、邵洵美、徐仲年、曾今可、闻一多、徐志摩等人倡议并组织过沙龙活动。本节将对专章之外的沙龙做一简单梳理。

沙龙在上海主要以书店、茶楼、咖啡馆中的聚会形式举行。以书店为沙龙活动空间的有曾朴的真美善书店、邵洵美的金屋书店[①],这两个书店都是沙龙主人自己出资经营的,可以说是曾邵两人建构"沙龙—出版"体系的重要平台,除此而外,值得一提的是内山书店。与前面两个书店不同,内山书店的老板内山完造并非文人,而是一个地道的商人。这家书店之所以重要,是于此处自然形成了一个"文艺漫谈会"。鲁迅以及一群日本文学爱好者经常在此聚会谈天。

内山书店因为鲁迅的关系而声名遐迩,其实早在鲁迅与内山完造结

---

① 从徐心芹的《影坛交游录》中得知,中外书店也是20世纪30年代上海文艺界一个重要的公共文化空间。徐心芹回忆,那时候"袁牧之尝称中外书店为外婆家,因为那时常跑之故,可以看书可以碰得见无事闲谈之朋友。到了晚上书店打烊,还有大批男女舞迷共提得一个可负经济责任的临时主角,而往随便那个舞场摆茶桌大跳其舞"。

识之前,内山书店于1923年就设立了文艺漫谈会,并出版刊物《万华镜》。20年代后期,内山书店已经成为上海文化人的一个公共活动空间。内山完造夫妇和上海文化圈往来密切,留日归国的文化人常常光临内山书店。曾朴、邵洵美沙龙重要成员之傅彦长在日记中记载了多次到内山书店购书会友的活动,比如1927年6月12日记载:"午后三时到内山书店,遇鹤见辅、田汉、王独清、郑伯奇、陈抱一、塚本助太郎、欧阳予倩。"[①]提到了多位创造社文人。

1926年日本作家谷崎润一郎来华,和内山书店接触频繁,在后来的游记中他回忆内山书店的情况:

> 过了几天,M君将我带到位于北四川路阿瑞里的内山书店。据说这家书店是除了满洲以外中国最大的日本书店。说到老板,是一个很有朝气,明白事理,而且很有意思的人物。店的最里面,在火炉边摆着长椅和桌子,来买书的顾客可以坐在那儿喝茶聊天,——想来这家书店似乎成了爱书人聚集的场所。我就在那儿一边喝着茶,一边听着老板介绍中国青年的现状。[②]

谷崎润一郎是20世纪初日本知名的唯美主义作家,此番来沪,受到国内文艺家的热烈欢迎。内山书店特地为其召开了一个中国作家见面会。郭沫若、谢六逸、田汉、欧阳予倩、方光焘、徐蔚南、唐越石等都出席了见面会。[③] 以此为契机,上海部分文艺界人士随后发起了一个"文艺消寒会"的活动。1926年1月29日,"文艺消寒会"在新少年影片公司举行。在此之前的1月27日和1月28日,《申报》接连发布活动预告。宣称届时将会"举行聚餐,籍联情谊,公宴画家,大鼓家,京戏家,昆剧家,电影家等",客人"则为德菱女士及谷崎润一郎君,并有剑舞、京戏、昆曲、大鼓等

---

① 傅彦长:《傅彦长日记》,《现代中文学刊》2015年第2期。
② 谷崎润一郎:《上海交游记》,转自〔日〕西园大辅著:《谷崎润一郎与东方主义》,赵怡译,北京:中华书局2005年版,第189页。
③ 参见唐越石:《日本文学家来沪》,《申报》1926年1月24日。

余兴"①。并列出了发起人名单:田汉、欧阳予倩、张若谷、叶鼎洛、傅彦长、周佛海、左舜生、唐有壬、黎锦晖、郭沫若、唐琳、谢六逸、方光焘等文艺家。从这一流派纷呈、身份多样的发起人名单可以看出,这个"文艺消寒会"颇类似于我们今天的"文艺联欢会",也可以说更接近于传统文人的"雅集",和本书所定义的沙龙有较大差距。② 然而经常于内山书店举办的"文学漫谈会",却是个文学小圈子的定时沙龙。据王映霞回忆,郁达夫当年经常和她去内山书店买书、座谈。③ 和鲁迅一样,郁达夫的书信也往往由内山书店中转。④

而当鲁迅成为常客之后,内山书店的漫谈便更加知名。内山书店的漫谈已经成了鲁迅的一个习惯。鲁迅日记中多次记载了到内山书店漫谈的信息,在给日本友人的书信中也常提及此会。1933年的鲁迅,基本上就是在家读书阅报写文章,对于此种处境下的鲁迅而言,内山书店作为一个值得信任的公共文化空间,便显得尤为重要和难得。因此,这段时期,鲁迅非常高频率地往返于家和内山书店之间。几乎每天都去,隔天一去都觉得"有些扫兴"。久而久之,内山书店与鲁迅之间便形成了一种"双赢"的关系。而一些文学青年去内山书店,不仅为了座谈,也有为了看鲁迅的念头在内。赵家璧回忆:"那时(1934年),我常去内山书店,有时为了去看望鲁迅先生。"⑤某种程度上,内山书店分享了鲁迅、郁达夫等文学家的声名,此处的文学座谈也因此成了鲁迅、郁达夫圈子的社交空间。

除了书店,茶楼在二三十年代的上海也是重要的聚谈之所,其中最为著名的是"新雅"茶楼。关于新雅聚谈的史料非常多。鲁迅日记就时

---

① 《上海文艺界发起消寒会》,《申报》1926年1月27日。
② 然而可以发现,这里有不少热衷咖啡座谈和沙龙聚会的文人的身影,像张若谷、叶鼎洛、傅彦长便是邵氏沙龙成员。
③ 参见王映霞《我家的常客》一文,《王映霞自传》,合肥:黄山书社2008年版。
④ 张若谷在《与日本无产作家的对话》一文中提及此事,这是张若谷与日本作家在内山书店进行的一场座谈,此文收录于《从嚣俄到鲁迅·附录》,上海:新时代书局1931年版。
⑤ 赵家璧:《话说〈中国新文学大系〉》,《新文学史料》1984年第1期。

有记载。1930年2月1日:"大江书店招餐于新雅茶店,晚与雪峰同往,同席为傅东华、施复亮、汪馥泉、沈端先、冯三昧、陈望道、郭昭熙等。"①1933年2月24日:"午杨杏佛邀往新雅午餐,及林语堂、李济之。"②鲁迅去新雅多是受友人邀约,次数并不多。典型的新雅茶楼"死忠粉"要属林微音。也是邵洵美沙龙一员的林微音是新雅茶楼的常客,他专门写过一篇文章介绍新雅的经营状况:"它的早茶是从十一点钟开始。去那里喝早茶的,除了一班老客人以外,有在什么地方消磨了他的全夜而面现倦容的人。从维纳斯来的就有一些[……]下午茶是从四点到七点,而在四点与六点之间是它的最高点[……]"③除了营业情况,林微音还详细记录了文人在新雅的聚谈情形。由林微音的文章可知,常去新雅酒楼的文人有傅彦长、崔万秋、黑婴、张资平、邵洵美、叶灵风、刘呐鸥、高明、杜衡、施蛰存、穆时英、韩侍桁等。这些人当中有相当一部分是曾朴、邵洵美沙龙中的成员。至于邵洵美本人,也是经常光顾,盛佩玉回忆说:"新雅茶室在北四川路上,文人雅兴,每天在此喝茶、谈文,一坐就是几个钟头。洵美也是座上客,他不嫌路远常去相访,但又不能总将妻子丢在家里,所以几次邀我一同去,果然诸位名家都在品茗。"④傅彦长在纪念曾朴的文章中也提到:"民国十七年,在我们这一群人里,还有每星期日到某某茶室去吃午时茶点的风气。这风气直到民国十八年九月十五日才宣告结束。我们这一群人在那时都有吃了东西之后去批评,批评之后又去吃东西的兴致。"⑤"我们这一群人"即曾、邵沙龙的常客张若谷、傅彦长、朱应鹏等人,而此处的"某某"茶室即"新雅"。左翼作家也有光顾新雅的,如周扬、曹聚仁,用曹

---

① 鲁迅:《鲁迅日记1930年2月1日》,《鲁迅全集》第16卷,北京:人民文学出版社2005年版,第181页。
② 鲁迅:《鲁迅日记1933年2月24日》,《鲁迅全集》第16卷,北京:人民文学出版社2005年版,第362页。
③ 林微音:《深夜漫步·老新雅东厅素描》,转引自杨斌华编《上海味道》,长春:时代文艺出版社2002年版,第120—123页。
④ 盛佩玉:《盛氏家族·邵洵美与我》,北京:人民文学出版社2004年版,第118页。
⑤ 傅彦长:《回忆曾孟朴先生琐记》,《曾公孟朴讣告》,1935年。

聚仁的话说:"北四川路横滨桥,有一家新雅酒楼[……]文化界熟朋友,在那儿孵大的颇有其人。"①新雅酒楼的客人比较复杂,老文人,新作家,革命的,不革命的,都列席其中,因此处沙龙成员多而流派纷呈,有人称其为"'马路文人'的俱乐部"②,也有人直接将其命名为"无聊者的沙龙"。来看一则史料:

> [……](张若谷)同时又给我介绍认识许多的朋友:同他联合战线的朱应鹏同傅彦长、还有文艺界的战士邵洵美卢梦殊梁得所徐蔚南查士元汪倜然黄震遐周大融鲁少飞[……]我们每逢星期日,大家总是不约而同的从老远地方赶到北四川路虬江路转角的"新雅",那里我们称为无聊者的"沙龙"Salon,是星期茶会的所在。在里面从早上八九点起一壶清茶,二碟点心,谈天说地,一直到钟鸣十二下,方才各自打道回府,这样的境遇,给我不少的兴奋,使我自然地倾向着文学。③

将新雅茶会称作"无聊者的沙龙",一方面是调侃,一方面也是实情,经常到新雅聚谈的文人,也大多对私人沙龙和咖啡座谈十分感兴趣,比如这位作者鸟衣先生是张若谷的朋友,同时也是邵洵美沙龙常客。

除了书店、茶楼,在二三十年代的上海,咖啡馆作为一个崭新的都市消费空间开始兴起并流行。这些咖啡店主要分布于法租界和日租界内,老板多为西洋人和日本人。④ 因为环境幽雅,充满了异国情调和都市时髦气息,几个时兴的咖啡馆吸引了一批热衷异国情调和都会文艺的青年文人,久之,形成了一个文学小沙龙。这个小圈子文人对坐咖啡馆十分热衷,他们并且在《申报·艺术界》副刊上主持了一个"咖啡座"的栏目,专

---

① 曹聚仁:《新雅·大三元》,《上海春秋》,北京:三联书店2007年版,第305页。
② 语出胡山源:《文坛管窥——和我有过往来的文人》,上海:上海古籍出版社2000年版,第57页。
③ 鸟衣:《若谷与他的〈文学生活〉》,《艺术界》1928年11月3日。有意思的是,"富二代"邵洵美在沙龙同人眼中,竟然成了"文艺界的战士"。而这个小圈子镇日闲谈的"无聊"情形正是日后沈从文发起京海论争的主要原因。
④ 后来田汉、冯乃超、张资平等也有开办咖啡馆的打算。

门登载与咖啡及咖啡座谈相关的文章。

张若谷是"咖啡座"专栏的长期撰稿人,发表在此的文章,后来结集成册,名字直接叫做《咖啡座谈》。在《咖啡座谈》序言里张交代了身边爱坐咖啡馆的一帮朋友,他们是朱应鹏、傅彦长、邵洵美、徐蔚南、叶秋原、周大融、黄震遐、曾朴、曾虚白等人。这些人的生活状态是这样的:"大家一到黄昏,就会不约而同地踏进几家我们坐惯的咖啡馆,一壁喝着浓厚香醇的咖啡以助兴,一壁低声轻语诉谈衷曲。"①而在黄震遐的笔下,"小小的咖啡店充满了玫瑰之色,芬馥而浓烈的咖啡之味博达四座,这种别致的法国艺术空气,在上海已经渐渐的兴起了……咖啡座不但是近代都会生活中的一种点缀品,也不只是一个幽会聚谈的好地方,她的最大的效益,就是影响到近代的文学作品中"②。把坐咖啡馆视作"别致的法国艺术空气",显然针对的主要是法国沙龙式的"幽会聚谈"而非单纯的消费。

张若谷在文章中则更加详细地记录了他们这群文艺青年咖啡座谈的情形:

> 上海霞飞路的"巴尔干"为俄国人所设,这是我们在上海几家珈啡店中最爱坐的一家。我们一群,虽然都是自称为无产阶级,上海最贵族的 Marcel 与 Fedral 二家,倒也进去喝过珈琲。但是印象最好的,还是这座亚洲的"巴尔干"半岛。记得在今年四月一日的下午,傅彦长,田汉,朱应鹏与我,在那里坐过整个半天。我们每人面前放着一大杯的华沙珈琲……大家说说笑笑,从"片莱希基"谈到文学艺术。时事、要人、民族、世界……各种问题上去。③

霞飞路的"巴尔干",还有最贵族的"Marcel"和"Federal",张若谷写来如数家珍,洋洋得意之态跃然纸上。据张若谷自白,他推广咖啡店基于

---

① 张若谷:《序》,《咖啡座谈》,上海:真美善书店1929年版,第8页。
② 同上书,第7页。
③ 张若谷:《咖啡座谈》,《珈琲座谈》,上海:真美善书店1929年版,第3—4页。

三个理由。一是他认为咖啡是都会沉闷生活中的一种刺激和兴奋剂,且是文艺家灵感的助长物,是都会生活的象征。其次是座谈。在一篇文章中,张若谷进一步指出咖啡座谈作为都会公共领域可以让人们交流思想与智慧。这也是张若谷推介咖啡馆的最主要原因。都会公共空间在传统中国显然是匮乏的,虽然茶馆也承担了一定的公共空间的功能,但茶馆里常有贩夫走卒的身影,吵闹而紊乱,显然不是这些趣味西化的"西装少年"的理想去处。咖啡馆干净、优雅,正适合闲谈。反讽的是,除了俄国人开的咖啡店,日本人和西洋人开的比较贵族的咖啡店对中国人大多态度不好,且价格昂贵,不是他们所能消费得起的。于是,热衷推广者遭到了商家的拒绝和冷落。在这个背景之下,邵洵美和曾朴的固定沙龙便显得十分珍贵和奢侈了。张若谷自己也无奈地感慨:"所以有时我们宁愿多化几个车钱,老远赶到朋友家里去谈话,旁边烧起几杯咖啡来助长话兴,消磨光阴。"①可以发现,茶楼、咖啡馆和私人沙龙之间有着很多交集,热衷沙龙的文人往往同时也热衷去茶楼和咖啡馆。大体而言,有财力的选择在家举办定期沙龙,经济实力不够的则选择间或到公共空间小聚。第三是咖啡店有女侍提供周到的服务,这在当时的上海还属于大胆新鲜事。在这一点上,田汉也是张若谷的同道中人,创办南国书店时,田汉便打算同时附设一个咖啡店,并在《申报·艺术界》上刊登招股广告,文中有"训练懂文学趣味的女侍,使顾客既得好书,复得清谈小饮之乐"的说法。

在顺应并推广咖啡馆潮流之际,与咖啡有关的文艺作品,也随之成了张若谷等人关注的焦点。比如张若谷推介郁达夫的翻译小说《一女侍》。对它的关注不在于小说本身的艺术性,而在于这是一个发生在咖啡馆的故事。《一女侍》是英国作家乔治·摩尔的作品,刊于 1927 年第 18 卷第 8 号的《小说月报》上。张的"广告词"是:"在这几天的上海正闹着咖啡店潮流的当儿,凡有咖啡趣味者及一般喜欢享受异国情调的文学者,都应

---

① 张若谷:《咖啡座谈》,《咖啡座谈》,上海:真美善书店 1929 年版,第 8 页。

该咀嚼这篇可歌泣的生动的故事。"①在张若谷那里,似乎咖啡馆天生的就是文艺故事发生地。这篇文字末尾,张甚至署了"从静安寺路 Federal 咖啡店回后写完"的附言。而欧美作家 Jean Moreas、Theophile Gantier、Maxime Rode、George Moore 也因写过与咖啡馆有关的作品或经常坐咖啡馆而被张若谷大力推介。② 此外,张若谷对俄国诗坛的"咖啡店时代"也很向往,也做了介绍。

除了这群文学青年,上海艺术界尤其是从欧美留学回国的画家们对坐咖啡馆也十分热衷。倪贻德在《艺苑交游记》中提到一位叫陈宏的青年画家,"他在作画之外,唯一的消遣便是饮咖啡","他为了要过他的咖啡瘾,每天非去坐一两钟点不可的,有时也邀了友人去坐谈大半天"③。值得注意的是,左翼作家对咖啡馆也有着类似的热情。用叶中强先生的话说:"在20世纪20年代末和30年代,上海的咖啡馆不仅在生产五光十色的异域想象和'现代生活',亦在孵育激进的革命话语。"④这也就是被鲁迅讥为"革命咖啡店"的现象。1928年8月8日,《申报·艺术界》刊登了一则"上海咖啡"的广告:"[……]但是读者们,我却发现了这样一家我们所理想的乐园,我一共去了两次,我在那里遇见了我们今日文艺界上的名人,龚冰庐,鲁迅,郁达夫等。并且认识了孟超,潘汉年,叶灵凤等,他们有的在那里高谈着他们的主张,有的在那里默默沉思,我在那里领会到不少教益呢。"⑤这则广告作者乃化名,很可能是主持这个《咖啡座谈》栏目的张若谷写的。虽然广告里提到的鲁迅和郁达夫并没有光顾这家"上海

---

① 张若谷:《郁达夫与一女侍》,《咖啡座谈》,上海:真美善书店1929年版,第17页。
② 张对咖啡馆的热爱可能受与之结交的日本文人的影响。据《咖啡座谈》一文,日本"文艺战线"社的小牧近江曾对其抱怨过上海咖啡馆的缺乏,而这样的咖啡馆,是具有文艺俱乐部性质的,正合张意。
③ 倪贻德:《南游忆旧》,《二十世纪中国西画文献·倪贻德》卷,第164页。
④ 叶中强:《民国上海:城市空间的再生产》,《上海社会与文人生活》,上海:上海辞书出版社,2010年版,第71页。
⑤ 慎之:《咖啡座·上海咖啡》,《申报·艺术界》1928年8月8日。

咖啡",①部分左翼文化人热衷咖啡馆确是事实。而位于公共租界的公咖咖啡馆,在20年代末甚至成了"中国左翼作家联盟"的摇篮。据夏衍回忆,1929年10月中国共产党召开的"左联"第一次筹备会议,即在公咖咖啡店二楼举行,②之后筹备会还曾在此举行。至于鲁迅,后来也开始踏足咖啡馆,虽然他不喝咖啡喝绿茶。1930年2月16日,《鲁迅日记》载"午后同柔石、雪峰出街饮咖啡"即指此事。而田汉、冯乃超两人对咖啡尤为热衷,他们甚至都有开咖啡馆的计划。左翼人士选择在咖啡馆集会,和张若谷等人对咖啡馆的推介当然出于不同的目的,左翼作家更多的是考虑安全因素,位于租界内的咖啡馆,和大革命之前的法国沙龙类似,以自己殖民地的羽翼掩护着旨在推翻殖民的左翼作家的聚集。然而随着次数的增多,光顾咖啡馆的革命者由一开始仅仅出于选择一个安全的公共场所的考虑而逐渐转向关注咖啡馆本身的消费特色和娱乐休闲方式。"革命"的紧张感逐渐被咖啡馆的休闲感替代。——咖啡馆作为一个时髦新异的都会消费空间,和文化、政治的密切关联,也让它成为一个特殊的"城市共同体"(此乃叶中强先生提出的概念),即游离出"文派""立场""主义""新旧"界分的新的都会空间,其间也折射出当年上海文人暧昧复杂的心态。

  除了以上论及的书店、茶楼和咖啡馆,30年代的上海,"文艺茶话"这个艺术沙龙也颇知名。这个沙龙小团体成员多为艺术界人士,间或也有文学家参与其中。其主要成员为章衣萍、徐仲年、孙福熙、华林、汪绸然、曾仲鸣、陈抱一、余慕陶等。这些人大多曾留学法国或对法国浪漫文艺十分热衷,对曾盛行于法兰西文化史上的沙龙也十分认同,因此聚集到一起组织起了这个沙龙。具体的过程是这样的:最早的活动起源于孙福熙,孙在主编《小贡献》时,发起"星期日做什么事?"的讨论。此文刊发后,徐仲

---

① 两人都撰文回应,表示不爱光顾咖啡馆,对咖啡也没有兴趣。参见郁达夫的文章《革命广告》和此文后鲁迅的附记,《语丝》第4卷第33期,1928年8月13日。
② 夏衍:《懒寻旧梦录》,北京:三联书店1985年版,第146页。

年发文回应此议题,倡议成立"文艺茶话会"。第一次聚会在孙福熙家里,孙并撰文一篇,刊于《中华日报·小贡献》第22号。第二次聚会在北四川路新雅举行,参加者有不少画家:陈抱一、华林、孙福熙、徐仲年、李宝泉、刘雪亚等。后来又在《时事新报·青光》出版了"一星期茶会"专号。此艺术沙龙正式成立之后,每次活动之前都在媒体上广而告之。刊登此会消息的期刊有《弥罗周刊》《艺风》《青光》《文艺周刊》《星期文艺》。

"文艺茶话"活动最初是出于直接的对法国沙龙交游的模仿。我们来看徐仲年《提倡星期茶话会》的文章:

> 在法国有种文艺科学家聚集处,叫做"沙龙"(Salon),"沙龙"这字本作"客厅"讲。主持"沙龙"者都是极美,或极聪明,或有名望的女人。"沙龙"中先预备些茶点与无数椅子,与会的人走了进来,先向女主人行了礼,然后与别人握手。行礼既完,便自行用茶点……茶点过后,便自招朋友谈心。如果肚子还饿,不妨再用些点心。有时请一专家或名人作一无形式的演讲,有时放电影,有时打开无线电机来跳舞。总言之,都是些极高尚,极有价值的娱乐。我想我们不妨仿制一番。我们大家是两袖清风的教授或学生,我们不要谁请客,我们自己请自己:大家搭份子出钱来买茶点,岂不痛快[……]①

由此可知"文艺茶话"的特征:不以名利为饵,专以友谊相号召,无形式上的组织,全赖精神上的结合。章衣萍在《谈谈〈文艺茶话〉》一文中强调了这个集会的特点:"我们的文艺茶话,没有一定的会所,没有很多的费用,有时在会员的家里,大多数的时间还是在这里那里的花园,酒店,咖啡馆(有趣的华林先生译作'佳妃馆')里。我们没有一定的仪式,用不着对谁静默三分钟或五分钟,我们也没有一定的信条,任你是古典主义也罢,浪漫或自然主义者也罢,什么什么主义者都罢,只要你爱好文艺,总是来

---

① 徐仲年:《提倡星期茶话会》,《小贡献》第12号,1932年6月12日。

者不拒的。"①的确如此,与之前的咖啡馆文人群体及沙龙文人有所不同,文艺茶话参与者并非局限于日常交好的同仁,而是一个开放性的文艺集会。几乎每一期都会有新的"文艺青年"加入,有的更是跨省远道而来。

章衣萍也对茶话这一形式做了追根溯源:"这样的纯粹的自由的文艺茶话,当然也是古已有之。我们想到王逸少的兰亭雅集,或是李太白的春夜宴桃李园;或是英国约翰生(Johnson)时代的才子们所组织在伦敦的文学会(Literary Club),或是法国的沙龙,那是有漂亮的女人们在座的。那都是我们的同志或朋友。虽然我们这里没有王逸少与李太白或约翰生,更可惜的是漂亮的女人们也太少。"②徐仲年曾留学法国,在里昂大学文学院获博士学位。在法国生活期间,对法国文化史上的沙龙文化十分热衷。与徐仲年强调学习西方沙龙不同,作为南社成员的章衣萍自然而然地联想起了中国文人雅集的传统。而华林则径直将中国的"雅集"等同于西方的"咖啡馆"聚会。他说:"中国素有品茗之雅集,故各城市之中,茶馆林立,较西方之'佳妃馆'其性质亦正相同,不过佳妃浓而丽,富刺激性,此二佳品,亦可代表东西文化之不同也。"③华林向读者介绍了几个国家的咖啡馆("瑞士湖畔之佳妃""卫尼丝游艇中之佳妃""罗马著名之文艺佳妃""巴黎之蒙巴那司佳妃雅聚"),倡导国内文艺空气的流行,以取代烟馆赌博馆等"堕落志气,损害身体,妨碍事业"的下流娱乐。一面纠正恶习,一面提倡"文艺之高尚娱乐"——华林高度评价咖啡馆的文化意义:"此种精神集合,不计利害,不分门户,无所为而为","超然于利害之外,以清白纯洁之心,为文艺朋友之雅集"。有意思的是,华林将"咖啡馆"译作佳妃馆,将西方式的沙龙视为"雅聚"。这与曾朴将中国传统雅集视作西方式的沙龙的思维正好相反。

文艺茶话与邵洵美、张若谷等人的沙龙和咖啡馆聚会类似,都打着借

---

① 章衣萍:《谈谈〈文艺茶话〉》,《文艺茶话》第 1 卷 1 期,1932 年 8 月。
② 章衣萍:《谈谈〈文艺茶话〉》,《文艺茶话》第 1 卷 1 期,1932 年 8 月。
③ 华林:《文艺茶话》,《文艺茶话》第 1 卷第 1 期,1932 年 8 月。

鉴西方的沙龙聚会的旗帜,但与前者热衷异国情调喜爱咖啡不同,文艺茶话以"茶"名世,同时以中国传统雅集为尊崇对象。可以说,文艺茶话会是仿效中国传统文人雅集和西方文艺沙龙的形式而组织起来的文艺聚会,具有沿袭传统和学习西方的双重色彩。从某种程度上说,"文艺茶话"更接近现代的"文学俱乐部"性质,而非一个纯粹的精英式的文艺沙龙。它的聚会场所也不像一般沙龙那样比较固定,参会人员也未经主办者精挑细选,用章衣萍的话说,"只要你爱好文艺,总是来者不拒的"。因而与其他的沙龙和咖啡聚谈群体相比,"文艺茶话"的成员文化修养要低许多,但也正因如此,"文艺茶话"比其他所有的沙龙更接近"文艺大众化"的目标。

据多人回忆,文艺茶话会活动形式多样,有自由交谈,也有一人为主的演讲,还有多人演说,很是多元。这个茶话会还常常举办中外艺术家的座谈会,比如组织过庞薰琹绘画座谈和周碧初的风景画座谈。意大利画家查农来华之际,也于此会举行座谈,与此同时,《文艺茶话》登载了徐仲年、华林、汪亚尘等人的介绍文章。① 与其他沙龙不同,文艺茶话还跨城市流动,在苏州、杭州举行过活动。因召集人华林、徐仲年等均有艺术背景,《文艺茶话》与上海美术界联系密切,并与苏杭美专多有合作。而合作每每采取联谊的方式进行。1933年3月19日,应杭州国立艺术学校邀请,文艺茶话会在杭州灵峰梅树下举行,孙福熙、林风眠、钟敬文、华林、徐仲年等四十多人参加。② 而后,文艺茶话骨干成员应江苏省立女子师范学校校长陈允仪之邀到苏州演讲,此后苏州女师与苏州美专的师生也加入到文艺茶话的活动当中。

---

① 《第八十七次"文艺茶话"欢迎查农先生》,《文艺茶话》第2卷第8期,1934年。
② 关于这次茶话,陈达仁撰文(《参加文艺茶话会记》)详细记录。文章记载了徐仲年讲话,徐在演讲时指出文艺茶话会遭到了时人的批评,批评者认为他们在国难当头之际,尚作逍遥之游,华林反驳说,救国是多方面的,不是整天哭泣便可救国。

图 1-1　此图乃华林结婚之际文艺茶话会同人共同合作的纪念①

另据王平陵的《南京"文艺茶话"的追记》一文可知,南京也办过文艺茶话会,此次活动由谢寿康、江小鹣等人发起。

> 有一晚,我在南京某茶园,遇到谢寿康先生伴着江小鹣先生在啜闲茶。我随即提起法国文艺客厅的情形,作为我们的谈料。谢先生主张在南京也应该来一次,开开风气。我说:"南京的女士们再也没有工夫关心到这个",谢先生说:"就由男士来召集,也是一样"。我便自告奋勇在谢先生那里讨了这一笔差事。②

谢寿康、江小鹣都曾留学法国,和邵洵美关系熟稔,并且,三人均是国内艺术团体"天马会"③的成员。南京的这次"文艺茶话"据江小鹣回忆,

---

① 题字者分别为:碧遥女士题"美人手拈花,姗姗行林下",华林题"五月八日,约友聚餐,留名纪念",陈抱一速写新娘宛姗肖像,李宝泉题"艺术化的人生",天庐题"结欢喜缘",徐仲年画了两颗心,罗振英女士题"两心相印",傅彦长题"傅彦长敬贺",潘恩霖题"诗人之爱,爱人之诗",春苔(孙福熙)画华林肖像,题"良人者,仰望而终身者也"。图片来自《文艺茶话》第 1 卷第 9 期。
② 王平陵:《南京"文艺茶话"的追记》,《文艺茶话》第 1 卷第 6 期。王平陵是 1929—1931 年间南京《中央日报》副刊部的主任,王平陵与华林均为中国文艺社成员,此社为国民党中宣部直接领导。谢寿康、江小鹣是邵洵美的好友。
③ 天马会:1919 年 10 月 23 日在上海美术专门学校,由刘海粟、江新、丁悚、刘稚农等画家发起成立的一个艺术团体,主张现代中国新艺术运动的启蒙,反对保守的模仿的艺术,主张"拿'美的态度'创作艺术,开拓艺术之社会,实现美的人生。由丁悚定名,取"天马行空"之意。天马会每年定期举行展览,展品包括国画和西洋画两类。成立经过参见刘海粟:《天马会究竟是什么?》,《艺术》1923 年第 13 期。邵洵美留法期间和朋友成立的"天狗会"便是受"天马会"的启发而来。

举办得十分成功,客厅的布置式样是由谢寿康从法国学来的,参与者有方于女士、郭子雄、徐仲年、孙俍共夫妇、王道源等,活动主要是聆听昆曲、法国歌剧及交谈。

  文艺茶话活动比曾朴、邵洵美的沙龙活动为晚,曾朴的沙龙活跃时段为 1927 年到 1930 年,而邵洵美的沙龙活动持续时间较长,大概到了 1937 年左右。文艺茶话第一次集会在 1932 年 6 月 19 日,最初的集会每举办一次就换一个地方,地点大多为上海的茶店(上海八仙桥青年会、福禄寺点心店)、咖啡馆、花园,后来较为固定,在"福禄寺",一般每周日举行,少有间断。而《文艺茶话》杂志则是章衣萍、孙福熙他们将口里的谈天付诸文字进一步进行笔谈的结果,可以说是"文艺茶话"这一艺术沙龙的衍生品。杂志的编辑风格并不全以异域文学为主,旧体诗词、画家画作都有展示。

  以茶话会形式发起的沙龙也与当地的高校有所联合,然而与北平林徽因沙龙和清华、北大两大名校的关系密切相较而言,上海沙龙与学院的关系要浅淡许多。另外,这个文艺茶话,对中国美术事业的发展起到了不可忽视的作用,尤其是促进了中国现代美术展览制度的形成。在此茶话会上,发起成立了全国艺术展览会,后名为"艺风社展览会",地点定在南京、苏州、上海和杭州四处,每年春秋两季开会展览。在文艺茶话这里,"沙龙"的两个内涵得到了比较和谐的统一,一边聚谈,一边展览,从而建构了一个全新的"沙龙—出版—展览"体系。① 这是文艺茶话这个团体很特别的地方。在众多文艺小沙龙中,文艺茶话算是延续时间比较长的,活动也最为频繁。由《文艺茶话》第 2 卷第 10 期徐仲年的《道歉及更正》一文可知,"文艺茶话会"共举办了 98 次。

  沙龙既为一时潮流,难免泥沙俱下。一些沙龙小团体是成员之间志同道合的联合,另一些则不然。有的组织者为了扩大自己的沙龙声名,不

---

① 沙龙的"展览"和"聚谈"的双重意义在此得到比较完美的结合。比如在 1933 年 8 月 6 日的茶话会中,文艺茶话举行周碧初先生的风景画展览,"同时请到会诸文艺家随意批评"。参见《关于周碧初先生的苏州风景画》一文,《文艺茶话》第 2 卷第 1 期,1933 年。

乏扯虎皮做大旗的,结果导致同人不同,常常发生笑话。为鲁迅痛批的曾今可就属于此类。曾今可对沙龙社交非常热衷,在沙龙潮流兴起之际,他亦召集了一个"文艺漫谈会",并主办《新时代月刊》和《文艺座谈》两本杂志,以刊登漫谈会内容及文坛消息,这些文坛消息大多涉及曾今可交游圈中人,而文字也极为琐碎。出现了诸如"笔会改选理事""徐志摩纪念刊将出版""《小姐须知》在日本"等作家"起居注"式的报道,难登大雅之堂。在创刊号上,他列出了发起人的名单。然而此漫谈会并非曾本人说的那样"志同道合",发起人名单里的张凤、龙榆生、曹聚仁等可谓被"强拉作伕子",并未事先通知。曹聚仁得知自己"被列名"后专门写了一篇文章《"文艺座谈"遥领记》(聚仁,《涛声》第 2 卷第 26 期)予以否认和讥讽。

组织者"虚张声势"而外,参加沙龙的客人们也并非都是为了文艺,有的人十分功利,目的在于积攒人脉,为的是布迪厄所说的"文坛占位"。1929 年 8 月,田汉、洪深、朱应鹏、王道源联合发起了"文艺夜谈茶会"。朱应鹏的好友傅彦长,以及南国社的成员左明、俞珊、金焰等人也都参加夜谈。夜谈的话题比较多元,有性变态心理、新雅茶室的文人聚会、鬼神传说等等,①颇有些谈野狐禅的氛围。成员之一的唐槐秋后来谈及此会,道:"我是一个新踏进上海社会的人,能够得到一个机会,多认识几个圣人君子,固所愿也,就是多接近些狐群狗党,我亦认为倘若要在上海玩下去的话,也是应该。"②

值得注意的是,不同阵营的文人在举行文艺沙龙这一生活方式上取得了某种共识。据赵景深回忆,在郑振铎家里也常有客人聚谈文艺。

> 振铎一手端了一碗早餐饮用的粥,一手拿着一本深蓝色薄面重加装裱的讲究的戏曲蹑了出来。他翻开其中木刻的图画给我看,我不感到兴味,这是在十年以前。……在东宝兴路郑寓的会客室和书房里,八九个喜爱文学的宾客,彩绸的电灯罩下,振铎在沙发上翻着

---

① 参见左明:《文艺夜谈》,《南国半月刊》月订本,第 1 册。
② 唐槐秋:《我与南国》,《矛盾》第 2 卷第 5 期,1934 年 1 月。

《西游记杂剧》的日本复刻本给我看,书桌上正摊放着他的未完成的稿子和小本的《曲苑》。①

郑振铎是文学研究会的成员,然而在文学趣味以及生活方式上却和热衷沙龙的邵洵美、张若谷等人相近。不仅在家招朋唤友,郑振铎也爱去新雅茶室。

除了中国文化人的各类小沙龙之外,在上海,外国人举办的沙龙也很多。根据现有的材料,比较知名的有"亚洲文会"和著名的伯纳迪恩·弗里茨夫人(Bernadine·Fritz)主持的沙龙。傅彦长在日记里就多次记载了参加"亚洲文会"的活动。② 此文会的具体情形,可以参见复旦大学王毅的博士论文《皇家亚洲文会北中国支会研究》。论文其中一章《亚洲文会与中西文化交流》指出了亚洲文会传播公共文化观念的功用。然而,总体而言,这是一个研究中国的外国文化机构,它的重点并非在"传播西学"。如果说亚洲文会是严肃的文化组织结构,那么弗里茨夫人的客厅则是以个人名义组织的文艺沙龙。

弗里茨夫人是上海股票经纪人切斯特·弗里茨的太太,是上海外国人社交界的中心人物。弗里茨夫人有钱,且有艺术情趣,再加上观点比较开明,她每周日举办的沙龙里聚集了不少中国名流。这些中国名流中,就有胡适、邵洵美、梅兰芳、林语堂等人。在项美丽眼中,这位上海著名的沙龙女主人是这样出场的:"玛西娅身着一套晚装,闪闪发光的裙裾拖在脏兮兮的地板上。在派对里,她的微笑随着她茶杯上的热气洋溢始终。"③弗里茨更像一个社交明星,然而她的确在中西文化交流上做出了贡献,借助沙龙这一平台,她提携和推出了不少中国先锋艺术家,庞熏琴的成名就

---

① 赵景深:《郑振铎》,《文坛回忆》,重庆:重庆出版社1985年版,第275页。
② 傅彦长日记:1927年2月10日"借张若谷往亚洲文会",2月12、13、14、15、17、18、24"到亚洲文会"。1927年4月5日、18日、21日、23日、24日、26日、28日、30日、5月11日,到亚洲文会。1927年7月20日,到亚洲文会。
③ *Steps of the Sun*, p. 42. 转引自王璞:《项美丽在上海》,北京:人民文学出版社,2005年,第56页。

有弗里茨夫人的助力。而弗里茨本人,对自己的"贡献"也颇自得:

> 玛西娅很得意她能聚集这么多中国名流,把他们向哈恩姐妹展示。她也为自己能与这么多本地名流自如交往而得意。"我来此地之前",她喜滋滋地说,"没人试图与中国人社交。这些头脑简单、自鸣得意、傲慢自大的外国人想要装得好像还呆在他们英格兰或法兰西老家似的。而那些亲切可爱的中国人也照样旁若无人地过他们自己的日子,如此优雅,如此安逸……你会发现他们才是真正会生活的人。"①

晚清以后,上海就有西方人开办沙龙聚会,然而因为种族歧视,中国人少有机会参加。弗里茨夫人的不拘一格,打破了中西文化人之间的壁垒,对中西文化的沟通交流起到了很大作用。因而此举也让她赢得了中国名流的认可和赞赏。邵洵美将其誉为"花厅夫人",特意撰文宣扬称道。而胡适在上海时期,和弗里茨夫人也多有过从。1930 年 1 月 30 日胡适日记记载:"下午 Baroness Pidoll(皮德尔男爵夫人)请吃茶,会见英国今日大戏剧家 Noel Coward(诺尔·科沃德)。惭愧的很,我不但没有看过他的戏,并且没有读过他的戏。同吃茶的客人有 Mrs. Chester Fritz(切斯特·弗里茨女士),也是很有学问的人。他们谈欧美的音乐戏剧,我竟毫不知道,惭愧的很。"②这是胡适与弗里茨的第一次会面,对其做出了很高的评价。之后的两三年内,胡适多次访问弗里茨,每次都是长谈。③ 弗里

---

① *Steps of the Sun*, p.42. 转引自王璞:《项美丽在上海》,北京:人民文学出版社,2005 年,第 56 页。
② 胡适:《胡适日记:1930 年 1 月 30 日》,《胡适日记全编(1928—1930)》(第 5 卷),曹伯言整理,合肥:安徽教育出版社 2001 年版,第 649 页。
③ 1931 年 1 月 17 日:"访 Mrs. Bernadine Solty Fritz,谈甚久。"《胡适日记:1931 年 1 月 17 日》,曹伯言整理,《胡适日记全编》第 6 卷,第 29 页。
1933 年 6 月 17 日:"到 612R. Boisseson(伯赛森路 612 号)见 Bernadine Fritz(伯纳迪恩·弗里茨)。她近年为我辩护最力;凡有攻击我的,她必力为辩护。"《胡适日记:1933 年 6 月 17 日》,《胡适日记全编》第 6 卷,第 224 页。
1934 年 2 月 7 日:"访 Bernadine Fritz,谈了一点多钟。"《胡适日记:1934 年 2 月 7 日》,曹伯言整理,《胡适日记全编》第 6 卷,第 316 页。

茨夫人对文艺很热衷,她倡议组织了"万国艺术剧院"①(简称 IAT),借助这一平台,开展多种多样的文化活动。项美丽回忆:"IAT 组织音乐会、讲座和讨论会,还安排演出。她的音乐会是如此的成功,连俄国人和德国人都一起来参加。而辩论会的讲题则五花八门,无奇不有。包括像《中国的生育控制》这样的讲题(三名天主教神父担任嘉宾,效果轰动)。演出的效果也棒极了,特别是那场全由中国班底演出的《太太珍泉》(*lady Precious Stream*)。"②而据邵洵美的《文化的班底》一文,此剧院还演出了英文剧《红鬃烈马》,此外,梅兰芳也曾在剧院表演。

与上海作家对咖啡馆、茶楼的热衷不同,北京文人极少有宣扬咖啡馆座谈的。北京文人更多的是在自家客厅,或是走向公园,在那里的露天茶座里谈笑风生。在此,胡适参与的一个政治沙龙值得关注,这便是顾少川家举办的政治集会,以"茶话会"的名义举行。成员有胡适、蔡元培、丁在君、张君劢、秦景阳、陈聘丞、严琚、王长信、周季梅、蒋百里、林宗孟、陶孟和、李石曾、高鲁、叶叔衡等。顾宅的"茶话会"每周定时举行,时间是下午四点,地点在顾少川家客厅,主要讨论政治局势及制度建设,并有政客演讲,是一个比较严肃的政治沙龙。顾宅的这个茶话会,和胡适后来在上海召集的"平社聚餐"性质相近,后者某种程度上是前者的延续。

除了自家的客厅,公园是北平知识分子们聚集高谈的一个重要场所。与鲁迅在上海以书店为社交空间不同,胡适在北平主要以公园为主要社交场所。③ 这一点北平文人与上海文人不同。上海文人更多热衷光顾咖啡馆、书店等文化消费场所。这和京海两地的都市文化差异有很大关系。

---

① 邵洵美旗下的《人言周刊》第 2 卷第 10 期《万国艺术剧院》一文专门介绍了弗里茨夫人组织的万国艺术剧院的详细活动情况。
② *China to Me*,pp.5—6. 转引自《项美丽在上海》,北京:人民文学出版社 2005 年版,第 57 页。
③ 胡适与公园的关系,可以参考江勇振《男性与自我的扮相:胡适的爱情、躯体与隐私观》(《现代中文学刊》2011 年第 6 期)。江认为"公园"作为西方输入的"新空间"概念,为胡适提供了更宽广的男性唱和圈。胡适的社交空间多在公园,他很少去咖啡馆,只于上海时偶然光顾。有记载的一次是 1921 年 8 月 10 日:"又到 Carton Café(卡尔顿咖啡馆),春舫邀吃饭,有欧阳于倩及一个美国人名 XXX 的。"(胡适:《胡适日记全编》第 3 卷,第 425 页)胡适很少喝咖啡,到了晚年,有了喝咖啡的习惯后,仍然警戒自己"要避免咖啡的引诱力"。

在这个意义上,"来今雨轩"是个有代表性的重要文化空间。在这个空间里,胡适、《大公报·文艺》的编辑杨振声、沈从文、萧乾等经常邀客聚谈。胡适日记中频频可见到来今雨轩约客高谈的记录。如1922年2月5日:"与在君、文伯在来今雨轩吃午饭,谈时局甚久。饭后,董显光来谈,也是谈时局。"①1922年3月4日:"六时半,到来今雨轩,与在君、文伯同吃饭。在来今雨轩遇见耿济之,郑振铎,瞿世英等。"②1921年6月30日北平五团体公饯杜威亦在来今雨轩中。这一时期,胡适还常常参加的一个"文友会"的活动,也常于来今雨轩举行,演讲人多为外国文化人。胡适日记中同样有多则记载:

> 1921年5月27日:七点,文友会在来今雨轩开会,到者二十七人,钢男爵(Baron Stael-Holstein)演说"佛陀传说中的历史的部分"。③

> 1922年6月28日:七时,到公园,赴文友会。是夜的讲演为德国汉学者尉礼贤(Richard Wilhelm),讲《易经》的哲学,大旨用我的解释,没有什么发明。……我也加入讨论,但这种题目太专门了,能加入讨论的人太少,减少趣味不少。④

> 1922年11月17日:晚上文友会在中央公园开本年第二次会,我演说《中国小说发达史》。⑤

胡适笔下的"文友会"是上海文化团体"亚洲文会"的分支机构。在北京主要以公开的演讲为主要活动方式。外籍文人主持的"文友会"以"讲学"为主,而顾少川家的"茶话会"则以"议政"为主,胡适同时参加这两个沙龙,正是他一向主张的"讲学复议政"的目标所在。除此而外,顾

---

① 胡适:《胡适日记全编》第3卷,第551页。
② 同上书,第569页。
③ 同上书,第278页。
④ 同上书,第710页。
⑤ 同上书,第883页。

颉刚日记中大量的朋友聚餐,胡适家的周六会客制度,①在北平都十分知名。这类聚谈虽不可命名为沙龙,但也折射出二三十年代的现代中国,"朋友"在这些知识分子的立身、处事、事功中占据了相当重要的地位,即现代知识分子之间的交往开始由传统农业社会"血缘"和"地缘"的联结转向了"学缘"之交。

随着中西文化交流的深入,沙龙这一文化形式逐渐蔓延开来。最初的沙龙倡导者亦步亦趋地模仿欧美,但在实际的运行中却不可避免地中国化了。二三十年代的中国沙龙与西方的沙龙有许多不同。最主要的一点是西方沙龙往往有一个美丽或知名的女主人,而中国的沙龙一般由男性主持(林徽因除外)。这显然不是有意的标新立异,而是无奈之举。早年倡议和创办沙龙的人们也曾想觅一位女性主持人,然而由于中国女性受教育的状况以及风气初开的基本国情,这样的沙龙女主人很难寻觅。于是只好以男性代之。此外,西方的沙龙主要在室内空间举行,往往以某个贵妇人的客厅为主要聚会地点。而中国的沙龙组织形式较为多样,不限于室内一隅。当然,客厅自然是首要之选,然而也不乏以书店、公园、茶楼等为活动之址的。这一方面自然是趣味的不同,一面也和主人的家境财力有关。第三,西式沙龙涉及文艺、政治、哲学、历史等领域,相对而言话题比较广泛自由,不拘一格。而中国的沙龙往往以谈文论艺为主,虽也涉及政治,但不是主要成分。参与的成员也多是小说家、诗人、批评家、散文家、画家等文艺界人士,或对文艺有相当见解的其他领域的人物。

---

① 胡适在日记里记载了这个会客制度:"今天来客甚少。我五年来,每星期上午九点到十二点,为公开见客时期,无论什么客来都见,冬秀戏称为'胡适之做礼拜!'有时候,一个早晨见二三十个客。今天只有三位。"《胡适日记1934年1月7日》,《胡适日记全编》第6卷,第278页。胡适在交际场合是个优秀的"沙龙男主人",言谈艺术高超。苏雪林评价胡适"谈话的艺术":"先生说话时声调极清晰,每一发言,必带点滑稽的趣味。不过他的滑稽与吴稚晖先生不同,吴先生的滑稽每教人哄堂,教人绝倒,先生只给人隽永的余味,总之两先生的谈话,我不能不承认同为'词林妙品'。"(雪林女士:《与胡适之先生的谈话——由徽州的"国宝"谈到文学》,《生活》杂志第20期,1928年3月)

第三节 从"清谈""雅集"到"沙龙"的转变

沙龙是一个外来词,在它作为一个新名词进入中国之前,中国传统文化中关于文人交游的说法有"清谈""雅集""茶会"等。而自晚清"沙龙"一词进入中国,文人交往在方式、内涵及功用上,都发生了改变,不仅参与沙龙的主体由传统文人转向现代知识分子,"沙龙"概念本身,也具备了一种现代意识,并影响了近现代中国的文化和文学的发展。林纾1917年在《论古文之不宜废》中曾表达对滥用新名词的忧虑,可以说林纾的这一忧虑颇具长远眼光。他说:"民国新立,士皆剽窃新学,行文亦泽之以新名词。夫学不新而唯词之新,巫特不得新,且举其故者而尽之,吾甚虞古系之绝也。"①Salon作为新名词进入中国文化人的视野,也是处于"西学涌入"的大背景之下。"学不新而唯词之新"。究竟沙龙与中国传统的"清谈""雅集"之间的关系是否也是这样,仅仅是"词之新"?这里,我们需要辨析一下中国传统文化人所热衷的公共交往方式:"清谈""雅集"和"沙龙"的区别。

"清谈"一词在史书、诗文中出现较早。"前刺史焦和,好立虚誉,能清谈"(《后汉书》卷五八《臧洪传》),"清谈同日夕,情盼叙忧勤"(刘桢:《赠五官中郎将诗四首》),"座有清谈之客,门交好事之车"(《魏书》卷六五《李谐传》)。这些史籍中的"清谈",虽然意义并不完全相同,但都有"高谈阔论"之意。后来,"清谈"逐渐专指士大夫之间的言语辩论活动。唐翼明先生曾对"魏晋清谈"做出定义:"所谓'魏晋清谈',指的是魏晋时代的贵族知识分子,以探讨人生、社会、宇宙的哲理为主要内容,以讲究修辞技巧的谈说论辩为基本方式所进行的一种学术社交活动。"②清谈虽盛

---

① 林纾:《论古文之不宜废》,《民国日报》1917年在2月8日。
② 唐翼明:《魏晋清谈》,北京:人民文学出版社2002年版,第30页。

于魏晋,然而不限于魏晋,总览全局,不妨借用唐先生的定义,把"清谈"定义为"知识分子以探讨人生、社会、宇宙的哲理为主要内容,以讲究修辞技巧的谈说论辩为基本方式所进行的一种学术社交活动"。

至于"清谈"的起因,学界将其归因为汉末的"清议"。陈寅恪先生认为:"大抵清谈之兴起由于东汉末世党锢诸名士遭政治暴力之催压,一变其指实之人物品题,而为抽象玄理之讨论。"①《世说新语》中记载了大量文人清谈的案例。这些清谈,学界一般将其分为"正始清谈""竹林清谈""西晋清谈""东晋清谈"几个阶段,这也是清谈最为盛行的时期。② 正始清谈以何晏、王弼两位玄学家为中心,《世说新语·文学》(六)载:"何晏为吏部尚书,有位望,时谈客盈坐。"此时期所谈大抵为儒家和道家经典。"竹林清谈"指的是嵇康、阮籍、王戎、阮咸、山涛、向秀、刘伶几位名士的交游。西晋统一之后,清谈再度兴起。《世说新语·言语二三》刊载:"诸名士共至洛水戏。还,乐令问王夷甫曰:'今日戏乐乎?'王曰:'裴仆射善谈名理,混混有雅致;张茂先论《史》、《汉》,靡靡可听;我与王安丰说延陵、子房,亦超超玄著。'"③由此处可知,西晋清谈开始涉猎史书。到了东晋时期,清谈的学术性开始减弱,"藉卉饮宴"成为比较普遍的新形式,严肃的理论探讨开始转向轻松的休闲娱乐。《世说新语·言语三一》载:"过江诸人,每至美日,辄相邀新亭,藉卉饮宴。周侯中坐而叹曰:'风景不殊,正自有山河之异!'皆相视流泪。唯王丞相愀然变色曰:'当共戮力王室,克复神州,何至作楚囚相对?'"④至此,"清谈"开始向"雅集"方向转变。

"雅集"一词较"清谈"出现为晚,据已有研究,大约在北宋以后,"雅集"逐渐取代"清谈"成为文士聚会谈论的代称。"雅集"和"清谈"有重

---

① 陈寅恪:《陶渊明之思想与清谈之关系》,燕京大学哈佛燕京社刊印,第3页。
② 参见李修建《风尚——魏晋名士的生活美学》中的相关论述,北京:人民出版社2010年版。
③ [南朝宋]刘义庆:《世说新语·言语二三》,《世说新语汇校集注》,[南朝梁]刘孝标注,朱铸禹汇校集注,上海:上海古籍出版社2002年版,第73页。
④ [南朝宋]刘义庆:《世说新语·言语三一》,《世说新语汇校集注》,第81页。

合之处,又有不同,"清谈"更多强调聚会之时的言语辩论,而"雅集"则形式多样,士人可以饮酒,可以赋诗,可以辩论,亦可赏景,较之"清谈"在内涵和外延上都有了许多拓展。魏晋清谈以儒家和道家经典为主要话题,而到了雅集时期,则主要以诗画为题了。士风的改变可见一斑。

文人集会的源头可以追溯到《诗经》。"我有嘉宾,鼓瑟吹笙",正是宴饮雅集的场景。西汉以后,曾一度出现过宫廷君主与文学侍臣的文学集会,西汉梁孝王与枚乘、司马相如等常相唱和,到了建安时期,曹氏父子常于邺下都城招待文人宾客。此乃君主与侍臣的雅集,因为等级之故,难免不得尽兴。到了西晋时期,一些朝廷重臣或贵戚开始在私家宅院举办文会,其中石崇的金谷园最为知名。在此金谷园内,陆机、陆云、刘琨、潘岳等才子文人常相聚会,这就是闻名后世的"金谷雅集"。《晋书·刘琨传》载刘琨"冠绝时辈,引致宾客,日以赋诗";这批文士"昼夜游宴,屡迁其座,或登高临下,或列坐水滨。时琴瑟笙筑,合载车中,道路并作。及住,令与鼓吹递奏。遂各赋诗,以叙中怀"①。可见,当时文人宴游乃一时风尚。

随后东晋王羲之笔下的"兰亭雅集"更为著名。王羲之任会稽内史及其隐居时期,常与朋友在兰亭集会,而以永和九年的雅集最为知名,对于这次雅集,王羲之有很详细的记载:"永和九年,岁在癸丑,暮春之初,会于会稽山阴之兰亭,修禊事也。群贤毕至,少长咸集。此地有崇山峻岭,茂林修竹,又有清流激湍,映带左右,引以为流觞曲水,列坐其次。是日也,天朗气清,惠风和畅,娱目骋怀,信可乐也。虽无丝竹管弦之盛,一觞一咏,亦足以畅叙幽情矣。故列序时人,录其所述。右将军司马太原孙丞公等二十六人,赋诗如左。前余姚令会稽谢胜等十五人,不能赋诗,罚酒各三斗。"②与金谷园的"琴瑟笙筑""丝竹管弦"相比,兰亭集显得更纯粹

---

① [南朝宋]刘义庆:《世说新语·品藻第九》注引石崇《金谷诗序》,《世说新语汇校集注》,第456页。
② [南朝宋]刘义庆:《世说新语·企羡第十六》注引王羲之《临河叙》,《世说新语汇校集注》,第539页。

些,注重精神上的交流。中国历代文人画中不乏表现文人宴会、品茗、吟诗、游览的题材。其中,兰亭修契便是最常见的一个素材。

隋唐时期文人雅集也很盛行。自帝王至臣子,均有文集之风。隋炀帝杨广曾在晋王府广召文人雅集。《旧唐书·杨师道传》载:"(杨)师道退朝后,必引当时英俊,宴集园池,而文会之盛,当时莫比。"唐代雅集更为常见,李白等有春夜宴桃李园的集会,"序天伦之乐事"。到了北宋时期,以苏东坡为核心的元祐文人圈更是将雅集这一形式发挥到了极致,出现了"西园雅集"这样一个盛大的文士集会。据米芾《西园雅集图记》描述,这次雅集参加者共有:王诜、苏轼、苏辙、黄鲁直、秦观、李公麟、米芾、蔡肇、李之仪、郑靖老、张耒、王钦臣、刘泾、晁补之、僧圆通、道士陈碧虚共十六位名士参加,可谓"胜友如云""高朋满座"。——到了清代,中国士人之间的交往已经形成了比较固定的雅集传统,每逢佳节良辰或是著名诗人(比如苏东坡、黄庭坚、陆游等人)的诞辰,往往借以举行雅集活动。

晚清以降,欧美茶会之风开始传入中国,时人的雅集开始浸染上欧西色彩。南社前身"神交社"初创时,特意撰文《神交社雅集小启》。在此文中,陈去病呼吁:"夫当此俗敝风颓之日,正吾侪论交讲学之年。何况秋令方新,长日如岁,雷雨既过,薰琴乍调。竹林清谈,世何让乎嵇、阮;德星夜聚,今不异乎太丘。际吴会之名区,结海天之胜侣,论文道故,一朝而集。虽乏曲水流觞之雅,庶追江湖惊隐之风。"①期待本社"雅集"不让"竹林清谈"的风采,承继传统的主旨不言而喻。有意味的是,在同一天的《神舟日报》,陈去病还写了一篇《神交社例言》,对"神交社"作了如下定位:"本社性质,略似前辈诗文雅集,而含欧美茶会之风。故开会仪式暨其他经费,悉有发起人等担任;来宾到会,但签名而已,毋庸纳金。"②此处的"欧美茶会"即"沙龙"。在这里,对欧美茶会的模仿限于体式上的"毋庸纳

---

① 陈去病:《神交社雅集小启》,《神舟日报》1907年7月29日。
② 同上。

金"。可以看出,神交社的发起已经具备了从"清谈""雅集"向"沙龙"过渡的性质。

雅集到了民国,仍然存在。在北京,比较著名的有1913年4月9日梁启超召集的万牲园修禊。在给女儿梁令娴的信中,梁启超详细介绍了此会情况:"今年太岁在癸丑,与兰亭修禊之年同甲子,人生只能一遇耳。吾昨日在百忙中忽起逸兴,召集一时名士于万牲园修禊赋诗,到者四十余人(有一老画师为我绘图),老宿咸集矣。"① 在此信中,梁启超将此雅集称为"兰亭以后,此为第一佳话矣",显然是夸大之语。在上海,有晚清遗老创办的超社雅集,超社成立于1912年,主要主事者为沈增植,参加者有陈三立、周树模等人,每月一聚,饮酒赋诗,相互唱和。此外,成立于1913年的淞社也常举办雅集,1913年4月9日,淞社同人修禊徐园。此为当年沪上规模最大的旧诗社。淞社成员比较复杂,寓居沪上的晚清遗老较多,此外也有新式报人和编辑。②

20世纪二三十年代,"沙龙"成为新文化及新文学中的热门词汇,沙龙交游也成为知识界流行的一种文化现象,如上节所述。然而,在新文人热衷沙龙的同时,习旧文学者对雅集的兴趣亦未曾稍减,几为并行不悖。在南京,国学氛围浓厚的几所大学,雅集之风尤为浓郁,计有梅社、潜社、上巳诗社、如社及扫叶楼登高雅集等活动。梅社成员是国立中央大学的几位女学生,有尉素秋、沈祖棻、王嘉懿等,常集会填词,沈祖棻在《忆旧游》一词中,回忆当年梅社雅集情形:"记梅花结社,红叶题词,商略清游。蔓草台城路,趁晨曦踏露,曲径寻幽。"③ 潜社的发起和活动是以吴梅为核心的,主要成员是吴梅的学生。吴梅在日记中记载:"潜社者,余自甲子、乙丑(1924、1925年)间偕东南大学诸生结社习词也。月二集,集必在多

---

① 梁启超:《与娴儿书》,丁文江、赵丰田编:《梁启超年谱长编》,上海:上海人民出版社2008年版,第432页。
② 此处参考叶中强:《上海社会与文人生活(1843—1945)》,上海:上海辞书出版社2010年版,第265页。
③ 沈祖棻:《沈祖棻诗词集》,程千帆笺注,南京:江苏古籍出版社1994年版,第215页。

丽舫,舫泊秦淮,集时各赋一词,词毕即畅饮,然后散,至丁卯春,此社不废,刊有《潜社》一集,亦有可观处。"①潜社活动自1924年断断续续一直坚持到1937年。②

除了北京、上海、南京,全国其他城市的雅集也不在少数。到了1936年,在天津依然有大规模的文人聚会活动。《益世报》1936年9月26日载:

> 复兴水西庄文物槐厂落成
> 　　西院槐厂,昨始建成,其工料系由邑绅严智开宅捐助,巍峨壮观,兹悉阖津名士,定于本年重阳节(下月二十三日)正午,在水西庄槐厂雅集。③

雅集当天,《大公报》也著文详细报道了此事,文中提到此雅集活动有饮酒赋诗和赏菊等。以上各类雅集虽然地处不同城市,人员也迥异,然而在内容和形式上却几乎一样,雅集之际,宾客往往咏诗赋词,正可谓"不有佳咏,何伸雅怀?"这与同时代的沙龙活动差距很大。沙龙知识分子固然也曾讨论旧诗词,然而旧诗词只是沙龙活动之冰山一角,远非话题的中心。在内容上,沙龙更为多样,不仅涉及诗文创作,还涉及杂志的编辑、出版、经营以及政治观点的讨论等,此外,更有最新的翻译事业的话题。与雅集中人们以旧诗纪事不同,沙龙知识分子更多采用散文、影射小说等文体形式来记录频繁的文坛交游。

沙龙和雅集在抗战之前是齐头并进的。热衷雅集者传习传统,有意味的是,热衷沙龙的知识分子在介绍各自创办的沙龙的时候,却大多引介西方的文化资源而对中国传统文人的精神生活不做回溯。这和新文化运动之后中国思想界全盘反传统主义的盛行和全盘西化的观点有

---

① 吴梅:《吴梅全集·日记卷》(上),石家庄:河北教育出版社2002年版,第28页。
② 参考尹奇岭:《民国南京旧体诗人雅集与结社研究》,北京:中国社会科学出版社2011年版,第97页、第111页。
③ 《益世报》1936年9月26日。

关。当"中学不能为体""西学也不止为用"之后,中国的文化人便把复兴民族文化的希望寄托于西方,沙龙在此只是象征西方文明的一角而已。然而这一角便是瞭望的灯塔,借之可窥见许多遥远而深邃之物。——二三十年代的沙龙是中国知识分子向西方文化、文明借鉴学习的产物。

第二章 "老夫聊发少年狂":曾朴和他的沙龙

曾朴以小说《孽海花》闻名晚清文坛,在新文化运动兴起之后,一度被作为旧文学的代表人物而遭到胡适等人的批判。然而曾朴却并非那一味守旧的老文人,他对法国文学的学习和引介可说是走在了新文学的前列。在推广法国文学的过程中,曾朴聚集了一批热爱欧美文学的新文坛的青年作家,以上海的法租界为想象的异域,对象征法兰西文明的沙龙进行了亲身实践。从而在中国传统文化的土壤上,较早地培育了异域法兰西的文明之花,并对中国现代文学的重要领地海派文学的发展做出了重要贡献。

第一节 马斯南路客厅与真美善书店

提及曾朴的沙龙,须先谈谈曾朴学习法语和法国文学的历史。据曾朴自述,他开始学法语是在光绪乙未年(1895年),"那时张樵野在总理衙门,主张在同文馆里设一特班。专选各部院的员司,有国学根底的,学习外国语,分了英法德日四班,我恰分在法文班里"①。这是一个专门为清廷官员特设的语言培训班,和正规的同文馆学员不同。在这个法文特班

---

① 曾朴:《复胡适信》,《真美善》第1卷第12号,1928年。

中学习的官员大多是"红司官"或"名下士",对学习外语没有多大热情,每次到馆,谈谈闲天敷衍了事,少有认真求学的。而曾朴与众不同,"学一点是一点",在拼音和文法略通之后,他自己便"硬读文法,强记字典"①。特班同学张鸿后来在悼念文章中曾提到这一阶段的求学情形,感慨"余无恒,无所成,而君(注:指曾朴)习法文不少间,卒通之"②。其实曾朴此时对法文并未"通之",用他自己的话说,只是奠定了语言的底子。接下来阅读哲学、文学、科学等领域的法文著作,是"随手乱抓,一点统系都不明了"。曾朴学习法语尚属于自发的对外文的兴趣,而对法国文学的系统研习则要归功于"导师"陈季同。1898 年,在朋友江灵鹣为谭嗣同饯行的席上曾朴结识了陈季同,两人一见如故,相谈甚欢。③ 陈季同是晚清著名的外交官,精通法国文学,对曾朴研习法国文学起了很大的指导作用。在《复胡适的信》中,曾朴详细叙述了陈季同这位法国文学导师所给予他的丰富指点:

> 我自从认识了他,天天不断的去请教。他也娓娓不倦的指示我;他指示我文艺复兴的关系,古典和浪漫的区别,自然派,象征派和近代各派自由进展的趋势;古典派中,他教我读拉勃来的《巨人传》,龙沙尔的诗,拉星和莫理哀的悲喜剧,反罗瓦的《诗法》,巴斯卡的《思想》,孟丹尼的小论;浪漫派中,他教我读服尔德的历史,卢梭的论文,嚣俄的小说,威尼的诗,大仲马的戏剧,米显雷的历史;自然派里,他教我读弗劳贝,左拉,莫泊三的小说,李尔的诗,小仲马的戏剧,泰恩的批评;一直到近代的白伦内甸《文学史》和杜丹,蒲尔善,弗朗士,陆悌的作品。又指点我法译本的意、西、英、德各国的作家名著,我因

---

① 到经营真美善书店时期,曾朴依然对法语学习十分热心,因为发音不准,他报名参加了法文夜间补习班,并约大儿曾虚白一起学习。
② 张鸿:《籀斋先生哀辞》,《曾公孟朴讣告》,1935 年。
③ 参见崔万秋:《东亚病夫访问记》,收入魏绍昌编:《孽海花资料》,上海:上海古籍出版社 1982 年版。在这篇文章里,曾朴谈到了和陈季同相遇相知的过程。

此沟通了巴黎几家书店,在三四年里,读了不少法国的文哲学书。①

曾朴跟随陈季同学习法文的经过他和很多人讲过,包括胡适、邵洵美、张若谷等。曾朴本人对陈季同充满敬佩和感激,我们来看一下他自己的剖白,1928年5月24日曾朴日记写道:"陈季同是我法文的导师,我在《真美善》杂志上已经提过多次了,这回因张若谷来,又提起了他。若谷提议像这种世界文学的先驱者,我们应当替他做一篇文章,表扬一下。这日,张若谷又介绍我到法国图书馆去(Alliance Francaise),焘儿翻阅书目,恰发现了陈季同的作品四种,真是巧遇。"②而后,曾朴在《真美善》杂志上连续刊文征集陈氏生平和著作,以出版专号。③

对于曾朴而言,陈季同的意义不仅是一位导师。胡适登门拜访时,曾朴对胡适也当面谈到了陈季同对自己的影响。胡适1928年3月28日的日记写道:

> 去访曾孟朴先生,他近年发愤译嚣俄的剧本全集,已出版四种,精神极可佩服。我有两函去赞叹他。他说有长函作复,尚未寄出。
>
> 曾先生说,他学法文在甲午年。那时张樵野提议,令总理衙门的一班红员都学习外国文,聘有教员,分英、法、德、日四班。这些红人都不肯学,上课只当上衙门一样,法文班的外国教员上了八个月,就不肯来了。只有曾先生却学了八个月的法文,以后自己修学,得陈季同之助,遂得读法国文学书。他说嚣俄译本销路极不好!我劝他多译点写实派与自然主义派的作品。④

而在之后的长函即《复胡适的信》中,曾朴再度回溯了自己艰辛求学

---

① 病夫:《复胡适的信》,《真美善》第1卷第12号。曾朴对陈季同很感激,曾在《真美善》第2卷第1号上刊登征文,征求陈季同生平文章和经历以备出版专号。
② 东亚病夫(曾朴):《病夫日记1928年5月24日》,《宇宙风》第2期,1935年。
③ 见《真美善》第2卷第1号中《征求陈季同先生事迹及其作品》的广告,其实早在《孽海花》中,曾朴就大书特书了陈季同的事迹,只不过以影射的方式,将其化作小说人物"陈骥东"。
④ 胡适:《胡适日记:1930年1月30日》,《胡适日记全编(1928—1930)》(第5卷),曹伯言整理,合肥:安徽教育出版社2001年版,第14页。

的经历。可见,这一段学习过程对曾朴而言是非常重要的,他的反复申说一方面是一种对自我文化身份的建构,另一面也欲借翻译事业作通往新文学界的桥梁。而正是在对法国文学及文化学习和了解的过程中,曾朴对法式沙龙的优雅氛围产生了深深的迷恋,开始在中国的大都市上海模仿法国沙龙文化的实践。曾朴对选择在上海重新开创文学事业,有着十分清醒的洞察。他认为"上海是我国艺术的中心,人才总萃,交换广博,知觉灵敏,流布捷便,是个艺术的皇都"①;而要"想做艺术国里的臣隶,要贡献他的忠诚,厚集他的羽翼,发挥他的功业,光大他的荣誉,怎能离开那妙史的金阙呢?"②曾朴之所以选择上海,主要是看中了上海的文化氛围,二三十年代的上海,是中西方文化接触最便利的都市,图书出版业十分繁荣,可以说是全国的文化中心。

举办沙龙,首先需要一处比较宽敞的居所。曾氏父子初居上海之际,租赁的是白克路大通里一座三楼三底带过街楼的楼房,曾朴夫妇、曾朴的姨太太、儿子曾虚白及曾耀仲两代三房都居住在此,《真美善》的编辑部只好另外设立在静安寺附近(后搬至棋盘街)。这个时期的曾氏父子,居处杂乱,寓所与书店、杂志又两地分离,显然不利于文坛交游。因而此时,沙龙未得到充分的发展。曾朴沙龙的红火,要到真美善书店和《真美善》杂志的事业有了一定基础之后,这时,曾朴、曾虚白父子单独搬到了法租界马斯南路一座洋房里,四周绿草如茵,明窗净几,图书满室,正是理想的友朋相聚之所。

法租界在二三十年代的上海以精致、典雅、洋派著名,马斯南路位处法租界的核心地域,以花园洋房为主。1912 年 8 月 13 日,法国著名音乐家 Massenet 在巴黎去世,为了纪念他,上海法租界公董局将一条新开辟的马路命名为"Rue Massenet 马斯南路"。当年,此街区附近住客多为军政要员或文艺界知名人士,此外,马斯南路还是上海外国侨民集中的一个重

---

① 东亚病夫(曾朴):《病夫日记》,《宇宙风》第 1 期,1935 年 9 月。
② 同上。

要区域,充满着浓郁的欧陆风情。① 这所新的寓所,显然给予了迷恋法式文化的曾朴丰富的"异域感"。在给张若谷的随笔集《异国情调》作的序中,曾朴对此予以了浓墨重彩的描述:

> 我现在住的法租界马斯南路寓宅 Ronte Massenet,依我经济情况论,实在有些担负不起它的赁金了。我早想搬家,结果还是舍不得搬。为什么呢?就为马斯南是法国一个现代作曲家的名字,一旦我步入这条街,他的歌剧 Leroide Lahore 和 Werther 就马上在我心里响起。黄昏的时候,当我漫步在浓荫下的人行道,Lecid 和 Horace 的悲剧故事就会在我的左边朝着皋乃依路上演,而我的右侧,在莫里哀路的方向上,Tartuffe 或 Misanthrope 那嘲讽的笑声就会传入我的耳朵……我一直愿意住在这里就是因为她们赐我这古怪美好的异域感。②

在居所附近的大街上散步,给予了曾朴充分的异国情调,虽然这只是想象的异域。不仅作为主人的曾朴对此居所十分喜爱,后来沙龙里常相来往的客人们也注意到了这里浓郁的异国文化气息。张若谷在《访曾孟朴先生》一文中对这条街区做了更为详细的介绍:

> 在法租界,则有霞飞路及迤西一带的许多支路,特别是法国公园西面的三条支路,高乃依路 Rue Corneille,莫利爱路 Rue Moliere 与马斯南路 Rue Massenet。前二者,都是法国有名文学家的名字,高乃依是法国十六世纪文学黄金时代的著名悲剧大家,莫利爱是同时最著名的喜剧大诗家……马斯南为近代法国有名的音乐家,歌剧《少年维特》是他生平最得意的作品(小传参见拙著《到音乐会去》),这三条

---

① 参见马学强:《权力、空间与近代街区内部构造——上海马斯南路街区研究》,《史林》2012 年第 5 期。此文详细研究了马斯南路的分布格局。
② 东亚病夫(曾朴):《张若谷〈异国情调〉·小叙(二)》,《申报·艺术界》1928 年 12 月 14 日。曾朴并没有出国,不曾亲身感受过异域风土人情。他仅仅是通过阅读法兰西小说,便产生了如此强烈的对异域的迷恋和追求。在对异国情调的追逐上,曾朴丝毫不亚于张若谷。事实上,曾朴后来也随着张若谷、傅彦长、朱应鹏等"西装少年"开始逛咖啡馆了。

点缀都会艺术文化的法国式道路,恰巧又都是采取艺术家的名字做路名,真是何等美妙风雅。①

在张若谷眼里,这几条道路的最大特色依然是点缀着都会艺术文化,且充满了浓郁的异国风情。在对异国情调的追求和赞赏上,年轻的张若谷和年老的曾朴分享了同样的趣味。曾朴在给张若谷《异国情调》一书的序言中自白:"究竟我和若谷情调的绝对一致在哪里?老实说,都倾向着 Exotisme,译出来便是异国情调。"②这异国情调的具体体现之一便是对此处马斯南路寓所的喜爱。——这种对异域感的热衷和享受在二三十年代的上海属于新潮和时髦的象征,③在这一点上,曾朴沙龙同人走在了时代的前列。与之形成鲜明对比的是另外一些文人,他们在生活习惯和审美趣味上都倾向传统,对异域风情无动于衷。左翼作家曹聚仁自称"我到上海第一个月,就住在一条英租界中最长译名的马路,叫做麦特赫司脱路"④。虽然长久地浸淫其中,曹聚仁并未产生如曾朴、张若谷等人类似的对"异域风情"的迷恋。⑤ 相反,他对这种"异域"悄然进行了"中国化"或者说"传统化":

> 在这些法国式的路中,以霞飞路为最富法国巴黎情调,也等于当年北四川路之称为神秘街也。不管法国人眼中霞飞将军如何挽救法国的命运,在我们土老儿眼中,只是"落霞与孤鹜齐飞"的诗语而已。⑥

曾朴等人眼中的"异域",成了曹聚仁眼中的"诗语",具备法国文化史意味的"霞飞"将军转化为中国经典诗歌中的自然美景,这个转换很有

---

① 张若谷:《访曾孟朴先生》,《申报·艺术界》1928 年 5 月 8 日。
② 东亚病夫(曾朴):《张若谷〈异国情调〉·小叙(一)》,《申报·艺术界》1928 年 12 月 12 日。
③ 在 30 年代的上海,以刘呐鸥、施蛰存、穆时英为代表的新感觉派也是"异域风情"的狂热迷恋者,刘呐鸥的《都市风景线》便是此类作品的集结。
④ 曹聚仁:《霞飞路》,《上海春秋》,北京:三联书店 2007 年版,第 223 页。
⑤ 曹聚仁直至晚年对以洋人姓名作为路名仍然感到不习惯。
⑥ 曹聚仁:《霞飞路》,《上海春秋》,北京:三联书店 2007 年版,第 223 页。

意味。然而不论是"异域"还是"诗语",对租界环境的认同是一致的。在同年龄的"旧文人"那里,曾朴寓所的风雅也是早有闻名。"住处通雅故,风土记清嘉,卓绝名山业,岂徒小说家。"①这是曾朴过世之后,吴梅悼念曾朴的诗句。其中,"住处通雅故"说的正是此境。搬到了马斯南路之后,有花园、有客厅,招待来访者有了好环境,曾朴父子的文艺沙龙正式开张,常常邀客聚谈。

1935 年,曾虚白在为其父所作年谱中提到:"先生(曾朴)于著述之余总喜欢邀集一班爱好文艺的同志,作一种不拘形迹的谈话会。那时候他的寓所中,常常是高朋满座,一大半都是比他小上二十岁三十岁的青年,可是先生乐此不疲,自觉祇对着青年人谈话反可以精神百倍,所以一般友好,都取笑他是一个老少年。"②曾朴的同龄人汪辟疆亦曾回忆:"朴自十六年罢官居沪,与沪上新文艺青年作者往来甚密。偶至其寓,宾朋甚盛。其年皆小于朴二十或三十岁者。朴日夕相对,谈笑甚欢。少年亦乐就之,群呼朴为老少年云。"③由此可知,曾朴沙龙少长咸集,既有前辈如汪辟疆等光顾,也有新文学青年造访,但人员构成上以青年作家居多。曾朴的沙龙大多是下午开始,有时是曾氏父子特意邀请,更多的时候是沙龙成员随意来访,一谈就往往谈至深夜。据沙龙成员傅彦长回忆:"[……]从此以后我晚上去访问曾老先生是常有的事,不过面对面的只有他老人家与我两人谈天的机会,就我记忆所及,似乎是连一次也不曾有过。我去,总有一二人同去的。我们谈到深夜是极寻常的事,我记得那时桌子上总堆满了上好的朱古力糖。"④

沙龙基本上遵循"以文会友"的模式。来访者大都是通过《真美善》杂志的关系,由读者进而成为朋友。一些青年的文艺爱好者,尤以爱好法

---

① 吴梅:《哭孟朴先生》,《宇宙风》1935 年第 2 期。
② 曾虚白:《曾孟朴年谱》,《孽海花资料》,魏绍昌编,上海:上海古籍出版社 1982 年版,第 180 页。
③ 汪辟疆:《清末五小说家(林纾、李宝嘉、吴沃尧、刘鹗、曾朴)》,《光宣以来诗坛旁记》,沈阳:辽宁教育出版社 1998 年版,第 54 页。
④ 傅彦长:《回忆曾孟朴先生琐记》,《曾公孟朴讣告》,1935 年。

国文艺者最受曾朴的欢迎。1928 年 5 月 27 日的曾朴日记给我们提供了一份沙龙成员名单:"晚六点钟,邀集傅彦长、徐蔚南、张若谷、梁得所、卢梦殊、俞建华、邵洵美作文艺聚餐,若谷因病未到,谈颇畅。"①在沙龙里,走得最勤的是名单里提到的邵洵美、张若谷、傅彦长、徐蔚南、梁得所与卢梦殊等人,邵洵美这时期已开办了金屋书店,这些"西装少年"经常在邵家聚首后又不约而同地再向曾朴家转移。郁达夫《记曾孟朴先生》记载:"那时候洵美的老家,还在金屋书店对门的花园里。我空下来要想找几个人谈谈天,只须上洵美的书斋去就对。因为他那里是座上客常满樽中酒不空的。在洵美他们的座上,我方才认识了围绕在老曾先生左右的一群少壮文学者,像傅彦长,张若谷诸先生。"②由此可知曾朴沙龙成员和邵洵美的沙龙成员有很多交集。进入了其中一个沙龙,便自然而然地也进入了另一个文学沙龙圈子。

在众人眼中,曾朴是个无可挑剔的优秀的沙龙主人,不仅健谈,而且平易近人。和曾朴只有一两次谈话机会的郁达夫这样写道:"先生那一种常熟口音的普通话,那一种流水似的语调,那一种对于无论哪种事情的丰富的智识与判断,真教人听一辈子也不会听厌。我们在那一天晚上,简直忘记了时间,忘记了窗外的寒风,忘记了各人还想去干的事情,一直坐下来到了夜半,才兹走下他的那一间厢楼,走上了回家的归路。""曾先生所特有的一种爱娇,是当人在他面前谈起他自己的译著的时候的那一脸欢笑。……看见了他的这一脸笑,觉得立时就掉入了别一个世界。觉得他的笑眼里的光芒,是能于夏日发放清风,暗夜散播光明似的。"③

而沙龙的常客们感受更加深刻。对此,这些青年文士们有着许多文

---

① 转引自马晓冬:《曾朴日记手稿中的文学史料》,《新文学史料》2015 年第 1 期。
② 郁达夫:《记曾孟朴先生》,魏绍昌编:《孽海花资料》,上海:上海古籍出版社 1982 年版,第 204 页。值得注意的是,虽然郁达夫常去邵洵美的沙龙,但他却并非曾朴沙龙的常客。在曾朴召开沙龙期间,他并没有拜访过著名的马斯南路客厅。郁达夫自云在曾朴搬到静安寺路犹太花园对面松寿里时才和邵洵美一起拜会曾朴。
③ 郁达夫:《记曾孟朴先生》,魏绍昌编:《孽海花资料》,上海:上海古籍出版社 1982 年版,第 205 页。

字上的回忆。傅彦长回忆道:"曾先生善于谈说,尤其是关于同光时代的掌故,他老人家真正熟极了。"①戏剧家顾仲彝记忆中的曾朴是:"他的记性也真强,许多琐细的事情,他记得清清楚楚,三四十年前的事情熟得好像是眼前才发生的事。一个人的姓名别号绰号出处结果他都能说得一丝不紊。我还记得他的坦白无私,有什么说什么,不像一般的老名士在我们后进面前喜欢卖老,喜欢做作,他的思想,他的聪明完全是个年轻的人……他滔滔不绝地谈着话,我们竟会忘了年代的相隔。"②徐蔚南回忆道:"我和他每次见面总是三四小时的长谈。他是健谈的,谈话的范围非常广泛,但谈得总是亲切,热情而有味。"③李青崖的评价更具感情:"他滔滔地说了三五十分钟。当时我觉得此老那副苍白色脸上的皱纹的张弛,那条云遮月式的嗓子里的音调的抑扬,那双筋骨如刻划般的手腕动作的起伏,几乎无处不令我想起海波海风和海里一切动作的令人莫测。"④

在这样一位沙龙男主人的引导下,曾氏沙龙跨越了年龄和身份的限制,马斯南路客厅呈现出了一个极具理想化的文艺沙龙的场景。曾虚白回忆:"一堆青年,有时两三个,有时十多个,围绕着一位老先生,有的吃着糖果,有的抽着烟,跟着这位老先生娓娓长谈是我们马斯南路客厅差不多每夜都有的热闹景况。这些人,来者自来,去者自去,踏进门不一定要跟这位谈锋正健的主人打招呼,要想走,也都那么默默无声的溜了。我父亲就喜欢这种自由自在的气氛,感到这才有些像法国的沙龙。"⑤

曾虚白是曾朴长子,也是曾氏沙龙的第二男主人。他的描述虽难免有溢美之词,但大抵是确实的。据他回忆,曾朴文学沙龙开始于1927年,大概于1930年冬季结束。此后,曾朴回故乡常熟定居,以养花种草为乐,

---

① 傅彦长:《回忆曾孟朴先生琐记》,《曾公孟朴讣告》,1935年。
② 顾仲彝:《我与孟朴先生》,《曾公孟朴讣告》,1935年。
③ 徐蔚南:《可纪念的一次谈话——哀曾孟朴先生》,《曾公孟朴讣告》,1935年。
④ 李青崖:《呜呼东亚病夫先生》,《曾公孟朴讣告》,1935年。
⑤ 曾虚白:《曾虚白自传》(上),台北:联经出版事业公司1988年版,第95页。

图 2-1　1914 年的曾朴,时年 43 岁。

图 2-2　1925 年曾朴与家人合影,前排左起:沈香生(怀抱曾虚白的女儿曾祹)、曾坦(曾虚白大儿子)、曾朴(怀抱耀仲大儿子曾坚)。后排左起:曾耀仲夫人、曾虚白夫人、曾虚白、曾耀仲、曾叔懋。①

---

①　图片由曾朴之孙曾壖先生提供,特此感谢。

开始远离文坛。在沙龙延续的三年时间里,来往成员众多,曾虚白晚年曾列有一个比较详细的名单:"现在回忆,走得最勤的该算是邵洵美带头的张若谷、傅彦长、徐蔚南、梁得所与卢梦殊等一般人。因为邵洵美自己也开一家书店名'金屋书店',这些人经常在他那里聚首,不约而同的再向我们家里来转转。此外来我家的文人,我现在能想得起的有郁达夫、李青崖、赵景深、郑君平、顾仲彝、叶圣陶、陈望道、朱应鹏、江小鹣、钱崇威、俞剑华等,当然现在想不起的要比这些人数多过好几十倍。总而言之,我们马斯南路的客厅里到了晚上没有一晚不是灯光耀目一直到深夜的。"①这份名单并不十分准确,即如曾虚白列举的郑君平就和曾朴不曾见过,②郑只是和曾虚白比较熟悉而已。而经查阅《叶圣陶年谱》,叶圣陶和曾朴沙龙中的傅彦长、朱应鹏均有来往,并于1927年共同发起组织"上海著作人公会"③。有此关联,或者叶圣陶和曾朴也会有接触,但目前并没有直接资料证实。

判断究竟何人参加了曾朴沙龙,还是得依据最早的史料。根据曾朴日记及其他成员当年的回忆材料,曾朴沙龙的详细名单(可以确证的)见下表:

表 2-1 曾朴沙龙成员情况一览表
(1927—1930 年冬季)

姓名	籍贯	出生日期	职业、职位	文化活动	教育背景	编辑期刊
曾朴	江苏常熟	1872	政治家、小说家、翻译家	撰《孽海花》;创办真美善书店;翻译雨果作品多部	辛卯科举人	《真美善》月刊

---

① 曾虚白:《曾虚白自传》(上),台北:联经出版事业公司1988年版,第93页。
② 参见郑君平的文章《悼孽海花的作者曾孟朴先生》,《曾公孟朴讣告》,1935年。
③ 参见商金林主编:《叶圣陶年谱》,南京:江苏教育出版社1986年版,第123页。

(续表)

姓名	籍贯	出生日期	职业、职位	文化活动	教育背景	编辑期刊
曾虚白	江苏常熟	1894	编辑、小说家	开办真美善书店	私立上海圣约翰大学毕业	《真美善》月刊
邵洵美	浙江余姚	1906	编辑,出版家,诗人	1928年创办金屋书店,1930年创办时代图书公司和时代印刷厂	剑桥大学英国语言文学专业肄业	《狮吼》半月刊复活号;《金屋月刊》
张若谷	上海市区	1905	散文家,小说家;银行职员	出版《异国情调》《咖啡座谈》等散文集	上海震旦大学文学法政科	《申报·咖啡座谈》
徐蔚南	江苏吴县	1900	上海世界书局编辑;国立浙江大学教授	出版小说集《都市的男女》,翻译法郎士小说《女优泰倚思》	日本留学	
傅彦长	湖南宁乡	1891	编辑、作家	和朱应鹏、张若谷三人合著《艺术三家言》,曾任上海音乐会会长。30年代和朱应鹏等人倡议"民族主义文学"运动	曾游学日本	《雅典月刊》《音乐界》《艺术界》
朱应鹏	浙江	1895	编辑、画家	《艺术三家言》,上海艺术协会的发起人之一。三十年代和傅彦长等人倡议"民族主义文学"		《申报·艺术界》
顾仲彝	浙江余姚	1903	戏剧家;暨南大学教授	上海商务印书馆编译所从事编译工作,改编话剧剧本,后任暨南大学、复旦大学教授	国立东南大学文学院肄业	

(续表)

姓名	籍贯	出生日期	职业、职位	文化活动	教育背景	编辑期刊
赵景深	浙江丽水	1902	散文家、文学史家、翻译家	绿波社社长、文学研究会成员、开明书店编辑	天津棉业专门学校	《文学周报》
梁得所	广东连县	1905	编辑		山东齐鲁大学医科	《良友》画报
李青崖	湖南湘阴	1886	翻译家	文学研究会会员;致力于法国文学的翻译和介绍,曾组织湖光文学社	1907年肄业于上海复旦大学,1912年毕业于比利时列日大学	
郁达夫	浙江富阳	1896	小说家,散文家	创立创造社	日本东京帝国大学经济学	《奔流》
江小鹣	江苏吴县	1894	画家、雕塑家	发起组织"天马会"	留学法国	《美术生活》
卢世侯	不详	不详	插画家	出版《世侯画集》		
卢梦殊	不详	不详	编辑	《银星》月刊主编		
俞剑华	山东济南	1895	画家	上海新华艺术专科学校教授	北京高等师范手工图画专修科	

资料主要来源:徐友春主编:《民国人物大词典》,石家庄:河北人民出版社2007年版。

从年龄结构上看,曾朴沙龙成员大多为19世纪90年代后生人,除了曾朴一人而外,基本上属于19世纪末20世纪初的一代。因而曾朴的沙龙显示出了明显的代际特征,是一个典型的老文人和新作家的聚合。而这些新作家,在童年时期大多受过传统教育,虽然底子不及胡适、鲁迅那一代人,但也打下了一定的基础。到了20年代末曾朴举办沙龙之际,这些人基本上都经历过五四新文化运动的洗礼,对西方文学以及新文学抱着十分热衷和推崇的态度。曾朴在年龄上虽然属于"老前辈",然而因为性情以及兴趣的"新文学化"和"西化",仍然以一个"老夫聊发少年狂"的年轻姿态和晚辈们谑浪笑傲。

　　从籍贯上看,曾朴沙龙成员以江浙两地人居多。在20年代末的上海,同乡、地缘的关系仍然是文人群体聚集的重要联络途径。而从教育背景来看,除了曾朴一人接受的是完整的传统科举教育而外,其他人大都接受过新式学堂教育或西学训练,张若谷更是从小就在教会学校接受西式教育。值得注意的是,这些受到新式教育的人,有欧美留学背景的不多,唯一一个留学英国的邵洵美,还属于肄业,并未取得学位。甚至,受到正规的国内大学教育的也比较少,属于"杂牌军"。就职业分布来看,沙龙成员大多为报纸、期刊或书店的编辑,而所编刊物大抵为文艺性刊物,少有政治、社科性质的。很明显,曾朴沙龙成员是由老少"文艺青年"组成的。成员的教育背景以及职业取向和兴趣,对沙龙的交谈话题显然有明显的影响。

　　那么,曾朴沙龙里都谈些什么话题呢? 张若谷的文章留下了一些详细的记录:

> 后来我们又随便问答,上下古今滔滔不绝地谈着天,从林琴南的翻译事业讲到辜鸿铭先生的英文著作。从法郎士的印象批评法,谈到白虑讷谛爱尔,以及乔治桑,绿缔等法国文学家的事情,以及发表对于近代小说作家张资平,鲁迅,郁达夫各氏作品的意见,旁且涉及腊丁世界语文字语言等问题。①

　　法国文学以及新文学作家作品和语言文字是交谈的主要话题。在法国文学领域,又以法国浪漫主义文学最受关注。以曾朴和张若谷的交谈为例,曾朴本人对此有过这样的表述:"我们一相遇,就要娓娓不倦的讲法国的沙龙文学,路易十四朝的闺帏文会。"②再看郁达夫的回忆:"我们有时躺着,有时坐起,一面谈,一面也抽烟,吃水果,喝酽茶。从法国浪漫主

---

① 张若谷:《初次见东亚病夫》,许道明、冯金牛选编:《异国情调·海派小品集丛·张若谷集》,上海:汉语大辞典出版社1996年版,第157页。
② 东亚病夫(曾朴):《张若谷〈异国情调〉·小叙(一)》,《申报·艺术界》1928年12月12日。

义各作家谈起,谈到了《孽海花》的本事,谈到老先生少年时候的放浪的经历,谈到了陈季同将军,谈到钱蒙叟与杨爱的身世以及虞山的红豆树,更谈到了中国人生活习惯和个人的享乐的程度与界限。"①——仍然是法国文学,当然,还有总会被提起的《孽海花》。《孽海花》作为已经被鲁迅等名家定评的晚清小说,显然给曾朴带来了深远的"象征资本"。此外,曾朴早年的生平、阅历、交游、见闻也是沙龙里很重要的谈资,对这些文艺青年来说,曾朴的一生无异于一部活生生的晚清文化史。

除了马斯南路家中的客厅,曾朴的沙龙还和他的真美善书店密切相关。1927年,曾朴和长子曾虚白于上海创办真美善书店,并发行《真美善》杂志。② 据曾虚白的自述,这书店的创立,"一方面想借此发表一些自己的作品",另一方面,则"可借此拉拢一些文艺界的同志,朝夕盘桓,造成一种法国风沙龙的空气"③。可见,在创办沙龙之初,曾氏父子便有了将其作为一个沙龙文化阵地的打算。

真美善书店日后对曾朴沙龙做出了很大贡献。不仅出版曾氏父子自己的文艺创作,还出版了许多沙龙成员的著作,这些作品大多为新文学青年作家的小说、散文、戏剧等。计有:叶鼎洛《白痴》、张若谷《咖啡座谈》、徐蔚南《都市的男女》、崔万秋《热情摧毁的姑娘》、徐蔚南《艺术家及其他》、张若谷《都会交响曲》、雪林女士《蠹鱼生活》、陈学昭女士《如梦》等。除了出版同人自己的文艺创作,对他们的译作真美善书店也给予了相当大的支持。真美善书店出版的同人译著计有:崔万秋译的武者小路实笃的《母与子》《忠厚老实人》和夏目漱石的《草枕》;顾仲彝译的法郎士的《乐园之花》;张若谷译的法领事莫朗的《留沪外史》。可以说,真美善

---

① 这时候因为经济原因,曾朴已经搬离了马斯南路寓所,但新家仍然是聚会之所。这一次郁达夫是和邵洵美同去的。
② 《真美善》杂志创刊后,在文坛反响不错。茅盾读后赞其"严肃的态度,正确的趋向,努力的焦点"都令人钦佩。参见方璧(茅盾):《看了〈真美善〉创刊号以后》,《文学周报》第5卷第14期,1927年11月6日。
③ 曾虚白:《曾孟朴年谱》,魏绍昌编:《孽海花资料》,上海:上海古籍出版社1982年版,第179页。

书店是曾氏父子以及沙龙成员的"后台"和"前沿",为他们推广宣传自身创作及译作提供了强有力的支持。

曾朴对沙龙既热衷,以此眼光反观中国传统文学,于是顺其自然地将明季的一些文人雅集类比于西方的沙龙。在《虞山女作家》一文中,曾朴发出如此感叹:"绛云楼中,四方名士,挟著作请教的,纷至沓来。牧斋懒时,伊就出来酬应,时或貂冠锦靴,时或羽衣霞帔,清辩滔滔,座客都被倾倒。有时代主人答访,或唱和,牧斋毫不芥蒂。这种风气,绝类法国沙龙,想不到吾虞在明季已实行了,真是一件值得夸耀的事!"①中国传统文化中的"雅集"和西方文化中的"沙龙"本是相近之物,而曾朴觉得"雅集"之"绝类法国沙龙",因而"值得夸耀"。除了他所激赏的柳如是,曾朴还对其他女文人予以高度评价,他认为清豫亲王刘妃的书信"真可媲美法国的赛维妍夫人的《寄女书》"②,还将女文人翁孺安的浪漫行为,比作法国的乔治桑(George Sand):"总之孺安的浪漫行为,是为环境所迫成,拿现代的眼光看来,并非孺安的罪恶,和法国的乔治桑一般,我们应该加以原谅。"③赛维妍夫人是法国 17 世纪著名的沙龙女主人,原名 Marie de Rabutin-Chantal,其爱女之情在法国文学史上十分知名。而乔治桑作为 19 世纪著名的女作家,也是沙龙女主人,爱情生活十分丰富多彩。可以说,因着"沙龙"的由头,曾朴赋予了这些中国传统女文人以现代价值。

马晓冬曾指出曾朴对西方文化价值判断的变化轨迹:"从最初承认西方文学与中国文学一样有价值,再到借西方文化反观传统并赋予传统以现代价值。"④而中国传统文化借助与西方文化的"相似性"重新得到曾朴的推崇,可以说充分体现了曾朴以西方文化为本位的态度。曾朴的这种文化取向,在 20 年代初就已经在中国思想界流行。梁启超曾撰文批评这一现象。他说:"盖由吾侪受外来学术之影响,采彼都治学方法以理吾故

---

① 曾朴:《虞山女作家》,《真美善·女作家专号》,1929 年特刊。
② 同上。
③ 同上。
④ 马晓冬:《曾朴与法国文化的世界》,《文史知识》2009 年第 5 期。

物,于是乎昔人绝未注意之资料,映吾眼而忽莹,昔人认为不可理之系统,经吾手而忽整,乃至昔人不甚了解之语句,旋吾脑而忽畅。质言之,则吾侪所恃之利器,实'洋货'也。坐是之故,吾侪每喜以欧美现代名物训释古书,甚或以欧美现代思想衡量古人。"①"以欧美现代名物训释古书""以欧美现代思想衡量古人"正是曾朴所为。1926年,傅斯年在致顾颉刚的信函中,指出:"大凡用新名词称旧物事,物质的东西是可以的,因为相同;人文上的物事是每每不可以的,因为多是似同而异。"②的确如此,曾朴用"沙龙"这一西洋新名词来指称中国传统旧物事——文人雅集——可谓一种西化思维的体现。除了在古典文化中寻找沙龙的身影,曾朴同人还不断地宣扬西方文化史上的沙龙文学,这些具体体现在《真美善》杂志发表的文章上。③ 而对法国文学的介绍和翻译,是曾朴沙龙社交之外的主要文化活动,也是曾朴沙龙成员得以凝聚的关键性因素。

然而,对沙龙文学,曾朴也抱着比较清醒的认识:"目前风起云涌的是托尔斯泰'艺术为人生'的文学;不能再像十八世纪宫邸的文学和客厅的文学,集合了贵绅名士,在高雅文会里,关了门讨论欣赏;要重门洞开,放着大路上夹夹杂杂的群众,大家来了解,大家来享乐,大家来印感,这才是真的平民文学,真的群众文学,真的'艺术为人生'的文学。"④——从这段话中,可以看出曾朴对西方精英性质的沙龙文学并不是完全赞同,相反,他很支持与其相对的"平民文学"。更确切地说,曾朴希望将沙龙文学从精英分子的高雅文会扩展开去,让更多的普通民众也有参加文艺讨论的机会,借以发展"平民文学"。这一方面自然是受到当年左翼作家提倡大众文学的影响,另一面也和曾朴民主、开阔的文学观有关。

---

① 梁启超:《先秦政治思想史》"再版自记","民国丛书"第4辑,上海:上海书店出版社1989年版。
② 傅斯年:《与顾颉刚论古史书》,《傅斯年全集》(一),长沙:湖南教育出版社2003年版,第459页。
③ 《真美善》第2卷第3号有包罗多(傅彦长的笔名)的《桑特夫人生活的一段》,此文即写沙龙女主人乔治桑的故事,1929年特刊《女作家号》上刊登了方于翻译的《莱加米儿夫人》,此文专门介绍西方文艺沙龙的情况。
④ 《编者的一点小意见》,《真美善》第1卷第1号,1927年。

另一方面,虽然曾朴对提倡文化沙龙热情可嘉,然而即使在法国沙龙最鼎盛的17、18世纪,沙龙要想在异国文化中生根也只能是一种缺乏色彩和韵味的舶来品,到了19、20世纪,沙龙在法国等欧美国家早已衰落,在这种背景下,这一过去时代的摹本要想在中国发芽开花,无疑缺乏足够的生命力。尤其是曾朴并不曾出洋留过学,他对沙龙文化的想象基本上来自文学作品和他人之口。因而,曾朴主持的沙龙便带上了中西新旧交相杂糅的色彩,这或许是舶来品在异国最初兴起时不可避免的阶段。此间,中国文化转型过程中的诸多纷繁复杂的因素得以展露和呈现。

第二节　渴望现代——曾朴与新文学作家的交往

曾朴沙龙里并无多少他的同龄人,曾朴也并无有意识地邀请过去的友人加入他的沙龙。当曾朴的《小说林》同人包天笑、徐卓呆等因形势所迫,不得不退守报纸副刊,编辑《小说大观》等小报之际,曾朴却逆流而上,以"老新党"的身份迈向了新文坛。当曾朴的同时代人热心于提倡"雅集"和"诗酒唱和"之际,曾朴却有意与这一圈子保持了距离,反而与一批新文学青年走得更近,放弃"雅集"而取"沙龙",曾朴的这一态度值得玩味。

曾朴的种种"趋新"取向,赢得了许多人的赞赏。徐蔚南在小说集《都市的男女·代序》一文中,对曾朴作为沙龙主人的风采做了番颂扬:

> [……]孟朴先生,我不仅感谢您,我还崇敬您呢。为什么我崇敬您?第一,您是"二十年前一个老新党",凡是从您的著作中得到过启示的,谁都应该崇敬您。第二,您现在虽则已五十多岁,但是您的精神却还像一个二十岁的青年;您不仅能了解比您年纪小一半的青年的心情,而且要和青年人做伴侣,加入于青年队中。因为您有着这样"白头少年"的精神,所以您会忘却您自己在近代文艺上的权

威,而毅然决然再跃入新的文坛里了;所以您会想照罗曼·罗兰的《若望克利史督夫》那样而草《鲁男子》了;所以您会在混乱的翻译界中,不顾艰难,独自担任译述嚣俄戏曲全集的巨大工作了;所以您能自强不息,与时俱进了;您的精神这样巨大,怎能不使人崇敬呢?孟朴先生,我既看见您像在这样的年纪还能练习体操;我又看见您热心的留意于当代法国文学;我又见看您的富于同情,而绝不会讽刺;我又看见您的胸襟广大而全不褊狭;我又看见您的谦让与宽容;我说您的精神是巨大的,谅您也能知道这不是我过分的空虚的颂扬了吧?①

徐蔚南指出,曾朴的"自强不息""与时俱进""白头少年"的精神,及"谦让""宽容""胸襟广大"的性情都让自己钦慕万分,而曾朴对于法国文学的深厚造诣,更是让另一位沙龙常客张若谷深为折服:

> 我是一个爱"做文学事业""喜欢做点乖巧的勾当"(见病夫复胡适的信)的青年。对于这一位在中国文坛上久享盛名的前辈先生,景慕已久了。但是我并不像普通一般人只因了他老先生的一部杰作《孽海花》而致敬仰。老实说,直到现在,我还没有把《孽海花》读成十行,这或许因为我年龄幼稚与趣味不同的缘故吧。在我初次写给曾先生的信里,就这样声明过。我独倾倒曾先生对于法兰西文学独特的造诣,在三十余年以来的中国文坛上,除了他的法国文学启蒙师陈季同将军以外,可推为第一人。我久想请他做我的法国文学导师,终苦于没有机缘。②

在这篇《初次见东亚病夫》的文章中,张若谷详述与曾朴相识的经过。前文提及,曾朴和胡适有过书信往来,曾朴写过一封长函《复胡适信》,登在《真美善》杂志上。张若谷表示他"读时深受感动",尤其因为曾朴信里列举的二十多位法国文学家,正是他一向喜爱推崇的。于是张若

---

① 徐蔚南:《都市的男女·代序》,上海:真美善书店 1929 年版。
② 张若谷:《初次见东亚病夫》,许道明、冯金牛选编:《异国情调·海派小品集丛·张若谷集》,上海:汉语大辞典出版社 1996 年版,第 149 页。

谷寄信曾朴,意欲拜访。曾朴第二天即致回信,措辞恳挚:

> [……]上次,煦伯大儿,赴金屋书店回来,谈及遇到先生,私心跃跃,自亦不解何故,或者是神交的默启罢!今晨,忽接大札,过誉的地方,实在不敢当。嗜好文学,尤其嗜好法兰西的文学,先生既和我表同情,恨不得立刻到先生面前,一倾苦闷。只为素患心脏病,近来又常发不大敢出门。如肯惠顾,自当竭诚欢迎,谨定于星期日下午四点钟恭候驾临。倘先生是日无暇,不妨另订,届时赐函通知便了[……]①

来自文坛前辈的邀请让张若谷受宠若惊,和萧乾接受林徽因接见时的心理如出一辙:

> 我收到这样的一封回信,真是喜出望外。虽不敢自比有如当年绿谛 Loti 接到波维雄 Pouvilion 回信时同样的喜欢,但是至少可以说,有如尚在少年时代的罗曼·罗兰 Romain Rollan 接着托尔斯泰回信时同样的感激,同样的高兴。②

综上可知,曾朴对于文学青年的吸引,首先是因为《孽海花》所带来的声名。作为知名的晚清文坛谴责小说四家之一,曾朴对新文学青年有着一定的号召力。然而,更多的却在曾朴对法国文学的倡导和翻译实践上,借助"西学"而达到"现代",让新文学青年引为知己,每每"倾倒曾先生对于法兰西文学独特的造诣"。曾朴"白头少年"的精神、乐于和青年为伍的态度,和民国初年思想界的激进趋新思潮有关。由于激进趋势的驱动,五四以后经常出现对落伍之人和落伍现象的批判,善于"但开风气不为师"的胡适也曾被归为落伍。对此,曾朴在 1928 年真美善书店出版的《孽海花》序言《修改后要说的几句话》中,对胡适不忘调侃:"大概那时

---

① 由此处可知,曾朴父子与金屋书店联系密切,交往多由此及彼。
② 张若谷:《初次见东亚病夫》,许道明、冯金牛选编:《异国情调·海派小品集丛·张若谷集》,《海派小品集丛》,第 149 页。

胡先生正在高唱新文化的当儿,很兴奋地自命为新党,还没想到后来有新新党出来,自己也做了老新党,受国故派的欢迎他回去呢!"学者罗志田认为,民初的新旧之分,更多的是在态度上,而不是在观念上。就此而言,曾朴在把握时代脉搏方面要比他的同辈人林纾聪明得多。

曾朴自旧文学向新文学的努力,当年的许多同辈人都注意到了。陈时和在《新录鬼簿——现代文坛逸话》中评论:"在年龄上,鲁迅和刘大白是'老辈'了,但有比他们更老的'老辈',那就是曾孟朴先生。曾先生可以说是旧文学家,但也可以说是新文学家。"①黄炎培在《纪念曾朴》中说:"他为写了一本《孽海花》小说,早年就享大名,晚年和他的儿子虚白编行真美善小说,介绍了不少欧西名著。他是两双脚分跨着新旧两文坛的。"②外人如此,曾朴也自评道:"我这时代消磨了色彩的老文人,还想蹒跚地攀登崭新的文坛。"(《复胡适的信》)

攀登新文坛的努力之一,便是和众多新文学作家的交往。曾朴的日记是个宝贵的史料,给我们留下了许多交游的记录。来看一则《病夫日记》:

> 我昨天午后,三下钟,到马斯南路公馆。阅来信中,有徐蔚南给我的信,赏叹《孽海花》赛金花与向菊笑恋爱的一段,以为描写得深刻,其实这一段很蹈虚的,只怕是过誉吧。季小波给我的信,想从我做法文的导师,他替我们画图案。我欢喜谈法文,却不愿意为人师,只可以做个研究的同志。胡适之送我白话文学史,余上沅戏剧论。③

徐蔚南和季小波都是曾朴沙龙的常客,可以看出,曾朴与他们常常通信,讨论文艺话题。④

除了常相来往的邵洵美、张若谷等人,曾朴和女作家苏雪林的接触值

---

① 陈时和(徐调孚):《新录鬼簿——现代文坛逸话之一》,《万象》,1944 年 8 月。
② 黄炎培:《纪念曾朴》,《宇宙风》第 2 期,1935 年 10 月。
③ 曾朴:《病夫日记》,《宇宙风》第 1 期,1935 年 10 月。日记写作时间署为"民国二十三年七月五日",民国二十三年曾朴已经回到常熟。疑此处时间有误,应为 1929 年。
④ 曾朴在日常聊天中虽然亲切近人,但对这些"小朋友"的文学鉴赏水平并不十分认可。

得关注。曾朴和苏雪林之间的交往起源于《真美善》杂志,因《真美善》结了文字缘。苏在《真美善》杂志上的文章,文字清丽,颇见才气。后来真美善书店为其出版了两册作品。苏雪林颇为感激,便托张若谷介绍,拜访了曾朴。① 这次会面后,曾朴写了长长的日记:

> 一见面,彼此鞠一躬。我端相这位女士,身材不算高,也不很低,是个中等身材。面部略带圆形。肤色不很白。睛瞳虽不黑,而很灵活。态度亦极自然。总而言之,可以说,"娴雅宜人"四个字。
>
> 先说了一番套话,后来又说了些玉溪生考证上的话,都没有什么关系,我忽然提起《侠隐记》到《法官秘史》实在没有译完,还有三本没有译的话,女士接着道:"我国讲英雄的书,差不多从三国志起一直到水浒、征东、征西都是帮助一个皇帝或类似皇帝的野心家打天下,一个模式的。只有七侠五义却另换一个组织,所叙五鼠,各有专长,格局极像侠隐记。我疑心这部书和《侠隐记》有关系。"
>
> 我问:"这关系从那里来的呢?"她答:"这部小说不过是五六十年前的作品,我恐怕那时天主教徒已遍满各处,难得无教徒谈起侠隐记的情景来。有些文人听在肚里,就中国的情形做出这部七侠五义来。"
>
> 女士这段议论,虽然毫无根据,觉得缥缈得很,不过事实却也有一条路在那里面,不能说它绝对没有的事。
>
> 女士这种思想很觉聪明,充满了 imagination。我觉得听了这些话,影象上非常的好。②

在曾朴这个沙龙里,并没有通文艺的女性客人。苏雪林的到访应该是给曾朴一个极其深刻的印象,所以才有这一长段完整的对话记录。几

---

① 引荐的过程,曾朴日记也有所记载。"1928 年 8 月 29 日:若谷和洵美来,还是为乔治桑和缪塞专号的事,并说及绿衣女士有见访的意思,我请转告她随便几时都可以来。洵美也谈起郁达夫问我对他的作品,有何批评。洵美想定个日子吃饭,彼此可以一谈。"转引自马晓冬:《曾朴日记手稿中的文学史料》,《新文学史料》2015 年第 1 期。
② 曾朴:《曾朴日记》,转引自《曾虚白自传》,台北:联经出版事业公司 1988 年版,第 96—97 页。

天后,苏雪林致信曾虚白,约请曾氏父子到沪江大学晤面,信中对曾朴颇多赞誉之词。

> 我很欣幸的上次和张若谷先生拜访尊严,得晤文艺泰斗病夫先生与先生,以后我曾写信给张君说:见名人如游览名山大川,可以开拓心胸,发扬志气。我虽然没有和他们父子深谈,但我已得了一个深刻不磨的印象。①

这封写给曾虚白的信再度被曾朴抄进了日记里,甚至连约晤的絮话都抄录了。以苏雪林的晚辈身份,约请文坛前辈曾朴到其任教的大学会晤,似乎有点托大。然而曾朴欣然赴约,并邀曾虚白和张若谷两人同往。苏雪林热情招待,不仅导游沪大全校,又长谈,临别时把她的中国旧体诗集送给了曾朴。曾朴读后,大为欣赏,题了两首七绝当作评语,连诗集寄还给苏雪林。这两首七绝是:"此才非鬼亦非仙,俊逸清新气万千,若向诗坛论王霸,一生低首女青莲。亦吐风雷亦散珠,青山写集悔当涂,全身脱尽铅华气,始信闺中有大苏。"②以苏雪林的功力,是否足以当得"女青莲""闺中大苏"这样的评语?怕很难说。那么,只能说,曾朴的"高评"更多的是出自对晚辈的鼓励和"物以稀为贵"的热情。③

---

① 苏雪林致曾虚白信,转引自《曾虚白自传》,第98页。
② 曾朴:《题苏梅女士诗集》,《真美善·女作家号》,1929年。
③ 为了这一访问,张若谷特意写了一篇影射小说:《中秋黄昏曲》,详细记录了这次见面的谈话:
　　"久违了,史小姐,三个人异声同调的对伊行敬礼。
　　'啊,是你们三位!请坐请坐。'
　　'路好远吓。'
　　'真是难得,真想不到你们会来,而且在这辰光。'
　　'我们有一点小事,想拜托你,同时也顺便来访候你。'
　　'啊!真当不起,你们坐车来的吗?'
　　'坐了,段路的车子,后来因为贪恋途中的景色好,所以就下车走来的。'
　　'今天的月色真不差,你们的兴致真不浅吓。你们三位来,有何事见教?'……"
这次会面在张若谷的笔下是热烈的,他形容史小姐(影射苏雪林)十分健谈,"河源滔滔,银瓶泻水"。苏雪林读后大怒,写信给张若谷斥责再三,参见张若谷:《前奏曲》,《都市交响曲》,上海:真美善书店1929年版。

除了在家里接待新文学作家,曾朴还常常越界,由自家的客厅走向外界的茶楼乃至咖啡馆,与更多的新文学家接触谈天。曾虚白回忆:"他在家里给文艺青年们围绕着还觉得不够,听说虹口北四川路有家广东茶馆是文艺作家们在下午三四点钟经常聚会的地方。他老先生竟兴致高得要我陪着他好几次闯得去做不速之客。当然,他一到在座者欢声雷动,一谈又是一两个小时。"①这家广东茶馆便是前文所提及的新雅茶楼,当年吸引了众多文人,是一个各派文人杂集之地。② 在邵洵美主编的杂志《狮吼》半月刊复活号的《金屋谈话》中,就记载了曾朴参与的一次聚谈:

> 真难得的机会,十月二十八日,新雅酒楼的一个集合。并不一定都是预先约定的,到有曾孟朴父子,傅彦长郑振铎张若谷等十余人。他们从吃点心一直到吃完了夜饭,没个不是兴高采烈地谈话着。他们讲到国术考试,讲到元曲的孤本,讲到邵洵美家藏的旧书,讲到包罗多的小说。吃完了饭,便到郑振铎家里,于是又谈到《海外缤纷录》,谈到《孽海花》。曾孟朴说他在赛金花的全盛时代,还不过是个孩子。③

除了茶楼,曾朴对咖啡馆同样热衷。这自然是受了张若谷等人的影响。来看张若谷的一封信:

> 我只爱同几个知己的朋友,黄昏时分坐在咖啡座里谈话,这种享乐似乎要比绞尽脑汁作纸上谈话来得省力而且自由。而且谈话的乐处,只能在私契朋友聚晤获得,这绝不能普渡众生,尤其是像在咖啡座谈话的这一件事。你与傅彦长,邵洵美,徐蔚南,叶秋原,周大融,黄震遐诸位兄长都是有资格的咖啡座上客。最近又新得到东亚病夫父子两人,参加进我们的团体。④

---

① 曾虚白:《曾虚白自传》,第95页。
② 关于新雅茶楼沙龙聚会的介绍,参见本书第一章第二节。
③ 《(一)新雅酒楼・金屋谈话》,《狮吼》半月刊复活号,第10期,1928年。
④ 张若谷:《代序・致申报艺术界编者》,《珈琲座谈》,上海:真美善书店1929年版。

对于咖啡馆,鲁迅、郁达夫、曹聚仁等都曾公开表示过不接受的态度,而曾朴作为晚清文学家的代表,一介"老文人",却不吝尝试,不可不谓勇气可嘉。由此,从自家客厅到西式茶店再到咖啡馆,曾朴一步一步地走出了传统文人钟爱的"三楼"("茶楼""酒楼""青楼")世界,迈向了象征着西化和现代化的都市新空间。不仅如此,曾朴还借助沙龙中"小朋友"的引荐,直接登上了新文学的讲台,以老文人的声名而走入了新文学的世界。①

与新文学作家交往的结果,是赢得了新文学界的认同和赞誉。《鲁男子》还在写作中,邵洵美就在他主编的《狮吼》半月刊复活号上开始鼓与呼,称其书的伟大不仅仅是在量的一面,在取材、笔法上更是独创而为一般人所难及,并赞其为"中国近代文坛的空前巨制"。《鲁男子》是跟《孽海花》续集同时写的,写完也同时刊发在《真美善》杂志上。这是曾朴研究法国文学后努力吸其精粹融合到创作中的一部作品。据曾虚白交代,这个长篇小说原本打算学法国巴尔扎克和左拉的作风,分别写就《恋》《婚》《乐》《宦》《议》《战》六部独立的小说,这几部小说各有独立组织,然而却保持一个中枢线索,可以联串成一个系统文集。曾朴在这个新小说里依旧延续了《孽海花》的旧思路,打算以自己的一生为联串线索,来反映清末民初整个时代的现状,但在思想、语言、结构等处都有西方现代小说的影子,也可明显看出曾朴向新文学学习的痕迹。这部小说在新文坛引起了很大的反响,连眼高于顶的新月社批评家梁实秋也专门著文,对其大加称赞。②

其次,曾朴沙龙成员出版书籍,曾氏父子常为之作序推介,并径由真美善书店出版。徐蔚南的小说《都市的男女》③、张若谷的小说《中秋黄昏曲》等作品曾先后在《真美善》杂志上登载,后结集之际,继续由真美善书

---

① 曾朴沙龙中不少青年文学家在高校任职,戏剧家顾仲彝便是暨南大学的文学教授。在一次沙龙闲聊中,顾提到希望邀请曾朴到暨南大学学生社团文学研究会做演讲的意思,曾朴非常爽快地答应了。后以"诗与小说"为题做了一次长达两小时的演讲。听众的反应非常热烈。
② 梁实秋:《〈鲁男子·恋〉》,《新月》第2卷第8期,1929年10月。梁实秋对曾朴的文学才华给予了高度的称赞。
③ 徐蔚南:《都市的男女》,《真美善》第2卷第4期,1928年。

店出版。徐蔚南小说集《都市的男女》出版时,有序文三篇。其中两篇为曾氏父子所作。可见推介力度之不遗余力。其一《大曾序》云:"……我跟蔚南兄友谊的历史至今只有一年多,可是跟我作数小时长谈,越谈越兴奋的,只有他次数最多。并且每次长谈都给我很深刻的印象,只觉对坐的这位朋友,正在复杂的社会中打着滚;敏锐的神经,清晰的观察使他感受到种种难言的苦闷,于是而挣扎着,彷徨着发出莫可奈何的诙谐和讽刺。他的诙谐要令你感伤,他的讽刺会令你叹息。这是他谈话的情调最令我深深感动的地方。后来我读他的作品,竟仿佛就是跟他对话的光景;不矜持,不作态,自然地倾泻他心里的蕴藏,口头的言语。每一句,每一行显现出个活跃的蔚南兄。"①其二为《小曾序》,即曾虚白的序言。其三《代序》是徐蔚南致曾氏父子的一封信。

沙龙同人里,曾朴对张若谷最为器重。他专门为张若谷的随笔集《异国情调》写了一篇长序言。在序言中,他对张若谷惺惺相惜:"我和若谷认识还不到一年,看起来,却像多年的旧交。这两人相互间必然有一种潜在的契合。就最容易观察的一面说,自然在性格和情感。我的性格,自己虽不能认识的十分准确,但多少总免不了带些任性。只知道服从自我意志的命令,不大管旁人的短长。似乎若谷也是如此。我完全是个神经质的人,而且是多感的神经质。往往易受情感的支配,一时不容易把理智去羁勒。似乎若谷也是如此。我年纪纵然老了,我的精神还和孩子一般。只愿向前乱闯,不晓得什么辛苦,也不晓得什么危险,似乎若谷也是如此。"②以一晚清著名小说家的身份频频给新文学青年作品作序推介,曾朴的名字逐渐在新文坛获得了新的意味。③ 与此同时,曾朴的书籍,也常由沙龙里的文学青年出谋划策,曾的《钟楼怪人诗剧》的封面便是黑白线

---

① 曾朴:《大曾序》,《都市的男女》序,徐蔚南著,上海:真美善书店,1929年。
② 东亚病夫(曾朴):《张若谷〈异国情调〉·小叙(一)》,《申报·艺术界》1928年12月12日。同样在此文中,曾朴提到自己打算第二年游历欧洲的计划,并邀请张若谷同行。期待二人携手同游,感受巴黎的异国情调。然而,遗憾的是,因曾朴本人的健康原因,最终这一计划未得成行。
③ 沙龙中人在文学创作上的互相影响是明显的,风格上的影响尤其明显,就如曾朴读徐蔚南作品的观感一样:"仿若对谈的光景"。沙龙里的作家在创作上有争论,也有相互的学习,正如曾虚白《小曾序》所云,曾学习了徐蔚南写作中的表现方式,而徐蔚南则学习了曾的描写方式。

条画家卢世侯设计的。①

再次,曾朴对新文学作品一直保持关注,时常予以点评。这些文学作品主要来自他身边常相来往的青年作家,如张若谷的散文、邵洵美的诗。除了身边的新文学作家,曾朴对新文坛的其他作家作品也给予了相当的关注。比如鲁迅的书就在曾朴的书单之列。《病夫日记》载:"读鲁迅的《野草》;鲁迅有了进步了,《呐喊》,《彷徨》不过是新式的《儒林外史》。这一篇却别有风味,《过客》和《枫叶》两篇,尤凄婉可诵,我说:是象征的影像主义。"②可谓鲁迅之解人。

1917年胡适、钱玄同关于中国旧小说的讨论,指认曾朴的《孽海花》有迷信色彩,将曾朴斥之为"老新党"。③ 1935年曾朴去世之后,胡适在纪念文章中改称曾朴为"老先觉"。——由"老新党"到"老先觉",这中间的变化也正印证了曾朴开辟新文坛阵地的成功。

第三节　曾朴沙龙的文化活动

《真美善·女作家号》的出版是曾氏沙龙一个标志性的文化事件。据主编张若谷回忆,出版专刊的念头源于在曾家客厅的一次谈话会(即曾氏父子的沙龙)。

> 那一次,是十七年七月七日我在曾孟朴先生家里,同曾氏父子两位谈天,我恰巧译完了法国娄梅德 Lemaitre 著的《法国的女诗人与散文家》一文,因此大家就谈到中国女作家的问题上去。孟朴先生本来打算在《真美善》杂志上出一个陈季同专号,我当时就不负责任随便地说一句,提议出一个女作家专号。④

---

① 参见《卢世侯的线条画·金屋谈话》,《狮吼》半月刊复活号,第11期,1928年。
② 曾朴:《病夫日记》,《宇宙风》第1期,1935年9月。
③ 然而,"暴得大名者不祥",胡适后来也被指责为落伍了。
④ 张若谷:《关于女作家号》,《真美善》第4卷第4期,1929年。

图 2-3 《真美善》杂志第 5 卷第 1 号封面

图 2-4 1929 年初,张若谷主编之《真美善·女作家号》。

《女作家号》的出版,可以说受了张若谷此篇译文的直接启发,同时也是曾家沙龙成员对沙龙女主人期待的直接投射,一定程度上促进了中国现代女性文学的发展。这篇文章是法国批评家娄曼德对雅基南先生编辑的一本法国女作家作品选集的介绍,里面涉及的女作家不少是法国文化史上著名的沙龙女主人,像斯达尔夫人、乔治桑等人。在译后记中,张若谷介绍了翻译此文的动机,称最初是读了《贡献》杂志第2卷第6期觉非的《法国浪漫文学运动中的女英雄》一文受到启发。觉非的这篇文章同样对法国沙龙女主人在文学领域的贡献给予了充分的认可。文中有这样的论述,可谓深合张若谷的心意:

> 论者谓法国文学为富于社会性的文学,即社会性为法国文学的特色,而此社会性之获得,实历来女子提倡奖励之功……尤其在十七,十八世纪,普通谓这时的文学为"沙龙"的文学;所谓"沙龙",类于一种文会,由富贵家的才女创立,聚一般学者文人以议论学问,月旦文章,而为其终决之权衡者则"沙龙"的女主人。……当时女子在文学上势力之巨伟可想象而知;我们随便取一篇或一本古典派的作品,殆无不有女子的印痕,而文学家亦不能跳出女子的范围之外:谓法国文学,法国文字为女子所造成,实非过言!①

觉非的文章对法国女子在文学史上的贡献做了详细介绍,并点出"沙龙文学"的称号,可谓曾朴、张若谷的同道中人。张若谷的《法国的女诗人与散文家》继承其后,继续介绍法国沙龙文学中女性的成就。正是出于对沙龙文学的推崇以及对相关的法国女作家的热情,曾朴沙龙成员经常撰写批评介绍文章在《真美善》杂志上发表。以乔治桑为例,曾朴撰文《乔治桑的诉讼》,包罗多(傅彦长)则有《桑特夫人生活的一段》②。曾朴则撰《乔治桑的诉讼》③一文大力称赞乔治桑主持的文艺沙龙,认为其对

---

① 觉非:《法国浪漫文学运动中的女英雄》,《贡献》第2卷6期,1928年。
② 包罗多(傅彦长):《桑特夫人生活的一段》,《真美善》第2卷第3号,1928年。
③ 曾朴:《乔治桑的诉讼》,《真美善》第2卷第4期,1928年8月。

法国文学的发展起到了很大的推动作用。而在《女作家号》上，方于翻译的圣都伴物(Sainte Beuve)的《莱加米尔夫人》也是一篇关于沙龙女主人的介绍文字。文章详细介绍了莱加米尔夫人主持的沙龙对文学发展所起的作用，与此同时回顾了法国沙龙的历史起源，并介绍了18世纪许多有名的沙龙，并对莱加米尔夫人的风度、举止、言行做了详细介绍。此文和觉非、张若谷的文章有异曲同工之妙，是国内最早提倡沙龙文学的三篇力作。对沙龙文学的热情，继而转化为对女性文学的期待，曾朴沙龙在这一点上可谓走在了文坛和时代的前列。除了翻译介绍法国沙龙文学以及女作家的生平和作品，曾氏沙龙的文化活动体现在国内文学方面，便是风靡一时的《女作家号》的编辑和出版。

《女作家号》的编辑在相当程度上模仿了雅基南编辑的法国女作家作品选集，同时也有自己的创新。女作家号搜罗了当时文坛上大多数女作家、女画家的作品，并且刊登了"玉照"，列名者有冰心、庐隐、苏雪林、吴曙天、唐蕴玉、白薇、吕碧城、方君璧、袁昌英、潘玉良、陈学昭等人，可以说网罗了当时新文坛上大部分初有名气的女作家。在栏目的设置上，则不分新旧，有新诗，也有不少古今体诗，此外，设有小说、戏剧、散文小品、传记、评论等栏目，杂志的插图为女画家所作。可以说充分呈现了现代中国女文艺家浮出历史地表之初的创作样貌。在这期特刊上，曾氏沙龙成员也集体亮相，以男子的身份充当了女性文艺发展的介绍人和导师的角色。他们之中，有的向读者介绍西方的女性文学，如邵洵美撰文《希腊女诗圣萨弗》，病夫(曾朴)撰文《诺亚依夫人》，崔万秋撰文《才媛九条武子夫人之生前》；有的介绍中国古代的女性文学，比如傅彦长的文章《以女性为中心的笔生花》，对长篇弹词《笔生花》的文艺水平以及思想价值给予了充分肯定。病夫的《虞山女作家》则详细梳理了虞山地区明清之际女性文学的发展以及各位女作家的生平概貌，在介绍柳如是时，称其主持的文会"绝类法国沙龙"。至于主编张若谷，则理所当然地写了一篇长文《中国现代的女作家》，对包括《女作家号》作者在内的众多中国现代女作家做了一番详细点评。可以说，《女作家号》是以男性为主要成员

第二章 "老夫聊发少年狂"：曾朴和他的沙龙 | 077

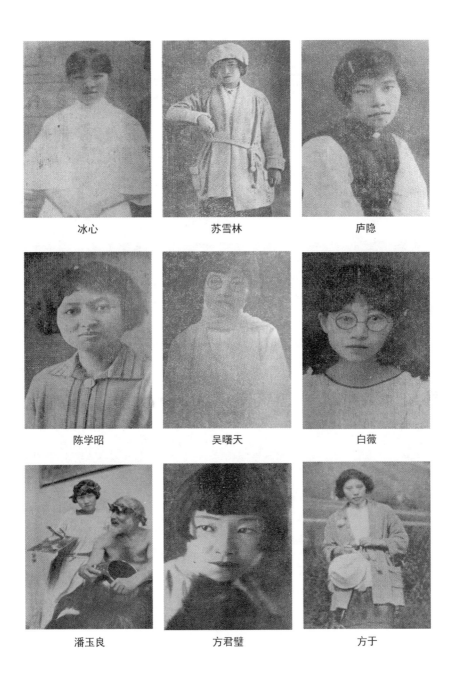

冰心　　　　　　苏雪林　　　　　　庐隐

陈学昭　　　　　　吴曙天　　　　　　白薇

潘玉良　　　　　　方君璧　　　　　　方于

图 2-5 《女作家号》里的中国现代女文艺家群像

的曾朴沙龙对中国女性文学的挖掘和提倡的成果,给中国现代女性文学提供了最早的展示舞台。在这期特刊中,和曾朴父子交往较多的苏雪林得到了最频繁的曝光,发表的文章数目也最多,有小品一篇,旧体诗七首,文艺评论一篇。而左翼作家丁玲拒绝为之供稿。此外,身处北平的陈衡哲、凌叔华、冯沅君等女作家没有出现在此特刊中。①

《真美善·女作家号》对中国女性文学的推崇是显而易见的,这一点,曾虚白在最初的征文里已经表白了。他认为中国荒凉紊乱的文坛上,几年以内,虽然已有好多位"天才的女作家"出现,然而并未引起文坛较大关注,发行女作家专号就是为中国现代女作家做一个摇旗呐喊的先锋工作。而张若谷在编辑后记《关于女作家号》中再度申明了这个意图:

> 我编了女作家号以后所得到的感想很多,不便在这里逐一写出来。总之,女作家号的出版,能够引起读书界方面的注意是一件很难得的事了,虽则一般的批评并不完全是同情的或好意的,但是,我们对于鼓吹女子文学运动的呐喊的这一个小小的使命在可能范围之内总可以算是略尽过一点责任了。自然我们也知道,为要引起女性对于文学的要好,为要提倡女子文学新运动,决不是单出一本女作家号所能济事的。要希望女子文学的抬头,要希望中国女子新文学运动的成功,还是全赖中国现代的女作家们自己去继续努力。②

由曾虚白和张若谷的极力表白,我们不难看出,他们对中国现代女性文学的推介不可谓不真诚不用心。然而,也不难发现,这些沙龙文人对女作家的态度仍然不能摆脱"名士"捧"才女"的视角,正如曾朴自白:"这个女主人并不一定自己是文艺家,可是有欣赏文艺的能力与兴趣,因此,它就由文艺家大家共同的爱人转变而成文艺活动的中心人物。"③他们对女

---

① 张若谷的《中国现代的女作家》一文则高度评价了陈衡哲、凌叔华、沈性仁、冯沅君等北方女作家。《女作家号》中不曾收录这些人的作品,主要是约稿难的缘故。
② 张若谷:《关于女作家号》,《真美善》第4卷第4期,1929年。
③ 曾虚白:《曾虚白自传》(上),台北:联经出版事业公司1988年版,第99页。

性角色的期待仍不能脱离"红袖添香"的浪漫想象。这一点,在特刊的编辑方针上体现得十分明显。在杂志中,每一位女作者的文章或是画作都配了作者照片。而同刊出现的曾朴、邵洵美、傅彦长、张若谷等男作家却并没有附上作者照片。男女作家在此方面的不同对待,意味深长。这些作者"玉照",一方面,满足了广大读者对女作家的"窥私欲",另一方面,显然也是编辑的一种广告和销售策略。在这一点上,那些不怀好意的批评者的批评虽然刻薄,却也有某种偏见的深刻,点出了曾朴沙龙办此特刊华丽的招牌背后不那么光彩的潜台词。相比而言,一年后《妇女杂志》上刊载的《几位当代中国女小说家》一文显得更为严肃,作者对女作家的性别特色做了区分,同时也在男女平等的视角上对女性文学做了肯定。这与女作家号的态度有着鲜明的区别。

特刊出版后,果不其然,在文坛引起强烈反响,据张若谷本人文章《关于女作家号》统计,相关的批评文章计有三十多篇,大多数是冷嘲热讽。有的是出版界同行的嫉妒,比如《文学周报》就酸溜溜地嘲讽道:"我们可要预备出版一次《男作家专号》了呢,……将来营业竞争的结果,谁会知道鹿死谁手呢?……人家出这个专号,正为了'女作家'这三个大字。有了这三个大金字,谁还能和她竞争得了!……出版一百个男作家专号,还敌得过一个女作家专号否?'财源通四海'你且为张先生预卜吧。"[①]而《新女性》《大江》等杂志则从女性权益上着眼,指责"出女作家专号是女性的仇敌,和斗方名士捧坤伶逛窑子有什么区别!"除此之外,《新女性》《文学周报》《时事新报》《晶报》等也都发声,而曾、邵沙龙成员在各自编辑的刊物《狮吼》《上海漫画》《申报·艺术界》《雅典》等杂志上也都进行了宣传和推广。可以说,此专号在文坛引起了相当多的关注。择要列表如下:

---

① 静因:《女作家专号》,《文学周报》第 8 卷第 1 期,1929 年。

表 2-2　1929 年文坛关于《女作家号》的文章一览表

作者	期刊	文章名
少飞	《上海漫画》第 40 期	《告智慧的男女们》
邵洵美	《狮吼》第 11、12 期	《冰心庐隐与张若谷》《对不住张若谷》
静因	《文学周报》第 8 卷第 1 期	《女作家专号》
东生	《文学周报》第 8 卷第 2 期	《复活的狮吼》
乙斐	《申报·艺术界》1 月 9 日	《真美善女作家号》
璋	《申报·艺术界》1 月 16 日	《郑振铎鲁迅与张若谷开玩笑》
超群	《时事新报》1 月 9 日	《女作家》
华	《申报·艺术界》1 月 16 日	《关于女作家号的几句话》
编者	《生活》第 4 卷第 11 期	《真美善的女作家》
竞文	《民国日报》1 月 25 日	《文人的丑态》
鸿仪	《民国日报》1 月 27 日	《女作家传染》
沙生	《青海》第 7 期	《张若谷的开女试诏》
沈端先	《大江》第 12 期	《女作家专号》
介子	《新女性》第 4 卷第 1 号	《文艺界之花》
祝秀侠	《海风》第 5 期	《谈过女作家号以后》
不谦	《新女性》第 4 卷第 1 号	《发泄变态性欲的女作家号》
实秋	《新月》第 1 卷第 11 号	《所谓蓝袜子者》
雪因	《晶报》2 月 18 日	《关于女作家号》
丹翁	《晶报》2 月 21 日	《荆非女性辩》
静因	《文学周报》第 8 卷第 5 期	《告申报的璋君》
静因	《文学周报》第 8 卷第 5 期	《梅 XX 专号》
编者	《申报·艺术界》2 月 23 日	《对文学周报的声明》
超人	《时事新报》2 月 25 日	《我也来说说女作家号》
雷雅雨	《雅典》第 2 期	《读女作家号》
不谦	《新女性》第 4 卷第 2 号	《再谈女作家号》
沈翔九	《新女性》第 4 卷第 2 号	《对于张若谷先生的不敬》
编者	《文学周报》第 8 卷第 8 期	《对申报本埠增刊的声明》
梁得所	《今代妇女》第 7 期	《读女作家号笔记》

其中，也有左翼作家，除了表中所列的沈端先，鲁迅也有文章评论此事。在《书籍和财色》一文中，鲁迅就对《女作家号》杂志登载女作家照片一事予以嘲讽：

不知为了什么缘故而登载的什么"女校高材生"和什么"女士在树下读书"的照相之类,且作别论,则买书一元,赠送裸体画片的勾当,是应该举为带着"颜如玉"气味的一例的了。在医学上,"妇人科"虽然设有专科,但在文艺上,"女作家"分为一类阙未免滥用了体质的差别,令人觉得有些特别的。①

正如《申报·艺术界》编辑朱应鹏的评语——"《真美善·女作家号》的风行,出版界给予一种冷意的批评",批评虽多,然而影响也随之扩大。事实上,不仅出版界,教育、政治、宗教、文坛、评论等各个领域都反响甚大。杂志在商业上取得了相当的成功,这期特刊大卖并且再版,在影响上也达到了《真美善》杂志的顶峰,成为上海文坛一时时髦话题。可以说,《女作家号》一定程度上实现了杂志创办的初衷,关于这点,曾虚白曾在致读者信中表白:"我们的使命,一方面是鼓起国人对于文学的兴会,一方面却是让我们的力量,给社会群众对于世界上的文学一个真切的认识。"②

而此刊的出版,一定程度上还引领了随后出版界对女性文学的热衷。自《女作家号》之后,1931—1935年,中国新文坛上出现了一个介绍评论女作家的热潮,出现了多篇批评文章和选集、著作。择要列举如下③:

表 2-3　1930 年代出版界关于女作家的著作(择要)

书名	出版时间	出版机构
《现代中国女作家》	1931 年 4 月	北新书局
《中国现代女作家》	1931 年 5 月	复兴书局
《现代中国女诗人与散文家》	1931 年	北新书局
《中国现代女作家》	1932 年	北新书局

---

① 鲁迅:《书籍和财色》,《鲁迅全集》第 4 卷,北京:人民文学出版社 2005 年版,第 165 页。对这群沙龙文人,鲁迅等人将其称为"礼拜五派",沈从文则在《上海作家》一文里将其称为"新礼拜六"派。
② 曾虚白:《编纂的商榷》,《真美善》第 1 卷第 3 号,1927 年。
③ 此处统计参考张莉:《浮出历史地表之前——中国现代女性写作的发生》,天津:南开大学出版社 2010 年版,第 290 页。

(续表)

书名	出版时间	出版机构
《现代中国女作家创作选》	1932年	文艺书局
《中国现代女作家》	1932年9月	现代书局
《当代中国女作家论》	1933年	光华书局

从此表可以看出,当年的众多书局敏锐地看出了"女作家"文集的商机。众多类似书籍蜂拥而起,想在销售市场上分一杯羹的意图昭然若揭。这些书局大多位于上海,可以看出当年上海出版市场竞争的激烈。身处市场竞争如此激烈的上海出版界,曾氏父子开办书店和杂志,虽以推广文学事业为主要目的,但大势所趋,对杂志的经营还是颇费了一番心思。在《真美善》杂志上设立"真美善"俱乐部,和读者互动,此外,借和邵洵美假扮的刘舞心之间的"绯闻"来"炒作",都是例证。而后来曾氏沙龙的结束,和真美善书店经营不善,无力"风雅",有很大关系。

出版《女作家号》之外,对法国文学的阅读学习、评论和翻译,也是曾朴沙龙的主要文化活动。阅读法国文艺作品,对成员的创作产生了极大的影响。以曾朴为例。首先,曾朴创作了长篇自传体小说《鲁男子》,其中,对法国小说《肉与死》有不少模仿学习。其次,通过阅读并翻译法国浪漫派作家的短篇小说、诗歌,曾朴也开始了自家的新诗和短篇小说的写作。在他本人列举的《曾朴所叙全目》①一文中,就分别列出了新诗集一部《续未理集》(后未出版)以及短篇小说集(后未出版),而在杂志上发表的新诗有《你是我》《卷头语》两首。而关于法国文学的评论,依然以曾朴为多。曾朴在《真美善》杂志上发表了多篇文艺评论。参见下表:

---

① 在曾朴翻译的雨果著作《九十三年》等书后附有《曾朴所叙全目》一文,此文列举了曾朴已出版和计划出版的所有书目。

表 2-4 《真善美》杂志所刊曾朴文章一览表

作者	时间	文艺评论	发表期刊
曾朴	1927年11月、12月、1928年1月	《论法兰西悲剧源流》	《真美善》第1卷第1—3号、第1卷第6号
曾朴	1928年9月	《阿弗洛狄德的考察》	第2卷第5号
曾朴	1928年5月	《李显宾乞儿歌的鸟瞰》	第2卷第1号
曾朴	1928年10月	《谈谈法国骑士文学》	第2卷第6号
曾朴	1929年9月、11月	《法国文豪乔治顾岱林诔颂》	第4卷第6号、第5卷第1号
曾朴	1929年2月	《诺亚依夫人》	女作家号
曾朴	1927年12月	《穆利哀的女儿》	第1卷第3号
曾朴	1927年12月	《哥德的绿蛇》	第1卷第3号
曾朴	1927年1月	《高耐一的女儿》	第1卷第4号
曾朴	1928年5月	《穆利哀的恋史》	第2卷第1号
曾朴	1928年5月	《巴尔萨克的婚姻史》	第2卷第1号
曾朴	1928年8月	《乔治桑的诉讼》	第2卷第4号
曾朴	1930年8月	《法国语言的原始》	第6卷第4号
法国拉蒙黄南台著,曾朴译。	1930年2月	《雷麦克西部前线平静无事的法国批评》	第5卷第4号
法国拉鲁著,曾朴译。	1930年5月	《法国今日的小说》	第6卷第1号
法国栾奈鲁拉著,曾朴译。	1930年6月	《雷翁杜岱四部奇著的批评》	第6卷第2号

在翻译上,除了分量最重的雨果作品,曾朴及其沙龙成员还翻译了左拉、莫里哀、戈恬、顾岱林、边勒路意、福楼拜、李显宾等人的诗歌、小说或短剧等作品。曾朴对翻译欧美文学的热爱显然和身边热衷异国情调的张若谷、邵洵美等人不谋而合,因此,真美善书店也出版了相当一部分译著。与对《女作家号》的齐力宣传一样,曾朴沙龙成员对待同人的译著也表示了类似的态度。张若谷的《从嚣俄到鲁迅》文学评论集中就有多篇文章对成员的译著做了推介。虽然翻译水平良莠不齐,然而这依然可以说是曾朴沙龙对文坛的另一大贡献。

第四节　文坛佳话如何生成？——谈刘舞心事件

本节将借助对一则文坛佳话的分析来探讨曾朴文化沙龙的一个面向,这就是"刘舞心事件"。这则佳话在发展的过程中关联着诸多文人的创作和文化活动,已经超越了一般佳话本身所带有的逸事色彩,成为一则文学公共事件。对此佳话的考证和分析,将使我们对曾朴、邵洵美等沙龙文人的文化活动有更深入的理解。

在曾氏父子马斯南路居所的客厅里,女性是缺席的。这对于一心向往法式沙龙的曾朴而言,自然是个遗憾。① 因而,这位"老少年"一直期待有一位"沙龙女主人"出现。故而,当苏雪林出现时,曾朴表现出了特别的重视和鼓励,对苏极力提携。然而尚且是单身的苏雪林在当年的封闭环境下,显然是不适合常常现身这帮男子组成的沙龙的。后来因张若谷影射小说闹得很不愉快更是证明了这一点。苏雪林是典型的"学术女青年",又常有"正义的火气",性情开朗,然而也火爆,批评人时丝毫不吝狂轰滥炸。② 另一方面,曾朴所期望的女作家显然也并不是苏雪林这样学问渊博的女性,曾虚白的回忆证实了这一点。他说:"父亲所悬盼出现的女作家,并不是像苏女士这样学问渊博的作家。"曾朴期待的是一个这样的女人:"这个女主人并不一定自己是文艺家,可是有欣赏文艺的能力与兴趣,因此,它就由文艺家大家共同的爱人转变而成文艺活动的中心人物。"③

曾朴期待中的沙龙女主人,第一要懂社交,其次要懂文艺。《虞山女作家》中曾朴笔下的柳如是可说是他理想的人物,而他本人笔下的赛金花

---

① 曾朴的夫人和姨太太均属于传统女性,且已年老。曾虚白的妻子也是典型的大家闺秀,也不会抛头露面于厅堂。
② 前辈的鲁迅,后辈的唐德刚,都未能幸免于"苏骂"。
③ 曾虚白:《曾虚白自传》(上),第99页。

在社交上也可说是佳选。在《东亚病夫访问记》一文中，曾朴向记者（崔万秋）叙说了对赛金花高超社交本领的赞叹：

> 余初识赛于北京，时余任内阁中书，常出入洪宅，故常相见。彼时赛风度甚好，眼睛灵活，纵不说话，而眼目中传出像是一种说话的神气，譬如同席吃饭，一桌有十人，赛可以用手、用眼、用口，使十人俱极愉快而满意。换言之，伊决不冷落任何人。赛并非具洛神之姿的美人，惟面貌端正而已。为人落拓，不拘小节，见人极易相熟。①

作为宾客众多的沙龙，自然需要这样一个八面玲珑的主人来周旋和引导话题。然而这女主人可遇不可求。1928年5月23日，曾朴日记记载了一次寻找"沙龙女主人"的谈天：

> 开首讲了些出版界的事情，后来讲到文艺界太没有联合的组织，何不仿法国的客厅或咖啡馆，大家鼓些兴会起来。傅彦长道：这事只怕是法国的特长，他国模仿不来，尤其是我们的中国。客厅的主角总要女性，而且要有魔力的女性；我们现在可以说一个也没有；即使有，照目下我们的环境，习尚，也没有人肯来。
>
> 洵美道：——从前本想把郁达夫的王女士，来做牺牲品，那里晓得这位王女士，也只欢喜和情人对面谈心，觉得很好，社交稍微广大一点，也是不行。
>
> 我说：——那么陆小曼何如？彦长道：——叫他碰碰和，唱唱戏是高兴的；即使组织成了客厅，结果还是被蝴蝶派占优胜，我们意中的客厅，只怕不会实现。②

这是曾朴和邵洵美的第一次会面，两位沙龙男主人一起聊起了"女主人"的话题。他们想亦步亦趋地模仿法国沙龙。然而理想的女主人实在

---

① 崔万秋：《东亚病夫访问记》，魏绍昌编《孽海花资料》，上海：上海古籍出版社1982年版，第140页。
② 曾朴：《病夫日记》，《宇宙风》1935年第2期。

难找,一要有相当的文艺欣赏能力,且要和他们的文艺观接近,不能是鸳鸯蝴蝶派的趣味,二又要"有魔力"。曾朴对苏雪林的第一印象是:"身材不算高,也不很低,是个中等身材。面部略带圆形。肤色不很白。睛瞳虽不黑,而很灵活。态度亦极自然。"①这一段描写如此详尽,可见曾朴对苏雪林容貌、身姿、性情的在意——观察的结果,大概并不符合"有魔力"的要求。在当年的上海,能符合这两项要求的女性寥寥无几。即便他们比较欣赏的王映霞,境遇也远非曾朴等人所能理解。那时候,郁达夫家也是朋友常来常往。王映霞回忆,"从一九二八年到一九三三年春的几年中,我们家几乎天天有客人来,大部分是当时活跃于文坛的青年作家"②。这些人有姚蓬子、丁玲、沈从文、邵洵美等。王映霞则"那时我每天早晨到附近的菜场去买菜,家中虽只有我和郁达夫两个大人吃饭,但每天总要准备五、六个人的饭菜,朋友早上九、十点钟来,聊一会儿,就拉开桌子开始搓麻将,吃午饭时喝酒,日近黄昏,客人陆续离去,这些朋友一般只吃午饭,不吃晚饭。我前前后后地忙着,留着普通的短发,身穿布旗袍,脚蹬平底鞋,完全是个地地道道的家庭妇女"③。在曾朴、邵洵美这两位经济宽裕的主人家里,客人来访,是不需要女主人亲自费心招待的,据林达祖回忆,邵洵美家招待客人十分殷勤周到,有点心,有面食,有时兴的咖啡,有专门的厨子,且长期供应。曾朴家的客厅也常供应糖果。然而在郁达夫家里,新知识女性王映霞却不得不"洗手作羹汤",成了郁达夫及其文友的"煮饭婆"。在日常的家务操劳之外,还能有多少闲暇和心境做一个文雅风流的"沙龙女主人"呢? 这一点,怕是邵洵美、曾朴等人想不到的。这也折射出,沙龙天然的具有一定的等级性,这个等级直接源于主人以及成员的经济资本雄厚与否。

另一方面,曾朴、邵洵美、张若谷等人期待沙龙里有女主人或女成员,是以现代中国男女社交公开化为背景的。杨联芬曾指出,1920年左右,

---

① 《曾朴日记》,转引自《曾虚白自传》,第96—97页。
② 王映霞:《我家的常客》,《王映霞自传》,合肥:黄山书社2008年版,第104页。
③ 同上。

男女社交公开化成为思想界的重要议题。随着恋爱空间的公共性与陌生化,透露了新的讯息,意味着中国男女社交从传统的"后花园"模式向公园、学校、旅馆等公共空间转变。"这些场所本身具有的公共性和开放性,提供了与传统'家庭'封闭空间完全不同的现代空间,象征着恋爱的正当性与公开性,隐含了'文明'、'自由'、'孤独'等现代精神气质,意味着对家族制度的彻底背叛。"①曾朴沙龙这一新兴的空间,既以家中"客厅"为主要活动场所,和传统的"家庭"密切相关,同时,它又是半公共的文化空间,在沙龙时段里,曾家客厅是一个文学小团体的公共聚谈场所,具有着"公共性"。因此,可以说,它同样是一个特殊的"第三空间"。虽然最终没有女性成员加入,但曾朴所期待的理想的现代男女公共社交场景依然具有重要意义。

正是在这天的谈话里,曾朴向邵洵美和张若谷介绍了《阿芙洛狄德》这本小说。这是法国作家边勒路易(Pierre Louÿs,现译皮埃尔·路易,1870—1925年)的作品,小说原名 Aphrodite: mœurs antiques(《阿弗洛狄德:古代风俗》),1895—1896年连载于法国一本杂志,1902年成书,主人公是一个大胆追求肉体快感和享乐的女性。在曾氏父子之前,文坛上已有人予以介绍。1924年《小说月报》有边勒路易的小传,②同年4月的《小说月报·法国文学研究》专号,刊登了周建人和李劼人翻译的边勒路易的两篇短篇小说。然而总的看来,皮埃尔·路易在20世纪20年代末的中国依然是一个不大为人所知的作家。曾氏父子是较早关注边勒路易及其作品的,他们对《阿芙洛狄德》这本小说十分赞赏:"这本书把人类最丑恶的事材,例如变恋性欲,卖淫杂交、狂乱、蛊惑、嫉忌等等,在他思想的园地里,细腻地,绮丽地,渐渐蜕化成了一朵朵珍奇璀璨的鲜花,令人觉得浮在纸面上的只是不可言说的美。这部书,因为作者大胆地赤裸裸描写了肉的美,不懂的人目谓淫书,可是我们父子俩却确认它为文艺园地开辟了一

---

① 杨联芬:《"恋爱"之发生与现代文学观念变迁》,《中国社会科学》2014年第1期。
② 《小说月报》第15卷第2号,1924年。

道灿烂光明的新途径。父亲批评它是有'梦的缥缈之美,醉的惝恍之美'。读了它只感到'一切栏栅破了,一切羁勒解了,没有奴隶,没有仇敌,瞥然重见了原始天地的乌托邦境界。'"①

主人既如此赞赏有加,这本小说很快在曾氏沙龙里传播开来,同样醉心于法国浪漫派文学的张若谷和徐蔚南各买了一本法文版,邵洵美则高价买了一本英译本的精装本,此外,沙龙里的熟客大抵是听说过此书或者读过此书的。当曾氏父子打算合译此书时,早早的就在《真美善》月刊上打出了广告。《真美善》第2卷第1号的《本店新书·印刷中》一栏,《阿芙洛狄德》赫然在列。此书出版时改名为《肉与死》,由真美善书店发行。曾氏父子对此小说很重视,译本很是讲究,分为平装本、精装本以及编号的皮面本三种。

可能因为寻找理想沙龙女主人的失败,曾朴对《阿弗洛狄德》的女主人公特别欣赏,这带着遗憾的欣赏,让邵洵美产生了捉弄老文人的灵感。与曾朴会面的当天即1928年5月23日的晚上,邵洵美以刘舞心的笔名给曾朴写了一封信。信中"刘舞心"自述自己是一个19岁的女孩子,中学毕业,生平最崇拜三个作家,一是曹雪芹,一是关汉卿,另一个便是曾朴。信中她主要谈了对《阿弗洛狄德》一书的看法,对其表示了赞赏之意,这些看法自然和曾朴的观感很相近的。这封信登在《真美善》杂志第2卷第5号上(1928年9月16日出版),与来函同时刊登的还有曾朴的《复刘舞心女士书》。

在复信中,曾朴首先谈了对刘舞心的知音之感:"您独能在大家忽略地放过的地方,睁开您的慧眼,注意到这个出奇的作家,注意到他最大胆的名作《阿弗洛狄德》。不但读过,并具足很深的了解。"②信的主要部分在于对边勒路易其人其作的评论,曾朴详细介绍了小说的内容以及对它的赞叹,其中某些大胆的言辞似乎是不适合对一个未出闺阁的19岁闺秀

---

① 《曾虚白自传》(上),第91页。
② 曾朴:《复刘舞心女士书》,《真美善》月刊第2卷第5号,1928年。

讲的。最后他说:"我还有个逾分的请求,既蒙您的不弃,不以我为不可谈;我不奢望和您做小朋友,我只希望你能在读文学作品的时候,花费您一两个钟头,劳动玉趾,光降敝寓一谈。倘蒙许可,时间,在午后三四时,最为适宜。不胜翘盼!"①午后三四时是曾朴平常会客的时间点,曾朴向刘舞心发出这样的邀请,想来不会是私人的会面,而是圈子同人的聚谈。据曾虚白回忆,曾朴初接此信之际,十分欢喜赞叹。然而随后便猜到可能是小文友们干的勾当。曾朴于是几次三番的在沙龙里进行了试探。②用曾朴自己的话说:"我们的小小客厅里,却变成了一件疑案,朋友都做了嫌疑犯,我侦探你,你考察我,弄得一塌糊涂。"③

张若谷化名"曲"在《申报·艺术界》上刊出的消息《曾孟朴与女读者》记录了这个侦探经过:

> 前晚上以事往马斯南路《真美善》杂志编辑所,访曾孟朴先生,座间遇张若谷邵洵美两君,邵君素所熟识,张君则扬名已久,此为第一次见面,自由谈笑,大家都很畅快。曾先生忽然袖出一封信传给我们看,为一位署名刘姓女所寄,信里写许多钦仰羡慕的话,中间讨论到法国大小说家比爱儿路易的《阿弗洛第德》,这本书闻正经曾君在译述中,寄信者说伊生平也很爱读那本小说,因为小说中描写的,有一个真的女性,看了极感动。但问曾君翻译的缘故,为了心酸了,还是为了心跳,其余的许多缠绵文章,我都记不得了。曾君笑指着张邵两君问道:"这封信是不是你们中间的一人写来的?"两君都摇首否认。曾君又说:"那真是怪事,我不信在中国青年女学生中,竟会有这样一个了不得的人才。从信中看来,伊确是一个很熟悉而且极了解那本小说的,我总疑惑这是出于男子的伪托,而且疑惑到你们两人,因为你们两都看过《阿弗洛第德》的,但是字迹娟秀,倒不像你们的

---

① 曾朴:《复刘舞心女士书》,《真美善》月刊第 2 卷第 5 号,1928 年。
② 参见邵洵美《我和孟朴先生的秘密》(载《曾公孟朴讣告》及《人言》第 2 卷第 17 期,1935 年)和《曾虚白自传》(上)之《广交文友》两文。
③ 曾朴:《复刘舞心女士》,《真美善》月刊第 3 卷第 2 号,1929 年。

笔迹,但是,我想总是熟人写的。"

我听了此事,真是有趣的很,连声咄咄称奇。细窥张邵两人的神色,邵君滔滔不绝辩白议论,而且还把信纸反复审看,加以揣测,张君虽较沉默,但神情很坦白,他是一位信教徒,想来不会。曾君临后申明,拟将该信刊于《真美善》第4期中,并做一答书申明他翻译《阿弗洛第德》的理由。他笑眯眯的对我们说:"我读那本小说时,也不心酸,也不心跳,我是心醉吓。"大家听了都大笑起来,但是关于这个疑案,张邵两君却是嫌疑犯,但不知主犯为谁,想不久终会水落石出的吧。(曲)①

从张若谷的文章可以看出,他似乎已经知道刘舞心是邵洵美。闪烁其词,然而并不点破,实质上是为曾朴的《真美善》月刊做了间接的宣传。②

1928年《狮吼》半月刊复活号第9期《金屋谈话》栏目刊出了一则文坛消息《"东亚病夫的女读者"》,《狮吼》是邵洵美主编的刊物,显然,这则广告出自邵洵美手笔:

东亚病夫(即曾孟朴)收到了一封刘舞心女士的信,在《真美善》第二卷第五期写了封很长的答复,与原信一同发表。据曾先生自己说,这位女士是一个非常的女子:她一定对于法文极有根底,一定对于元曲也极有研究;否则她一定不会熟谈 Aphrodite,一定不会了解关汉卿到如此地步。但听说刘女士尚没有第二封信来。③

很明显,邵洵美有意将"刘舞心"事件"广而告之"。关于此案的讨论,于是自然而然地由曾朴的沙龙转移到了邵洵美的沙龙里,性质也逐渐由"私人逸事"向"文坛公共事件"转化:

---

① 曲(张若谷):《曾孟朴与女读者》,《申报·艺术界》1928年8月7日。
② 曾朴的答信并未在第4期刊出,《真美善》第2卷第5期,1928年。
③ 未署名:《"东亚病夫的女读者"》,《金屋谈话》,《狮吼》半月刊复活号,第9期,1928年。

最有兴味的,有一天,我们在邵洵美君家,举行一个文艺的小集会,在座有郁达夫,赵景深,夏莱谛——即是译《黛丝》和《陶格杜雷》的杜衡——傅彦长,芳信,卢世侯,张若谷诸君。我一进门,大家齐声喊道:"冒充刘舞心女士的现行犯逮捕了。"我惊问:"是谁?"大家都指证道:"就是赵景深。"我问:"证据呢?"都说:"他本带些女性,新剧里曾扮过女角,又自己承认用过女子的名,和人通过好几次信;这位刘女士的信,他也不承认,也不否认,态度已经默认了,还有什么疑义。"我和赵景深君探询了一番,态度确很相像。但这种心的裁判,终究算不了定谳,仍旧归入悬案里。①

从这段话可以看出,曾朴和邵洵美的两个沙龙在成员上多有交集,曾氏沙龙的成员基本上也是邵洵美沙龙的常客。这种沙龙之间的互相流动,对于文学的发展是极为有利的。由此,曾朴这位"旧文人"与新作家们组成了一个和谐的文学联盟。他们的相通点在新旧文学的共识,更多的在对待中西文学的相似态度上。对欧美文学的喜爱,对外文的熟稔,翻译的实践是曾氏沙龙得以存在和发展的重要基石。否则,单靠交情难以持久。

且回到正题。面对曾朴的疑惑,邵洵美为了进一步圆这个谎言,在事先确定曾氏父子不在书店之际,又导演了一出刘舞心莅临真美善书店而不遇的戏码,并再次给曾朴写了一封信和一篇小说《安慰》。② 第二封信和曾朴的复信再度刊于《真美善》杂志。在复信中,曾朴再度邀请刘舞心莅临客厅。他期待"我料不久,我的马斯南路一一五号的小客厅中,定能听到你清越的仙音,琅琅诵 Theodore Banville 的 des Odes funambulesques

---

① 曾朴:《复刘舞心女士》,《真美善》月刊第 3 卷第 2 号,1928 年。
② 当然,这个刘舞心是假冒的,实际是邵洵美的一个表妹。这个"刘舞心"留言说自己将去苏州并且永不再回上海来,而随后奉上的小说《安慰》由邵洵美写好托苏州的朋友邮寄。《肉与死》出版后,曾朴特意托人去苏州赠送了精装本三册,要求面呈。自然,"刘舞心"托故不见,他人代收了杂志。

悦耳的音节。我只有日炷吾家的一瓣香,祝你珊珊的雅步。"①而小说《安慰》则收录于1929年初张若谷编辑的《真美善·女作家号》里。这篇小说《安慰》讲的是一个女读者和男作家的故事,邵洵美特意采用自传体写法,将刘舞心与女主人公比对,在情节上也仿照现实中刘舞心写信给曾朴一事。女主人公是一个娴静的姑娘,名叫柿姑,和刘舞心一样,也是19岁。她哥哥师古的阅读趣味颇有意思,读的是徐蔚南译的莫泊桑的《一生》,而柿姑的阅读则是东亚病夫译的《吕伯兰》。这分明暗示作者刘舞心对曾朴沙龙成员及其文学活动十分熟稔。② 在邵洵美这边,或者只是想在文学作品中推崇同人的创作,这种在小说里植入现实中作家作品的"伎俩"颇类似于今日的"植入式广告",一面将现实带进虚构的作品,一面在虚构的作品中拓展现实的领地。

邵洵美一面创造佳话并宣扬佳话,一面也不忘为曾朴译著鼓与呼。《金屋月刊》1929年第2期的《金屋谈话》载:"曾孟朴氏译的《Aphrodite》已于上月脱稿,但忽然又发现有三种不同的原本,所以暂不刊行,拟再参考一下,根据了最好的一本修改,大约今年春天当可出版。"一般杂志都是刊登书籍出版消息,而邵洵美为曾朴这本书的写作过程也打起了广告。

抛开曾朴和邵洵美两方,看看其他沙龙中人对此事件的反应,可以发现更多有意味之处。分析的理想人选自然是张若谷。整个事件的酝酿、发展,张若谷都是旁观者。

1929年8月,张若谷在真美善书店出版了"影射小说"③集《都会交响曲》,内收《都会交响曲》《月光奏鸣曲》《寂寞独奏曲》《中秋黄昏曲》四篇小说。整本小说集都影射作者本人及身边朋友的日常娱乐和交游,可以

---

① 《读者论坛》栏目:《真美善》月刊第3卷第2号,1928年12月16日。
② 聪明如曾朴,读完这篇小说,想来已经知道是谁了。然而从始至终,邵洵美和曾朴都没有点破这层窗户纸。直到1935年曾朴去世,邵洵美才撰文《我与孟朴先生的秘密》说明了此事的始末由来。
③ "影射小说"一词最早由陈子善先生在谈论邵洵美的小说时提出(参见陈子善《贵族区·序》,邵洵美:《贵族区》,上海:上海书店出版社2008年版,第5—6页),陈认为"影射小说"的特征就是被"影射"的均非等闲之辈,不是政界要人,就是文坛名家。这个界定显得过于笼统。笔者对"影射小说"做了重新界定,详情参见本书第七章第三节。

说是曾、邵文学圈子的交游实录。其中,尤其对邵洵美誉扬甚多,各篇小说中,邵洵美或以"彭大少爷"出现,或以"斯文"出现,皆是"高大上"的形象。张若谷对刘舞心事件的反应体现在《月光奏鸣曲》这篇小说里。据作者交代,《月光奏鸣曲》作于 1928 年 12 月 19 日。小说前有题记,是邵洵美的"名言":"世界上我最爱的是三样东西:老婆,诗歌与朋友"。小说第一段便将这一句话赠与了主人公"斯文";文中斯文所作诗歌也是邵洵美的,可以说"斯文"即影射"邵洵美"。人物是影射的,故事却依据现实进行了艺术上的加工。小说塑造了一个蕙质兰心的女读者——诗人斯文姨妹的同学郁慧小姐,这位郁小姐是"圆脸乌睛,神秘的眼光,漂亮而活泼的新时代的女子"——值得注意的是,这个描写是曾朴回复刘舞心第二封书信中形容小说《安慰》女主人公柿姑的文字。郁小姐还通英法两国文字,爱读诗歌小说,用薇姨妹的说法:"伊,不大爱看中国现代作家的小说,除了东亚病夫的《鲁男子》,与张资平的几本恋爱小说以外,伊只爱读法国浪漫与高蹈派的作品。听说伊喜欢的小说有两本,一本是保禄蒲尔善的《女人的心》,一本是边勒鲁意的《阿弗洛狄德》。"①并且郁慧小姐还藏着一本精装的英译本《阿弗洛狄德》。斯文听后,忘却了只爱老婆的名言,动了心思,向姨妹表达了与女读者结识的期望,并写信给郁慧小姐,前去拜访。小说的结尾解开谜团,原来姨妹跟斯文诗人开了个玩笑,郁慧小姐并不存在,斯文在约定的场所最终见到了妻子菊女士。小说末尾,有一句意味深长的话:"斯文,诗人做不成了。"——《诗人做不成了》是邵洵美一首诗的名字。

这个故事就构思和情节上看,和凌叔华的《花之寺》很相似,都是妻子对号称忠诚的丈夫开的一个小小玩笑。小说本身的文学价值有限,这里面泄露的信息却颇有意味。事实上,张若谷这篇影射小说意不在文学创作,主要的却是在传达小说之外的信息。一,是向读者传递同人消息。以前,张若谷是否知晓"刘舞心事件",我不能下判断,但在写作此文的

---

① 张若谷:《都会交响曲》,上海:真美善书店,1929 年,第 81 页。

1928年12月19日,可以说张对此事的来龙去脉已经了如指掌。在这篇小说里,处处给予了暗示。"通英法两国文字的女读者"和"小说《阿弗洛狄德》"这两个关键元素的结合,将刘舞心直接指向了邵洵美。如果说曾朴之前还对刘舞心是否真有其人感到疑惑的话,那么读了此文,机敏如曾朴,是一定猜得出张若谷这篇小说的暗示的。(此文写成后,曾朴有没有立即看到,不能确定,至少当小说集《都市交响曲》于1929年8月30日出版之前,曾朴是一定看过的。)

或许正是受了张若谷小说的暗示,1929年3月,《真美善》第3卷第6号上,曾朴以此事为素材,发表了一首新诗《你是我》。深受古典文学熏陶的传统文人,一般是不爱写新诗的,即如柳亚子就曾自白自己虽则意识到新诗的价值,然而还是自然而然地去写旧诗。曾朴虽也曾写作了许多旧诗词,然而依然勇于尝试新文学的写作,在小说和诗歌上都有崭新的尝试,前者成果是长篇小说《鲁男子》,后者是《卷头语》①以及这首《你是我》。

---

① 《卷头语》:
"好一座文学进化的新林,
还盼不到子满枝,叶成阴,
早熟或晚成,或半路里死,
有生命火的园,永不荒废。
你放着自由的步踏林中,
不管林神笑面,还是怒容,
背后咬着你衣狂嚎的狗,
你切断衣襟,再不要回头,
有骂你的山膏,魅你的狸,
你休旁瞬他人,只管自己。
前进!前进!你热烈的前进!
随妙史的羽,一直线的奔。
你拔了茅草,斩尽了荆棘,
箇性里,造出灿烂的花园,
斗大的珠果,在晓光里升,
把热情的镜,照透了人生。"
——曾朴:《卷头语》,《真美善》月刊第1卷第4号,1927年12月15日。

《你是我》

曾　朴

你是我象牙塔里的情人,谁能向金屋中唤出真真?
永不闻声只对着你缥缈的影,向鹦簧的字后寻的娇红的音。
你是我梦之官里的美人,幻成了伊大山处女的神。
我把我恩晞斯哀怨的七弦琴,弹出你紫罗兰冠下的金仙影。
你是我灵魂海的雪兰痕,寻不到安慰,反添了烦闷。
只怨你如琴如笛魔魅的歌音,又燃起我青年时火焰的热情。
你是我昙花一现的幻人,或生活源泉里娜弗的神。
你吐露了女性永不吐的心音,到底是故意的诱惑还是忠诚。①

这首《你是我》明显指涉"刘舞心事件",看得出,这则浪漫的"佳话"果然给了曾朴写诗的灵感。在这首诗中,曾朴将一长列美好的形象——"象牙塔里的情人""梦之宫里的美人""伊大山处女的神""灵魂海的雪兰痕""生活源泉里娜弗的神"——都献给了"你"(即刘舞心)。而有意思的是这样两句。"谁能向金屋中唤出真真?"此句中的"金屋"乍看之下似乎可以理解为"金屋藏娇"之"金屋",借以形容女郎"你"的闺房,然而熟悉海上文坛以及出版界的读者当能联想到"金屋"书店,邵洵美正是此家书店的主人。事实上这正是曾朴的言外之意。另一句是:"寻不到安慰,反添了烦闷",这句话也别有所指。1929 年初,曾朴约请张若谷编辑《真美善·女作家号》时,"刘舞心"投稿后来登载的小说正是《安慰》。曾朴这句诗明显也是双关语。

写这首情诗,曾朴一面继续在文坛建构"老作家"与"女读者"的佳话,一面也闪烁其词地点出了蛛丝马迹。回忆第二封曾朴致刘舞心的信,信中有如下的表白:"你说做我的奴隶,这话太客气了,或者是朋友二字的

---

① 曾朴:《你是我》,《真善美》第 3 卷第 6 号,1929 年 3 月。

误写；您将替我做一切能做的事，我也何敢有这样的奢望，但希望你常常通通信，赐予我些新创作，和我们站在文艺界的一条线上，做我们队里的一个女战员，便心满意足了。"①尚且将刘舞心视做朋友和"队里的一个女战员"，《你是我》诗中，情感明显已经迅速升华。也可以断定，此时，曾朴已经确定刘舞心就是邵洵美了。正因其不存在，所以才敢如此胆大妄为地表白。

刘舞心事件所引发的文坛后续事件犹未结束。译毕《肉与死》，即将由真美善书店出版之际，曾朴做了一个特别聪明的决定，他将《复刘舞心女士书》作为此书的代序。代序解释翻译此书的因缘，而后记才是真正的动机：

> 我们觉得肉感的文艺，风动社会，要和解这种不健全的现象，用压迫的禁欲主义是无效的。唯一的方法，还是把肉感来平凡化。只为肉感的所以有挑拨性，根本便是矜奇和探秘。如果像边勒鲁意书中所叙述的，根据了希腊的古风俗，——他书中描写的种种，没有一样是幻想，全是当时的事实，从古籍里搜集而成——赤裸裸滴把大家不易窥见底整个人举动和肢体的隐秘，展露在光天之下，万目之前，看得像尘羹土饭一般的腻烦。无视了肉，安得有感？我们来译它，就想把它来调和风狂的肉感。②

在阐释了自己的文学理念之后，曾朴犹不忘继续维持"刘舞心"这一佳话。他在后记最后感谢了几位朋友，第一位便是"飘渺如三神山，可望而不可即的刘舞心——一作芙心——女士"，因其"启发了我对于本书的理解，做成一篇书翰体的批评"③。其次，便是感谢张若谷和邵洵美，"或移赠和借予几多本书不同的版本，或用文字督促我们译本的进行，都倍增

---

① 此信作于 1928 年 11 月 24 日，《真美善》第 3 卷第 2 号，1928 年。
② 曾朴：《〈肉与死〉后记》，上海：真美善书店 1929 年版，《肉与死》附录第 5—6 页。此书翻译于 1927 年 6 月到 1928 年 3 月之间，1929 年 6 月出版，曾朴对此书的喜爱和推崇直接影响了同一时期他从事的《鲁男子》的创作。
③ 曾朴：《〈肉与死〉后记》，上海：真美善书店 1929 年版，《肉与死》附录第 10 页。

图 2-6　1929 年,上海真美善书店出版的《肉与死》。

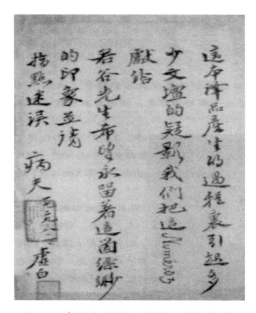

图 2-7　曾朴赠送张若谷《肉与死》内页题词

了我们的兴味和勇气"①。《肉与死》出版后,张若谷收到了曾氏父子的赠书,其中的内页题词写道:"这本译品产生的过程里引起多少文坛的疑影,我们把这 Numeroz 献给若谷先生。希望永留着这个缥缈的印象,并请指点迷误。病夫一九二九,八,一。虚白"②。"文坛的疑影"毫无疑问指的是"刘舞心事件"。而既为"疑影",说明此事尚未点破,仍是一个心照不宣的"浪漫事件"。曾朴是揣着明白装糊涂,而张若谷、邵洵美等此时显然已经知道了这一事件的原委。

综上所述,刘舞心事件表面上看是一则普通的文人轶事,是曾朴和邵洵美两人之间的一个"文坛佳话"。然而此佳话在发展过程中对文坛以及文学创作所产生的影响,让其成了一则文学公共事件,对当时的文学场产生了不小的影响。文学体裁在某种程度上因之发生了变体,书信由私人性质转化为文学作品,刘舞心的来函和曾朴的复信,均刊登在《真美善》月刊上。小说又由虚构的艺术具备了指涉现实的色彩,张若谷的《月光奏鸣曲》等影射小说更接近同人交游实录,是以小说的形式对沙龙中人的形象以及文学作品做的变相的广告。这些小说中,主人公爱读的作品正是作者本人喜爱的,主人公的创作也正是现实中作者朋友的作品的移植。此外,在《狮吼》半月刊复活号以及《申报·艺术界》上,邵洵美和张若谷还对这一"佳话"各自进行了宣传。曾朴沙龙现实中的文学趣味、文化交往以及出版活动,与刘舞心的小说《安慰》、张若谷的小说《月光奏鸣曲》以及曾朴本人的新诗《你是我》构成了复杂而密切的互文关系,正是这种文学创作与文坛交游之间的互文性,日渐扩大了曾朴沙龙同人的文学趣味和群体影响力。

---

① 曾朴:《〈肉与死〉后记》,上海:真美善书店1929年版,《肉与死》附录第10页。
② 摘自于润琦编著的《唐弢藏书——签名本风景》,北京:中华书局2006年版,第22页。

第三章　邵洵美和他的"花厅"

邵洵美在现代文学史上以"盛家赘婿"知名,这是鲁迅甩给他的"雅号",而对邵氏周围的友人,鲁迅则命以"鹰犬""帮闲"和"甜葡萄棚"。因而关注邵洵美的沙龙,势必要涉及他的批评者。有意味的是,某种程度上,邵氏沙龙的存在以及影响正因这些批评而得以彰显——虽然反对者的排斥或批评一定程度上导致了他们的长久沉默。

第一节　"唯美诗人"与"花厅先生"

邵洵美原名邵云龙,是晚清上海著名的斜桥邵府的长房长孙,清廷一品大臣邵友濂是他的祖父,邵洵美的外祖父则是清代著名的洋务大臣盛宣怀。邵洵美自幼作为长孙过继给伯父邵颐(邵府长子)为子(邵颐的妻子是清朝直隶总督大臣李鸿章的侄女)。少年时期,在外祖父盛宣怀的丧仪上,邵洵美和表姐盛佩玉相遇,一见钟情,此后邵洵美便自作主张,将自己原名"云龙"更改为"洵美"。邵洵美从小受良好的私塾教育,而后就读于圣约翰公学,1924年邵洵美去英国剑桥大学留学学习经济,1925年的暑假又去法国巴黎画院学了一段时期绘画,此间与徐悲鸿、张道藩、常玉、王济远等人结识,并参加了这些留学生组织的团体"天狗会",后来谢寿康、徐悲鸿、张道藩、邵洵美四人结为金兰。1926年回国后邵洵美加入"狮吼社",先后主编了《狮吼》月刊、《狮吼》半月刊复活号、《金屋月刊》

三份期刊。1930年后邵洵美又编辑或创办了《时代画报》《时代漫画》《时代电影》《文学时代》《万象》月刊、《论语》半月刊和《十日谈》等十几种杂志。

邵洵美在文坛首先以"唯美诗人"的身份登场,亮相的姿态和英国唯美主义先驱王尔德颇为相近。王尔德擅长"以衣诱人"。在19世纪末英国着装保守的氛围里,这位唯美诗人常身穿带有花边的天鹅绒大氅,齐膝短裤,黑色丝袜以及领口下塌的宽松衬衫,出入各种场合,这种惊世骇俗的奇装异服使王尔德在当年的英国上流社会引起了广泛的公众注意,也一定程度上帮助他打开了声名。与之相比,邵洵美则更进一步,擅长"以色诱人"。事实上,一提到邵洵美,大多数人的印象就是外表的俊朗非凡,用我们现在的话讲,邵是标准的"高富帅"。张若谷这样描述他:"脸儿生得特别的清癯狭长,衬以隆准的鼻子,确是唯一的特征。上唇留有微髭,两颊有淡青色胡痕,乌黑的长发,不加梳理很整齐地覆披头额。一对流利眼睛好像放在白玉盘里黑葡萄。那两耳旁的垂下的鬓发,陪衬出他一副清秀的容貌,露着一种与人很亲热的表情,活像《波西米亚人》中画家罗道夫的模样。"①在张若谷的印象里,邵洵美是"面貌娟秀举动斯文的一位浊世佳公子",这时邵洵美年方21岁,刚从英国剑桥留学归来,并出版了第一本诗集《天堂与五月》。邵洵美以良好的风姿首先赢得了文友们的好感。

如果说张若谷的赞誉还可能属于友朋之间的客气话,对一般的陌生读者而言,邵洵美的外表却被赋予了更有意味的内涵。温梓川回忆1929年春第一次见到邵洵美的情境:"就在那当儿,一个穿着皮袍子的中年人,从外面安详地踱了进来,在他的瘦脸上显得有点苍白,好像刚从床上起来患贫血症的人的那种脸色。他的清秀而苍白的脸上,最使你觉得触目的,

---

① 张若谷:《五月的讴歌者》,《海派小品集丛·张若谷集·异国情调》,上海:汉语大词典出版社1996年版,第161—162页。

便是他下颌的那几根疏稀的山羊胡须,和他那个高耸的希腊人特有的鼻子。"①接着温感慨道"看到他那副形容,你绝不会不想到诗人这个字眼的"②。诗人这个字眼对应的应该是什么人呢?温梓川没有明说,然而在他眼中,是不该像戴望舒那样长着一脸麻子的。当戴望舒告诉温梓川自己就是《雨巷》的作者时,温没有遇到大诗人的欣喜,反而十分失望。

最瑰丽的描写来自邵洵美的美国情人项美丽(Emily Hahn),她如此赞叹邵洵美的容貌:"他的头发柔滑如丝,黑油油的,跟其他男人那一头硬毛刷不可同日而语。当他不笑不语时,那张象牙色的面孔是近乎完美的椭圆形。不过当你看到了那双眼睛,就会觉得那才是真的完美,顾盼之中,光彩照人。他的面孔近乎苍白,在那双飞翅似的面目下张扬。塑造云龙面孔的那位雕塑家,一定施展出了他的绝技,他从高挺的鼻梁处起刀,然后在眼窝处轻轻一扫,就出来一副古埃及雕塑似的造型。下巴却是尖削出来的,一抹古拙的颊髭比照出嘴唇的柔软和嘴角的峭厉。下巴上那一撮小胡子,则好像是对青春少俊的一个俏皮嘲讽。静止不动时,这张面孔纯真得不可思议,不过,他很少静止不动。"③没有读过项美丽这本小说(《太阳的脚步》)的读者,一定会以为作家描写的是一位俏女郎,事实上,这位名叫"孙云龙"的小说人物影射的正是邵洵美。

至于邵洵美本人,对自家形象也是十分重视。他对服饰打扮很是热衷,曾著文《从时代说到装饰》,认为表现身体的艺术与本能是表现艺术与本能的最切身的一方面,呼吁女人要把自己装饰得像图画一样悦目,像音乐一样和谐,像花一样芬芳。"她们应当和池子里的荷花一样不知不觉地装饰起来,各有各的特点,各有各的妙处,而她们底装饰将会和她们底靥儿一样各自不同。"④并且强调"女人要装饰,男人也不可忽略!"⑤他详

---

① 温梓川:《邵洵美金屋藏娇》,《文人的另一面》,桂林:广西师范大学出版社 2004 年版,第 265 页。
② 同上。
③ 转引自王璞:《项美丽在上海》,北京:人民文学出版社 2005 年版,第 84 页。
④ 邵洵美:《从时代说到装饰》,《时代》第 2 卷第 3 期,1931 年。
⑤ 同上。

图 3-1　1924 年,邵洵美与盛佩玉订婚照。

图 3-2　1925 年,徐悲鸿所作邵洵美画像。

细介绍衣装的设计、首饰的挑选以及香水的使用,相当熟稔在行。——对生活品位的强调,某种程度上正起到了引领潮流的作用,让邵洵美与一批热衷异国情调的青年文人一拍即合。

在言谈举止上,邵洵美也力图表现出一种美的风度。他在多篇文章中强调"说话与听话的艺术"乃至"书信的艺术",也很注意自己与人沟通的技巧。这既是他本人的天性使然,或许也和他的见贤思齐有关。邵洵美在《一位真正的幽默作家》中很是欣赏作家林克莱脱(Eric Linklater)的风度,"他(Eric Linklater)诚恳又爽直,不喜欢说希望人家一定笑的笑话,不多谈自己的成就,不想讲浅薄的警句,对于他所讨厌的东西没有丝毫的恶意。他爱喝酒,但是并不用聪明的言辞来宣传或提倡。他爱朋友,但是从没有想到有人要利用他。他尊敬自己,绝不藐视人家。"①温梓川认为这恰可看成是对邵洵美本人的描绘。② 在当时人的印象中,"邵洵美十分健谈,说起话来又是那么的轻声软气,笑容常伴,而且情致浓郁,连绵不绝,既似小溪平缓流着的秋水,又若春蚕吐不尽的柔丝。邵洵美娓娓道来,他人细细聆听,语尽味不尽,话止兴未止"③。友人的回忆自不免过誉,然而这种对言谈艺术和交际技巧的强调和重视,自然提升了邵氏本人的交际能力,另一方面,也是他所提倡的将生活艺术化理念的具体呈现。

除了唯美形象之外,更能显示其个人特色的或许还是"纨绔子"这一身份。这将邵洵美与当年文坛上的其他讲究生活艺术化的作家譬如周作人、俞平伯、朱自清等人区分开来。邵洵美在生活的艺术化层面似乎走得尤其远,他将日常生活中的诸多层面都赋予了艺术化的观照,哪怕是在道德层面为大众所不容的赌博上,他也从中找到了形式的美感。这些,也是

---

① 邵洵美:《一位真正的幽默作家》,《论语》第 84 期,1936 年 3 月 16 日。
② 温梓川:《邵洵美金屋藏娇》,《文人的另一面》,第 266 页。
③ 林淇:《海上才子——邵洵美传》,上海:上海人民出版社 2002 年版,第 32 页。这种努力营造的风度使邵洵美个人形象中的"女人气"和他行为做派的大丈夫气一样声名远扬,连一向对他看不惯的鲁迅都不无嘲讽的称其为"美男子邵洵美君",而美则美哉,如果只是虚有其表,也终究是纸糊的灯笼,经不起岁月的吹打。邵洵美的不俗,在于他并没有停留在空有一副好皮囊上。相反,对庸俗的逃避,对美的追求使得邵氏本身具备了某种艺术的风度,也在一定程度上为他成为著名的"花厅"男主人打下了基础。

邵氏沙龙成员所共同热衷的。叶灵凤、章克标等在小说、诗歌中创造了为数不少的纨绔子的艺术形象:叶灵凤小说《禁地》里热爱化妆品的作家、章克标《银蛇》里的邵逸人等,而邵洵美的一系列赌博小说(《赌》《赌钱人离了赌场》《三十六门》《输》)中嗜赌如命的纨绔子"以屏"也在此列,这是邵洵美以自己的生活为原型的创造。而在邵洵美介绍英法唯美主义作家作品的文章里,更是对与他风格相近的乔治·摩尔、魏尔伦、王尔德等人给予浓墨重彩的描摹。这些西方的唯美主义先驱们往往讲究服装和修饰,注重谈吐的优雅风趣,耳濡目染,这些享乐主义的注重人生逍遥自在的人生观深刻地影响了邵洵美的生活方式,使得他也试图像乔治·摩尔那般做个"跳舞场,酒吧间,街上的学生"。概而言之,无论是着装、谈吐还是赌博、抽鸦片,邵洵美无不奉行"为艺术而生活"的信条,往往略过内容,而直接关注其审美化和形式化的层面。以上种种,都在当年的文坛建构了一个兴趣广泛、具有艺术家气质的"唯美的纨绔子"形象。从某种程度上讲,邵洵美很接近于西方的"dandy"形象。

"dandy"在汉语里一般被译成花花公子、纨绔子弟或是浪荡子,但似乎都未能尽显其意,这一词汇在欧洲社会中代表的主要是贵族阶层的具有艺术家风度的人物,譬如以纨绔子风度闻名于世的 19 世纪英国人乔治·布鲁麦尔。布鲁麦尔不是艺术中人,他似乎从未写过诗歌或是小说,但他举止不凡,穿着讲究,并以他的机智和优雅让同时代人深为倾倒,以他自己特有的魅力成为众人眼中的"艺术家"。周小仪曾分析过"dandy"的美学意义:"他(纨绔子)的目光收敛于自身之上,其乌托邦冲动转化为对个人魅力的追求。他的历史观和时间观与中产阶级伦理和现代性观念大相径庭;他既不乐天,也非理性,只是最最憎恨庸俗。他追求自我的感觉,而且是那种强烈的、超常的感觉极限。正是在这一点上,纨绔子具备了某种艺术的精神,而且具备了可供唯美主义者加以发扬光大的诸多特点。"[①]邵洵美的贵族出身、优雅的谈吐以及对自身形象的重视都在很大

---

① 周小仪:《唯美主义与消费文化》,北京:北京大学出版社2002年版,第47页。

程度上与"dandy"的形象相合,①也为他成为著名的"花厅"男主人打下了基础。

在邵洵美之前,曾朴已经在马斯南路客厅构建了自己的"法式沙龙"。"旧文人"曾朴和"洋翰林"邵洵美表面上看似乎是水火不容,然而恰恰相反,他们是极好的忘年交。两人于1928年5月23日正式见面。②有意思的是,与之前众人对邵洵美外表的赞誉不同,曾朴眼里的邵洵美有点儿滑稽,他在日记里如此评价邵:"面孔清瘦而长,又带些凹形,差不多是瓦片饼式。"③不仅不美,从字面上看来甚至很丑。这倒不是因为会面那天邵洵美没有擦胭脂,而是因为曾朴相当自恋,轻易不肯夸人。面对少年俊彦,当面可能点点头,日记里却惜墨如金。曾朴对自家形象也十分在意,到了晚年还把灰头发染成黑色。他向后辈的邵洵美形容年轻时的自己:"一个十六七岁的美少年,头戴一顶乌绒红结西瓜帽,上面钉着颗水银青光精圆大额珠,下面托着块五色猫儿眼;背后拖着根乌如漆光如镜三股大松辫;身上穿件雨过天青大牡丹漳绒马褂;一件紫酱团花长袍。"④——没见过这么向别人夸自己的,然而也正因此,反倒显出曾朴难得的天真与可爱来。这种性情偏巧与邵洵美十分相合,加之家世背景和个人气度上的接近,两人十分谈得来,在对沙龙的热衷上也是不谋而合。然而与曾朴一心想寻找一位女主人来主持沙龙不同,邵洵美似乎一开始就将自己当做了沙龙主人,一位可与"花厅夫人"媲美的"花厅先生"的角色。可以说,他本人的性情、风度都为他胜任这一角色"锦上添花"。

---

① 周小仪认为邵洵美虽然风流倜傥,很有艺术家风度,但仍然缺乏西方"dandy"的那种"贵族式的傲慢"(周小仪:《唯美主义与消费文化》,第47页)。这种观点似乎有点偏激,曾朴和邵洵美的贵族出生在很大程度上让他们拥有了不动声色的"贵族式的安闲感",却是不必以表面的"傲慢"来显示优越的,其间道理正如鲁迅在《革命文学》一文中所调侃的那样"唐朝人早就知道,穷措者想做富贵诗,多用些'金'、'玉'、'锦'、'绮'字面,自以为豪华,而不知适见其寒蠢。真会写富贵景象的,有道'笙歌归院落,灯火下楼台',全不用那些字"——此后这一角色便在现当代中国失去了生存的土壤。
② 在此之前,他们通过同一个朋友张若谷彼此闻名已久。《真美善》杂志第1卷第11号上曾刊载过一封曾朴写的《复胡适的信》,其中曾朴详细介绍了自己30年来从事法国文学研究的历程,曾朴写此信,本打算获得新文坛领袖胡适的理解和认同,无意中却收获了几个新文学作家朋友。那时张若谷对法国文学很感兴趣,读后便写信给曾希望登门拜访。好客的曾朴欣然回信约见。之后,张若谷便介绍好友邵洵美与曾朴认识。
③ 病夫(曾朴):《病夫日记》,《宇宙风》1935年第2期。
④ 邵洵美:《我和孟朴先生的秘密》,《人言周刊》第2卷第17期,1935年7月6日。

图 3-3　1886 年,14 岁的曾朴。①

图 3-4　1930 年,邵洵美在上海(素描,徐悲鸿)。

---

① 关于曾朴的几张照片皆由曾朴之孙曾壎先生提供,在此感谢!

另一方面,邵洵美对交游的重视早有铺垫,在法国学画期间他接受了一帮朋友的影响。1925年初,邵洵美与盛佩玉订婚后赴英国剑桥大学留学。他在经济系就读,但课外自学英国文学,醉心于英诗。暑假去法国学画期间,他结识了徐志摩、徐悲鸿、张道藩等朋友,并加入了当时留学生的文艺组织"天狗会"。"天狗会"成员职业各异,有徐悲鸿、蒋碧微、张道藩、梁宗岱、谢寿康、刘纪文等,但都热衷文艺。蒋碧微在回忆录中详细介绍了"天狗会"的成立经过及其章程。这个海外留学生的艺术小团体一开始带着半开玩笑的性质,没有宗旨,也没有严格的组织,纯粹是模仿国内刘海粟发起的"天马会"。① "天狗会"成员常常去咖啡馆座谈,颇类似于一个文艺小沙龙,蒋碧微回忆:

> 回巴黎不久,刘纪文先生、张道藩先生和邵洵美先生,他们也都由伦敦转来法国。天狗会组织扩大,于是会友们公推谢寿康为老大,徐悲鸿先生为老二,张道藩先生为老三,邵洵美先生为老四,军师是孙佩苍先生,郭有守先生是"天狗会行走",江小鹣为专使,我呢,因为"天狗会"只有我一个女性,他们戏称我为"压寨夫人"。这一阵子的生活,可以说是过得轻松愉快,欢欣热闹,会友们情谊亲切,有时候一天要坐好几次咖啡馆。②

关于该组织的宗旨,由邵洵美的文章可以概括为以下几点:对人生采取一种讽刺的态度,但是绝对不怀疑,相信世界上的确有绝对的真,绝对的善和绝对的美;以为每个人都应当有一种绝对的成就,无论做什么事情都得有一百二十分的彻底;不论是研究一项学问,学习一种文学,还是恋爱一个女人,犯一个罪,闯一个祸都要彻底——对"真""善""美"的追求正和曾朴父子的文学理念相契合,也为二人以后的合作奠定了基础。除了"天狗会",在法国期间,邵洵美还接触了国际装饰美展、别离咖啡馆、黑猫洞等文艺场合和组织,深受影响,这都促进了邵洵美日后对沙龙的倡导和实行。

---

① 参见《蒋碧微回忆录》,上海:学林出版社2002年版,第42页。
② 蒋碧微:《蒋碧微回忆录》,学林出版社2002年版,第47页。

第二节 小圈子与大风气:"好社会"的主张

20年代末30年代初,沙龙在海上文坛日渐流行。在这推广的过程中,有多位文艺界人士的提倡。与曾朴、张若谷等人对沙龙女性的热衷不同,邵洵美的沙龙理想有更大更远的抱负。邵洵美从沙龙的角度给出了"文艺大众化"以及"改造国民性"的方案。

对于文艺之风在社会上的衰落,徐志摩曾和邵洵美抱怨过:"这种样子下去是不行的。在中国,文学几乎跟考古学一般,好像只是几位专门学者的玩意儿。一些中学生及大学生在课堂里面,因为教师的讲义太干燥,便拿文学来调和调和空气,但是一等脱离了学校生活,踏进社会,文学的地位便让麻雀扑克占据去了。我们应当想个什么法子把文学打进社会里去呢?"①徐志摩的这个疑问显然受胡适等人"好政府"主张的影响,②也启发了邵洵美更多的深入思考,可以说,邵洵美关于沙龙的文化理念正是基于这个疑问而开始建构的。晚清以来,对国民性的反思成为一时热潮。梁启超、严复、鲁迅等多位文化人给出了改造国民性的方案,或主张"兴民权",或主张"开民智",而邵洵美将中国社会上流行麻雀扑克等娱乐而不流行文学的现象归于缺乏社会知名人士的提倡,打算走一条打造"文化班

---

① 邵洵美:《花厅夫人》,《时代》第4卷第7期,1933年。
② 1922年,《努力周报》刊发了十六位知名学者的联合声明《我们的政治主张》,宣言将"好人"介入政治作为改革政府的第一个步骤:

> 我们深信中国所以败坏到这步田地,虽然有种种原因,但"好人自命清高"确是一个重要的原因。"好人笼着手,恶人背着走"。因此,我们深信,今日政治改革的第一步在于好人须要有奋斗的精神。凡是社会上的优秀分子,应该以自卫计,为社会国家计,出来和恶势力奋斗。我们应该回想,民国初年的新气象岂不是因为国中优秀分子加入政治运动的效果吗?

主张"好人"介入政府,自然也在胡适等人主办的杂志期刊上呈现出来。《新月》月刊是个极好的例子。早期的《新月》月刊以刊登文艺为主,后来由于胡适、罗隆基等人的主持,开始带上鲜明的政论色彩。这与徐志摩本人的文艺梦想有着明显的偏离。

底"的国民启蒙路线。他认为要使文学走入大众,必须先让它变成大众的需要。这里,邵洵美给出了与左翼文学完全不同的一个"文艺大众化"的方案:"所以我总觉要文学大众化,最好从男女的交际着手。"①他的设想是在交际社会中引导人们以文艺为交谈话题,久而久之,社会上对文艺的需要便会增加,而文学的市场自会发达。

那么,如何培养在交际中谈论文艺的风气呢,邵洵美给出了一个方案,那便是"交际场中的领袖便应当是提倡文学的第一人"②,这交际场便是"花厅"③,这领袖便是"花厅夫人"。

> 花厅夫人便是 Salon 的领袖。是十八世纪的英法社交界最风行的组织。Salon 的译义即会客室,我译作花厅不过是为了字面上的漂亮。他并不是一个有条规的组织。大概是一位有文学素养,有政治常识而在社会上有相当声誉的夫人做主东。法国的 Mme Du Deffand 和英国的 Mrs. Elizabeth Montagu 便是当时最有名的两个人物。他们时常有叙会,每次总在他们的家里,客多文人学者,所谈都是关于文学艺术一方面的话,一时风尚,群相效尤,当时英法文坛的兴盛,他们多少有些功劳。④

邵洵美所推崇的"榜样"便是风云上海交际场的"弗里茨夫人"。弗里茨夫人是二三十年代上海社交界的明星,在联系密切的外国人社区,她是接连不断的派对、舞会、俱乐部和其他社交场合的常客,盛佩玉回忆道:"欧美文学家来华,多半由她招待。她每星期有一两次举办中外文艺家沙龙,邀客聚谈。洵美戏称她为'花厅夫人'。此人善交际,服饰新颖,面貌秀丽,并不富贵,很多人乐于和她相识。"⑤邵洵美和弗里茨夫人走得颇

---

① 邵洵美:《花厅夫人》,《时代》第 4 卷第 7 期,1933 年。
② 同上。
③ "花厅"是邵洵美对外来语"Salon"一词的翻译,通译为"沙龙"。
④ 邵洵美:《花厅夫人——介绍弗里茨夫人》,《时代》第 4 卷第 7 期,1933 年。
⑤ 盛佩玉:《盛氏家族·邵洵美与我》,第 157 页。

近,弗里茨夫人宴请中国名人之际,往往请邵洵美做翻译。①

弗里茨夫人组织的万国艺术剧院,在 30 年代的上海是个知名的文化机构。《人言周刊》有一篇文章详细介绍了这个剧院的活动。

> 这是一个新组织的文化团体;在名称上他们好像专重戏剧,但是事实上凡是一切与文化有关的学术,他们都极力提倡。譬如说他们在上月底即请精神病专家毛博士演讲英国名小说家劳伦斯氏的生活逸闻;名诗人爱丝国夫人演讲她翻译杜甫诗的经过;浦克平德博士表演精神传达术。最近则有欢迎美电影明星宝莲女士的茶会;美名小说家项美丽女士的演讲以及中外名医士关于节育问题的讨论。本星期又有大饭店作者维幾鲍姆女士的演讲。[……]
>
> 院址是南京路五十号的四层楼,三个大房间,极简单又美丽地布置着[……]万国艺术剧院由立茨夫人发起,现任院长。蔡孑民先生及沙逊爵士等均为该院董事。院务分五组:宣传组主任为潘公展先生;编剧主任为宋春舫先生;导演组主任为萧尔夫人;事务组主任为胡韵秋先生;编译组则尚未正式成立,将来当努力于中外名著的迻译工作。②

由此段材料可知,弗里茨夫人的文化沙龙是个中西文化人集聚的场所,参与的中国成员可以证实的有:蔡元培、宋春舫、潘公展、胡韵秋、邵洵美、林语堂、胡适、梅兰芳、庞薰琹。就是在弗里茨夫人的沙龙里,当年还不被赏识的先锋画家庞薰琹得以崭露头角。

庞薰琹1930年从法国归国之际,在国内美术界尚属无名之辈。他的成名很大程度上和弗里茨夫人有关。1931年,弗里茨夫人发起组织了一次中国画家展览会,这次展览会在静安寺路美国妇女俱乐部举行,庞薰琹

---

① 盛佩玉在回忆录中提及弗里茨夫人宴请梅兰芳之际,请邵洵美做翻译。外国人不懂京剧艺术,邵洵美席间详细解释梅兰芳的动作、表情所表达的情感,并请梅兰芳做出手指的各种表演,从而宾主尽欢。参见盛佩玉:《盛氏家族·邵洵美与我》,北京:人民文学出版社2004年版,第158页。
② 陈象贤:《万国艺术剧院》,《人言周刊》第2卷第10期,1935年4月6日。

图3-5　庞薰琹《如此巴黎》,《时代画报》第2卷第3期。

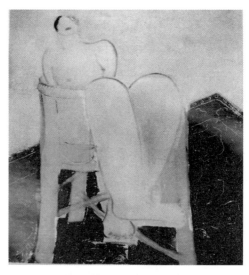

图3-6　庞薰琹《藤椅》,《时代画报》第3卷第4期。

有多幅作品参展。正是在这次画展上,庞薰琹的作品引起了弗里茨夫人的关注。展览会后,弗里茨夫人特意为庞举行了一次沙龙。当时,经济困窘的庞薰琹穿着一件旧长衫赴会,谁知刚进客厅,原本坐着闲谈的众多沙龙成员便静默不语,纷纷站了起来,以示对着装寒窘的庞薰琹的轻视。而聪慧、善解人意的弗里茨夫人及时化解了这个尴尬。

> 正在这个时候,弗莉士夫人梳着希腊人的发型,穿着拖地的黑色连衣长裙进来了。她一看到只有我和黄宝熙坐着,同时看到我蹩脚的服装,她立刻明白了几秒钟前发生的事。她径直向我走来,拥抱了我,然后向周围的客人点头招呼,介绍:"这位就是今天招待会所要邀请的主要客人,也是我要向大家介绍的一位中国青年画家。我在这所房子里,第一次招待了萧伯纳,第二次招待了卓别林,今天是第三次招待一位中国青年画家。"这时客厅里的气氛立刻变换了[……]①

这是目前关于弗里茨夫人沙龙的最详细的记载,从中我们可以看出弗里茨夫人不重财富重才华的眼光,和热心推介新人的努力。邵洵美对此十分敬服,他由此呼吁中国交际领袖,向弗里茨夫人学习,为了"真正的文艺复兴"而"把麻雀扑克的约会,易为文学的谈话"。这呼吁后来在他本人及周围友朋身上得到了部分实现,事实上,在此之前,曾朴、张若谷等人已经在组织类似的沙龙活动。只不过到了1933年,邵洵美才正式撰文为"沙龙社交"鼓与呼。然而弗里茨毕竟是个外国人,她的沙龙也仅对少数中国知名文人开放。甚至有时候,连胡适这样的大名人要访之也不得一见。邵洵美想要在中国人的世界里推广沙龙文化,把文艺打进社会里去,让中国人的社交和文艺成为一体,除了文艺客厅而外还需要寻找适合中国国情的方法。于是他提出了"文化班底"的设想。

1935年《人言周刊》第2卷第20期邵洵美发表《文化的班底》一

---

① 庞薰琹:《五十九:蹩脚长衫的误会》,《就是这样走过来的》,北京:三联书店2005年版,第124页。

文,①在这篇文章中,邵洵美明确提出了他的"好社会"的主张。他呼吁大家"从成就一个小规模的好社会起,应当去建设一个大规模的好社会;从几个社员自己享受高尚的娱乐起,应当使全社会的人都能享受这高尚的娱乐"②,继而成为"文化的班底"。"班底"本来是中国旧剧舞台上的一个专门名词,指的是舞台前后的工作人员,邵洵美借来形容提倡文化者,用邵氏本人的话讲"是一切文化工作撑场面的人物,是一种基本的捧场者"。"文化班底"对于文化的复兴有着极为重要的作用,而沙龙这样的交际社会便是培养"文化班底"的所在。从一个小的班底,逐渐变成一切文化工作的班底。

邵洵美对如何培养"文化班底"给出了具体的设想:

> 他们极注重谈话。谈话一定要有题材,而且要新奇;于是他们便可以利用一本新出版的书、一出新上演的戏、一个新开的展览会,来互相讨论、叙述与批评。那时候,你要加入这个交际社会,你便非得也随时留心新的书、新的戏、新的画不可。自然而然新书便有人买了;新戏便有人看了;展览会便也有人参观了。"文化的班底"越扩越大,文化便这般地一天天进步了。③

邵洵美此时已经对早年提倡唯美主义的艺术实践有了反思,逐渐从先锋艺术的"曲高和寡"之中脱离出来,开始关注大众文学和大众文化。"文化班底"一说的提出,便有这个文艺观转变的背景。④ 邵洵美培养文化班底的努力是分步进行的。第一步是"从通俗刊物着手,办画报,办幽默刊物,办一般问题的杂志",《画报在文化界的地位》一文中,他重申了这一观点,认为画报是养成一般人读书习惯的最好手段,"用图画去满足

---

① 此乃邵洵美在同年 7 月 21 日蚁社的演讲稿。
② 邵洵美:《文化的班底——七月二十一日在蚁社演讲稿》,《人言周刊》第 2 卷第 20 期,1935 年 7 月 27 日。
③ 同上。
④ 他自己承认,早年的文艺实践有着局限,"七年前无日不怂恿着会著作的朋友写文章,会画画的朋友开展览会,结果是什么都失败了"。此说虽有夸张,但早期文化活动的局限邵显然意识到了。

人的眼睛;再用趣味去松弛人的神经;最后才能用思想去灌溉人的心灵"①。对应于他本人的文化活动,便是《时代画报》《论语》半月刊等杂志的出版发行。——他将这些杂志的读者群归为"极大的文化班底"。可见,在邵洵美那里,文化班底一词的内涵比较含混,既可以指倡议者,也可以指被启蒙者。进一步,邵洵美对新文学运动的脱离群众做了反思,也对普罗文学的"不普罗"给予了批评,他认为,反而是画报这些通俗读物最接近大众的趣味,也最能给大众以引导。从这个意义上讲,邵洵美培养文化班底的工作事实上也是一种启蒙,是一种补偏救弊的工作。

"文化班底"一说提出后,立即得到同人的响应。《人言周刊》第2卷第22期,即有一篇《读〈文化的班底〉》的文章,作者支持邵氏"班底"的提法,认为"要是我们都能照他做,什么事情都可以成功"②。《人言周刊》第2卷第27期接着发表《政治的班底》一文,开篇即说:"'文化的班底'是邵洵美先生所创造的一个有趣的新名词,凡是努力文化事业的人,当然希望有许多人来捧文化的场,做文化的班底的。"③可以推知,在邵洵美的沙龙里,这个议题曾公开讨论,并得到了同人的支持。

1935年《时代》第8卷第11期,邵洵美再度老调重弹。这次他换了个名词,倡议"文化的护法"。"护法"原意指的是为寺庙施舍财物的人,在邵洵美的理解中,所谓"文化的护法",以文学讲,便是读者之群,以艺术与戏剧讲,便是观众之群。如果说"班底"更多的指向普通的"捧场者"即"观众","护法"则指的是"文艺资助人",即像弗里茨夫人那样能够利用自己的社交优势推介新人的人物。不难看出,"护法"可以说是"班底"中有资助能力的一小群人,而不论"班底"还是"护法",两者共同的目的都是希望更多的人来做文化事业的捧场者和支持者。

培养"文化的护法"有多种途径,其中之一是组织文化会社,二是倡议小规模的交际社会,也即是"文艺客厅"。关于文化会社,邵洵美给出

---

① 邵洵美:《画报在文化界的地位》,《时代》第6卷第12期,1934年。
② 周信德:《读〈文化的班底〉》,《人言周刊》第2卷第22期,1935年8月10日。
③ 查际:《政治的班底》,《人言周刊》第2卷第27期,1935年9月14日。

的例子是"笔会""文艺茶话会"和"文学研究会"。在邵氏这里,理想的会社要"不准有名利的企图,只求使艺术的谈话来陶养性灵,也不许有门户之见,凡有志者均可加入"——呈现出的依然是浓郁的沙龙气息。而需外埠同道声气相通,各自结合,这已然是一个大规模的好社会的先兆了。至于文艺客厅,他所举出的例子仍然是欧洲历史上的沙龙:

> "文艺客厅"在十九世纪的欧洲极盛行。大半由有文艺天才的贵妇人做领袖:布置了一个极舒适的客厅,每夜邀些文学家来诵读,音乐家来奏演,艺术家来试技,形迹不拘,谈吐自由,渐渐大家感到该处的空气兴奋,便每夜不速而来,当时有许多文人艺士都从这里得到了被社会认识的机会。办"文艺客厅"规模小而成效速,但是根本的条件须要有一位那样十全其美的夫人!①

由此,邵洵美再度呼吁在中国境内出现更多的沙龙女主人,以促进文艺发展。虽然女主人最终没有出现,但在上海却涌现了众多"沙龙男主人",其中,就包括他自己。

综上所述,邵洵美认为:大规模的好社会需要从小规模的好社会做起,而小规模的好社会的基础,便是文化班底或文化护法的形成,要将文学打进社会中去,必须培养班底和护法。如何培养呢?邵洵美给出的方案之一是出版。从培养一般人的读书习惯入手,引起他们的阅读兴趣。方案之二是社交,从沙龙和文艺客厅入手。由此,邵洵美构造了他独特的"沙龙—出版"体系的文化理想,意图改变当时社会上不重文艺的风气,促进整个社会文化的发展。

事实上,在二三十年代的北平和上海,举办沙龙的处所不在少数,举办者在倡导之初也常有引西方沙龙来做范本的,比如徐仲年《提倡星期茶话会》:

> 在法国有种文艺科学家聚集处,叫做"沙龙"(Salon),"沙龙"这

---

① 邵洵美:《文化的护法》,《时代》第8卷第11期,1935年。

字本作"客厅"讲。主持"沙龙"者都是极美,或极聪明,或有名望的女人。"沙龙"中先预备些茶点与无数椅子,与会的人走了进来,先向女主人行了礼,然后与别人握手。行礼既完,便自行用茶点……茶点过后,便自招朋友谈心。如果肚子还饿,不妨再用些点心。有时请一专家或名人作一无形式的演讲,有时放电影,有时打开无线电机来跳舞。总言之,都是些极高尚,极有价值的娱乐。我想我们不妨仿制一番。我们大家是两袖清风的教授或学生,我们不要谁请客,我们自己请自己:大家搭分子出钱来买茶点,岂不痛快……①

在徐仲年这里,西方的沙龙只是一个"极高尚,极有价值的娱乐",与邵洵美接连不断地发文为"沙龙"在文化场上争一席之地有共通的地方,然而局限于"娱乐"。对广泛的文化班底的培养和推动,让邵氏沙龙的影响力远远超过了曾朴、徐仲年等人,邵洵美显然走得更远,可以说,他希望走一条提倡"文艺客厅"以达到"文艺复兴"乃至"改造国民性"的改革之路。

第三节 "甜葡萄棚"成员及其活动

曾朴沙龙的延续时段大概在1927年至1930年冬季,时间较为集中,与之不同的是,邵洵美的沙龙存在着前后期的分段。1927年至1930年之间,是邵洵美沙龙的早期阶段,这时期邵氏沙龙和曾朴沙龙多有交集,以金屋书店、《狮吼》半月刊复活号以及《金屋月刊》为核心,探讨、研究唯美主义文学相关话题。1931年至1934年为沙龙的中期。此阶段邵洵美结束唯美主义实践,开始迈向更广阔的文化出版事业,创办时代图书公司,发行《论语》《十日谈》《时代漫画》《人言周刊》《万象》等杂志,以这些

---

① 徐仲年:《提倡星期茶话会》,《小贡献》第12号,1932年6月12日。

杂志的编辑和出版为中心。后期是 1935 年至 1937 年 7 月，这时期的邵洵美，结识了美国女作家 Emily Hahn，发行《声色画报》，参与《天下》月刊的创办和出版工作。不同阶段沙龙的文化活动显然是不同的，前期以几个唯美主义杂志为主要联络纽带；中期以幽默刊物为核心；后期则注重中西文化交流。

围绕着这些杂志的编辑和出版，沙龙成员随之分散流变。可以说，邵洵美的沙龙是现代知识分子与都市文化空间结合得最为密切的一个，以都市文化空间为背景，邵氏沙龙展开了自身的文化生产和社会交往，在文坛逐渐崭露头角，逐渐形成了一个影响较大的文学流派。

根据现有材料，可以判断，早在 1927 年，邵洵美沙龙已经成型。来看 1927 年 12 月 7 日傅彦长的日记：

> 到艺大。张若谷请往贝勒路午餐，偕往邵洵美处谈天。后坐邵之汽车，同车者盛佩玉、张、邵，到良友公司，遇孙师毅。再到邵宅，遇张道藩，第一次（生平）正式吃气斯，谈至九点一刻，始回家。①

和曾朴沙龙对法国文学的热衷类似，邵洵美早期沙龙对英法唯美主义也投入了极大的精力，去绍介、推广和翻译。这时期的成员和曾朴沙龙有交集，但更为多样。来看一则史料。这是 1928 年邵洵美给赵景深写的一封邀请信：

> 阳历九月二十二日星期六，下午六时，谨备薄酌作文友小集。同席为东亚病夫父子、若谷、彦长、达夫等。尚乞驾临武定路胶州路口一百三十号面申园跑狗场对门，舍间一叙为幸
> 此上
> 景深先生之鉴
> 邵洵美谨约
> 你可在靶子路口乘公共汽车至北京路。改乘十路公共汽车。至

---

① 傅彦长：《傅彦长日记》，《现代中文学刊》2015 年第 3 期。

康脑脱路胶州路口,向南行不过百步到了。席散时晚。专备送车。①

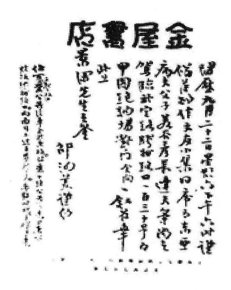

图 3-7　邵洵美写给赵景深的邀请信

这封邀请信写在金屋书店的笺纸上,下面标有地址——上海静安寺路斜桥路口一九〇二号半,电话:四七五七号。1928 年 6、7 月间邵洵美拟改造房子以增加收入,全家临时搬到康脑脱路(今康定路)胶州路口。此段时间邵洵美虽然居处不定,沙龙并未就此中断,依然约请文友小集。在信中详细报告了新地址和方位,以及如何坐车、换车的路线,不仅诚恳而且安排得十分周到体贴。这封信写于金屋书店开办半年之后。我们从此信中可以得知邵氏沙龙的部分成员名单:曾朴、曾虚白、张若谷、傅彦长、郁达夫、赵景深——这些人也同样是曾家客厅里的常客。有意味的是,1927 年也即邵洵美写这封邀请信的一年前,赵景深曾在《一般》杂志上发表《糟糕的〈天堂与五月〉》一文,嘲讽邵洵美是"张竞生之流的洋翰林",对邵极尽挖苦。而此番邵洵美诚恳相邀其为座上宾,之后赵景深成

---

① 转引自孔海珠:《沉浮之间——上海文坛旧事二编》,上海:汉语大词典出版社 2006 年版,第 102 页。

了邵氏沙龙的常客,日后更是深赞邵洵美为"面白鼻高,希腊典型的美男子"①。

这次聚会在曾朴的日记里也有记录:

> 夜到张园稍稍坐了一下,到洵美家,因洵美约同郁达夫、赵景深、夏兰谛、张若谷、傅彦长,都是沪上文学界的名流,差不多做了个文学聚餐会。大家谈得很高兴。我和郁达夫深谈了一次,心中甚快。洵美送我一张嚣俄青年时候的照片,尤其是惬心的事;但是,嚣俄怀中抱着一个女孩子,是谁呢?难道是亚隆儿吗?只为嚣俄没有妹妹,女儿又够不上年纪。这件事,必须要考索一个明白。②

与曾朴相比,邵洵美显然与新文坛有更密切的接触,与新月派、新感觉派乃至创造社甚至部分左联作家都有交往。其中一些沙龙成员是邵洵美的老朋友。1927年2月,邵洵美新婚宴客,出席者后来大多也是他沙龙里的常客。当年的报纸记载了这一成员名单:"婚后三朝,由新郎之友江小鹣、徐志摩、陆小曼、丁悚、腾固、刘海粟、钱瘦铁、常玉、王济远等发起公份,在静安寺邵宅欢宴。堂会有江小鹣之戏凤、绿牡丹粉牡丹等之送酒、打花鼓、朱砂痣、吊金龟等戏。"③此外,另一部分沙龙成员则是在邵洵美回国之前就已经交往密切,成为一个文学小圈子。邵洵美回国后,加入了这一文学圈子,并因其个人魅力和雄厚的经济实力迅速成为"意见领袖"。傅彦长日记里记载了这部分沙龙成员的交往情况。1927年1月20日:"午后,自家步行,出小西门,走过宁康里,经万生桥,走辣斐德路、白莱尼蒙马浪路、望志路、萨颇年月日天气阴赛路到新民里十三号周勤豪家,

---

① 在此之前,赵景深在《文学周报》上发表《谁都免不了有错》一文,对张若谷的随笔集《文学生活》中的一篇文章提出不同意见。在这篇文章中,赵景深顺便表达了对之前批评邵洵美的粗暴态度的惭愧之情。而后,张若谷写长信作答,称赵景深对《文学生活》的批评殊为难得,乃是"畏友"。邵洵美此番写信约请赵景深,大概是因为张若谷的关系。
② 材料来自马晓冬:《曾朴日记手稿中的文学史料》,《新文学史料》2015年第1期。曾朴日记标注是"1928年9月20日",和邵洵美请柬上的日期不一致。可能是临时有更改。
③ 怀怡:《美玉婚渊记》,《上海画报》第195期。

遇张若谷,上天下地,无所不谈,晚饭后始回家。"①1927 年 1 月 25 日:"到南国剧社与唐槐秋之茶舞会。到会者有 Yroodinina Loula、周大融、徐紫英等。半夜一时后,唐槐秋夫妇请往安乐宫,四时始毕事,乃至南国剧社过夜。访周勤豪,在其家晚膳。"②傅彦长日记显示其与张若谷、卢梦殊、周大融、华林、田汉、朱应鹏、叶鼎洛、徐蔚南、汪倜然等往来密切,而这些人,也正是上海最热衷沙龙交游和咖啡馆座谈的人物。

1931 年左右,邵氏的交游面更其多样。曾今可的杂志有记载:

  邵洵美诗人在府请吃便饭,计到刘呐鸥,施蛰存,戴望舒,张若谷,曾今可,袁牧之,潘子农,董阳芳,徐克培,马彦祥及画家张振宇,曹涵美等人,诗人夫人盛佩玉女士亦帮同招待。饭后主客大吃西瓜。徐志摩,谢寿康,徐悲鸿等人到时,则已席终矣。③

这则文坛消息列举了邵氏沙龙的更多成员名单:除了经常出入曾朴沙龙的张若谷、傅彦长、朱应鹏等人以外,还有狮吼社的同人、新月派的徐志摩,新感觉派的刘呐鸥、施蛰存、穆时英以及标榜唯美主义的绿社成员芳信和朱维基,还有邵洵美在法国巴黎结识的画家朋友刘海粟、常玉、徐悲鸿,以及画家张振宇、张光宇、曹涵美三兄弟,插画家卢世侯等人。这些成员大多也同时是邵氏旗下杂志的编辑或撰稿人。可以说,邵洵美的沙龙是和他的出版事业紧密地联系在一起的,构成了一个极有特色的"沙龙—出版"体系。在这个体系中,金屋书店是个重要的关联点。

和真美善书店一样,金屋书店在邵氏早期沙龙活动中扮演了一个重要角色。沈从文曾这样描述书店蜂起的潮流:

  时上海小投机商人,看到北新书店印行新文学书籍和办文学刊物经营得法,即可大赚其钱,因此都来开书店,办杂志。计有现代、光华、大通、大东、开明、东群、春潮,不下十多家。规模比较小,带点同

---

① 傅彦长:《傅彦长日记》,《现代中文学刊》2015 年第 1 期。
② 同上。
③ 《文坛消息》:《新时代月刊》第 1 卷第 1 期,1931 年 8 月 1 日。

人性质的,还有水沫,金屋,新月以及创造出版社等等。趁热闹都来印行新书。①

沈从文的判断有一定道理,但金屋书店却并非完全是赶热闹赚钱跟风的产物,金屋书店的创办更多的是自我服务的性质。金屋书店创办当年,在媒体上做了盛大的宣传。较早的要算发表在《上海画报》第286期的一篇文章。文章介绍了金屋书店的筹办情况:

> 大文学家邵洵美君,鉴于我国出版事业之腐败,书贾唯利是图,蔑视著作家之地位,于印刷装订上,又不加研究,较之欧美日本,相去判若霄壤,不胜愤愤,因拟与张景秋君等,合资开办一海上最高尚之文艺书店,于静安寺路云裳公司附近,闻书店装潢,悉取法近代欧洲最新式者,店门橱窗,皆漆金色,及绘黑色花纹,所出版之书籍,皆为我国著名新文学家,如郁达夫、滕固、张若谷等之杰作,印刷装订,但求美观,不惜工本,现已绘成封面图案多种,即将交专业装订之俄人某,以各色草料装订之,拟于开幕之日,供来宾参观云,闻此理想之书店,不久即能实现,实是我国出版界之大光荣也。②

文章揭示了金屋书店创办的初衷,金屋书店的创办是时代的影响,也是邵洵美企图以经济资本取得文化资本的一个尝试。在这之前,邵洵美曾为诗集《花一般的罪恶》的出版和光华书局的老板打过交道,由于担心销量的缘故,书局老板对出版这一诗集犹豫再三,这或许给邵洵美的自尊心带来了一定的打击,也促使他创办属于自己的书店,为自己以及朋友出版书籍。从这一事件,我们也可以看出邵洵美的书店与当年的其他出版机构的不同。像光华书局、北新书局这些机构在出版之前往往先考虑作者的文坛地位和书的销量,以经济利益为主要考量标准,而邵洵美更多的是为自己出版诗文提供便利,至于是否盈利似乎不是那么重要,这从他的

---

① 沈从文:《我到上海后的工作和生活》,《沈从文全集》第27卷,太原:北岳文艺出版社2002年版,第224页。
② 汉民:《金屋书店》,《上海画报》第286期,1927年10月24日。

书店经营上可见一斑。

据章克标回忆,金屋书店曾三次搬家,最早是在福建路西侧、南京路北侧的后马路小巷里,后来邵洵美觉得这个地方小而偏僻,朋友往来不方便,就把书店搬迁到静安寺路他自己住所的对面。章克标说:"他开书店,原不是以营利为目的,可能只是一种玩好,而且有了这个书店老板的名头,他也可以在交际上有用场,书店则可以为朋友们出版书册服务了。"① 金屋书店结束后,邵洵美在《时代画报》上登过一份《金屋书店出版图书总目》,②在这份总计38本的书目里,邵洵美、章克标、滕固、滕刚、朱维基、徐葆炎等沙龙同人的作品占了大部分。由此可知,邵的经营书店、沙龙交游是紧密联系在一起的。

事实上,在金屋书店创办当年,便已有了将其作为"会宾楼"的设想。来看金屋创办当日《上海画报》的一则新闻:

> 十日金屋书店开幕,因从四兄瑞年同往,方至门外,驻足观晶窗中所陈书籍,顾子苍生已自内出迎,方入室,有女宾多人,因笑曰,金屋固可以藏娇也,苍生微点其首,小鹅早先在,久不见小鹅,因询以最近消遣法,谓以书画自娱,邵子洵美导余兄弟登楼小坐,室中布置清洁,因笑曰,去岁友好常至云裳聚晤,吾辈咸以会客室称之,今斯楼清雅乃尔,行见又为吾辈之会宾楼一,众悉抚掌称善,四壁悬欧西文人照相数架,有贺轴一,为胡适先生为新月书店代作代书者,句为"金屋中人,别忘了天边新月",饶有新趣。已出版之书,有《平凡的死》,《火与肉》《文学生活》等,《平凡的死》之封面,为一红色棺木,苍生谓开幕有此现象,颇不利,余笑曰,所谓文学,所谓艺术,固不作如是想也,兴辞而出……③

在当年的来客眼里,金屋如此清雅,"行见又为吾辈之会宾楼一"。

---

① 章克标:《不成功的金屋》,《章克标文集》(下),上海:上海社会科学院出版社2003年版,第130页。
② 参见《时代画报》第1卷第11期广告,1930年10月1日。
③ 吉孚:《"金屋"与"华社"》,《上海画报》第332期,1928年3月15日。

这既是邵洵美的本意,亦是友朋的期待。金屋书店在斜桥路口,正在邵家对面,郁达夫曾提到:"那时候洵美的老家,还在金屋书店对门的花园里,我们空下来,要想找几个人谈谈天,只须上洵美的书斋去就对,因为他那里是座上客常满,樽中酒不空的。"①邵洵美在金屋书店的装潢上颇费了一点心思,自己亲自设计监造,靠马路有大的玻璃橱窗,陈列书籍,美观大方。招牌用黑底金字,金碧辉煌,十分典雅。店里面的设备也周全齐备,配置了沙发、写字台、营业柜台、陈列的书架,一一配合房间的大小特制。② 这在当年可算别树一帜。很明显,邵洵美把金屋书店当做自己歇脚会友的地方了,"他从家里出来,在这里小坐,会友谈天,十分适合"③。这时候金屋书店不仅是作为一个文化出版单位,更扮演了沙龙的角色,是一个供邵洵美的小圈子谈天聊文学的一个精致的空间。以金屋书店为基地,邵洵美通过出版书籍、组织文学活动、文坛交游等日渐提高了自己在文坛的地位,而"花厅先生"的名号也逐渐广为人知,文坛上的反对者则给他戴上了一个"老板文人"的高帽。

但多数时候,邵家书房是沙龙聚会所在。这与"文艺茶话会"和"咖啡座谈"文人常常选择咖啡店或者公园、点心店或茶室作为聚会地点不同。这主要源于邵家境富裕,有足够的资财和场地聚众聊天且盛情款待。作为招待客人重要场所的书房,邵洵美对其做了精心的装饰,在散文中经常直接或间接地提到。在《火与肉》集的《萨茀》一文里,他借虚拟的人物朋史(为现实中邵洵美的笔名)之口不无炫耀地描绘了他的书室:

> 朋史与洵美虽然是从小儿一块儿长大的好友;不过洵美这次新收拾的一间狭小的除了三座书架一张书桌两三把椅子外便没有多大余地的书室里,他还是第一次到来;因此坐定后便仰着头四围细细张望了一下。板壁是深灰色印金花的纸儿糊的,周围一共悬着五只镜

---

① 郁达夫:《记曾孟朴先生》,《曾公孟朴讣告》,1935 年。
② 章克标:《不成功的金屋》,《章克标文集》(下),上海:上海社会科学院出版社 2003 年版,第 130 页。
③ 同上。

框:一张是张道藩画的《海》,是在 Venie 的写生,一片明绿的水远远地印着淡紫带粉红的天色,隐约地可以看得出半条一线的陆地,那种和谐的色彩,简净的章法,显示着这位画家受着 Monet 的影响不少;一张是常玉的 Nu,曲线温柔而雄壮,色彩艳丽而文雅,看了这个,朋史便想到了两位他所钦仰的欧洲艺术家,一位是 Rodin,一位是 Rubens。①

《萨茀》一文写于 1927 年 3 月 9 日,邵洵美显然对自己的书室感到骄傲,到了写作《两个偶像》时,邵洵美再次提到书房的装饰:

> 假使你第一次走进我这小小的书室,我一定要指给你看这挂在壁上的两张画像。
>
> 其实我便不指给你看,你也要看的了:这一只金漆木雕的 laureate 的镜框里面,是一个美妇的半身,穿着件深绿的衣衫;桃色的嫩肉的右手握着一枝黑笔,一端搁在她鲜红的唇上;那似乎装着水或是蜜的淡蓝的眼珠,好像对我们看着——不,她在对这茫茫的宇宙看着——她大概是在找什么默示。她左手持着一本书。我想假使她找到了默示时,她一定会永久不停地将这默示所赐给她的诗句写上去吧。她的头发是赤金色的;或者有人说,赤金没有淡黄色来得动人,但是我以为赤金色而配着她这淡绿色的背景当显得格外的和谐。这是希腊女诗人萨茀的画像。
>
> 还有一张是罗瑟蒂画的史文朋。他那硕大无朋的头颅,他那散披着像拖粪般的头发,在这一张一色的印刷品上我们都可以看得出。他俩是我所心爱的两个诗人,他俩是我所最崇拜的两个偶像。②

与曾朴热衷行走于法租界的霞飞路感受异国情调相近,邵洵美对这种异域化的艺术感浓郁的氛围也十分着迷,所不同的是将其转化到了自

---

① 邵洵美:《萨茀》,陈子善编:《洵美文存》,沈阳:辽宁教育出版社 2006 年版,第 36 页。
② 邵洵美:《两个偶像》,《金屋月刊》第 1 卷第 5 期,1929 年 5 月。

家的书房之内。法国哲学家加斯东·巴什拉在《空间的诗学》一书中提出"场所爱好"这一术语,他将其阐释成:"我们的探索目标是确定所拥有的空间的人性价值,所拥有的空间就是抵御敌对力量的空间,受人喜爱的空间。出于多种理由,它们成了受到赞美的空间,并由于诗意上的微妙差别而各不相同。它们不仅有实证方面的保护价值,还有与此相连的想象的价值,而后者很快就成为主导价值。被想象力所把握的空间不再是那个在测量工作和几何学思维支配下的冷漠无情的空间。它是被人所体验的空间。它不是从实证的角度被体验,而是在想象力的全部特殊性中被体验。特别是,它几乎时时吸引着人。"①邵洵美经过精心装饰的书房也正在这一意义上体现了它人性的、诗意而唯美的价值。在这些展览品中,萨茀、史文朋是邵洵美一向推崇的诗人;张道藩的《绿》近似于莫奈的印象主义画风,以莫奈为代表的印象派十分强调眼睛对光的感觉,他们极其重视探究不同时刻光线所带来的景色的细微变化,莫奈就曾画过同一题材的多幅作品以表现不同时间不同空气状态下物体的反光特点,这主要体现在他的干草堆和卢昂大教堂系列之中。印象画派强调感官的重要性,而邵洵美对印象画派的喜爱也从一个侧面折射出了他自身的艺术倾向,即对艺术感觉和主观性的重视;在这段文字里,邵洵美还提到自己对鲁本斯的钦仰,贵族出身的鲁本斯的绘画强调形象的铺张,造型富丽堂皇,给人感官的强烈刺激,这位经济富足的画家兼外交家喜在画作里表现肥而美的女性,有人戏谑其作品中的女人像马一样健壮——这或许也是邵的唯美主义诗歌中歌颂肉体之美的一个隐秘的艺术来源。邵从这些艺术品的观赏中培养了良好的艺术感觉,也习得了浓郁的唯美情调,这些都尽情展示在他的书房装饰里。②

---

① 〔法〕加斯东·巴什拉:《空间的诗学》,张逸婧译,上海:上海译文出版社2009年版,第23页。
② 邵洵美于散文中对书房进行了细致的描述——且不论这种描述是主观的还是客观的,谈论的是事实还是印象——他描述的同时也正是他的认同感产生之际,这种认同感不仅仅是对房间这一客观居所的喜爱,在这样的书房里,他安放并庇佑着他的文学梦想,他关于书房的种种细节的描绘,为读者展示了一幅美丽的画面,这画面围绕着他的所爱萨茀、史文朋等,呈现了他的自我意识,同时也为读者建构了一个充满想象力的可触的世界。其实邵洵美描绘房间就意在让人"参观"它,这样的意图显然是达到了,众多文友对他的室内装饰印象深刻。

由此,不难想象邵洵美对沙龙成员介绍画像的场景。这个书房如此别致,不仅邵洵美自己炫耀,参加沙龙活动的成员也印象深刻。在影射小说《都会交响曲》里,张若谷不无夸大地描绘了这个书房:

> 那一宅大洋房就是彭大少爷(注:小说中的彭大少爷,影射邵洵美)的住宅,是上海有数建筑中的一座。全部用云石盖造,周围是一个大花园,有八条可以驶走汽车的阔路好像八卦阵一般地把那宅高洋房围在中垓。中间是一座大厅,金碧辉煌装潢得好像金銮殿一样。两旁是两间精致小厅,东面图书室,西面音乐室,那一间图书室是彭大少爷的私人书房,也就是招待朋友谈话的客室。里面陈设很富丽,单是壁上挂的那张从邦贝火山石古城中掘出来的希腊女诗人莎茀像真迹,估价在五千金以上。还有那一架英国诗人史文朋集的手卷,是用二十万金镑的代价在伦敦拍卖来的……①

张若谷的描写显然夸大,是将现实艺术化的小说笔法。相对张若谷等人借助咖啡馆作为谈天之所,并且常常觉得费用太奢而言,邵洵美提供的这处"文艺客厅"显然已经很"富丽"了,物质空间的优雅和沙龙主人的唯美主义文学趣味正相投合,而对装饰美学的重视也是一种生活方式的表达,是一种贵族性的或者说接近于西方资产阶级的生活方式,这种生活方式对他的朋友圈有强大的吸引力,也一定程度上成为某种时尚的引导。

邵氏沙龙的活动多种多样,以文友小集和交谈为中心,另有朗诵和评论作品,虽然没有留下沙龙具体活动的日志,但是从当事人留下的书信或是日记、影射小说、文集中,还是可以一窥踪迹。在张若谷的影射小说《月光奏鸣曲》里,记录了邵氏书房沙龙的一次文艺活动,②在这次沙龙聚会中,一群人在书房里举行文学诵读会。所读书籍乃朋友的译著,崔万秋译

---

① 张若谷:《都会交响曲》,上海:真美善书店 1929 年版,第 13—14 页。
② 收录在小说集《都市交响曲》里的几篇小说都可做散文读,因它涉及的人事都是纪实,张若谷自己在小说集的序言《前奏曲》里也承认所写的是几个朋友的故事,只不过披着一个小说的外衣而已。

的日本作家武者小路实笃的《母与子》。

> 一天,斯文在他书房里,四周围聚了好几十个朋友,正在举行一个文学诵读会。他一个人站在中央,侧着瘦长的脸庞,一双黑白分明滑溜溜的眼睛,注射在一本很厚的书本上,有时眼光从书页溜出像电光一般地瞥看房间角里张挂着的门帘,帘后好像藏有一件柔软的东西在那里闪动。他提着清楚响亮的喉音,当众披读刚从一个朋友寄来武者小路实笃《母与子》的译稿。①

主人当众诵读,余者或评论小说的写作技巧,或针对小说内容发表见解。"于是,大家议论纷纷,幽静的书房,顿时变成好像茶馆书场一样。有人为那二十三个男鬼辩护;有人考证出来这个故事是由有岛五郎讲出来的;也有人在讨论译本的文笔太忠实太日化了。"②或许这就是沙龙活动的实录。——这是目前见到的关于邵氏沙龙最具体的记载。

《论语》编辑林达祖的回忆提供了更多沙龙交往的细节:

> 邵家原住静安寺路,那时邵洵美因他的时代印刷厂设在杨树浦,为便于照顾,移家提篮桥前面的麦克利克路,地属杨树浦区。[……]一进大门,我们却一见如故。邵洵美堆满笑容与我握手相迎。他把我引进会客室,那里四壁整齐地排列着中外书籍。[……]那天上午,他正好填了一首词,[……]他要我怎么改一下。[……]我进邵家门是三点半,乱谈了一阵,一个小时过去了,我起身告退,他再三挽留,要我吃些点心再走。其实坐定清茶之后,已经用过咖啡与西点。第二道点心是一小碗鸡丝煨面。后来我成为邵家常客,才知道他家日常接待来客一般都是那么殷勤。③

---

① 张若谷:《月光奏鸣曲》,收入其小说集《都会交响曲》,上海:真美善书店1929年版,第60页。
② 同上书,第61页。
③ 林达祖:《我与邵洵美》,《沪上名刊〈论语〉谈往》,上海:上海书店出版社2008年版,第34页。

清茶、咖啡、西点还有鸡丝煨面,邵氏沙龙待客可谓周到热情。另据林达祖回忆,《论语》杂志的编辑事务也是沙龙交谈的话题之一:

> 邵洵美死后,我尝作七律悼诗一首,中间两联是:"深宵漫话疑如昨,昔日闲情渺若烟。访旧惊呼半为鬼,停杯静待再开筵。"上联是记实情,下联是写感想。我有很长一段时期,每天在邵家清谈到深更半夜,有时谈得起劲,甚至谈了个通宵。带着曚昽的睡眼回到住处,人家往往以为我在通宵狂赌,岂知我们却在静雅地"细声漫话到天明"。在那里,当然上下古今会无所不谈,但有关《论语》的编辑业务也必然是谈话内容之一端。①

邵洵美前后期沙龙显然存在着不少变化。后期,邵洵美和弗里茨夫人的沙龙来往密切。虽然弗里茨夫人不曾参加过邵洵美的沙龙,但邵洵美却是弗里茨夫人沙龙的常客。因为与项美丽的特殊关系,邵洵美结识了更多的"洋人朋友",这也让他的文化沙龙呈现出中西杂糅的色彩。

> 又有一次在梅园。此次邵洵美兴致最好,请了许多洋朋友,项美丽女士当然是其中最主要的一位。邵公本来最会说话,这一次尤其是逸兴遄飞。一会儿回过头来对 A 说几句俏皮话,一会儿对 B 来几句洋文;林语堂与他唱了一段对口相声,语堂把洵美介绍给某洋女士:"他是《小姐须知》的作者。"那位洋女士便嫣然一笑,歪着脖子,一个兰花手指的姿势,娇声地说:"那么,我想写一本《少爷须知》"。像洵美那样面白鼻高,希腊典型的美男子,该是最容易惹人注意的吧?②

赵景深的回忆提供了一幅生动的画面,邵洵美的善于交际跃然纸上。这时期,邵洵美因为加入后期新月书店的经营,和更多的新月社成员有了接触。这些人大多有着良好的学历背景,精通英美文学,和项美丽相处甚

---

① 林达祖:《我与邵洵美》,《沪上名刊〈论语〉谈往》,上海:上海书店出版社 2008 年版,第 47 页。
② 赵景深:《笔会的一群》,收入其散文集《文坛回忆》,重庆:重庆出版社 1985 年版,第 215 页。

契。因而此阶段,邵氏沙龙也常在项美丽的寓所举行。① 项美丽的"江西路"寓所位于上海市中心地带,邵洵美常于此处和朋友谈诗论文。

> 洵美喜欢我的房子。他不在意它的简陋。因为他认定了大多数外国房子都是简陋的。或许,他甚至把我那金属竹林当作现代化的标记了,因而大为赏识。他喜欢我家的另一原因是因为它地处市中心,可以作为他的最佳休息点。他呼朋唤友,在这里高谈阔论,接打电话。他带朋友来我家,在这里他们除了吃饭,无所不为。②

图3-8 20世纪30年代,美国女作家项美丽在上海霞飞路家中。

---

① 因为朋友的介绍,前文提及的"花厅夫人"弗里茨与项美丽结识后很快成了好朋友。继而,随着项美丽江西路寓所的入住,弗里茨夫人的部分沙龙成员也逐渐转移到这位热情活泼美丽大方的年轻女作家家里。他们往往在星期一晚上聚会,围坐一处聊天。久而久之,人们将这个聚会称做"星期一晚间俱乐部"(王璞:《项美丽在上海》,北京:人民文学出版社2005年版,第133页)。

② *China to Me*, pp. 15. 转引自王璞:《项美丽在上海》,北京:人民文学出版社2005年版,第134页。林达祖的回忆证实了这一点。林第二次见邵洵美即是在项美丽的寓所,参见林达祖:《沪上名刊〈论语〉谈往》,第44页。

这个时期,邵洵美常相往来的朋友大多是对外国文学精通的欧美留学生,有温源宁、叶秋源、林语堂、郁达夫、吴德生、全增嘏等。这些人热衷谈论西方文学,波德莱尔、T. S. 艾略特的诗,莎士比亚的戏剧,还有 Booth Tarkington(布思·塔金顿)、Huneker、Chesteton、Northcliffe、Ouiller. Couch(昆雷·考什)、Faulkner(福克纳)的作品是他们的话题中心。这些朋友自然而然地和项美丽熟悉起来。① 项美丽热情大方并且精通文艺,正是一个极其理想的沙龙女主人。在此处沙龙里,邵洵美等人商议成立了《天下》月刊②——和 1932 年的《论语》一样,《天下》月刊的产生也是邵氏沙龙的产物。这份月刊在向国外传播中国现代文学方面做出了很大成绩。

综上所述,可以列出邵洵美沙龙的主要成员情况表。

---

① "在洵美数以百计的朋友中,只有少数成了我的朋友,因为这些人会说英语,喜欢美国或英国。其中有全增嘏,他在伊利诺大学读过书;温源宁,他毕业于剑桥大学,自诩比英国人更像英国人;叶秋源,我在杭州结识他,后来他搬到上海住。还有一位杭州朋友郁达夫,他是著名的小说家,有位美丽的妻子。叶给我留下了最美好的记忆。他非常爱他的故乡杭州。那是中国最美丽的城市之一,产生过一个著名的中国诗歌流派。叶秋源沉迷于诗歌,他说他服膺的是中国古典杭州诗风,希望自己的诗因循这一风格。他在我家常摇晃着他那颗大头,踱步吟诗。他坚持自己的信念。我第一次去杭州,就跟他发生了激烈争论,令我记忆犹新。我们在所有的问题上都意见相左。在那个面对美丽西湖的房间里,我们大喊大叫,争论不休。在湖边那座山峰上,我们像美国大学生一样吵吵嚷嚷……想起来真不好意思,但这正是我喜欢的中国。在那些热闹的日子里,我还认识了一些中英文俱佳的作家。其中包括林语堂。他是洵美的另一位朋友,那些日子正在构思着他第一本英文著作。他还编辑了一份中文幽默周刊《论语》。在中国文坛,他大名鼎鼎。远在美国的赛珍珠也与他保持联系,关心他的英文写作。"参见 China to Me,pp. 15—16. 译文转引自王璞:《项美丽在上海》,第 135 页。
② "这些朋友们在一起热烈地讨论一个新课题:办份英文杂志,宗旨是增进东西方文学之间的相互了解。有人提议说刊物应当含有政治性,但被否决。这个议题获孙科支持,他是'中华民国'奠基者孙中山的儿子。目下在重庆,而据我所知,他当时是在欧洲。杂志被定为月刊,刊名叫《天下》,意思是包罗天底下每一事物。当然,如同其他中国词汇一样,它是一个引语,含有'世界'之意。编委会由我上面提到的那些人组成,再加上其他几个人。其中包括吴约翰博士。他们的名字打印在报头上。编委们请洵美给他们写稿,他欣然应允。我也很喜欢为《天下》写稿。只要我愿意,我也可以写得很文学。"参见 China to Me,p16. 转引自王璞:《项美丽在上海》,第 137 页。

表 3-1　邵洵美的沙龙成员情况一览表
(1927 年—1937 年 7 月)

姓名	籍贯	出生年月	职业、职位	文化活动	教育背景	编辑期刊
邵洵美	浙江余姚	1906	编辑,出版家,诗人	创办金屋书店	剑桥大学肄业	《狮吼》半月刊复活号;《金屋月刊》
曾朴	江苏常熟	1872	政治家、小说家、翻译家	撰《孽海花》;创办真美善书店;翻译雨果作品多部	辛卯科举人	《真美善》月刊
曾虚白	江苏常熟	1895	编辑,小说家	开办真美善书店	私立上海圣约翰大学	《真美善》月刊
张若谷	上海	1905	编辑,散文家,小说家	专职编辑和翻译,迷恋音乐艺术,随笔小品创作丰富	上海震旦大学文学法政科,曾在比利时鲁汶大学农学院学习	《大上海人》半月刊
李青崖	湖南湘阴	1886	教授,翻译家	文学研究会会员;致力于法国文学的翻译和介绍	1907 年肄业于上海复旦大学,1912 年毕业于比利时列日大学	《论语》轮值主编
赵景深	浙江丽水	1902	作家,译者,出版家	文学研究会会员;北新书局总编辑	天津棉业专门学校	《文学周报》
傅彦长	湖南宁乡	1891	编辑、作家	国民党"民族主义文艺运动"主要发起人之一		《雅典月刊》、《音乐界》
朱应鹏	浙江	1895	编辑、画家	上海艺术协会发起人之一;于 30 年代提倡"民族主义文学"		《申报·艺术界》

(续表)

姓名	籍贯	出生年月	职业、职位	文化活动	教育背景	编辑期刊
芳信	江西南昌	1902	诗人	南国社成员	日本东亚外国语专门学校英文专业	《绿》、《火山》
朱维基	上海	1904	翻译家、诗人	1927年起开始从事文学翻译,并研究外国诗歌;1933年出版译作《失乐园》	上海沪江大学	《绿》
章克标	浙江海宁	1900	编辑、小说家	与滕固、方光焘等人创办狮吼社;出任时代图书公司总经理	日本京都帝国大学	《十日谈》
穆时英	浙江慈溪	1912	小说家	929年起发表大量小说创作,新感觉派小说代表人物	光华大学西洋文学系	
刘呐鸥	台湾台南	1905	小说家	1928年创办第一线书店,被查封后,又经营水沫书店;新感觉派小说代表人物	日本庆应大学文科	《无轨列车》、《新文艺》、《现代电影》
徐霞村	湖北阳新	1907	作家、翻译家	文学研究会、水沫社会员	中国大学	《熔炉》
温源宁	广东陆丰	1899	学者、散文家	1935年起,与林语堂、全增嘏、姚克等合编英文文史月刊《天下》	剑桥大学法学硕士	英文月刊《天下》
叶秋原	浙江杭县	1907	法学家、人类学家、记者		留学美国,社会学硕士	

(续表)

姓名	籍贯	出生年月	职业、职位	文化活动	教育背景	编辑期刊
林语堂	福建龙溪	1895	学者、散文家	《语丝》创办者之一;"论语派"主要代表	上海圣约翰大学文科,哈佛大学文学硕士	《论语》《人间世》《宇宙风》
郁达夫	浙江富阳	1896	小说家,散文家	与郭沫若、成仿吾等创立创造社,左联成员,后退出	东京第一高等学校预科,日本东京帝国大学经济科	《奔流》
吴经熊	浙江鄞县	1899	法学家、作家	东吴大学法学院院长;参与创办新月书店	东吴大学法科毕业。1920年赴密歇根大学法学院学习,1921年获法律博士学位	英文月刊《天下》
Emily Hahn（项美丽）	美国圣路易城	1905	美国女作家,《纽约客》特约撰稿人	与邵洵美合编《声色》画报,合译沈从文的《边城》	毕业于威士康辛大学	《声色画报》
全增嘏	浙江绍兴	1903	学者、散文家	1928—1937年先后在上海任中国公学、大同大学、大夏大学、光华大学、暨南大学等校教授	斯坦福大学哲学学士学位,哈佛大学硕士学位	英文周刊《中国评论》《论语》,英文月刊《天下》
林达祖	江苏苏州	1912	编辑	编辑后期《论语》杂志	无锡国学专修学校、上海持志大学文学士	《论语》
庞薰琹	江苏常熟	1906	画家	参加旭光画会、苔蒙画会;与张弦、倪贻德发起成立美术社团"决澜社"	上海震旦大学、巴黎叙利思绘画研究所	

(续表)

姓名	籍贯	出生年月	职业、职位	文化活动	教育背景	编辑期刊
林微音	江苏苏州	1899	散文家	曾任新月书店经理,1933年参与创立绿社和《诗篇》月刊,海派作家		《绿》、《诗篇》
沈有乾	江苏吴县	1899	心理学家、逻辑学家、统计学家	1930年代曾致力于学术小品和随笔写作,作品见于《新月》、《论语》、《宇宙风》《西风》《西书精华》等刊	清华大学、斯坦福大学博士	
张光宇	江苏无锡	1900	漫画家、装饰画家、工艺美术教育家	参与创办东方美术印刷公司、时代图书公司	小学毕业	《上海漫画》《时代漫画》《时代画报》
张振宇	江苏无锡	1904	画家、编辑	参与创办上海时代图书公司	中学毕业	《上海漫画》《时代画报》
叶浅予	浙江桐庐	1907	画家、编辑	1928年任上海漫画社编辑,著有漫画集《王先生别传》	中学毕业	《时代画报》《上海漫画》
曹涵美	江苏无锡	1902	画家、编辑	参与创办上海时代图书公司	中学毕业	《时代画报》《时代漫画》
鲁少飞	上海	1903	画家、编辑			《时代漫画》

(续表)

姓名	籍贯	出生年月	职业、职位	文化活动	教育背景	编辑期刊
徐蔚南	江苏吴县	1900	小说家、学者	上海世界书局编辑;国立浙江大学教授;出版小说集《都市的男女》等	日本留学	
顾仲彝	浙江余姚	1903	戏剧家;暨南大学教授	上海商务印书馆编译所从事编译工作,后任暨南大学、复旦大学教授。	国立东南大学文学院肄业	
梁得所	广东连县	1905	编辑	1933年在上海创办大众出版社,主编刊行《大众画报》	山东齐鲁大学医科	《良友》画报
倪贻德	浙江杭州	1901	画家、编辑	曾发起组织美术团体"摩社""决澜社"	上海美术专科学校	《艺术旬刊》

资料主要来源:徐友春主编:《民国人物大词典》,石家庄:河北人民出版社2007年版。本表列出了邵氏沙龙的主要成员名单,因人数众多,各个阶段的所有成员不一一罗列。

学者许纪霖曾对都市知识分子的身份认同做过研究,他认为都市知识分子具有归属感意义的空间关系有三种:一是以文凭为中心而形成的等级性身份关系;二是抽象的书写符号所构成的意识形态空间网络;三是不同的都市文化空间结构。可以说,邵洵美的沙龙成员的团体认同具备了以上三个因素。对政治的疏离,对左翼文学的反感是邵氏沙龙的共识,可以说,他们具备相近的意识形态;而借助上海发达的报纸、杂志、书店这些现代化的文化工业所形成的交往网络,让邵氏沙龙群体有着鲜明的海派文人特色;邵氏沙龙既有学历较低的自由撰稿人成员,也有高学历和名校出生的林语堂、叶秋原、全增嘏、倪贻德等学者和知识分子,从而又让邵氏沙龙具备了第一种空间关系的特征。与此同时,在邵氏沙龙的交往网络中,传统的地缘、血缘等自然关系虽然不是主要作用,但依然发挥着潜在的影响。从上表可知,邵氏沙龙成员以江浙人居多,其中,同乡关系在邵洵美圈子中依然起作用,这种借地缘关系而交游的情况并未因作家的政治倾向有所规避。邵洵美因同乡关系向徐懋庸约稿并进而结交,便是一例,徐懋庸为此还感叹:"两年以前,我投稿《人间世》时,有一回在文章中说起自己是旧绍兴府属人,这引出了前《论语》编者陶亢德先生的来信,说他和我是同乡,因此就约我替《论语》帮忙。这事和现在邵先生的事,前后何其巧合!《论语》的编辑人,为什么总有我的同乡在内,为什么陶邵两先生都根据同乡人的关系约我撰稿,这难道表示着编辑'幽默'杂志实吾乡人士之特长,而且吾乡人士的'乡谊',格外来得深重么?"①——同乡关系与文凭身份、意识形态认同和都市地域文化几个因素交织在一起,形成一个相互缠绕的关系网络。这也使得邵氏沙龙成员的身份认同最具复杂性和多元性。

而从年龄结构上看,邵洵美沙龙成员以"1900后"居多,中青年作家是这个群体的主力。邵洵美沙龙成员之间最初的交往遵循的是"以文会友"的模式,至于邵氏沙龙的活动方式,主要是聚会交谈,兴致高时常常通宵不眠。然而口谈毕竟有不足之处,于是便付诸笔谈。除了当面谈天,书信在邵氏沙龙里的功用也不可忽视。在邵氏沙龙成员那里,书信与其说是私人之间的来往,不如说更多的是"半公开"性质的赏鉴。甚至很多时候,为了表达某种文艺主张或者为同人造势而特意采用"书信体"。写给某一个人的信经常在朋友之间传阅或者直接发表到刊物上,当然,回信也是以相同的方式进行。在邵洵美主编的《狮吼半月刊》复活号和《金屋月刊》上,体现得特别明显。《金屋月刊》特意设立了一个"金屋邮箱"的栏目,专门登载友人之间的来往书信:《金屋月刊第九十期合刊》中刊载了浩文(邵洵美)致葆炎(徐葆炎)和方光焘致章克标的两封信。前者讨论莎士比亚戏剧《威尼斯商人》,后者讨论《金屋月刊》的编辑情况以及文坛消息。《金屋月刊》第12期,有浩文(邵洵美)致章克标的信,讨论"浩文

---

① 参见徐懋庸:《故乡的事情》,《论语》第94期,1936年。

的新诗"。而关于缪塞《一个世纪儿的忏悔》一书,邵洵美(《一封关于忏悔录的信》①)、张若谷(《世纪病与忏悔录:答诗人邵洵美》②)、裒衣(《裘若谷洵美》)三人在《申报·艺术界》上以书信的形式往来酬应,形成了一个小小的热点话题。总体而言,这些信件的话题大体不离文艺,有的点评各自作品,有的探讨翻译话题,有的沟通文坛消息,有的交流各自处境。

邵氏沙龙的成员不少是文艺期刊的编辑,相互之间常相应和。傅彦长创办《雅典》月刊之前,《狮吼》半月刊复活号早早地就打出了广告。③除此之外,邵氏沙龙也是一些杂志的策源地,像《论语》就是在沙龙的闲谈中产生的。沙龙成员基本上也是邵洵美所办杂志的撰稿人。1933 年 8 月 10 日创刊的《十日谈》,创刊号撰稿人几乎清一色是沙龙成员。封面和插图作者有漫画家张光宇、张振宇、鲁少飞等,文字作者则有孙斯鸣、章克标、全增嘏、林微音等。在出版资源上,沙龙成员是共享的,沙龙成员的稿件经常性地刊发在《金屋月刊》、《真美善》月刊、《雅典》月刊上,所登文章也常相呼应,从而形成了独特的"沙龙—出版"体系。在这个体系中,邵洵美显然获得了最大的"象征资本"。这从《十日谈》每期的文章排版可以看出。相对于同时代其他作家投稿、发表的困难,邵洵美在自家刊物上的"发声"显得畅通无阻,以第 2 期《十日谈》为例,这一期共有 16 篇文章,邵洵美本人作品就占了 5 篇,分别以浩文、郭明、汉奇、邵洵美的名字发表,占了近三分之一的杂志篇幅,可以说,邵洵美是他构建的这个文化出版体系的最大受益者。④

---

① 邵洵美:《一封关于忏悔录的信》,《申报·艺术界》1928 年 8 月 30 日。
② 张若谷:《世纪病与忏悔录:答诗人邵洵美》,《申报·艺术界》1928 年 8 月 31 日。
③ 参见《杂志之一群》(未署名),《金屋谈话》栏目,载《狮吼》半月刊复活号第 12 期。
④ 然而,与北平沙龙成员大多是知交不同,邵洵美沙龙成员显得鱼龙混杂。虽然不乏因志趣相投的朋友,但也有不少人是利用邵氏的金钱而有意接近。《一年在上海》一文里,邵洵美不无怨气地提到了许多算计他钱财的所谓"朋友":"那年我们的好友志摩还很天真地活着。有一天他把一位新诗人介绍给我。志摩死了,这位新诗人继续和我做朋友;我们中间虽然有过一两次的银钱出入,他已忘了,我也忘了。""正像有一位朋友,当着我或是背着我,总怪我说,朋友向我借钱,我从来不会拒绝;但是他自己却是向我借钱借得最多的一个人,而且借了永远不还。我真不懂这班人的心理。"

图 3-9　邵洵美(后排左一)、叶浅予(后排右一)、张光宇(前排左二)、张振宇(前排左四)。30 年代中期摄于上海。

图 3-10　张光宇为邵洵美译著绘制的封面《逃走了的雄鸡》。此书为英国小说家劳伦斯作品,画刊于《美术》杂志 1934 年第 1 期。

值得注意的是,文学家和艺术家尤其是画家的互动,是邵洵美这一文化沙龙的一大特色。张若谷、倪贻德、庞薰琹是上海艺术团体"决澜社"①和"摩社"②社员。画家在邵洵美沙龙里不仅是常客,同时也是邵氏沙龙—出版体系的重要成员,邵洵美一向与张振宇、张光宇、曹涵美三兄弟以及卢世侯、鲁少飞、常玉、庞薰琹等人交往密切,邵氏旗下的《狮吼》半月刊复活号、《时代画报》等刊物和这些艺术家多有合作。杂志的封面、插图、设计、美编都由沙龙中的艺术家承担,与此同时,邵洵美也在主编的刊物中对这些艺术家大作推介。决澜社第三次展览后,邵洵美主编的《人言周刊·艺文闲话》栏目就刊登了两篇"艺术批评",分别是林微音的《绘画展览会中的画像》和朱维基的《地之子》,对这次展览会的情况做了详细介绍,并对庞薰琹的作品《地之子》予以高度评价。而在《时代画报》的《美术作品鉴赏》栏目里,邵洵美也经常推介常玉和庞薰琹的作品并配以文字解读。对常玉、庞薰琹这些先锋艺术家的推介,正是扮演了邵氏本人所倡导的"文化护法"的角色。邵洵美的交际网络和雄厚的出版资源为这些艺术家提供了平台,沙龙对先锋艺术家在中国的传播、被接受可谓功不可没。

大体说来,邵洵美的沙龙圈子成员基本上属于欧美派自由主义知识分子,邵洵美在其中是核心人物。在邵洵美组织的历次文友小聚中,谈话虽然散漫但却并非完全缺乏组织性,而是大致围绕特定的文艺话题,不乏专业洞见,也交流沟通着文坛的信息,某种程度上充当了兼具同行批评、文坛快讯、文人交际等多种功能的平台。通过沙龙活动,邵洵美把这身边的文化人联系到一起,为之提供了一个高尚幽雅、气氛融洽的"文艺客厅"。在这样的文艺客厅里,一群趣味相投的文学爱好者既是创作者,也

---

① 决澜社是一个自由组织的艺术团体,由庞薰琹和倪贻德两人在上海发起,酝酿于 1931 年 9 月,1932 年正式成立,成员有庞薰琹、倪贻德、王济远、周多等青年画家,宣言主张要用"狂飙一样的激情",创作"色、线、形交错的世界"。
② 摩社成立于 1932 年 8 月,刘海粟为召集人,该社以"发扬固有文化,表现时代精神"为宗旨,会员主要是上海美术专科学校的师生。

同时是读者、评论者,他们对同人创造的作品以及在生活中的特立独行、不羁和颓废、反抗等给予了相当程度上的肯定,又在一定程度上构建了自己的市场——这个特殊的市场在邵洵美以及其同人的圈子里以一种近乎大吹大擂的方式持续不断地表现了出来。在金屋书店出版的同名刊物《金屋月刊》里以及《狮吼》半月刊复活号上,我们可以看到相当多的案例。尤其是在杂志上刊登的广告文中,体现得尤为明显。这就在当时的文坛上至少造成了一种"现象"——对别的团体中的文人或是整个文坛表现出了一种社会认同的热烈态度,而这一认同对邵洵美的圈子而言,非常必需且重要。因为由此他们收获了支持,至少是关注。

1936年2月15日的《六艺》①月刊创刊号刊登了一幅漫画《文坛茶话图》。与漫画相配的文字是:

大概不是南京的文艺俱乐部吧,墙上挂的世界作家肖像,不是罗曼·罗兰,而是文坛上时髦的高尔基同志、袁中郎先生。茶话席上,坐在主人地位的是著名的孟尝君——邵洵美,左面似乎是茅盾,右面

---

① 《六艺》,1936年2月创刊,16开本。编辑者为高明、姚苏凤、穆时英、叶灵凤、刘呐鸥。由良友图书公司发行,仅出三期即终。古义上的"六艺"指礼、乐、射、御、书、数,演变至新文艺《六艺》杂志则为文学、戏剧、电影、音乐、绘画、雕塑诸类。

毫无问题的是郁达夫。林语堂口衔雪茄烟,介在《论语》大将老舍与达夫之间。张资平似乎永远是三角恋爱小说家,你看他,左面是冰心女士,右面是白薇小姐。洪深教授一本正经,也许是在想电影剧本。傅东华昏昏欲睡,又好像在偷听什么。也许是的,你看,后面鲁迅不是和巴金正在谈论文化生活出版计划吗?知堂老人道貌岸然,一旁坐着的郑振铎也似乎搭起架子,假充正经。沈从文回过头来,专等拍照。第三种人杜衡和张天翼、鲁彦成了酒友,大喝五茄皮。最右面,捧着茶杯的是施蛰存,隔座的背影,大概是凌叔华女士。立着的是现代主义的徐霞村、穆时英、刘呐鸥三位大师。手不离书的叶灵凤似乎在挽留高明,满面怒气的高老师,也许是看见有鲁迅在座,要拂袖而去吧?最上面,推门进来的是田大哥,口里好像在说:对不起,有点不得已的原因,我来迟了!露着半面的像是神秘的丁玲女士。其余的,还未到公开时期,恕我不说了。左面墙上的照片,是我们的先贤,计有:刘半农博士,徐志摩诗哲,蒋光慈同志,彭家煌先生。①

这幅漫画涉及30年代文坛二三十位作家,有左翼、社会写实派、浪漫抒情派、新感觉派、现代派、唯美派、"第三种人"等,一向不睦的鲁迅与邵洵美也在画面上意外"相逢",而尤让人惊讶的是,邵洵美竟然坐在主人的位置。或许在现实生活中,这样的文坛聚会很难出现,而鲁少飞对邵洵美的褒誉("坐在主人地位的是著名的孟尝君"),也或许和他们二人当时的身份有关(邵洵美是鲁少飞的老板),也许跟邵洵美的财富有关,总之这幅画难说不藏有鲁少飞的"拍马"意图,但这幅画反映的情境却也一定程度上折射出30年代的文坛实况。邵洵美其时自然不能在文学成就上端居首席,但作为文坛的交际领袖以及买单人的孟尝君形象却已经深入

---

① 鲁少飞:《文坛茶话图》,《六艺》创刊号,1936年2月15日。

人心。①

值得注意的是,邵洵美沙龙看似开放自由,人员多而身份不限,却因其独特的思想倾向而具有排他性。沙龙并不仅仅是邵洵美和他的文友们因相似的艺术理念聚到一起而相互影响的空间,实际上,邵洵美的贵族身份和交友圈子自然而然地把左翼文坛排斥在外(即使因个性相投的缘故,他与丁玲以及夏衍等人也有接触),这导致了圈子之外的文人的非难。鲁迅就对邵洵美多加指责,认为邵洵美是通过"开一只书店,拉几个作家,雇一些帮闲,出一种小报"(参见《准风月谈·各种捐班》)才捐做的"文学家",并且讥讽邵洵美身边的这一文学圈子为"甜葡萄棚",是一批溜须拍马之徒。

第四节 1933年海上文坛的"女婿"风波

二三十年代沙龙在国内兴盛发展,同时,也遭到了各种质疑和批评。在上海,对邵洵美沙龙活动提出严厉批评的是鲁迅。鲁迅对"沙龙"这一新兴事物的态度虽未明言,然而从其对待咖啡馆的态度上可以推知一二。早在1928年,针对《申报·艺术界》上一则关于咖啡馆的广告,鲁迅先是冷嘲热讽了一番:

---

① 作为画中人的施蛰存在多年后提及这幅画,并专门撰文写了一篇文章——《鲁少飞的心境》,在文中施蛰存写道:"此画刊出后(《文汇读书周报》重刊),有人来问我'画得像不像?'我说:'都像,连各人的神气都表现出来了。只有一人不像,那是彭家煌。'"接下来施蛰存又写道:"这幅以邵洵美为主人,坐在主位上。这是画家的构思,并非实有其事。鲁少飞画一幅以邵洵美为主的《茶话图》,也不会受到邵洵美的玷辱,我很不理解鲁少飞为什么要否认这幅画。邵洵美门下'食客'虽多,至少鲁迅、周作人、洪深总没有在邵家吃过一顿饭,当时他们见到这幅画,都没有表示反感,因为大家知道漫画的艺术处理有此一格。""鲁少飞不得不承认这副画的'线条像我',却又推说'记不起来了'。好像今天的鲁少飞还怕沾染邵洵美这个纨绔公子的病毒细菌。他像倪云林一样地有洁癖,非要弹掉身上的一些灰尘不可,因此我才理解这位画家拒不出土的心境。"施蛰存以嘲讽的语气肯定了文学史上邵洵美的身份地位,也暗讽了鲁少飞对邵的规避态度,同时点出了与邵迥然有别的另一批人物,即鲁迅、周作人、洪深等。

> 遥想洋楼高耸，前临阔街，门口是晶光闪烁的玻璃招牌，楼上是"我们今日文艺界上的名人"，或则高谈，或则沉思，面前是一大杯热气蒸腾的无产阶级咖啡，远处是许许多多"蠕蠕的农工大众"，他们喝着，想着，谈着，指导着，获得着，那是，倒也实在是"理想的乐园"。①

接着做了如下几则声明：

> 一，我是不喝咖啡的，我总觉得这是洋大人喝的东西(但这也许是我的"时代错误")，不喜欢，还是绿茶好。二，我要抄"小说旧闻"之类，无暇享受这样乐园的清福。三，这样的乐园，我是不敢上去的，革命文学家，要年轻貌美，齿白唇红，如潘汉年叶灵凤辈，这才是天生的文豪，乐园的材料；如我者，在《战线》上就宣布过一条"满口黄牙"的罪状，到那里去高谈，岂不亵渎了"无产阶级文学"么？还有四，则即使我要上去，也怕走不到，至多，只能在店后门远处彷徨彷徨，嗅嗅咖啡渣的气息罢了。你看这里面不很有些在前线的文豪么？我却是"落伍者"，决不会坐在一屋子里的。②

鲁迅虽然通篇嘲讽爱坐咖啡馆的文人，但在这篇文章中主要针对的是左翼作家，并没有涉及提倡咖啡馆最力的张若谷、邵洵美等，然而，鲁迅对类似于咖啡座谈的沙龙的态度已经有所显露。1930 年，鲁迅在《对于左翼作家联盟的意见——三月二日在左翼作家联盟成立大会上的讲话》一文中进一步谈到了对"沙龙"的看法。他对部分左翼作家热衷"Salon"的行为做出了批评："关在房子里，最容易高谈彻底的主义，然而也最容易'右倾'。西洋的叫做'Salon 的社会主义者'，便是指这而言。'Salon'是客厅的意思，坐在客厅里谈谈社会主义，高雅得很，漂亮得很，然而并不想

---

① 鲁迅：《革命咖啡店》，《鲁迅全集》第 4 卷，北京：人民文学出版社 2005 年版，第 117 页。
② 鲁迅：《革命咖啡店》，《三闲集》，《鲁迅全集》第 4 卷，第 118 页。

到实行的,这种社会主义者,毫不足靠。"①鲁迅虽然批评的是左翼作家中的"清谈"者,然而对"沙龙"的整体态度已然包含其中了。

与张若谷等人对法租界霞飞路异国风光的迷恋不同,左翼作家对法租界的态度很复杂,有田汉等人的热衷,也有鲁迅的拒斥。鲁迅就曾告诫初到上海的萧军和萧红,不要和霞飞路上的俄国男女说俄国话,以免被告密惹祸上身。与张若谷等推崇充满异国情调的咖啡座谈正相反,鲁迅在生活方式以及饮食习惯上保持了传统特色,即便后来也光临咖啡馆,但他还是喝绿茶。绿茶与咖啡馆的对立,犹如鲁迅和沙龙文人的不同,这种生活方式的不同在初始阶段并未引起什么风波,直到1933年。

1933年,海上文坛对于文人作为一个群体的批判日见其多,其中最为集中的是关于"文人无行"的争论。这种批判,主要基于对海上文坛文艺人士的行为做派的观察。1933年3月9日,张若谷在《大晚报》副刊《辣椒与橄榄》上发表《恶癖》,开篇即对"文人无行"做出界定:"'文人无行'久为一般人所诟病。所谓'无行',并不一定是不规则或不道德的行为,凡一切不近人情的恶劣行为,也都包括在内。"这些"不近人情的恶劣行为",张若谷命之为"恶癖"。鲁迅接起话头,著文《文人无文》,他对张若谷的界定不以为然,指出中国文人的"恶癖"不在搔头皮或是舔嘴唇,而在"文人无文"。具体而言,指的是这样一种文坛现象:"拾些琐事,做本随笔的是有的;改首古文,算是自作的是有的。讲一通昏话,称为评论;编几张期刊,暗捧自己的是有的。收罗猥谈,写成下作;聚集旧文,印作评传的是有的。甚至于翻些外国文坛消息,就成为世界文学史家;凑一本文学家辞典,连自己也塞在里面,就成为世界的文人的也有。然而现在到底也都是中国的金字招牌的'文人'。"②"文人无文"可说一针见血点出了上海文坛一部分文人不事著作投机取巧四处钻营的丑态,文坛上不少对此现象的批评,例如章克标的《文坛登龙术》、林翼之的《文坛登龙术要》

---

① 鲁迅:《对于左翼作家联盟的意见——三月二日在左翼作家联盟成立大会上的讲话》,《鲁迅全集》第4卷,第238页。
② 鲁迅:《文人无文》,《伪自由书》,《鲁迅全集》第5卷,第85页。

(《申报·自由谈》1933年7月14日)等。

接下来撰文参加讨论的有谷春帆:《谈"文人无行"》(1933年7月5日《申报·自由谈》),谷文认为:"实在,今日'人心'险毒的太令人可怕了,尤其是所谓'文人',想得出,做得到,种种卑劣行为如阴谋中伤,造谣污蔑,公开告密,卖友求荣,卖身投靠的勾当,举不胜举。"对此,鲁迅深有同感,发表《驳"文人无行"》,在鲁迅的解释里,某些社会上的轻贱文人,"原是贩子,也一向聪明绝顶,以前的种种,无非'生意经',现在的种种,也并不是'无行',倒是他要'改行'了"。这改行是:"然而三角上面,是没有出路了的。于是勾结一批同类,开茶会,办小报,造谣言,其甚者还竟至于卖朋友,好像他们的鸿篇巨制的不再有人赏识,只是因为有几个人用一手掩尽了天下人的眼目似的。"①这时候鲁迅的批评并未具体指向邵洵美,涉及的文人主要针对曾今可和张资平等。

不知是出于对此话题的关注,还是别有用意,邵洵美在1933年8月20日《十日谈》旬刊第2期刊出《文人无行》。正是这篇文章,挑起了1933年著名的女婿风波。在此文里,邵洵美将"文人无行"的"行"字,解释为"行当之行"。"文人无行"便是"文人没有职业之谓",不仅文人常常没有职业,甚或正因为没有职业才做文人。接着,邵洵美得出了如下结论:

> 但其所以为文人之故,总是因为没有饭吃,或是有了饭吃不饱。因为做文人不比做官或是做生意,究竟用不到多少本钱。一支笔,一些墨,几张稿纸,便是你所要预备的一切。无本钱生意,人人想做,所以文人便多了。此乃是没有职业才做文人的事实。我们的文坛便是由这种文人组成的。因为他们是没有职业才做文人,因此他们的目的仍在职业而不在文人。他们借着文艺宴会的名义极力地拉拢大人物;借文艺杂志或是副刊的地盘,极力地为自己做广告,但求闻达,不

---

① 鲁迅:《伪自由书·后记》,《鲁迅全集》第5卷,第186页。

顾羞耻。谁知既为文人矣,便将被目为文人;既被目为文人矣,便再没有职业可得,这般东西便永远在文坛里胡闹。①

在此结论之前,邵洵美列举了五类"没有职业才做文人"的类型。其中有这样两类:"(三)学问有限,无处投奔,但是外国文字,倒识得一些。于是硬译各种文章,自认为时代前进的批评家。""(五)大学教授,下职官员,当局欠薪,家有儿女老小,于是在公余之暇,只得把平时藉以消遣的外国小说,译一两篇来换些稿费,或则以他曾参加过的某一集团的臭情秽史,就记忆所及,记录下来,而名之为小说。"

"硬译"一词,众所周知,先是鲁迅《文艺与批评》"译者附识"里的"自谦",鲁迅说:"从译本看来,卢那察尔斯基的论说就已经很够明白,痛快了。但因为译者的能力不够,和中国文本来的缺点,译完一看,晦涩,甚而至于难解之处也真多;倘将仂句拆下来呢,又失了原来的精悍的语气。在我,是除了还是这样的'硬译'之外,只有'束手'这一条路——就是所谓'没有出路'——了,所余的唯一的希望,只在读者还肯硬着头皮看下去而已。"②这本卢那察尔斯基的译文集出版后,梁实秋撰文《论鲁迅先生的"硬译"》予以批评,而鲁迅随即又以《"硬译"与"文学的阶级性"》相回应——以"硬译"为话题,1930年上海文坛展开了激烈的"鲁梁论战"。由此,"硬译"成了鲁迅的"标签"。至于"大学教授""下职官员"也正符合鲁迅的生平,鲁迅曾在北京大学、北京女子师范大学等校任职,也曾做过教育部的官员,此处明显有讥讽鲁迅之嫌。

此文一出,捅了个大马蜂窝,正触痛了上海文坛自由撰稿人的软肋,尤其引起了鲁迅的愤激。③ 文章发表不久,鲁迅即在1933年8月26日以洛文的笔名发表了《各种捐班》一文。在此文里,鲁迅先是从清朝中叶的

---

① 邵洵美:《文人无行》,《十日谈》旬刊第2期,1933年8月20日。
② 鲁迅:《〈文艺与批评〉译者附记》,《鲁迅梁实秋论战实录》,北京:华龄出版社1997年版,第186页。
③ 在接下来的一两个月内,鲁迅接二连三地发文,对邵洵美及其同人严厉批评,这其中有的是专门作文,有的则是旁敲侧击,或顺带一笔予以暗讽。

捐官现象引入话题,谈到民国捐"学士文人"的现象。既而总结道:"捐做'文学家'也用不着什么新花样。只要开一只书店,拉几个作家,雇一些帮闲,出一种小报,'今天天气好'是也须会说的,就写了出来,印了上去,交给报贩,不消一年半载,包管成功。但是,古董的花纹和文字的拓片是不能用的了,应该代以电影明星和摩登女子的照片,因为这才是新时代的美术。'爱美'的人物在中国还多得很,而'文学家'或'艺术家'也就这样的起来了。"①在文末,鲁迅将此类文人命名为"捐班派"。

此篇虽未点名,然而讽刺对象已呼之欲出。"开一只书店":邵洵美之前开过金屋书店;"拉几个作家":邵氏沙龙人员众多;"出一种小报":邵洵美此时办了《时代画报》,常登摩登女子和明星照片。事实上,在《准风月谈·后记》里,鲁迅已经明确承认此篇为邵氏所作,因为是个人文集,不比一年前在《申报·自由谈》上单篇著文,且经过了一年的论争,矛盾趋于激化,鲁迅在这篇后记里的文字显得格外辛辣:

> 文人的确穷的多,自从迫压言论和创作以来,有些作者也的确更没有饭吃了。而邵洵美先生是所谓"诗人",又是有名的巨富"盛宫保"的孙婿,将污秽泼在"这般东西"的头上,原也十分平常的。但我以为作文人究竟和"大出丧"有些不同,即使雇得一大群帮闲,开锣喝道,过后仍是一条空街,还不及"大出丧"的虽在数十年后,有时还有几个市侩传诵。穷极,文是不能工的,可是金银又并非文章的根苗,它最好还是买长江沿岸的田地。然而富家儿总不免常常误解,以为钱可以使鬼,就也可以通文。使鬼,大概是确的,也许还可以通神,但通文却不成,诗人邵洵美先生本身的诗便是证据。②

鲁迅之所以反应如此大,跟当年上海自由撰稿人的境遇有很大关系。30年代的上海,虽然出版业发达,然而文人的生活并不容易。经常有怨艾之言刊于报刊,讨论"文人无用"或是"文人无钱"等话题。

---

① 鲁迅:《各种捐班》,《准风月谈》,《鲁迅全集》第5卷,第281页。
② 鲁迅:《准风月谈·后记》,《鲁迅全集》第5卷,第404页。

在这年头,除了极少数有特殊的地位的作家,每月所入足以应付衣食住之外;其他的一切握笔杆者,差不多都在过着支离破碎的生活,终日咬着牙根与穷鬼周旋,间亦有聪明能干的改途易辙,或奔赴宦海,不过那是少之又少。而别无旁路可走的就只有埋头硬干,以至于贫死、饿死、病死为止。①

鲁迅可说是文坛上"极少数有特殊的地位的作家",然而鲁迅的境遇如何呢?看他写给曹聚仁的信件可知。1933年6月3日,鲁迅给曹聚仁写信:"我现在真做不出文章来,对于现在该说的话,好像先前都已说过了。近来只是应酬,有些是为了卖钱,想能登,又得为编者设想,所以往往吞吞吐吐。但终于多被抽掉,呜呼哀哉。"②即便声名响亮如鲁迅,也常常发文不自由。综览鲁迅30年代的书信,比比皆是对此境遇的无奈和愤激之言。这与邵洵美有书店,有印刷厂,有杂志,想发文就发文,想出书便出书的一条龙式服务的自由相比,可谓悬殊。30年代的上海文学场,文学资本和商业资本形成了激烈的竞争关系,拥有商业资本的邵氏沙龙成员一定程度上可以避开政治,走一条相对独立的文艺之路。而鲁迅虽然有相当的文学声名和影响力,但在出版资源的掌握上却处于劣势。

《各种捐班》写于1933年8月24日,发表于8月26日的《申报·自由谈》。仅仅四天之后,即1933年8月28日,鲁迅又以"苇索"的笔名撰文《登龙术拾遗》,发表于9月1日的《申报·自由谈》。这一次,鲁迅的话锋更确指了,将"捐班说"进一步深化,扩展到"捐班文人"的婚姻问题上,即本节所说的"女婿"话题。文章先从章克标的《文坛登龙术》一书中的"文坛似非女性,也不至于会要招女婿"引题,得出"文坛虽然不至于会要招女婿,但女婿却是会要上文坛"的结论。并详细释之:"术曰:'要登文坛,须阔太太,遗产必需,官司莫怕'。""最好是有富岳家,有阔太太,用陪嫁钱,作文学资本,笑骂随他笑骂,恶作我自印之。'作品'一出,头衔

---

① 隽:《文人生活苦》,《申报·谈言》1934年3月5日。
② 鲁迅:《330603 致曹聚仁》,《鲁迅全集》第12卷,第401页。

自来"。指认邵洵美的作品为"恶作"无可厚非,这是读者的权力,也是批评家的权力。然而接下来的一句"赘婿虽能被妇家所轻,但一登文坛,即声价十倍,太太也就高兴,不至于自打麻将,连眼梢也一动不动了,这就是'交相为用'"。用"赘婿"来指邵洵美,可谓不合事实。而写太太自打麻将云云,则完全是小说笔法了。①

以上两文是专门针对邵洵美而作。此外,在论及文坛现象的其他文章里,鲁迅也不时提及邵洵美这位"赘婿"。1933 年 8 月 29 日,《由聋而哑》(署名洛文)一文:"但绍介国外思潮,翻译世界名作,凡是运输精神的粮食的航路,现在几乎都被聋哑的制造者们堵塞了,连洋人走狗,富户赘郎,也会来哼哼的冷笑一下。他们要掩住青年的耳朵,使之由聋而哑,枯涸渺小,成为'末人',非弄到大家只能看富家儿和小瘪三所卖的春宫,不肯罢手。"这里的"富户赘郎"明显是暗讽邵洵美。而后发表于 9 月 11 号《申报·自由谈》的《文床秋梦》(署名游光)(此篇作于 9 月 5 号)中的"至多,只可以希图做一个富家的姑爷而已",虽一提而过,却是继续就"女婿"问题讽刺邵洵美。

在邵洵美写作《文人无行》之先,孙用在《申报·自由谈》发表《"满意"和"写不出"》一文,对邵洵美刊载于《十日谈》旬刊第 1 期的《写不出的文章》做出批判,《写不出的文章》中邵洵美有如下言论:"我是一个对于生活极满意的人,我觉得人到世界上来的确是来享福而不是来受罪的,但是要我把我满意的情形写出来,那可无论如何也办不到。"②对此,孙用文中直指邵洵美"仰仗祖宗的遗产和老婆的妆奁而享福着的公子哥儿还有什么不满呢?"而"对于一切都满意的人,写不出文章来,是当然的。所以,创作是苦闷的象征"。既然"写不出,那就不必来献丑罢,还是去干那老行当,去调脂弄粉,做些似通非通,吟风弄月的歪诗,窃取'诗人'的名

---

① 《登龙术拾遗》一文一箭多雕,既讽刺了邵洵美,又旁及张若谷、曾今可等人。
② 邵洵美:《写不出的文章》,《十日谈》旬刊第 1 期,1933 年 8 月 10 日。这固然是邵洵美的真心话,然而在当年文人普遍受穷的境遇下,写这样的文章极易刺痛贫苦文人的神经,可说等于讨骂。

号自娱吧!"①作者孙用乃是一个邮局小职员,文风简单直白,水平所限,因而这篇文章虽然率先批评邵洵美,并提出"遗产"和"女婿"话题,并未引起较大注意。

而以鲁迅老辣的文笔,短时期内又做了如此密集的批评,加之《申报·自由谈》的影响力,引起了文坛广泛的关注。仅仅一周之后,《中央日报》即出现了两篇反批评文章,均是针对《登龙术拾遗》一文。9月4日署名"如是"的《女婿问题》和9月6日署名"圣闲"的《"女婿"的蔓延》。两篇文章显然是邵氏友人所作,是邵氏沙龙成员的应战。②

"如是"和"圣闲"明显猜到了"苇索"是谁:

> 苇索先生说:"文坛虽然不至于要招女婿,但女婿却是会要上文坛的。"后一句"女婿却是会要上文坛的",立论十分牢靠,无暇可击。我们的祖父是人家的女婿,我们的父亲也是人家的女婿,我们自己,也仍然不免是人家的女婿。比如今日在文坛上"北面"而坐的鲁迅

---

① 孙用:《"满意"和"写不出"》,《申报·自由谈》1933年8月27日。
② 其实,在这场女婿风波之前,邵氏沙龙圈子已经挑衅在先。邵洵美曾在1928年写过一篇影射小说《绍兴人》,这篇小说的主人公罗先生很明显是以鲁迅为原型的。在这篇小说中,邵洵美笔触很不客气,他这样形容罗先生的形象:"他真是绍兴人! 他满脸是大花雕的色彩,是一种深黄与深红的混合质;他的两只眼睛张开的时候,是两只三角,闭拢的时候,是两个'人'字;他的鼻子比一般苏州人则高,比一般广东人则低;两笔胡须,好像真是拿墨来画在他上唇的左右的,看他虽然一壁说话,一壁时常把右手来捋着,但胡须的地位却一些不见有什么变动。总之,我们一站到他的边上,我们便好像已经到了绍兴。我们可以看见一条条烂泥浆和着大石块塑成的不满七八尺阔的大街,两旁是钱庄、酒家、旱烟店、咸鱼塘……文学家是要做文章的,他今天一早起来便做文章:他要做一篇给自己编辑的月刊,他要做一篇给自己编辑的周刊,他要做一篇骂某君批评他的文章,他还要译一些日本人的翻译俄罗斯文学的文章。"(邵洵美:《绍兴人》,《狮吼》半月刊复活号第12期,1928年)"绍兴人",这个关键词在文中被反复强调。依当时的文坛影响力,只要一提"绍兴人",读者不是想到鲁迅,就是想到鲁迅的弟弟周作人。再看外貌描写,不难认出骂的是鲁迅。这是邵洵美最早的一篇关于鲁迅的文章,此时,刚步入文坛不久的邵氏,初入狮吼社,主编《狮吼》半月刊,身边环绕了一群同道,为打入文坛造势,他便以自家刊物为阵地,发动了对鲁迅的第一篇檄文。但邵洵美还是聪明的,有意选择了小说这一体裁,避开了直接的交锋。在邵氏笔下,鲁迅气量狭小、虚荣并且妄自尊大。不久,章克标在《金屋月刊》上,以笔名K.S发表《要做一篇鲁迅论的话》,以对话体的形式评论鲁迅的小说集《呐喊》和《彷徨》,不难想象,这篇对话体小说或许就是邵氏沙龙对话的实录和发挥。其中,章克标出语粗鄙,有"鲁迅部下的走狗是极多的,以前的老例,每有一次对他的恶评,他部下便是疯了似的齐抢出来的,真像一个'恶狗村'"(K.S[章克标]:《要做一篇鲁迅论的话》,《金屋月刊》第2期,第120页)此类的话。

> 茅盾之流,都是人家的女婿,所以"女婿会要上文坛的"是不成问题的,至于前一句"文坛虽然不至于招女婿",这句话就简直站不住了。我觉得文坛无时无刻不在招女婿,许多中国作家现在都变成了俄国的女婿了。①

"俄国的女婿"云云明显是针对鲁迅(当时有"鲁迅拿卢布"的谣言)。接着如是又针对鲁迅文中所提及的"用陪嫁钱,作文学资本"一句做出反驳:

> 能用妻子的陪嫁钱来作文学资本,总比用妻子的钱来作其他一切不正当的事情好一些。况且凡事必须有资本,文学也不能例外,如没有钱,便无从付印刷费,则杂志及集子都出不成,所以要办书店,出杂志,都得是大家拿一些私蓄出来,妻子的钱自然也是私蓄之一。况且做一个富家的女婿并非罪恶……②

而圣闲的文章开头便对鲁迅的作文动机做出嘲讽:"狐狸吃不到葡萄,说葡萄是酸的,自己娶不到富妻子,于是对于一切有富岳家的人发生了妒忌,妒忌的结果是攻击。"③接下来作者发问:"假如做了人家的女婿,是不是还可以做文人的呢?"这个问题明显击中了鲁迅文章的软肋。因为的确如作者所说,做文人同时也可以做人家的女婿,不论是穷岳家的女婿还是富岳家的女婿,都无可厚非。"可是《自由谈》之流的撰稿人,既经对于富岳家的女婿取攻击态度,则我们感到,好像至少做富岳家的女婿的似乎不该再跨上这个文坛了。'富岳家的女婿'和'文人'仿佛是冲突的,二者只可任择其一。"④——按常识,不论穷岳家还是富岳家的女婿,也都是可以作文人的。圣闲的文章似乎堵住了鲁迅的嘴。

不知是不是没有及时看到这两篇文章,9月14日,鲁迅撰文《新秋杂

---

① 鲁迅:《准风月谈·后记》,《鲁迅全集》第5卷,第405页。
② 同上。
③ 同上。
④ 同上书,第406页。

识(三)》(此篇署名为旅隼),没有立即回应"女婿问题",而开始"谈诗论文"。文中,鲁迅由悲秋引入话题,提到"昨夜闲逛荒场,听到蟋蟀在野菊花下鸣叫,觉得好像是美景,诗兴勃发",于是作了两句新诗:"野菊的生殖器下面,蟋蟀在吊膀子"。接着鲁迅觉得此诗写得不好,译为旧诗:"野菊性官下,鸣蛰在悬肘。"接下来议论道:"虽然很有些费解,但似乎也雅的多,也就是好得多。人们不懂,所以雅,也就是所以好,现在也还是一个做文豪的秘诀呀。"①通篇看起来,并无不妥,不过是讥讽诗坛热衷雅化、朦胧化、刻意求费解的弊病而已。然而,鲁迅又加了最末一句:"质之以'新诗人'邵洵美先生之流,不知以为何如?"——此篇单为最末一句而作,轻蔑之意溢于言表。

然而在 9 月 19 日《致许寿裳》的信中,鲁迅就注意到了《中央日报》上的文章——"宁报小评,只曾见其一。文章不痛不痒,真庸才也。"②9 月 20 日《致黎烈文》再度附言此事:"邵公子一打官司,就患'感冒',何其嫩耶?《中央日报》上颇有为该女婿臂助者,但皆蠢才耳。又及。"③许寿裳和黎烈文,一为鲁迅至交好友,一为《申报·自由谈》编辑,鲁迅对二人不避嫌疑,直斥对手为"庸才""蠢才",而对邵洵美,首称"邵公子",后径自以"该女婿"代之。也可见,鲁迅对此事一直保持了密切的关注。

自十月份始,鲁迅开始与施蛰存就"书目"一事发生辩论,半个月内连续撰文《重三感旧》(10 月 1 日)、《"感旧以后"(上)》(10 月 12 日)、《"感旧以后"(下)》(10 月 12 日),精力和重心都转到施蛰存身上。直到 10 月 19 日,鲁迅才撰文《"滑稽"例解》(发表于 10 月 26 日《申报·自由谈》),对如是和圣闲二人反批评文章做间接的回应。首先鲁迅先就"滑稽"一词发言,指出中国向来不大有幽默,只有滑稽。而这些滑稽,往往在于所谓正经事上。接着鲁迅举了两个例子。其一即为《十日谈》与《晶报》打官司一事。"我们知道有一种刊物,自说是'舆论界的新权威','说

---

① 鲁迅:《新秋杂识(三)》,《准风月谈》,《鲁迅全集》第 5 卷,第 320 页。
② 鲁迅:《330919 致许寿裳》,《鲁迅全集》第 12 卷,第 445 页。
③ 同上书,第 446 页。

出一般人所想说而没有说的话',而一面又在向别一种刊物'声明误会,表示歉意',但又说是'按双方均为社会有声誉之刊物,自无互相攻讦之理'。'新权威'而善于'误会','误会'了而偏'有声誉','一般人所想说而没有说的话'却是误会和道歉;这要不笑,是必须不会思索的。"①这段话说的是鲁迅所谓"邵公子打官司"一事。这其实是邵氏旗下杂志《十日谈》惹起的官司。1933年8月20日,《十日谈》刊载章克标《朱霁春亦将公布捐款》的短评,其中有批评《晶报》等小报记者为"人渣"之语。《晶报》由此对发行人邵洵美提出诉讼,经协商调解,《十日谈》于1933年9月21日在《申报》刊登广告,向《晶报》表示道歉。此处,鲁迅将《十日谈》创刊时的宣传广告和道歉文拉到一起,"'新权威'而善于'误会'"——这一次"误会"不能就说"善于'误会'";"'误会'了而偏'有声誉'"——"误会"一次不一定就没"有声誉";"'一般人所想说而没有说的话'却是误会和道歉"——偶然的官司后的道歉并非"一般人所想说而没有说的话"。鲁迅将二者糅杂一处得出的结果是:"这要不笑,是必须不会思索的。"其实,似乎并无可笑之处。

而对于对手提出的"女婿与文人的关系"的问题,鲁迅并未做出直接回应,而是针对圣闲的酸葡萄比喻开始"打诨":"'狐狸吃不到葡萄,说葡萄是酸的,自己娶不到富妻子,于是对于一切有富岳家的人发生了妒嫉,妒嫉的结果是攻击'。这也不能想一下。一想'的结果',便分明是这位作者在表明他知道'富妻子'的味道是甜的了。"②文末作结道:"不过'古香斋'里所收的妙文,往往还倾于奇诡,滑稽却不如平淡,惟其平淡,也就更加滑稽,在这一标准上,我推选'甜葡萄'说。"——鲁迅没有直接应对,只是"一嘘了之",觉得"不值得反驳"。③ 这是第一个回合的较量。在这

---

① 鲁迅:《"滑稽"例解》,《准风月谈》,《鲁迅全集》第5卷,第361页。
② 同上。
③ 鲁迅:《答杨邨人先生公开信的公开信》,《南腔北调集》,《鲁迅全集》第4卷,第644页。在此信中,鲁迅嘲讽张若谷道:"先生(杨邨人)似乎羞于与梁实秋、张若谷两位先生为伍,我看是排起来倒也并不怎样辱没了先生,只是张若谷先生比较的差一点,浅陋得很,连做一'嘘'的材料也不够,我大概要另换一位的。"

个回合里,鲁迅主动出击,而邵洵美未作正面回应,只邵氏周围的文人撰文予以反驳。

然而对于鲁迅的批评,邵洵美显然是受了很大的刺激。《十日谈》旬刊第3期邵氏撰《不能说谎的职业》批评文坛上说谎的几种情形,其中有一条说的就是鲁迅:"(4)做文章受了奚落,便造些新闻来揭示人家私人的琐事,结果被公认为下流作者。"这回应比较草草,一带而过。第4期的《十日谈》上,邵洵美又作《文字狱》一文,对鲁迅进行"全面的"冷嘲热讽:

> 但是再看一看闹着普罗的文坛上,却已登龙有人,南面称王的着实不少:左右有嫔妃,周围有跑龙套,学问不亚秦始皇,相貌亦很像大日本帝国真种,他有领土,也有属地,他却也犯了歇斯脱利症。因为他的经验有限,他觉得文人的头衔只有用欺骗的手段可以得到,他觉得金钱只有向女人家献媚可以得到(或间接地从女人身上发财,如出版情书集之类)。他觉得言论自由很便利,但是只准他一人说话。
>
> 但是他最伟大的地方,却在他"百姓有罪,罪在朕躬"的态度。譬如人家写篇文章指摘社会上一般的丑现象,他便咆哮如雷说:"这是在指摘我!"譬如人家当心恶狗,他又说:"这是在当心我!"他于是立刻呼奴使婢,调兵遣将,带着明枪暗箭,厮杀而来。人家本无心作战,只是以逸待劳,看他像猴子耍戏般做了一套又一套。他直耍到筋疲力尽,方才觉悟自己已做了半天的小丑,于是又大声呼冤,结仇更深。
>
> 像这种认不清身外一切的东西,倒的确是言论自由的戕贼!①

文中影射鲁迅的婚姻、相貌、性情,言辞尖利,十分刻薄。《文字狱》一文明显带有意气性质。除此之外,《十日谈》还发表《鲁迅翁之笛》的漫画,挑起了新的事端。

此漫画刊载于《十日谈》第8期,发表后立即引起了震动。据编辑章

---

① 邵洵美:《文字狱》,《十日谈》第4期,1933年9月10日。

图 3-11 《鲁迅翁之笛》,作者陈静生,刊于《十日谈》第 8 期,1933 年 10 月 20 日。

克标回忆,画家陈静生与章氏、邵氏皆不相识,纯粹投稿而已。然而正处论争的关键时刻,陈静生绘制此漫画,难免让人怀疑拍老板邵洵美的马屁。发表后,曹聚仁在《涛声》里即刻发表了批评文章,将其斥为文人无行之一种。而鲁迅也很快由曹聚仁处得知此事。1933 年 11 月 13 日鲁迅致信曹聚仁:"前在《涛声》中,知有《鲁迅翁之笛》,因托友去买《十日谈》,尚未至。其实如欲讽刺,当画率群鼠而来,不当是率之而去,此画家似亦颇懵懂,见批评而悻悻,也当然的。不过凡有漫画家,思想大抵落后,看欧洲漫画史,分量最多的也是刺妇女、犹太人、乡下人、改革者、一切被压者的图画,相反的作者,至近代始出,而人数亦不多,邵公子治下之'艺术家',本不足以语此也。"①鲁迅将陈静生也看作了邵洵美治下一员,虽未属实,然而邵洵美、章克标作为编辑的意图却是明显的:一面回应论敌,一面借此扩大《十日谈》的影响力。②

---

① 鲁迅:《331113 致曹聚仁》,《鲁迅全集》第 12 卷,第 492—493 页。
② 此幅漫画并未影响到鲁迅,除了给他添了一个"鲁迅翁"的绰号。关于此绰号,鲁迅特意写信解释:"说起'某翁'的称呼来,这是很奇怪的。这称呼开始于《十日谈》及《人言》——这是时时攻击我的刊物,他们特地这样叫,以表示轻蔑之意,犹言'老了,不中用了'的意思;但不知怎的却影响到我的熟人的笔上去了。现在是很有些人,信上都这么写的。"鲁迅:《350301 致萧军、萧红》,《鲁迅全集》第 13 卷,第 399 页。

鲁迅的应对是依然在诸多文章中继续调侃"该女婿",1933年11月7日《商定"文豪"》谈及文人的稿费:"但自然,另有薪水,或者能靠女人奁资养活的文豪,都不属于这一类。"《引玉集·后记》(收入《集外集拾遗》,1934年1月20日):"对于木刻的绍介,已有富家赘婿和他的帮闲们的讥笑了。"①《花边文学》中《谩骂》(署名倪朔尔,《申报·自由谈》1934年1月22日):"假如指着一个人,说道:这是婊子!如果她是良家,那就是谩骂;倘使她实在是做卖笑生涯的,就并不是谩骂,倒是说了真实。诗人没有捐班,富翁只会计较,因为事实是这样的,所以这是真话,即使称之为谩骂,诗人也还是捐不来,这是幻想碰在现实上的小钉子。"在与施蛰存的论争文章《"感旧"以后(上)》里,鲁迅说过这样的话:"倘使专对个人而发的话,照现在的摩登文例,应该调查了对手的籍贯、出身、相貌,甚而至于他家乡有什么出产,他老子开过什么铺子,影射他几句才算合式。我的那一篇里可是毫没有这些的。"②然而,在批评或是讥讽邵洵美的文章里,多次提及"赘婿"的暗箭里,鲁迅却也使用了"现在的摩登文例"了。

在致友人的书信中,鲁迅曾表达过对写作此类论争文章的态度。1934年1月17日,鲁迅在给黎烈文邮寄文稿的信中将其称做"无聊文"。"一涉笔,总不免含有芒刺,真是如何是好。此次偶一不慎,复碰着盛宫保家婿,然或尚不至有大碍耶?"③"此次"指的是后来收录于《花边文学》中的《谩骂》一文。一面"一涉笔,总不免含有芒刺",一面在致杨霁云信中,却又后悔:"不过我有时确也愤慨,觉得枉费许多气力,用在正经事上,成绩可以好得多。"④然而虽然也后悔,鲁迅还是选择"继续战斗下去"。对待文学论争的态度,鲁迅在致友人信中说得很明白:"如果已经开始笔战了,为什么要留情面?留情面是中国文人最大的毛病。他以为自己笔下

---

① 此处的"帮闲"乃是"杨天南",此前,杨天南在《十日谈》1934年"新年特辑"上,刊有《二十二年的出版界》,其中有对鲁迅提倡木刻的批评。
② 鲁迅:《"感旧"之后(上)》,《准风月谈》,《鲁迅全集》第5卷,第346页。
③ 鲁迅:《340117致黎烈文》,《鲁迅全集》第13卷,第13页。
④ 同上书,第301页。

留情,将来失败了,敌人也会留情面。殊不知那时他是绝不留情面的。做几句不痛不痒的文章,还是不做好。"①"上海的文场,正如商场,也是你枪我刀的世界,倘不是有流氓手段,除受伤以外,并不会落得什么。"②然而,鲁迅可能忽略了。他指认邵洵美是盛家女婿是事实,说邵洵美的诗是恶作,也可谓个人观感,然而他说邵洵美是由"女婿"而捐班为"诗人"就不全是事实了。

鲁迅对邵洵美圈子的厌恶不只出于文艺论争,还和双方的性情有关。就在写作《准风月谈·后记》不久,在给萧军、萧红的信中,鲁迅有这样的话:"我最讨厌江南才子,扭扭捏捏,没有人气,不像人样,现在虽然大抵该穿洋服了,内容也并不两样。"③不只讨厌江南才子,鲁迅也不爱江南。④而当年徐志摩在文坛有"江南才子,一品诗人"之说,邵洵美是一向服膺徐志摩的,邵周遭的文人又以"西装少年"为主,提倡沙龙和咖啡馆座谈,可谓是典型的江南才子做派,正是鲁迅最讨厌的类型。此外,鲁迅对交际应酬一向比较反感,曾说过"这种无聊的应酬,真是和生命有仇"⑤。《19340813 致曹聚仁》:"昨天我没有去,虽然并非'兄弟素不吃饭',但实在有些怕宴会。"《19340904 致王志之》:"我因向不交际,与出版界很隔膜,介绍译作,总是碰钉子居多,现在是不敢尝试了。"这种态度和邵洵美等人热衷沙龙聚会以及倡导"文艺社交化"正是形同水火。——张若谷咖啡馆文人群体和邵氏沙龙文人后来部分成了国民党民族主义文艺运动

---

① 鲁迅:《350104 致萧军、萧红》,《鲁迅全集》第 13 卷,第 330 页。在同一封信中,鲁迅再次重申了《谩骂》一文中的观点,即"指明了有些人的本相,或是婊子,或是叭儿,它们却真的是婊子或叭儿,所以也决不是'骂'"。
② 鲁迅:《340920 致徐懋庸》,《鲁迅全集》第 13 卷,第 210 页。
③ 鲁迅:《341226 致萧军、萧红》,《鲁迅全集》第 13 卷,第 315 页。
④ 1935 年 9 月 1 日给萧军信:"我不爱江南。秀气是秀气的,但小气。听到苏州话,就令人肉麻。此种言语,将来必须下令禁止。"下令禁止苏州话,估计是鲁迅的一时戏言。鲁迅:《350901 致萧军》,《鲁迅全集》第 13 卷,第 532 页。
⑤ 无独有偶,钱锺书在个性及处世上和鲁迅极其相似,"客到家门而不许入",这种个性,显然是不喜欢也不适应沙龙文化的。与他们正相反,胡适和徐志摩等人热衷与人交往,胡适有一段时间每周六会客,不分尊卑远近,有客必迎。

的成员,①鲁迅对其批评在这一场民族文艺论争中体现得淋漓尽致,他这样批评由沙龙文人转化而来的民族主义文艺运动的成员们:"这些原是上海滩上久已沉沉浮浮的流尸,本来散见于各处的,但经风浪一吹,就漂集一处,形成一个堆积。""先前的有些所谓文艺家,本未尝没有半意识的或无意识的觉得自身的溃败,于是就自欺欺人的用种种美名来掩饰,曰高逸,曰放达(用新式话来说就是'颓废'),画的是裸女,静物,死,写的是花月,圣地,失眠,酒,女人。"②

言归正传。1933年10月以后,鲁迅频繁地就"书目"问题与施蛰存论争,你来我往,火药味十足,与此同时,他与邵洵美的论争则显得有点"游离",一开始并未直接点名,而后一再冷嘲热讽。而邵洵美也未直接应战,只在文章里指桑骂槐。用他自己的话说:"我也曾被放过几次暗箭,但是我没有本领回手,'一只盘不响,两只盘叮当',一拳来时,并无一脚去。"③可以说,第二个回合,双方都在打太极。

第三个回合,邵洵美和章克标唱了一出双簧戏。利用旗下的《人言》杂志,对鲁迅耍"阴招"。就是在这个回合的论争中,邵洵美沙龙"荣膺"了诸多"雅号":邵洵美乃"主公邵诗人",邵家客厅成了"邵府",章克标是"帮闲专家",众客乃"邵家将",整个邵氏周围的沙龙文人圈子,鲁迅戏谑为"甜葡萄棚"。

1934年3月3日,"甜葡萄棚"成员主持的《人言》杂志上刊登了署名"井上"翻译的鲁迅给日本《改造》杂志写的日文文章《谈监狱》,"井上"实乃章克标的笔名。前有"附白",后有"识"。

  顷阅日文杂志《改造》三月号,见载有我们文坛老将鲁迅翁之杂文三篇,比较翁以中文发表之短文,更见精彩,因迻译之,以寄《人言》。惜译者未知迅翁寓所,问内山书店主人丸造氏,亦言未

---

① 1930年,朱应鹏、傅彦长、张若谷、徐蔚南、邵洵美、王平陵、汪倜然于《前锋月刊》上发布《民族文艺运动宣言》。
② 鲁迅:《"民族主义文学"的任务和运命》,《鲁迅全集》第4卷,第320页。
③ 郭明(邵洵美):《自己笔记》,《人言》第1卷第12期,1934年5月5日。

详,不能先将译稿就正为憾。但请仍用翁的署名发表,以示尊重原作之意。译者井上附白。

正文(略)

此外尚有《王道》及《火》二篇,如编者先生认为可用,当再译寄。译者识①

鲁迅一眼看出了译者是谁,"姓虽然冒充了日本人,译文却实在不高明,学力不过如邵家帮闲专家章克标先生的程度"。章克标晚年对此承认。据他所云,编者注乃邵氏所加。这篇编者注写得颇有心机,邵洵美先说"鲁迅先生的文章,最近是在查禁之列",而"此文译自日文,当可逃避军事裁判"。"但我们刊登此稿目的,与其说为了文章本身精美或其议论透彻;不如说举一个被本国迫逐而托庇于外人威权之下的论调的例子。"然而这冠冕堂皇并非邵氏的真正意图,邵洵美的别有用心在下面的一句:"鲁迅先生本来文章极好,强辞夺理亦能说得头头是道,但统观此文,则意气多于议论,捏造多于实证",此话明显是言在此而意在彼,针对的是之前鲁迅多次称他为捐班文人的批评。

正如鲁迅所云,编者的"托庇于外人威权之下"的话,是和译者的"问内山书店主人丸造氏"相应的,而且提出"军事裁判"来,其中的确含着甚深的杀机。然而鲁迅的回击却是"臆想式"的:

他们的主公邵诗人,在赞扬美国白诗人的文章中,贬落了黑诗人,"相信这种诗是走不出美国的,至少走不出英国语的圈子。"(《现代》五卷六期)我在中国的富贵人及其鹰犬的眼中,虽然也不下于黑奴,但我的声音却走出去了。这是最可痛恨的。但其实,黑人的诗也走出"英国语的圈子"去了。美国富翁和他的女婿及其鹰犬也是奈何它不得的。②

---

① 未署名:《谈监狱·附·识》,《人言周刊》第 1 卷第 3 期,1934 年 3 月 3 日。同期刊有郭明(邵洵美)的《新名词——中国始终是中国之三》,言谈之间也是针对鲁迅而作。
② 鲁迅:《准风月谈·后记》,《鲁迅全集》第 5 卷,第 411 页。

邵洵美的颂扬白诗人,和这个论争其实完全不相干,鲁迅此处概因愤激故,犯了断章取义之误。之前,在谈论《十日谈》官司的时候,鲁迅的批评亦是如此。接下来鲁迅的回应是继续在书信或是杂文中重复"赘婿"的说法,基本上是以前观点的重复,旁敲侧击冷嘲热讽。① 面对鲁迅的嘲讽,邵洵美很难开口。他不能说自己不是盛家的女婿,也不能说自己的家本来就富有,不需要妻子的钱。更不能说自己的诗很好,不是捐来的。这些辩解是最直接的反驳鲁迅的论据,然而不能说,因为一旦说出,则沦为笑谈。这大概是邵氏一直采取迂回战略的原因。

直到1935年,在《劝鲁迅先生》一文中,邵洵美才首次正面回应"捐班说":

> 文学批评竟然变成了对于个人行为的指摘,甚至造谣诽谤无所不至。譬如说,鲁迅先生便总骂我"有钱"。我有没有钱已经是一个问题;即使有那么它的来源是否如鲁先生所说的更是一个问题;但是无论如何,它和我的文章究竟有多少关系呢?鲁迅先生似乎批评我的文章不好,但是始终没有说出不好在什么地方。假使我的文章不

---

① 1934年5月18日致陶亢德:"《论语》虽先生所编,但究属盛家赘婿商品,故殊不愿与之太有瓜葛也。"(鲁迅:《340518致陶亢德》,《鲁迅全集》第13卷,第108页)
《拿来主义》:"譬如罢,我们之中的一个穷青年,因为祖上的阴功(姑且让我这么说说罢),得了一所大宅子,且不问他是骗来的,抢来的,或合法继承的,或是作了女婿换来的。"(鲁迅:《拿来主义》,初载《申报·自由谈》1934年6月7日,后收入《且介亭杂文》)
《中秋二愿》(署名白道):"古时候,女人的确去和过番;在演剧里,也有男人招为番邦的驸马,占了便宜,做得津津有味。就是近事,自然也还有拜侠客做干爷,给富翁当赘婿,抖了起来的,不过这不能算是体面的事情。"(鲁迅:《中秋二愿》,《中华日报·动向》1934年9月28日)
《文坛三户》:"已非暴发,又未破落的,自然也颇有出些著作的人,但这并非第三种,不近于甲,即近于乙的,至于掏腰包印书,仗夌资出版者,那是文坛上的捐班,更不在本论范围之内。风雅的定律,一个人离开'本色'是就要'俗'的。不识字人不算俗,他要掉文,又掉不对,就俗;富家儿郎也不算俗,他要做诗,又做不好,就俗了。"(鲁迅:《文坛三户》,《文学》月刊第5卷第1号,1935年6月6日,后收入《且介亭杂文二集》)
《六论"文人相轻"——二卖》:"有的卖富,说卖稿的文人的作品,都是要不得的;有人指出了他的诗思不过在太太的奁资中,就有帮闲的来说这人是因为得不到这样的太太,恰如狐狸的吃不到葡萄,所以只好说葡萄酸。"(鲁迅:《六论"文人相轻"——二卖》,《文学》月刊第5卷4号,1935年10月,后收入《且介亭杂文二集》)

值得谈,那么,为什么总又谈着我的"钱"呢,鲁迅先生在文学刊物上不谈文章而谈人家的"钱",是什么一种作用呢?这一类的文章,他写了已有一年多,我从未与他相骂;但是一方面他还是写个不停,而另一方面人家且以造谣诽谤咒骂挑拨为一种新的文学批评,长此下去,其流毒将不堪设想,所以我觉得有说几句话的必要了。①

1936年在《论语·编辑随笔》中,邵洵美继续回应1933年的女婿风波:

> 洵美本人对鲁迅先生的文笔是一向佩服的。前几个月鲁迅先生在病中所发表的一封给托洛斯基派的公开信,真是其言也善,态度光明。但是最近这封信却充满了私人攻讦,大有返老回童之象。洵美对于鲁迅先生的私人攻讦的文字是一向看不起的,因为他对于洵美私人所说的话(见《准风月谈》等)完全是造谣。我想诚恳地希望他老先生拿些比较好的榜样来给他的一群青年门徒。②

那么,邵氏的家财与他的文学行当究竟有没有关系呢?同时代人也是邵的朋友章克标有如下议论:

> 我觉得洵美一个人有三个人格,一是诗人,二是大少爷,三是出版家。他一生在这三个人格中穿梭往来,盘回反复,非常忙碌,又有调和……这三个人格得以调和与开展,主要依靠金钱资财。大少爷要挥霍结交,非钱不行;办出版事业、开店当然需要资本,而且未必一定会赚钱,赔了本时,还得把钱补充、追加进去;做诗人似乎可以不要钱了,古时贫苦而闻名天下的诗人很多,但现代社会,做诗人要结社集会,要出刊物,印集子,参加各种社会活动,到处都得花钱。所以钱是最为必须的一种基础,基本的根基,有了钱才可以各方面有展布。③

---

① 邵洵美:《劝鲁迅先生》,《人言》周刊第2卷第15期,1935年6月22日。
② 邵洵美:《编辑随笔》,《论语》第96期,1936年9月16日。
③ 林淇:《海上才子邵洵美传·序一》,上海:上海人民出版社2002年版,第1—2页。

在章克标眼里,邵洵美虽然同时占据着三个身份,但最根本的却是"大少爷"这一角色,如果失去了这一角色,那别的身份也将不再理所当然。章克标指出邵洵美之所以能够协调三个身份,主要的是因为其拥有丰厚的资财。我认为此论比较中肯。正因这些丰厚的资财的运作,借用一种"颠倒的经济逻辑",邵氏及其沙龙中人或多或少赢得了文坛上的"象征资本",得以快速成名。这与鲁迅等作家真刀真枪赚来的文名自然是有差异的。在这一点上,鲁迅批其为"捐班文人"有着相当的洞察力和清醒意识——虽然这些批评因为个人意气,也多有不实之处和苛责之词。鲁迅的批评虽然刻薄了些,对邵洵美及其周围的文友做了过于简单化的定论,但鲁迅从对立面的角度也深刻地指出了邵洵美及其沙龙文人圈的"潜规则"。

这场关于"女婿"的文字论争,其实是对 30 年代文坛话语权的争夺。当邵洵美以雄厚的经济资本在文坛上采用"颠倒的经济逻辑"以获取"象征资本"之际,作为文坛前辈的鲁迅对此表示出了坚决拒斥的态度,他对邵洵美作家身份的否定(斥其为"捐班文人")即是在此意义上进行。

第四章　客厅内外：林徽因的"太太客厅"

　　林徽因是20世纪中国知名的诗人、建筑学家、小说家，同时，她还是著名的"太太客厅"的女主人，她主持了北平时期享誉文化圈的沙龙——"太太客厅"，她的沙龙持续的时间并不长，却对当时的文化、文学圈产生了重大影响。一是参加沙龙的人物大多为当时各个领域的专家学者，有政治学家、经济学家、哲学家、诗人等等；二是林徽因注重提携后进，一旦受邀进入"太太客厅"，文学新人们也便迈入了文坛的门槛。在这一点上，卞之琳、萧乾、沈从文等都从中获益良多；三是林徽因在主持沙龙期间，参与了几次重要的文学史事件，其一为：参与"《大公报》文艺奖金评选活动"，其二为：编辑《大公报文艺丛刊小说选》。这些活动让林徽因在当时的文化界声名远播。

　　林徽因的沙龙可说是中国现代文化史上最有代表性的沙龙，它具备了沙龙的基本形式，传承了来自法国沙龙的文化传统：由美丽、知性的女性主持，参与者来自各个领域，话题自由广泛，同时，它与20世纪30年代中国知识界初期中国特色的思想状况密切相连，是新文化运动和新文学运动之后启蒙思想背景下的一个文化景观呈现。此外，林徽因沙龙的意义在于第一次高调地打出了女作家主导男性舆论的旗帜，之前，凌叔华、陈衡哲等也主持过小型的文人聚会，但圈子较小，影响不大，和林的沙龙尚不能相提并论。林的沙龙大概于1931年后兴起并声名远播，在此之前20年代末的上海，曾朴、曾虚白父子曾一度欲寻一位理想的沙龙女主人，先后考虑过王映霞和陆小曼两人，均因二人思想见识以及志向兴趣性情等诸多不合未能如愿。林徽因"太太客厅"在30年代北平的出现,某种程度上正遥遥迎合了曾氏父子对新型文艺女性的期待。当年知识界对待林徽因的沙龙有两种截然不同的态度。一方面是围绕在林氏沙龙周边的知识分子、作家、学者和诗人们,他们很欣喜地接受了这种取法于17/18世纪英法沙龙的新型社交方式,因其既文雅有趣,同时促进文艺事业,还有助于发展友情。另一方面,以冰心、钱锺书为代表的圈子外作家对此表示了不以为然的态度,他们以讥讽的立场来看待这一文人聚合。如果说冰心的小说还有可能是才女之间"既生瑜何生亮"式的嫉妒,那么钱锺书小说《猫》里的作家立场便很值得玩味。

第一节　沙龙女主人的成长

在林徽因成长的道路上,家庭教育起到了非常重要的作用。而家庭教育中,有两位长辈给了少女时代的林徽因最多的启蒙和引导。其中之一便是祖父林孝恂。其二是父亲林长民。林徽因的祖父林孝恂是光绪己丑科进士,后任职翰林院编修,然而这位一生受科举教育之惠的传统文人却并不墨守成规。在晚清西学东渐的大背景之下,林孝恂思想开明,对子弟的教育中西并进。在自家的私塾中,林孝恂开设东西两斋,延请塾师分别教授中西之学,中学教师请的是古文翻译大家林纾,新学教师乃林白水。在这样的家风中成长起来的林长民,聪慧伶俐,热衷新学。1906年林长民赴日本早稻田大学留学。这时期,林徽因正处幼年,随同祖父居住在杭州。这段童年时光,给了林徽因最初的人生启蒙。

1909年林长民归国,开始步入仕途。虽然从事的是波澜诡谲的政治活动,林长民的骨子里却依然有文人的诗酒风流。忘年交徐志摩在纪念文章中如此形容林长民的风度:

> 可惜当时不曾记你摇曳多姿的吐属,蓓蕾似的缀满着警句与谐

趣……你的锋芒,有人说,是你一生最吃亏的所在,但你厌倦的是虚伪,是矫情,是顽老,是乡愿的面目,那还是不该的?谁有你的豪爽?谁有你的倜傥?谁有你的幽默?……在这无往不是矫揉的日子,再没有第二人,除了你,能给我这样脆爽的清谈的愉快,再没有第二人在我的前辈中,除了你,能使我感受这样无"执"无"我"的精神。①

父亲的性情显然给少女时代的林徽因很大影响,潇洒俊逸,善清谈,不虚伪,不矫饰的优点也同样被林徽因继承。

在对子女的教育上,林长民继承了父亲林孝恂的开明。1916年,林长民送林徽因入培华女中就读。1905年,美国人林乐知在《中国振兴女学之亟》中对中国女子教育提出了期待:"其志气高尚,其见识远大,其位置崇亢,而不肯自卑,其行止丽落,而无所粘滞焉。"②这也正是林长民对女儿的教育期待。林长民将女儿送入教会学校就读,显然是经过慎重考虑的决定。20世纪初,教会学校一改早年主要招收贫苦子弟的状况,以兼通中西礼仪,学习新知,成为一时风尚。中西女塾、圣玛利亚女校、贝满女中等开始成为众多"大家闺秀"转向"淑女"的时髦选择。林徽因在培华女中的学习可以说奠定了她此后人生的底色,不拘俗的性情,开阔的视野,都起源于此。

在和女儿的相处上,林长民是父亲,更是老师和朋友。他像朋友一样对待女儿,曾向徐志摩感慨:"做一个天才女儿的父亲,不是容易享的福,你得放低你天伦的辈分先求做到友谊的了解。"③1920年,林长民因公务赴欧考察,携林徽因同行。他告诉女儿:"我此次远游携汝同行。第一要汝多观察诸国事物增长见识。第二要汝近我身边能领悟我的胸次怀抱……第三望汝暂时离去家庭繁琐生活,俾得扩大眼光,养成将来改良社

---

① 徐志摩:《伤双栝老人》,梁永安主编:《徐志摩散文全编》,上海:学林出版社2010年版,第216页。
② 林乐知:《中国振兴女学之亟》,《万国公报》第200期,1905年9月。
③ 徐志摩:《伤双栝老人》,梁永安主编:《徐志摩散文全编》,第216页。

会的见解与能力。"①欧游期间,林长民经常在家邀客聚谈,今存不多的书信中,有多封涉聚会饮宴之事。所邀客人,正如其信中所云,多为"新交忘年",而这些"忘年"之交,又"皆是可人"②,且对文艺有着浓厚的兴趣,这样的家庭社交聚会,其实就是一个小小的沙龙。身处这样的家庭环境,少女林徽因耳濡目染,是学习,也是锻炼,这都为她婚后自己独立主持文化沙龙打下了基础。

  除了家庭和学校教育,林徽因的婚姻也给了她很深的影响。梁思成和林徽因的婚姻是由梁启超一手促成。③ 可以说,梁启超是林长民之外,林徽因的又一个"知己"。在性情上,梁思成和林徽因截然不同,梁思成个性沉稳内敛,不善言辞,甚至连梁启超都对他不无抱怨,认为儿子写给自己的书信太少,而且信中很少谈心。林徽音的个性却是爽朗大方,深受梁启超喜爱。早在成为梁家儿媳之前,梁启超就曾多次在致女儿梁思顺的信中称赞林徽因。1923 年 8 月 8 日,梁启超在致梁思顺的信中提及"思成、徽音来信,寄来一看,便可知道他们现时情状(也可以见那位不爱羞的女孩儿如何可爱)"④。此处,梁公特意点出准儿媳的"不爱羞"。在别一处,梁公又云:"思成、徽音性情皆近狷急。"⑤实则主要说的是林徽音。⑥《1928 年 8 月 22 日致梁思顺》:"新娘子非常大方,又非常亲热,不解作从前旧家庭虚伪的神容,又没有新时髦的讨厌习气,和我们家的孩子像同一个模型铸出来。"⑦在林长民去世之后,梁启超劝说林徽因继续学业。

---

① 陈学勇:《林徽因年表》,《莲灯诗梦林徽因》,北京:人民文学出版社 2012 年版,第 318 页。
② 参见林长民:《林长民致徐志摩 211202》,转引自虞坤林编:《志摩的信》,上海:学林出版社 2004 年版,第 231 页。
③ 1927 年 11 月,梁启超托友人卓君庸向林家接洽订婚聘礼事宜,日后多次在致友人信和家书中提及。
④ 梁启超:《1923 年 8 月 8 日致梁思顺》,《梁启超全集》第 10 册,北京:北京出版社 1999 年版,第 6201 页。
⑤ 梁启超:《1926 年 2 月 18 日致孩子们》,《梁启超全集》第 10 册,北京:北京出版社 1999 年版,第 6227 页。
⑥ "狷急""不爱羞"这类现代女性的气质让林徽音并不是讨得了所有人的欢心,包括梁思成的母亲、姐姐梁思顺都对林有不满。
⑦ 梁启超:《1928 年 8 月 22 日致梁思顺》,《梁启超全集》第 10 册,北京:北京出版社 1999 年版,第 6300 页。

对于这段婚姻,梁启超很是得意。在给女儿的信中,他写道:"徽音我也很爱她,我常和你妈妈说,又得一个可爱的女儿。[……]我对于你们的婚姻,得意得了不得,我觉得我的方法好极了,由我留心观察看定一个人,给你们介绍,最后的决定在你们自己,我想这真是理想的婚姻制度。好孩子,你想希哲如何,老夫眼力不错罢。徽音又是我第二回的成功。"①和林长民一样,梁启超对林徽因的期待并不是希望她做一个打理家庭事务的旧式女性。还在订婚期间,梁启超对林徽音这个准儿媳已经抱有很大期望。希望林徽因能鼓起勇气,发挥天才,完成学问,将来替中国艺术界做出贡献,并多次在书信中给予教导。

来看一封梁启超的家书,写于1927年8月29日,信中,梁启超专门向梁思成、林徽因谈及自己治学的心得:

> 关于思成学业,我有点意见。思成所学太专门了,我愿意你趁毕业后一两年,分出点光阴多学些常识,尤其是文学或人文科学中之某部门,稍为多用点工夫。我怕你因所学太专门之故,把生活也弄成近于单调,太单调的生活,容易厌倦,厌倦即为苦恼,乃至堕落之根源。再者,一个人想要交友取益,或读书取益,也要方面稍多,才有接谈交换,或开卷引进的集会。不独朋友而已,即如在家庭里头,像你有我这样一位爹爹,也属人生难逢的幸福,若你的学问兴味太过单调,将来也会和我相对词竭,不能领着我的教训,你全生活中本来应享的乐趣,也削减不少了。我是学问趣味方面极多的人,我之所以不能专积有成者在此,然而我的生活内容,异常丰富,能够永久保持不厌不倦的精神,亦未始不在此。我每历若干时候,趣味转过新方面,便觉得像换个新生命,如朝旭升天,如新荷出水,我自觉这种生活是极可爱的,极有价值的。我虽不愿你们学我那泛滥无归的短处,但最少也想你们参采我那烂漫向荣的长处。我这两年来对于我的思成,不知何故

---

① 梁启超:《1923年11月5日致梁思顺》,《梁启超全集》第10册,北京:北京出版社1999年版,第6204页。

常常像有异兆的感觉,怕他渐渐会走入孤峭冷僻一路去。[……]①

"烂漫向荣"的长处,在后来的林徽因身上有着鲜明体现。②

林徽因正式步入国内文化圈,是 1924 年泰戈尔访华时期。1924 年 4 月 23 日,泰戈尔应北京讲学社梁启超、林长民的邀请来华访问,作为林长民的女儿、梁启超的准儿媳,林徽因近水楼台先得月,高密度地参与了一系列文化活动。泰戈尔在北京的多次观光和宴会,林徽因都曾陪同参加。而在庆贺泰戈尔六十四岁寿辰的晚会上,林徽因更是大放光彩,主演泰戈尔诗剧《齐特拉》中的公主齐特拉一角。当年《晨报副刊》有评论道:"林宗孟君头发半百还有登台演剧的兴趣和勇气,真算难得。父女合演,空前美谈。第五幕爱神与春神谐谈,林徐的滑稽神态,有独到之处。林女士徽音,态度音吐,并极佳妙。"③而林徽因、泰戈尔、徐志摩三人合影刊于报刊,更被誉为"松竹梅三友图"。吴咏在《天坛史话》中也记载了这一盛事:"林小姐人艳如花,和老诗人挟臂而行,加上长袍白面郊寒岛瘦的徐志摩,有如苍松竹梅的一副三友图。徐氏在翻译泰戈尔的英语演说,用了中国语汇中最美的修辞,以硁石官话出之,便是一首首的小诗,飞瀑流泉,淙淙可听。"

林徽因人名先于文名,在北平文化圈开始为人所熟知。这时期,林徽因尚未开始文学创作。然而对文艺的热情和积极的文坛交往已经让她崭露头角。尤其是,徐志摩对其推崇备至。1924 年 8 月 7 日,徐志摩致胡适信:"老实说我是舍不得北京的,北京尤其少不了这三、两个老朋友,全靠

---

① 梁启超:《1927 年 8 月 29 日致孩子们》,《梁启超全集》第 10 册,北京:北京出版社,1999 年,第 6273—6274 页。

② 不仅在学业上循循善诱,在职业选择上,梁启超对儿子、儿媳也安排的十分周到。在梁林毕业回国之前,梁启超曾为二人职业谋划,其中之一便是希望梁思成能进清华大学任职,而林徽因去燕京大学任教。其二是同去东北大学。梁启超在好几封信中谈及梁思成谋职的事情。"若你будe清华教授,徽音在燕大得一职,你们目前生活那真合式极了(为我计,我不时到清华,住在你们那里也极方便)。只怕的是'宴安鸩毒',把你们远大的前途耽误了。"(梁启超:《1928 年 5 月 4 日致梁思成》,《梁启超全集》第 10 册,北京:北京出版社,1999 年,第 6292 页。)但梁启超认为清华园是"温柔乡",太舒服了,会使人懒于进取,最后还是代为应允了东北大学建筑系的教职。

③ 《晨报副刊》,1924 年 5 月 10 日。

图 4-1　1924 年，泰戈尔访华期间林徽因与泰戈尔、徐志摩、蔡元培、梁思成等合影。

大家抟合起来，兴会才能发生。我与欣海这次从日本回来，脑子里有的是计划，恨不得立刻把几个吃饭同人聚在一处谈出一点头绪来。徽音走了，我们少了一员大将，这缺可不容易补。"[1]将林徽因视做身边文化人中的一员文艺"大将"，这里面不排除"情人眼里出西施"的成分在，也折射出林徽因本人在文艺圈的活跃。

第二节　林徽因沙龙的活动

在林徽因举办沙龙之前，北平已经时兴举办茶会的风气。"茶会"也即"沙龙"的另一种说法，这一西方国家流行的社交方式，在二三十年代的北平业已流行开来。其中，一部分热衷者为外国人，此外便是曾留学欧美的北平几所大学的教授们。外国人举办的茶会，常常邀请中国文化人

---

[1]　徐志摩：《致胡适 240807》，虞坤林编，《志摩的信》，上海：学林出版社 2004 年版，第 258 页。

参加,胡适、徐志摩等是这些茶会的常客。这些茶会的主人,不乏有学问有趣味的知识分子。徐志摩在《致陆小曼 310322》中为他们辩护:"昨今两日特别忙,我说你听听:昨功课完后,三个地方茶会,又是外国人。你又要说顶不欢喜外国人,但北京有几个外国人确是并不讨厌,多少有学问,有趣味,所以你也不能一笔抹煞。"①

胡适在日记中对参加茶会亦有多次记载。1934 年 2 月 22 日日记:"赴 Miss Ida Chamberlain[艾达·张伯伦女士]约吃茶,她是一个美国音乐家,想用《长恨歌》大意作一大曲。"②1934 年 3 月 25 日载:"到 Miss Ida Hogt Chamberlain[艾达·张伯伦女士]家茶会,与郑颖孙同去,听伊弹自做曲。"③然而胡适对某些茶会的形式也有非议:"下午到一个无味的茶会,俗不可耐。美国妇人往往有这种无聊举动,最可厌。"④胡适并未谈到美国妇人"无聊举动"的具体所指,但可以确定的是,这是一个女性主持的沙龙。外国文化人也每每在中国举办茶会。胡适日记 1921 年 6 月 29 日有杜威举办茶会的记录:"三时许,到公园。杜威先生夫妇今日邀了一班朋友吃茶,我替他们订座,故到那里帮他们一点忙。茶会散后,我同王文伯到西车站吃饭。"⑤

至于中国文化人的茶会,当时王力、陈衡哲、冰心、金岳霖等人均曾主持过。赵元任夫妇曾举办茶会。胡适日记 1921 年 6 月 26 日记载:"下午,元任夫妇邀科学社会员到他家茶会。元任谈"南腔北调的讲演",论中国字四声(以至八声九声)都是一个腔调的问题,他用琴弦表示各地方言的声别,甚精细有益。"⑥陈衡哲的茶会上,冰心、凌叔华、杨振声、沈性

---

① 徐志摩:《致陆小曼 310322》,虞坤林编:《志摩的信》,第 106 页。
② 胡适:《胡适日记 1934 年 2 月 22 日》,曹伯言编:《胡适日记全编(1931—1937)》第 6 卷,合肥:安徽教育出版社,2001 年,第 332 页。
③ 胡适:《胡适日记 1934 年 3 月 25 日》,曹伯言编:《胡适日记全编(1931—1937)》第 6 卷,第 351 页。
④ 胡适:《胡适日记 1934 年 9 月 11 日》,曹伯言编:《胡适日记全编(1931—1937)》第 6 卷,第 410 页。
⑤ 胡适:《胡适日记 1921 年 6 月 30 日》,曹伯言编:《胡适日记全编》第 3 卷,第 339 页。
⑥ 胡适:《胡适日记 1921 年 6 月 26 日》,曹伯言编:《胡适日记全编》第 3 卷,第 334 页。

仁均在座。① 冰心的茶会上,梁实秋、吴景超及燕京学人是主要客人。清华大学的金岳霖及其同居女友丽琳·泰勒也有定期举行茶会的习惯。金岳霖虽是学哲学的,然而却是新月社的积极分子,在社中人缘极好。徐志摩初回京之际,便由金岳霖召集新月旧侣二十余人为其接风洗尘。② 这些人有:任叔永夫妇、杨景任、熊佛西夫妇、余上沅夫妇、陶孟和夫妇、邓叔存、冯友兰、杨金甫、丁在君、吴之椿、瞿菊农、彭春等。正是这些新月旧侣,日后成了"金—林沙龙"的主要成员。某种程度上说,"金—林沙龙"促成了后期新月派的形成。

关于金岳霖的茶会,胡适有比较详细的记载:"到金岳霖家吃茶。我到的太早了。与岳霖闲谈。吃茶的人渐渐来了,有 Miss Jones、Mrs Swan、Prof &Mrs Jameson(琼斯小姐、斯旺夫人、詹姆森教授及其夫人)、志摩、叔永、莎菲、絜黄、奚若夫妇、端升、熊□□。我们谈英美的新诗,请 Jameson(詹姆森)试说 T. S. Eliot(T. S. 艾略特)的诗究竟有何好处。他说的也不能使人满意。Miss Jones(琼斯小姐)也说她不能懂 T. S. Eliot 的诗。读了毫不懂得。"③通过这则日记,我们可以开出一份金岳霖早期沙龙的成员名单:胡适、Miss Jones、Mrs Swan、Prof &Mrs Jameson(琼斯小姐、斯旺夫人、詹姆森教授及其夫人)、徐志摩、任鸿隽夫妇、张奚若夫妇、钱端升、金岳霖等。热情的林徽因显然也是这些茶会的常客。胡适日记1931年2月8日记载:"到王文伯处吃茶,有林徽音、梁思成及奚若。"可以看出,以上这些茶会的成员明显存在着交叉,呈现出沙龙之间的一种流动性。林徽因在参加这些茶会的过程中,作为客人,显然从中收获颇多。这为她日后自己举办茶会提供了经验和借鉴。

1931年3月初至同年10月间,林徽因因病赴香山休养,徐志摩、沈从

---

① 徐志摩:《致陆小曼310614》,虞坤林编:《志摩的信》,上海:学林出版社2004年版,第115页。有"午刻在莎菲家,有叔华、冰心、今甫、性仁等"的记录,而自从金岳霖搬至北总布胡同三号后,女作家便不大来访了。
② 徐志摩:《致陆小曼281211》,虞坤林编:《志摩的信》,上海:学林出版社2004年版,第95页。
③ 胡适:《胡适日记1931年3月14日》,曹伯言编:《胡适日记全编(1931—1937)》(第6卷),合肥:安徽教育出版社2001年版,第94页。

文、凌叔华、罗隆基、张歆海、韩湘眉等常去香山看望。这段时期,是林徽因文学创作的激发期,香山幽静的环境,诸位友人尤其是徐志摩的真挚友情,促进了林徽因诗歌创作的灵感。林先后写作了《谁爱这不息的变幻》《仍然》《那一晚》《激昂》《一首桃花》《笑》《深夜里听到乐声》《情愿》等多篇诗作,这些诗大多经由徐志摩之手发表在《诗刊》上。可以说,徐志摩是林徽因跨入文坛的第一个领路人,不仅如此,常来探望的这些朋友,也大多是徐的"新月旧侣"。而开始涉猎文学创作,为她日后举办沙龙显然提供了最切实的话题。

1931年10月,林徽因一家开始迁居北平东城北总布胡同3号居住。1932年,金岳霖和女友丽琳·泰勒分开,也搬至北总布胡同居住,与梁氏夫妇比邻而居。梁家住前院,金岳霖住后院。不久,"太太客厅"开始成形。这个沙龙很快在北平文化圈传播开来。林徽因沙龙的开办无疑有上文分析的各种因素的促成,然而在开办之初,邻居金岳霖却是更重要的吸引力。金岳霖这时期继续保持了每周六举办茶会的习惯,金岳霖的茶会"以食诱人"。多年国外求学的经历让金岳霖的生活方式和饮食习惯完全西化了,他吃洋菜,请了专门的西式厨师,招待客人的咖啡冰激凌和喝的咖啡都是厨师按自己要求的浓度做出。① 因金是湖南人,久之,这个茶会便以"食"闻名,有了一个"湖南饭店"的代称。之前的老客人们继续来访,同时也增添了新的客人。茶会常客之陈岱孙有专门的回忆:

> 其中有的是常客,有的是稀客,有的是生客。有时也还有他在心血来潮时特约的客人。我是常客之一。常客中当然以学界中人为最多。而学界中人当然又以北大、清华、燕京各校的同仁为最多。但也不排除学生们。我记得,在我作为常客的一两次,我就遇见了一些燕京大学的女学生。其中有一位就是现在经常来华访问的华裔作家韩素音女士。学界中也还有外籍的学人。我就有一次在他家星期六茶

---

① 参见金岳霖:《最亲密的朋友梁思成、林徽因》,刘培育整理:《金岳霖回忆录》,北京:北京大学出版社2011年版,第144页。

会上遇见三十年代美国哈佛大学校长坎南(Walter B. Cannon)博士。他是由他的(也是金先生常客的)女儿慰梅(Wilma)和女婿费正清(John K. Fairbonk)陪同来访的。此外,他的座上客还有当时平津一带的文人、诗人,和文艺界人物。有一次,我在他的茶会上遇见几位当时戏剧界的正在绽蕾的青年演员。另一次,我又遇见几个玩斗蟋蟀的老头儿。人物的广泛性是这茶会的特点。①

图 4-2 30 年代,金岳霖和"湖南饭店"部分成员合影,从左至右分别为:施嘉炀、钱端升、陈岱孙、金岳霖、周培源、萨本栋、张奚若。

表 4-1 金岳霖"湖南饭店"成员情况一览表(1931 年—1937 年夏)

姓名	籍贯	出生年月	职业、职位	教育背景
林徽因	福建福州	1904	诗人、营造学社职员	宾夕法尼亚大学美术系
金岳霖	湖南长沙	1895	清华大学哲学系教授兼系主任	宾夕法尼亚大学政治系毕业后入哥伦比亚大学研究院,获哲学博士学位

---

① 陈岱孙:《回忆金岳霖先生》,刘小沁编选:《窗子内外忆徽因》,北京:人民文学出版社 2001 年版,第 36 页。

（续表）

姓名	籍贯	出生年月	职业、职位	教育背景
徐志摩	浙江硖石	1897	诗人、北京大学英文系教授	剑桥大学政治经济系
李健吾	山西运城	1906	剧作家、评论家	清华大学文学院外文系、法国巴黎现代语言专修学校
尤淑芬	江苏无锡	1909	学生，李健吾夫人	清华大学经济系
梁思成	广东新会	1901	建筑学家、营造学社职员	宾夕法尼亚大学建筑学硕士
陶孟和	浙江绍兴	1889	社会学家、北京大学教授	伦敦经济学院社会学系
沈性仁	浙江嘉兴	1895	翻译家	北京女子高等师范学校
张奚若	陕西朝邑	1889	政治学家，清华大学政治系教授	美国哥伦比亚大学硕士
杨振声	山东蓬莱	1890	作家、曾任北京大学、清华大学教授	先后毕业于北京大学、哈佛大学、哥伦比亚大学
钱端升	上海	1900	法学家 政治学家 清华大学教授	哈佛哲学博士
陈衡哲	江苏武进	1890	曾任北大西洋史兼英语系教授	美国芝加哥大学英文文学硕士
邓叔存	安徽怀宁	1892	清华大学哲学系教授	哥伦比亚大学美学
陈岱孙	福建闽侯	1900	经济学家，清华大学经济系教授	美国哈佛大学经济系博士
任鸿隽	浙江归安	1886	曾任北京大学化学教授兼教育部专门教育司司长	美国哥伦比亚大学化学硕士
费正清	美国	1907	汉学家，清华大学讲师	牛津大学哲学系博士生
费慰梅	美国	1909	艺术学、建筑学者	哈佛拉德克利夫女子学院艺术史系
胡适	安徽绩溪	1891	北京大学教授	哥伦比亚大学哲学博士
朱自清	江苏东海	1898	清华大学教授兼中国文学系主任	北京大学哲学系
李济	湖北钟祥	1896	考古学家，国立中央博物院筹备处主任	哈佛大学人类学博士

资料主要来源：徐友春主编：《民国人物大词典》，石家庄：河北人民出版社2007年版。

从上表可知,金家茶会的客人正如陈岱孙所说,大多有着清华大学、北京大学及海外名校的教育背景,且多为校友,在这个群体中,借助地缘关系的集合显得无关紧要,而主要因为同学、同校、同业的关系有了密切的交往。正如布迪厄所指出的,现代的学校体制以知识中立的方式,不断生产着以名校毕业生为顶尖阶层的知识分子等级体制,拥有了名校文凭,就获得了优越的文化资本,布迪厄将这些名校毕业生称作"新宰制阶级"。① 可以看出,在金岳霖的湖南饭店经常出入的,大多是因高学历和名校背景而集聚在一起的学者。相比于上海沙龙成员的以文艺界人士和边缘知识分子为主,可以说,在性情、品位及娱乐上都有很多不同。所学专业则分属多个领域,文学、社会学、政治学、经济学、考古学、历史学都有。在30年代的中国,可以说是最顶尖的知识精英的集合。

至于所谈话题,金岳霖对此有专门的回忆:"三十年代,我们一些朋友每到星期六有个聚会,称为'星六聚会'。碰头时,我们总要问问张奚若和陶孟和关于政治的情况,那也只是南京方面人事上的安排而已,对那个安排,我们的兴趣也不大。我虽然是搞哲学的,我从来不谈哲学,谈得多的是建筑和字画,特别是山水画。有的时候邓叔存先生还带一两幅画来供我们欣赏。就这一方面说'星六集团'也是一个学习集团,起了业余教育的作用。"②在另一篇文章《邓叔存是我朋友中最雅的》金也提到"星六碰头会"的内容:品评人物。比如金岳霖对邓叔存下过这样的断语:"叔存是我们朋友中最雅的。雅作为一个性质,有点像颜色一样,是很容易直接感受到的。例如'红',就我个人说,我就是喜欢,特别是枣红,褚红。雅有和颜色类似的直接呈现的特点,一下子就抓住了。可是,雅的本质是什么,我们大都不知道,我个人就是不知道。愈追本质,我愈糊涂。"③这个观点很新颖,与会者朱自清特意写了详细的日记记录了下来。

---

① 参见〔法〕P. 布尔迪约、J.-C. 帕斯隆:《再生产:一种教育系统理论的要点》,邢克超译,北京:商务印书馆2002年版。
② 金岳霖:《我的客厅》,刘培育整理:《金岳霖回忆录》,北京:北京大学出版社2011年版,第45页。
③ 金岳霖:《邓叔存是我朋友中最雅的》,刘培育整理:《金岳霖回忆录》,第176页。

第四章 客厅内外:林徽因的"太太客厅"

赴金龙荪先生茶会。林徽音甚修饰,梁思成亦甚潇洒,有陶孟和夫妇、李健吾夫妇、张奚若、今甫,谈笑甚欢。林论庆生社剧,非只脸谱为妙,其实架子亦好。诸人话题,从仆役之蠢至中国语文之不清晰。后一问题系陶提出,陶坚信中文不如西文。金谓字有三种,如几何系统中之四方,不会弄错,如说红,就靠感觉,最麻烦的是俗气等等。张奚若则谓中文难学。张叙述故事,诚如林徽音所云,嫌啰嗦。①

"林徽音甚修饰"这一细节值得关注,虽然作为客人参加金家的茶会,林徽因也是颇为用心。后来,金家茶会的成员也逐渐向林家客厅转移,几乎形成了一个沙龙两个中心的局面。据费慰梅回忆:"梁氏夫妇的客厅有一扇小门,穿过'老金的小院子'到他的屋子。而他常常穿过这扇门,参加梁氏夫妇的聚会。"②而每周六下午,当金岳霖召开茶会,梁思成和林徽因便穿过这扇门,走到金家的客厅。

不得不说,林徽因是个极佳的沙龙主人。除了对建筑"本色当行",在文学上,各种体裁都有所涉猎,此外,她还曾对舞台设计、期刊插图及封面做过尝试。兴趣爱好的广泛,让林徽因对多个领域都有了发言权。"她十分关心创作。当时南北方也颇有些文艺刊物,她看得很多,而又仔细,并且对文章常有犀利和独到的见解。对于好恶,她从不模棱两可。同时,在批了什么一顿之后,往往又会指出某一点可取之处。"③与上海地区的两大沙龙的主人一样,北平太太客厅里的这位女主人也有着出众的口才。萧乾感叹道:"徽因的健谈绝不是结了婚的妇人那种闲言碎语,而常是有学识,有见地,犀利敏捷的批评。[……]她从不拐弯抹角,模棱两可。这种纯学术的批评,也从来没有人记仇。我常常折服于徽因过人的艺术悟

---

① 朱自清:《朱自清日记:1933 年 12 月 9 日》,《朱自清全集》第 9 卷,南京:江苏教育出版社 1998 年版,第 267 页。
② 在沙龙成员之一费慰梅的回忆文章中,金岳霖的"湖南饭店"和林徽因的"太太客厅"其实是一体的。费慰梅接着列举了老金的客人:张奚若、钱端升、陈岱孙、李济、陶孟和。这些人主要是金岳霖的同事。
③ 萧乾:《一代才女徽因》,转引自刘小沁编选:《窗子内外忆徽因》,第 3 页。

性。"①除了言谈艺术出众,林徽因的个人风度以及社交能力也很高超。沙龙的稀客卞之琳回忆自己初次走进客厅之际,女主人"热情、直率、谈吐爽快、脱俗(有时锋利),总有叫人不感到隔阂的大方风度"②。而熟客费正清则说林徽因"她擅长交际,而且极富魅力,无论在家还是在其他任何社交场合,她永远都是目光的焦点"③。沙龙由这样一位女主人主持,自然容易赢得众多文化人的青睐。

然而与其他沙龙主人不同,林徽因并不是很能"取悦于人"。在西方沙龙史上,成功的沙龙往往有一位善于倾听引导话题的女主人,即便在中国,在冰心举办的茶会上,用冰心自己的话说,她乐于充当"煮咖啡"的角色。而林徽因不同,林徽因锋芒毕露,借用李健吾的话说,"绝顶聪明,又是一副赤热的心肠,口快、性子直、好强"。美貌,加上才华,再加上如此争强好胜的性情,让林徽因很难和女性相处,"几乎妇女全把她当做仇敌"(李健吾语)。这评语虽然略显夸张,但想来也不是空穴来风。冰心在《我们太太的客厅》一文中对此也挖苦再三:

——袁小姐是个画家,又是个诗人,是我们太太的唯一女友,也是这"沙龙"中的唯一女客人。当时当地的画家女诗人当然不止袁小姐一个,而被我们的太太所赏识而极口称扬的却只有她一人!我们的太太自己虽是个女性,却并不喜欢女人。她觉得中国的女人特别的守旧,特别的琐碎,特别的小方。而不守旧,不琐碎,不小方的如袁小姐以外的女画家,诗人,却都多数不在我们太太的眼里,全数不在我们太太的嘴里,虽然有极少数是在我们太太的心里。④

冰心在小说里批评林徽因虚荣造作,但据众多成员回忆,都认为林徽

---

① 萧乾:《一代才女林徽因》,转引自刘小沁编选:《窗子内外忆徽因》,第 3 页。
② 卞之琳回忆:"1931 年'九·一八'事变发生,她在全家迁来北平后,和我第一次相见。那好像是在她东城的住家。当时我在她的座上客中是稀客,是最年轻者之一,自不免有些拘束,虽然她作为女主人,热情、直率、谈吐爽快、脱俗(有时锋利),总有叫人不感到隔阂的大方风度。"《窗子内外·忆林徽因》,转自刘小沁编选:《窗子内外忆徽因》,第 14 页。
③ 〔美〕费正清:《我们的中国朋友》,《费正清中国回忆录》,闫亚婷、熊文霞译,北京:中信出版社 2013 年版,第 105 页。
④ 冰心:《我们太太的客厅》,《冰心全集》第 3 卷,福州:海峡文艺出版社 1999 年版,第 26 页。

因坦率真诚。林徽因沙龙很少有同辈女性出现,除了费慰梅之外,几乎是清一色的男性知识分子。这一点招致了不少流言蜚语。不仅冰心,在沙龙中人也即林徽因朋友的回忆里,也显示出一种对性别意识的强调。费慰梅谈到林徽因的健谈:"每个老朋友都会记得,徽因是怎样滔滔不绝地垄断了整个谈话。她的健谈是人所共知的,然而使人叹服的是她也同样擅长写作。她的谈话和她的著作一样充满了创造性。话题从诙谐的轶事到敏锐的分析,从明智的忠告到突发的愤怒,从发狂的热情到深刻的蔑视,几乎无所不包。她总是聚会的中心人物,当她侃侃而谈的时候,爱慕者总是为她那天马行空般的灵感中所迸发出来的精辟警语而倾倒。"①将沙龙成员定义为林徽因的"爱慕者",费慰梅的这一界定值得玩味。② 40年代,施蛰存第一次见到林徽因时留下了这样的印象:"林徽音很健谈,坐在稻草墩上,她会海阔天空的谈文学,谈人生,谈时事,谈昆明印象。从文还是眯着眼,笑着听,难得插上一二句话,转换话题。"③萧乾也在回忆中提到了这一点:"她说起话来,别人几乎插不上嘴,[……]话讲得又多又快又兴奋。不但沈先生和我不大插嘴,就连在座的梁思成和金岳霖两位也只是坐在沙发上边吧嗒着烟斗,边点头赞赏。"④金岳霖、沈从文、梁思成似乎都可以划归"爱慕者"的行列。此时的林徽因,仿佛正符合了几年前上海曾朴老夫子的期待:"这个女主人并不一定自己是文艺家,可是有欣赏文艺的能力与兴趣,因此,它就由文艺家大家共同的爱人转变而成文艺活动的中心人物。"⑤

如果真如以上几位所说,林徽因如此健谈以至于别人都插不上话,那她其实不是一个合格的沙龙女主人。因为就沙龙社交而言,最需要的正是一种平等而反对专制,西方沙龙史上几乎所有的知名女主人,都是以善

---

① 〔美〕费慰梅:《太太的客厅》,《林徽因与梁思成》,成寒译,北京:法律出版社2010年版,第77页。
② 在冰心和钱锺书的影射小说中,"爱慕者"也是一个关键词。
③ 施蛰存:《滇云浦雨话从文》,《新文学史料》1988年第4期。
④ 萧乾:《一代才女林徽因》,转引自刘小沁编选:《窗子内外忆徽因》,第2页。
⑤ 《曾虚白自传》(上),台北:联经出版事业公司1988年版,第99页。

于取悦客人、适时地引导谈话的走向、并激发他人的灵感为荣,而在林徽因这里,她显然不满足于仅仅充当一个"中介者",而是要自己决定并主导整个沙龙交谈。于是,在林家客厅里,更多的是林徽因本人的一场独角戏,太太客厅某种程度上成了她一个人的表演舞台,形成了众星拱月的局面。也或者正是这一点缺乏谦逊、过于热衷展露自己的才华,以及太过敏捷的反应力和雄辩的口才,刺痛了其他女性的自尊心。如果说男知识分子出于对异性的尊重和"爱慕心态"或许还能接受,同样自视甚高的其他女性显然不能容忍这种一枝独秀的局面。林徽因仿佛对此也心知肚明,所以她的沙龙除了费慰梅外,很少邀请女客。在林徽因的沙龙里,我们看不到当年知名的同样热衷沙龙的其他几位女作家的身影,像陈衡哲、沈性仁、冰心等,这有意无意中便显示出了某种傲慢。这一点招致了冰心的极大反感。

然而女性的缺席并没有影响林徽因沙龙的影响力。有金岳霖、沈从文等"爱慕者"的捧场,林徽因沙龙日渐闻名,并成为一个相对固定的封闭式的精英圈子。这些常客可以说是30年代最优秀的一批学者的代表。

下面是据已有材料列出的"太太客厅"的主要成员。

图4-3　30年代,金岳霖、费慰梅、林徽因、费正清、梁思成在北总布胡同3号梁家客厅合影。

表 4-2　林徽因"太太客厅"沙龙成员情况一览表
(1932 年—1937 年 6 月①)

姓名	籍贯	出生年月	职业、职位	教育背景
林徽因	福建福州	1904	诗人、营造学社职员	宾夕法尼亚大学美术系
梁思成	广东新会	1901	建筑学家、营造学社职员	宾夕法尼亚大学建筑学硕士
李健吾	山西运城	1906	剧作家、评论家	清华大学文学院外文系、法国巴黎现代语言专修学校
张奚若	陕西朝邑	1889	政治学家,清华大学政治系教授	美国哥伦比亚大学硕士
金岳霖	湖南长沙	1895	哲学家、清华大学教授	宾夕法尼亚大学政治系毕业后入哥伦比亚大学研究院,获哲学博士学位
周培源	江苏宜兴	1902	物理学家,清华大学物理系教授	加利福尼亚理工学院
陶孟和	浙江绍兴	1889	社会学家、北京大学教授	伦敦经济学院社会学系
钱端升	上海	1900	法学家 政治学家 清华大学教授	哈佛哲学博士
沈从文	湖南湘西	1902	小说家,《大公报》编辑	小学毕业
萧乾	北京	1910	小说家,《大公报》编辑	燕京大学新闻系
费正清	美国	1907	汉学家,清华大学讲师	哈佛大学博士生
费慰梅	美国	1909	建筑学者	哈佛拉德克利夫女子学院艺术史系
卞之琳	江苏海门	1910	诗人	北京大学英文系
叶公超	江西九江	1904	北京大学西洋文学系教授	剑桥大学文学硕士
陈岱孙	福建闽侯	1900	经济学家,清华大学经济系教授	哈佛大学哲学博士
朱自清	江苏东海	1898	清华大学教授,中国文学系主任	北京大学哲学系

从沙龙成员上看,我们可以发现,和金岳霖的"湖南饭店"成员有着相当大程度的交叠。事实上,正是金岳霖对林徽因的推崇,才有了这些客

---

① 随着战争的爆发,"太太客厅"风流云散。以后在昆明,沙龙成员又有过小规模的聚集。此是后话。

人的流动。否则,单以林的个人风度和文艺才华是不足以凝聚诸多领域的学界精英的。在年龄结构上,沙龙成员大多比林徽因年长。对于这个问题,林徽因本人也意识到了,在给好友费蔚梅的信中,她不无抱怨地写道:"我在北京的朋友都比我年岁大,比我老成。他们提供不了多少乐趣,反而总是要从思成和我身上寻求灵感和某些新鲜东西。我常有枯竭之感。"①显然,太太客厅并不以专业的学术讨论为主要话题——朱光潜的读诗会做的是这样的工作。客人们到林家来,更多出于社交和休闲的目的,这些在各自领域声名遐迩的学者,虽然对文艺感兴趣,但文艺并非其专长,故对文艺的讨论属于一种"情趣的闲逸"。相反,倒是沙龙边缘成员沈从文、萧乾和沙龙女主人更为投缘。从这个层面上说,林徽因对她那些"老朋友"的不满,正暗示了这个沙龙的社交性和休闲性质。

梁思成是林徽因客厅一个特殊的人物,他是"太太客厅"的男主人,然而目前关于林徽因沙龙的回忆文章中,对梁思成在沙龙中的角色的回忆几近空白。"太太"的风采完全盖过了"先生"。在两篇影射小说中,都涉及了这位男主人。在冰心笔下,梁思成在沙龙中的角色常常身处尴尬情境:"我们的太太在种种集会游宴之中,和人们兴高采烈的谈论争执着,先生只在旁木然的静听,往往倦到入睡。我们太太娇嗔的眼波,也每每把他从朦胧中惊醒,茫然四顾,引得人们有时失笑。"②钱锺书的影射小说《猫》更为刻薄,小说中影射梁思成的人物"李建侯"被塑造成一个无才无能虚荣肤浅的老好人形象。这都是并未直接参与沙龙的外人的看法,带有强烈的主观色彩,不足为凭。

"好人"梁思成虽然没有直接回忆过自家沙龙的情况,我们可从他的续弦林洙女士的转述里得知一二。

> 当时北大、清华等校的少数教授,有一个"小圈子",周末大家聚

---

① 林徽因:《致费慰梅》,《林徽因文存·散文书信评论翻译卷》,成都:四川文艺出版社2005年版,第110页。
② 冰心:《我们太太的客厅》,卓如编,《冰心全集》第3卷,第24页。

在一起,吃吃茶点,闲谈一阵,再吃顿晚饭。常来参加这聚会的有周培源夫妇,张奚若夫妇,陶孟和夫妇,钱端升夫妇,陈岱孙,金岳霖,叶公超,常书鸿等人。费正清夫妇也常参加我们的这个小 PARTY。费正清常常把他在海关档案中查到的那些清朝官员的笑话念给我们听,张奚若是研究政治的,所以他与费正清两人往往坐下来一谈就是几个小时。①

新中国成立后,梁思成任职于清华大学建筑系。在对学生的即兴谈话中,他说:"建筑师的知识领域要很广,要有哲学家的头脑,社会学家的眼光,工程师的精确与实践,心理学家的敏感,文学家的洞察力……但是最本质的他应当是一位有文化修养的综合艺术家。"有一次,他提到了30年代的太太客厅:"不要轻视聊天,古人说:'与君一夕谈,胜读十年书。'从聊天中可学到许多东西。过去金岳霖等是我家的座上客。茶余饭后,他、林徽因和我三人常常海阔天空地'神聊'。我从他那里学到不少思想,是平时不注意的。学术上的聊天可以扩大你的知识视野,养成一种较全面的文化气质,启发你学识上的思路。聊天与听课或听学术报告不同,常常是没有正式发表的是思想精华在进行交流,三言两语,直接表达了十几年的真实体会。许多科学上的新发现,最初的思想渊源是从聊天中得到的启示,以后才逐渐酝酿出来的。英国剑桥七百年历史出了那么多大科学家,可能与他们保持非正规的聊天传统有一定联系。不同学科的人常在一起喝酒、喝咖啡,自由地交换看法、想法。聊天之意不在求专精,而在求旁通。"②——很显然,梁思成是很支持太太举办沙龙的,并且对沙龙的"正能量"认识得十分深刻。

至于沙龙的具体活动,有直接记载的史料不多。只能从零星的史料中推测。朱自清日记记载:"应梁宗岱夫妇约到梁家,客共八九人。谈阿

---

① 林洙:《大匠的困惑——建筑师梁思成》,转引自刘小沁编选:《窗子内外忆徽因》,第40页。
② 李道增:《聊天之意》,转引自刘小沁编选:《窗子内外忆徽因》,第43页。

克顿,甚有趣。"①这里的"梁家"当指"太太客厅"。"阿克顿"是当时外籍诗人。可见,诗人及诗歌创作是沙龙的一大讨论话题。而费正清的回忆给我们提供了一个更为翔实的沙龙活动日程:

> 结交这样的朋友本身就是一种乐趣,而且,我们可以互相为对方打开眼界。我们喜欢吃他们的"便饭",我们也会闲聊北京大学、清华大学、燕京大学里熟人的性格等。如此集中地接触中国社会的各种信息,他们当然知道每一个人的底细。他们会以规定的方式背诵中国诗歌,并将其与济慈(Keats)、丁尼生(Tennyson)或是林赛(Vachel Lindsay)的诗歌作比较。他们了解宋朝的画家、书法家,当然也通晓北京当地的典故。②

同样的细节在影射小说《我们太太的客厅》中也得到了反映,在这篇小说中,沙龙中人定期举办诗歌朗诵活动,并评论诗人最新创作的作品。林徽因沙龙的这一特点和上海曾朴、邵洵美的沙龙相似。从中我们也可以看出,沙龙某种程度上充当了文学作品第一时间的发布平台和评论者。正如哈贝马斯所说,沙龙垄断了文艺作品的"首发权"。

此外,林徽因和金岳霖的沙龙,一大特色就是中西融合色彩很浓。这显然是和沙龙女主人中西两种文化的教养有关。在致费慰梅的信中,林徽因自云在纯粹中国人的圈子里,自己会觉得"若有所失"。费正清、费慰梅等外国友人的加入,给"太太客厅"带去了新鲜的思想和活力。在此沙龙里,费正清和费慰梅"随意地谈论哈佛广场、纽约的艺术家和展览、弗兰克·劳埃德·赖特(Frank Lloyd Wright)、剑桥大学的巴格斯园、柏拉图和托马斯·阿奎那、新体诗等"③。这些话题正是这批中西学养都很深厚的学者文人所热衷的。——虽然冰心、钱锺书两人均批评过林徽因沙龙

---

① 朱自清:《朱自清日记:1936年1月19日》,《朱自清全集》第9卷,南京:江苏教育出版社1998年版,第399页。
② 〔美〕费正清:《费正清中国回忆录》,闫亚婷、熊文霞译,北京:中信出版社2013年版,第105页。
③ 同上书,第106页。

的暧昧气氛,但据沙龙众多成员的回忆可以看出,此沙龙有许多严肃的学术讨论和高尚的文艺谈天。

第三节 从"客厅"到"文坛"

林徽因的沙龙显然有着鲜明的团体归属感,主人和众多客人之间是交往密切的"朋友",这一点,和上海曾朴、邵洵美沙龙的圈子有显著的区别。上海沙龙文人参与文化聚集有着鲜明的功利性,①曾、邵两个沙龙的常客赵景深就曾自白道:"我在经济窘迫的时候,是没有闲暇看创作的。"② 因而,即便是沙龙主人曾朴赠送的小说,赵景深也不大翻阅,原因很简单,用赵本人的话说:"为了生活的缘故,拿起一本书来,总要先想一想,看了这本书以后,是否可以写一点批评换稿费,或者写批评文章是否比翻译吃亏。"③ 这种阅读的紧迫感和功利性,让上海沙龙里的普通客人和主人之间缺乏真正的友谊联系,而往往沦为一种文坛"占位"的工具性结交。

相比而言,北平"湖南饭店"和"太太客厅"里的成员们显然相处十分融洽,他们是志趣相投的"老朋友"。这一点在沙龙同人之间的游戏之作中体现得十分明显。30年代中期,为送张奚若回西安,金岳霖执笔写了一封邀请函,内容如下:

> 敬启者,朝邑亦农公奚若先生不日云游关内,同人等悉列向墙,泽润于"三点之教"者数十礼拜于兹矣,虽偃鼠饮河不过满腹,而醍醐灌顶泽及终身。幸师道之有存,忽高飞而远引,望长安于日下,怅离别于来兹。不有酬酢之私,无以答饮水思源之意。若无欢送之集,何以表崇德报恩之心。兹择于星期六日下午四时假湖南饭店开欢送

---

① 但是,也要注意,海派沙龙中,"文艺茶话"和咖啡聚谈的群体则有所不同,文艺茶话的固定成员之间关系非常亲密。
② 赵景深:《曾氏父子》,《文坛回忆》,重庆:重庆出版社1985年版,第249页。
③ 赵景深:《曾氏父子》,《文坛回忆》,第249页。

大会,凡我同门,届时惠临为盼。

  门生杨景任

  再门生陶孟和沈性仁,梁思成林徽因,陈岱孙,邓叔存,金岳霖启①

图4-4　30年代,林徽因与周培源、梁思成、陈岱孙、金岳霖等合影。

  这封信显示了哲学家金岳霖的文学才华,同时,也告诉我们金—林沙龙成员之间交往的幽默、轻松。关系的太过熟络,也一定程度上限制了它更广阔的影响,成为文化精英的私人社交空间。但另一方面,因为沙龙主人林徽因对文学的浓厚兴趣和才华,沙龙又突破了"客厅"的私人社交层面,向更广阔的"文坛"拓展。

  首先,林徽因的沙龙扮演了一个文学评判者的角色,是走进文坛的一个"捷径",为那些渴望上进的边缘知识分子提供了进取之道。它通过接纳新人的方式促进了文学等级的流动。太太客厅的新客人往往经过主人的精心挑选,发出邀请,然后方能加入。这些"稀客"或者"新客"大多是

---

① 金岳霖:《最老的朋友张奚若》,刘培育整理:《金岳霖回忆录》,北京:北京大学出版社2011年版,第150—151页。

在文坛崭露头角的学生或文坛新人,萧乾、卞之琳均以这样的形式走进太太客厅。正如唐小兵所说:"林徽因的'太太的客厅'不仅仅是一个物理意义上的建筑空间,也是一个社会学意义上的认同和交往空间,更是一个表征着文化权力和象征资本的文化空间。"①这主要是借助女主人的力量得以实现的。沙龙女主人林徽因显然是整个沙龙的"意见领袖",对沙龙成员的文艺观及文化活动有着相当的影响力。因而,当林徽因欣赏某位作家或作品时,往往可以通过沙龙交往将其直接推向文坛。冰心的影射小说也提到了这一点。小说中,沙龙的活动之一是读诗。通过读诗,成员获得女主人的认可后,便可得到举荐,获得教职。小说中的某个文学青年便是借助女主人的举荐得到了"诗学教授"的职位。

  我们的太太稍微的怔了一怔,便敛容说:"其实我也不十分认得他,是去年冬天他拿了一封介绍信,同他自己的一本诗,上门求见,我看他写的还不坏,便让他在这里念了几次,以后他也很凄切的告诉我,说他是如何的潦倒。我想也许你们文学系里,容得下这么一个人,没想到……"②

  冰心的影射不是空穴来风。现实生活中,这种提携在萧乾身上体现得十分明显。可以说,迈入林徽因的沙龙,是萧乾文学之路的重要转折点。在走进林徽因的客厅之前,萧乾是燕京大学新闻系三年级学生。金—林沙龙的熟客不少是大学的教授,作为学生的萧乾早已耳闻"太太客厅"的声名。1933年11月林徽因致信沈从文,提到对萧乾文章的看法并邀请其参加茶会:"萧先生文章甚有味儿,我喜欢,能见到当感到畅快。你说的是否礼拜五?如果是,下午五时在家里候教,如嫌晚,星六早上也一样可以的。"③沈从文随即给萧乾写信,告诉他:"一位绝顶聪明的小姐看

---

① 许纪霖编:《近代中国知识分子的公共交往》,上海:上海人民出版社2008年版,第319页。
② 冰心:《我们太太的客厅》,卓如编:《冰心全集》第3卷,第29页。
③ 林徽因:《一九三三年十一月中旬致沈从文》,陈学勇编:《林徽因文存:散文·书信·评论·翻译》,成都:四川文艺出版社2005年版,第78页。在此之前,沈从文向林徽因推荐了萧乾的处女作《蚕》,显然,《大公报·文艺副刊》编辑沈从文将林徽因及其沙龙当做一个重要的批评舞台。

上了你那篇《蚕》,要请你去她家吃茶。星期六下午你可来我这里,咱们一道去。"显然,此时的"乡下人"沈从文已经是林家客厅的常客,林徽因笔下的"沈二哥"。同时,沈从文主编《大公报·文艺副刊》,因沈、林交往的密切,林徽因事实上对此副刊有着相当的话语权,一旦进入林家客厅,也便与《大公报·文艺副刊》有了亲密接触的机会。某种程度上,可以说,《大公报·文艺副刊》是林氏沙龙走向文坛的媒介。

可以想象萧乾的惊喜:

> 那几天我喜得真是有些坐立不安,老早就把我那件蓝布大褂洗得干干净净,把一双旧皮鞋擦了又擦。星期六吃过午饭我蹬上脚踏车,斜穿过大钟寺进城了。两小时后,我就羞怯怯地随着沈先生从达子营跨进了总布胡同那间有名的"太太的客厅"。那是我第一次见到林徽因。如今回忆起自己那份窘促而又激动的心境和拘谨的神态,仍觉得十分可笑。然而那次茶会就像在刚起步的马驹子后腿上,亲切地抽了那么一鞭。①

这份拘谨一则因为身份的悬殊,林家客厅成员大多为学界名流,已经拥有相当的名望,而萧乾是出身贫寒的未毕业的大学生;一则因为年龄。林徽因沙龙的成员大都是萧乾的老师辈。这次受邀,对于萧乾来说,是一个认可,一个鼓励,就如他自己说的"像在刚起步的马驹子后腿上,亲切地抽了那么一鞭"。自此,萧乾成了林徽因沙龙的常客,并经由沈从文、林徽因介绍,继而加入到朱光潜的"读诗会"的圈子之中。和北平两大文化沙龙的交往,对其文学事业的发展起到了关键作用。萧乾得以迅速进入北平文化圈,成为京派作家中一名冉冉升起的新星。连续在《大公报·文艺副刊》上发表了《小蒋》《邮票》《道旁》等多篇小说。毕业之后,经沈从文介绍,萧乾顺利进入《大公报》编辑副刊《小公园》。林徽因继续对萧乾的工作积极支持,并热心为《小公园》设计刊头。

---

① 萧乾:《一代才女林徽因》,转引自刘小沁编选:《窗子内外忆徽因》,第2页。

除了萧乾,沙龙成员沈从文与林徽因的交往也值得关注。沈从文和林徽因的交往源于徐志摩的介绍。1931年林徽因在香山休养期间,沈从文曾和徐志摩一起上山探望。对林留下了十分美好的印象。在致徐志摩的一封信中,他将林徽因喻为"诗"。

> 今天真美,因为那么好天气,是我平生少见的,雨后的虹同雨后的雷还不出奇,最值得玩味的,还是一个人坐在洋车上颠颠簸簸,头上淋着雨,心中想着"诗"。你从前做的诗不行了,因为你今天的生活是一首超越一切的好诗。自然你上山去不只做诗,也是去读"诗"的。①

在另一封信中,沈从文托徐志摩向这位"山友"要画。② 而在小说创作上,"山友"林徽因显然给了沈从文一些建议,所以沈向徐志摩表示:"预备两个月写一个短篇,预备一年中写六个,照顾你的山友、通伯先生、浩文诗人几个熟人所鼓励的方向,写苗公苗婆恋爱、流泪、唱歌、杀人的故事。不久就有一个在上海杂志上出现,比《神巫之爱》好多了。"③在此之前,林徽因曾为沈从文的《神巫之爱》绘制插图。④ 当林徽因的沙龙开办之后,沈从文虽不善谈,却以笔谈和创作的长处为女主人欣赏,得以经常出入其中,并向"太太客厅"引荐新的文学青年。对经济地位、文化身份的忽视,对才华的欣赏,让沈从文这样的"乡下人"得以时常出入"太太客厅"。两人经常通信,讨论文艺乃至生活、情感话题。在林徽因存留的不多的十来封书信中,写给沈从文的就有七封,在这些书信里,林徽因谈诗歌、谈情感、谈人生,对这个"乡下人"并无其他绅士们所惯有的冷淡和漠视。她评价他"安静,善解人意,'多情'而又'坚毅'","一位小说家,又

---

① 沈从文:《由达园给徐志摩》,《沈从文全集》第11卷,太原:北岳文艺出版社2002年版,第101页。原文曾以《废邮存底(三)》为题,刊于1931年7月15日《文艺月刊》第2卷第7号,署名甲辰。
② 沈从文:《19311113致徐志摩》,《沈从文全集》第18卷,第148页。
③ 同上书,第150页。
④ 同上书,第144页。

是如此一个天才",她敏锐地发现了"乡下人"沈从文身上的"诗人气质"并引为同道。在她本人形容的与沈从文的交谈中,林徽因更像是一位老师,在启发、引导和鼓励着沈从文,她在这个乡下人这里,发现了文学的真理:"好的文学作品就是好的文学作品,而不管其人的意识形态如何。"如此高看,对自诩"我能比任何人还善于体会别人的友谊,但我照例还要疑心到别人对我所说的是一种废话"①的沈从文来说,无疑是值得珍视的。②甚至,某种程度上,沈从文也将林徽因视作写作灵感的"偶然"之一。③

"乡下人"沈从文和"篱下人"萧乾由客厅走向更开阔的文坛之后,便开始以《大公报·文艺副刊》的名义邀客聚谈,开始了《大公报·文艺副刊》的茶会阶段:"1935年我接受编《大公报·文艺》时,每个月必从天津来北京,到来今雨轩请一次茶会,由杨振声、沈从文二位主持。如果把与会者名单开列一下,每次三十至四十人,倒真像个京派文人俱乐部。每次必到的有朱光潜、梁宗岱、卞之琳、李广田、林徽因及梁思成、巴金、靳以(但不久他们二人赴沪了……)。"——萧乾和沈从文的组稿茶会可谓林徽因沙龙的扩展。

提携他人之外,"太太客厅"让林徽因本人由籍籍无名一变而为文坛举足轻重的地位。说林徽因由"太太客厅"而步入文坛,大概并不为过。1933年—1937年是太太客厅的鼎盛时期,也是本业是建筑而将文学作为副业的林徽因文学创作的高峰期,查阅此时期林徽因发表的文章,大多刊发在《大公报·文艺副刊》上——这副刊是由沙龙成员沈从文主编。

中国现代女作家中,林徽因开始创作的年代最晚,然而却成名最快。太太客厅的成员之一卞之琳的回忆比较客观,他一面说林徽因"就人论,她二十年代在旧北京上层文化圈子里就已经相当闻名(我当时年幼无知,在南边并不知道)";一面也承认"她成为作家,则是在三十年代初开始受

---

① 沈从文:《甲辰闲话二》,《沈从文全集》第14卷,第51—52页。原文发表于1931年8月1日《创作月刊》第1卷第4期。
② 在朱光潜的"读诗会"中,沈从文的文化活动并无多少记载,沈从文本人的《谈朗诵诗》详细记载了多次读诗会的活动,可见不止一次参加。
③ 沈从文对启发了他文学创作灵感的女性的指称,参见其散文《水云》。

人注意的"①。而早在1929年,中国现代女作家的"群芳谱"上已经有了冰心、陈衡哲、凌叔华、丁玲、苏雪林等人的名字。1929年初,上海的《真美善》杂志编辑了一期特刊《女作家号》,在当时文坛影响很大,在这期特刊中,编辑张若谷撰文《中国现代女作家》,对新文学运动以来中国女性文学的发展做了一番梳理和总结,名列其中的有冰心庐隐苏雪林等人,没有林徽因。相较同时代的女作家,陈衡哲冰心创作均早于林徽因,尤其是冰心,20年代后期在《晨报》刊登小诗,声名大振。与林氏的"只闻其名,不见其文"相比,其他几位女作家可谓"名文相符"。

到了1931年以后,这种状况发生了极大改变,在中国现代女作家的版图上,林徽因开始成为一匹黑马,跃出了文坛,众口称赞。借用布迪厄的术语,林徽因在文坛的"占位"可谓相当成功。这自然有"太太客厅"的功劳。尤其是到了30年代中期,林徽因积极参与朱光潜"读诗会"、《大公报·文艺》聚餐会等文坛活动。1936年,时任《大公报·文艺》副刊编辑的萧乾委托林徽因编辑《大公报文艺丛刊小说选》,让林徽因的文坛地位得到了公开的认可,确立了她的知名度和影响力。

总体而言,大概正因为林徽因的这种核心凝聚力(在某种程度上她激活了京派,并以其间接影响力给京派的活动以许多影响),萧乾称其为"后期京派的灵魂"。

第四节 反对的声音:是名媛还是知识分子?

(一) 影射诗及其他

30年代的北平文化界,"太太客厅"声名遐迩。然而伴随着热衷者的推崇而来的,是一些或显或隐的反对的声音。② 争议首先来自同行——

---

① 卞之琳:《窗子内外:忆林徽因》,引自刘小沁编选:《窗子内外忆徽因》,第13页。
② 沙龙女主人的身份和地位,在30年代的中国社会,引起非议是必然的,人们尤其是女性不大可能轻易接受这种新的生活方式。

享有"诗人""才女"等诸多光环的女作家冰心。发难借助虚构的形式,披着影射小说的外衣,这便是1933年连载于《大公报·文艺副刊》的小说《我们太太的客厅》。在讨论这篇影射小说之前,有必要对二人的交往做个简单回溯。

冰心和林徽因早年生活多有交集,冰心的丈夫吴文藻和林徽因的丈夫梁思成曾是清华大学的同窗,两人留学期间又共同参加过留美学生闻一多等人组织的"中华戏剧改进社"活动,处于同一个文化小群体之中,想来不乏见面的机会。冰心在20年代末的国内文坛享誉盛名。张若谷编辑《真美善·女作家号》时,几度去信约稿,都没有成功。但依然把冰心的旧稿和复信登在杂志的首篇,而在这备受文坛关注和争议的《女作家号》里,却并无林徽因的名字。张若谷为此还特意写了一篇长文:《中国现代女作家》,对现代早期女作家的创作情况做了比较详细的梳理,此文也不见提到林徽因。——在1929年初的时候,林徽因和冰心的文坛地位可说是相距甚远。冰心已经成了张若谷等人眼中的文坛"老前辈"①,而林徽因此时尚籍籍无名。30年代二人同居北平,冰心夫妇任教于燕京大学,而林徽因夫妇自东北大学辞职之后便在北京营造学社工作。当林徽因主持的"太太客厅"声名渐起之际,冰心的家里也同样举办着类似的茶会。1929年,冰心写了一篇小说《第一次宴会》,在这篇具有浓厚自传色彩的小说中,冰心精心描绘了一个新婚主妇对在家主持宴会的期待:

> 壁炉里燃着松枝,熊熊的喜跃的火焰,映照得客厅里细致的椅桌,发出乌油的严静的光亮;厅角的高桌上,放着一盏浅蓝带穗的罩灯;在这含晕的火光和灯光之下,屋里的一切陈设,地毯,窗帘,书柜,瓶花,壁画,炉香……无一件不妥帖,无一件不温甜。主妇呢,穿着又整齐,又庄美的衣服,黑大的眼睛里,放出美满骄傲的光;掩不住的微笑浮现在薄施脂粉的脸上;她用着银铃般清朗的声音,在客人中间,周旋,谈笑。②

---

① 冰心:《致张若谷》,《冰心全集》第2卷,第344页。
② 冰心:《第一次宴会》,《冰心全集》第2卷,第356页。

第四章　客厅内外：林徽因的"太太客厅" | 193

图 4-5　1929 年，冰心与吴文藻结婚留影。二排自左至右为刘纪华、吴文藻、冰心、江尊群、陈意，三排自左至右分别为冰心的二哥谢为杰、冰心舅母、主婚人司徒雷登、燕京大学女教师鲍贵思及清华大学教授萨本栋。

图 4-6　早年留学期间，冰心和林徽因合影。

从这段文字中,我们丝毫看不出冰心对所谓"周旋""谈笑"的厌憎。相反,小说对这位主妇的描写,很容易让人看出冰心本人对做一名沙龙女主人的期待。事实上,在现实生活中,冰心常常邀客聚谈,客人主要是燕京大学的同事。① 1932 年,在致梁实秋的一封信中,冰心写道:"我们很愿意见见你,朋友们真太疏远了!年假能来么?我们约了努生,也约了昭涵,为国家你们也应当聚聚首了,我若百无一长,至少能为你们煮咖啡!"②罗隆基、时昭涵是冰心夫妇的老友。由此信可知,冰心其实是很乐意做朋友聚会的女主人的,正如其所云,即便不能参与友朋"为国家而聚首"的聊天,也"至少能为你们煮咖啡"——当然,这是客气话。1933 年 12 月 30 日,胡适在日记中记载了一次冰心家的茶会:

> 燕京大学国文学系同学会今天举行年终聚餐,曾托颉刚邀我参加,今天吴世昌君雇汽车来接,我们同到八道湾接周启明同去。同座有燕京教员顾颉刚、郭绍虞、郑振铎、马季明、谢冰心诸人,客人有俞平伯、沈从文、巴金、靳以、沉樱、杨金甫诸人。
>
> ……三点后来客都到冰心家喝茶。她的丈夫吴文藻也在家。大家谈的甚畅快,五点归。③

此篇日记提供了两点信息。一是,冰心家也有茶会;二是,冰心家"茶客"部分成员名单。这份成员名单以燕京大学的教员和学生为主,顾颉刚、钱宾四(钱穆)、郭绍虞等人是常客,除此之外,冰心周围经常来往酬唱的朋友还有吴景超、顾一樵(梁实秋清华同班好友)、赵清阁等人。④ 不难发现,这些人大多不曾参加林徽因和朱光潜的沙龙聚会。在 30 年代北

---

① 冰心和燕京同人交往密切,1931 年 3 月 29 日的《胡适日记》载:"与冬秀到燕京大学颉刚家中吃午饭,见着谢冰心,吴文藻,钱宾四,郭绍虞诸人。"
② 冰心:《致梁实秋》,转引自《梁实秋怀人丛录》,第 183 页,北京:中国广播电视出版社 1990 年版。
③ 胡适:《胡适日记 1933 年 12 月 30 日》,曹伯言整理:《胡适日记全编》第 6 卷,合肥:安徽教育出版社 2001 年版,第 266—267 页。
④ 他们之间通信常常相互传阅。所以,冰心写《我们太太的客厅》和《我劝你》,在友朋中是一定周知的。

平知识界,燕京大学教师群体与林徽因以及朱光潜的京派沙龙圈子保持了较远的距离。同时我们可以发现,冰心茶会中也有部分林家客厅的成员,像沈从文、杨金甫等人——这也就可以解释为什么冰心不曾参加林徽因的客厅,却能写出一篇极其详尽的影射小说。在影射小说正式挑起林谢纠纷之前,冰心的一首诗《我劝你》曾在北平文坛引起非议。

1931年,以小诗闻名的冰心写了一首长诗《我劝你》,①登在丁玲主编的《北斗》创刊号上。② 全诗如下:

我 劝 你

只有女人知道女人的心,
虽然我晓得,
只有女人的话,你不爱听。

我只想到上帝创造你
曾费过一番沉吟。
单看你那副身段,那双眼睛。
(只有女人知道那是不容易)
还有你那水晶似的剔透的心灵。

你莫相信诗人的话语:
他洒下满天的花雨,
他对你诉尽他灵魂上的飘零,
他为你长作了天涯的羁旅。

你是神女,他是信徒;
你是王后,他是奚奴;
他说:妄想是他的罪过,
他为你甘心伏受天诛。

---

① 陈学勇先生和王炳根先生曾分别撰文,指出此诗影射林徽因,给笔者不少启发,在此感谢。
② 此诗作于1931年7月30日夜,发表于1931年9月20日《北斗》创刊号。

你爱听这个,我知道!
这些都投合你的爱好,
你的骄傲。

其实只要你自己不恼,
这美丽的名词随他去创造。
这些都只是剧意,诗情,
别忘了他是个浪漫的诗人。

不过还有一个好人,你的丈夫……
不说了! 你又笑我对你讲圣书。
我只愿你想象他心中闷火般的痛苦,
一个人哪能永远胡涂!

一个人哪能永远胡涂,
有一天,他喊出了他的绝叫,哀呼。
他挣出他胡涂的罗网,
你留停在浪漫的中途。

最软的是女人的心,
你也莫调弄着剧意诗情!
在诗人,这只是庄严的游戏,
你却逗露着游戏的真诚。

你逗露了你的真诚,
你丢失了你的好人,
诗人在他无穷的游戏里,
又寻到了一双眼睛!

嘘! 侧过耳朵来,
我告诉你一个秘密:
"只有永远的冷淡,
是永远的亲密!"

第四章　客厅内外:林徽因的"太太客厅" | 197

图 4-7　《北斗》创刊号封面

图 4-8　1931 年 2 月,丁玲与母亲余曼贞、儿子蒋祖林合影于湖南常德。

《北斗》是丁玲创办的杂志，虽然是左翼作家，但是在这份期刊上丁玲却并没有显著的派别之分，反而抱着十分开阔的预期。她在给沈从文的信中多次强调这份杂志全由她一人负责，不受政治牵制，她说："我意思这杂志仍像《红黑》一样，专重创作，而且得几位女作家合作就更好。冰心，叔华，杨袁昌英，任陈衡哲，金女士等，都请你转请，望她们都成为特约长期撰稿员。"①专重创作和新书介绍，和其他的左翼期刊显然不同。她希望沈从文帮她多约"老文人"的文章，"尤其想多推出几个好点的女作家"。联系张若谷主编《真美善·女作家号》向丁玲约稿遭拒的历史，丁玲此番办《北斗》明显有自己办一本"女作家号"杂志的打算。② 和张若谷三次约稿冰心一样，丁玲也再三对冰心青眼相加。③ 在丁玲列举的这份名单中，冰心一再被提及，在丁玲这位女性同行眼中，冰心显然位列"已成名的有地位的女作家"之首。而林徽因，不在名单之内。④

　　创刊号诗歌一栏共有四篇作品，除了冰心的这首《我劝你》之外，还有林徽因的诗《激昂》以及徐志摩的《雁儿们》。⑤ 三篇文章均是沈从文代约而来，此时的沈从文，尚在青岛大学国文系任教，并未走进北平著名的"太太客厅"。然而借助徐志摩的关系，同冰心、林徽因都有接触。《我劝你》这首诗可以说是首"影射诗"，叙事线索很明晰。这是一个女人"我"对另一个女人"你"的劝告，劝告"你"不要和另一个男诗人有不合适的友谊。"你"是有才而美丽的，还有位很和善的好人丈夫。不要为了男诗人浪漫的言辞而丢掉自己的生活。"劝百而讽一"。全诗的基调，是站在

---

① 沈从文：《记丁玲续集》，《沈从文全集》第13卷，第205页。
② 这一意图在丁玲致沈从文的约稿信中体现得很明显。
③ "第一期，一定希望冰心或其他一人有文章登载。你最好快点替我进行，过几天便可登一预告，说是：'丁玲主编的杂志，已有了这些已成名的有地位的女作家来合作'。"参见沈从文：《记丁玲续集》，《沈从文全集》第13卷，第206页。
④ 1934年1月8日，冰心应邀在贝满中学演讲，题目是"今日中国女作家的地位"，在这篇演讲中，冰心开首列举了几个知名女作家，分别是：陈衡哲、苏雪林、丁玲、凌叔华、沉樱。未提及林徽因。此篇演讲后刊载于《北平晨报》第65期副刊《妇女青年》，1934年1月13日。
⑤ 冰心、林徽因、徐志摩三人的作品发表于左翼作家丁玲主编的《北斗》创刊号上，这显然和文化阵营无关，而是出自私谊。

"你"这边。虽有微讽,但伴着善意。这首诗发表前后,在文坛引起不小的影响。和诗歌本身的艺术无关,而主要是诗歌所影射的人事。

诗中的"我"自然是冰心了。那么,"你"是谁呢?从当年人的记录中可以发现蛛丝马迹。1931年11月13日,沈从文给徐志摩写了封信:"我这里留到有一份礼物:'教婆'诗的原稿、丁玲对那诗的见解、你的一封信,以及我的一点□□记录。等到你五十岁时,好好的印成一本书,作为你五十大寿的礼仪。"①沈从文这里说的"教婆诗"即指这首《我劝你》。理由如下:一,丁玲是《北斗》的主编,所以有"丁玲对那诗的见解"一说;二,沈从文是代约稿者,因而有"教婆诗"的原稿。由沈从文口中"诗""丁玲""徐志摩"这几个元素,熟悉文坛掌故的人不难推测出《我劝你》这首诗中的"你"就是林徽因,而"你的丈夫""一个好人"明显是指梁思成,至于又寻到的"那双眼睛"则非陆小曼莫属。这个时期,徐志摩任职北平,和林徽因多有接触,并不时传出"浮言"——在徐志摩家信中,他对陆小曼多次辩解——然而这"浮言"显然传播范围颇广,反正冰心是知道的了。

从信中口气,可以推测徐志摩之前和沈从文应当谈论过所谓的"教婆"诗,并为此专门写了一封信,即沈从文信中所说的"你的一封信"。沈从文有意把这几个材料保存下来作为徐志摩五十大寿的寿礼,可见已把这事件"佳话"化了。进一步说,冰心的表面善意实乃讥讽的说教在徐沈这里已经被艺术化,成了文人浪漫故事的一枝绿叶。在《我劝你》这首诗里,冰心还仅仅拿林徽因与徐志摩的暧昧情感说事,语气虽有婉讽,然而不失善意,像是长姐对小妹的提醒——虽然这种广而告之的"善意"难免让当事人陷入尴尬。林徽因对这首诗的反应没有直接的文本可以证实,然而从沈从文的文章可以推知。

沈从文在《论朗诵诗》一文中提到了这一公案:

---

① 沈从文:《沈从文致徐志摩》,《沈从文全集》第18卷,第150页。

> 冰心女士是白话文学运动初期人所熟知的一个女诗人,[……]直到她搁笔那一年,写了一篇长诗给另一个女人,告诉那人说,"唯有女人知道女人的心"。"诗人的话是一天的花雨,不可信。"那首诗写成后,似因忌讳,业已撕破。当那破碎原稿被另一个好事者,从字篓中找出重抄,送给我这个好事编辑时,我曾听她念过几句。……那首诗是这个女诗人给另一个女诗人,用一种说教方式告给她不宜同另一个男诗人继续一种友谊。诗人的话既是一天花雨,女诗人说的当然也不在例外,这劝告末了不免成为"好事"。现在说来,已成文坛掌故了。①

显然,当年林徽因及其周围的朋友是将冰心的"善意"看做"好事"而不以为然的。

1931年11月19日,徐志摩飞机失事。而后,冰心致信梁实秋,曾提到这首诗。信中说:"我近来常常恨我自己,我真应当常写作,假如你喜欢《我劝你》那种的诗,我还能写他一二十首。"②在这封信里,冰心对徐志摩似乎很有"哀其不幸,怒其不争"的感觉。而"志摩是蝴蝶,不是蜜蜂,女人的好处就得不着,女人的坏处就使他牺牲了"这句话的内涵很丰富。谁的好处?谁的坏处?冰心此处虽未指名道姓,但言下之意,徐志摩是因

---

① 沈从文:《论朗诵诗》,《沈从文全集》第17卷,第244页。
② "实秋:

你的信,是我们许多年来,从朋友方面所未得到的,真挚痛快的好信! 看完了予我们以若干的欢喜。志摩死了,利用聪明,在一场不人道不光明的行为之下,仍得到社会一班人的欢迎的人,得到一个归宿了! 我仍是这么一句话,上天生一个天才,真是万难,而聪明人自己的糟蹋,看了使我心痛。志摩的诗,魄力甚好,而情调则处处趋向一个毁灭的结局。看他《自剖》里的散文,《飞》等等,仿佛就是他将死未绝时的情感,诗中尤其看得出,我不是信预兆,是说他十年来心理的酝酿,与无形中心灵的绝望与寂寥,所形成的必然的结果! 人死后什么话都太晚,他生前我对着他没有说过一句好话,最后一句话,他对我说:'我的心肝五脏都坏了,要到你那里圣洁的地方去忏悔!'我没说什么,我和他从来就不是朋友,如今倒怜惜他了,他真辜负了他的一股子劲!

谈到女人,究竟是'女人误他?''他误女人?'也很难说。志摩是蝴蝶,而不是蜜蜂,女人的好处就得不着,女人的坏处就使他牺牲了。——到这里,我打住不说了!"
——《冰心致梁实秋》,引自《梁实秋怀人丛录》,第182—183页。

"坏女人"林徽因而做了牺牲——众所周知,徐志摩赶回北平是为了听林徽因的演讲。这与《我劝你》时冰心的态度已然有了很大改变。同情的天平已经转向了徐志摩。① 而这句话,其实是冰心和林徽因之间生隙的根本原因。"女人的好处""女人的坏处"究竟指的是什么? 分析清楚这个问题,才可以挖掘出冰心为何对林徽因不满的根源。

冰心在作品中,很少涉及男女私情,她所写的,往往是母爱、亲子爱、家庭之爱。这几类"爱",有一个共同的特征,都是可以"公之天下"的"大爱"。冰心不写激烈的恋爱,不写私情,作品中的人物往往平面而理念化,像是带着一个"美好"的模子,缺乏鲜活的血肉。细观冰心的文章,不难发现,冰心几乎在所有的文体中都着力塑造一个文本背后的"美好"女作家的形象。透过文字,呈现出的是一个"娇弱""庄美""温柔"的大家闺秀。诗歌、散文里如此,小说里依然如此。大家闺秀也是可以当沙龙女主人的,这个沙龙女主人是"主妇呢,穿着又整齐,又庄美的衣服,黑大的眼睛里,放出美满骄傲的光;掩不住的微笑浮现在薄施脂粉的脸上;她用着银铃般清朗的声音,在客人中间,周旋,谈笑"。可以说,这是冰心对于自己的定位。这样一个女主人,是依托在一个温暖有爱的家庭之内的"主妇"。"在这含晕的火光和灯光之下,屋里的一切陈设,地毯,窗帘,书柜,瓶花,壁画,炉香……无一件不妥帖,无一件不温甜。"家是这位沙龙女主人的依托,也是她的骄傲。她亲手布置的客厅的氛围,摆设,营造的美的感觉,是她关心所在。而林徽因,显然不是如此。出现在林徽因诗歌和小说里的主题大多是"男女之爱",即"私密"的爱情。林徽因不惧表白这种私密的个人的情感。

据林从诚回忆,林徽因从来不爱干家务。她本人也在给费慰梅的书

---

① 冰心平时想来大概一向是冷傲的,就像她诗中所说"只有永远的冷淡,是永远的亲密!"然而冰心对朋友也并非只是"永远的冷淡"。徐志摩1928年12月11日写给陆小曼的信中提到冰心:"晚归路过燕京,见到冰心女士;承蒙不弃,声声志摩,颇非前此冷傲,异哉。"可为一证。此信同时提到了林徽因,徐志摩对林的印象是:"林大小姐则不然,风度无改,妩媚犹圆,谈锋尤健。兴致亦豪;且亦能吸烟卷喝啤酒矣!"

信中多次抱怨,家务活耽误了自己更为重要的工作。她说自己"真是怕从此平庸处事,做妻生仔的过一世!"林徽因的抱怨涉及家庭主妇与职业女性之间的永恒冲突。可以看出,林徽因的"女性观"与冰心的"贤妻良母"主义显然不能相合。从林徽因的一篇小说《钟绿》中,我们可以看出林徽因理想的女性的特点:美丽,有个性,热爱自由,内心世界色彩斑斓。在冰心这里,她更关心的是一个女性在沙龙中的身份地位的问题。冰心将自己在沙龙里的身份定位为"闲谈煮咖啡",是一个主妇,是男知识分子们高谈阔论之际一个"辅助者"。而林徽因则显然不是如此传统的"贤妻"形象。林徽因是她自己沙龙里的意见领袖。她发言的时候,众男知识分子"当着她的谈锋,无不低头"。可以说,林徽因所主持的沙龙在中国文化史上第一次打出了女作家主导男性舆论的旗帜,是自晚清以来女权意识的一大觉醒。这一点,可以说是冰心和林徽因引发纠葛的深层次矛盾。与此同时,我们不妨将林徽因的另一个反对者纳入考查范围。

反对林徽因举办沙龙的还有一个女性,这就是梁家的大姐梁思顺。梁思顺是梁启超最宝贝的女儿。在现代文化史上,梁启超是较早提倡女权的人物,在家庭教育中,他也很重视女儿们的教育,并且十分偏爱女儿。梁启超鼓励女儿做社会上有贡献的职业女性。但他最宝贝的大女儿梁思顺却和父亲的观点不一致,甚至和父亲的观点背道而驰。

1915年,梁思顺就提倡贤妻良母论,她在给《中华妇女界》撰写的发刊词中写道:

> 欧风东渐,女权论昌,而汲其流者乃至有参政权之要求,有法律学堂之建设,搓搓屡舞,良又足嗤……今必事事与男子争道,谓必如是乃为平权,一何可笑。此俗论之当办者又一也。孔子曰,君子中庸知,彼两说皆非则中道从可择矣。外国女学常以养成良妻贤母为宗旨。吾国女训,亦在相夫教子。夫能相夫斯为良妻,能教子斯为贤母。妇人天职尽于此矣。①

---

① 梁令娴:《所望于吾国女子者》,《中华妇女界》第1卷第1期,1915年1月25日。

这时候的梁思顺,女性观可以说十分保守。主张妇人天职就是"相夫教子"。1922 年,梁思顺在另一篇文章中继续谈论女性话题,这一次她的观点有所松动,不再坚持妇女的天职仅仅是相夫教子,而同时主张女性可以有自己的职业,但这职业也仅仅是"余暇"。

> 我的意思,以为妇女应该有职业,以发挥她的能力,不过要像爱伦·凯女史说的要注意"母性",不伤害"母性"范围以内,应该要择一种职业的。所以已婚的妇人要先注意家庭儿女,处理完备,以其余暇,做些救济社会的事业,或发挥自己的能力,择合于自己的做去。①

梁思顺的"女性论"着眼点显然在家庭,即作为"母亲"这一身份的女性的能力和素养。而林徽因显然与此不同。两个人早年便多有龃龉,到了林徽因经常性的召集文化沙龙之后,梁思顺与其矛盾更加激化。1936年林徽因致费慰梅信中提到梁思顺半夜来到林徽因家把女儿带走,愤然道:"她全然出于嫉妒心,尽说些不三不四话,而那女儿则一直在哭。[……]当她走的时候,又扔出最后的炸弹来:她不喜欢她的女儿从他叔叔和婶婶(注:即林徽因)的朋友那里染上那种激进的恋爱婚姻观,这个朋友激进到连婚姻都不相信——指的是老金!"②梁思顺表面上是说金岳霖的婚姻观,其实矛头指向的是林徽因本人。梁思庄的女儿吴荔明回忆说:"徽因舅妈非常美丽、聪明、活泼,善于和周围人搞好关系,但又常常锋芒毕露表现为自我中心。她放得开,使很多男孩子陶醉。"③再加上林徽因沙龙里男性客人众多,其中对林徽因不乏"爱慕"者,这都让提倡"贤妻良母"论的梁思顺不能接受。

而冰心,某种程度上,正是梁思顺的同道中人。冰心在多篇小说中写到婚姻家庭时表达了"贤妻良母"主义的倾向。和梁思顺有相似的地方,

---

① 周梁令娴:《妇女运动问题》,《现代妇女》第 5 期,《时事新报》发行,1922 年 10 月。
② 〔美〕费慰梅:《暂时喘一口气》,《林徽因与梁思成》,成寒译,北京:法律出版社 2010 年版,第 117 页。
③ 吴荔明:《梁启超和他的儿女们》(第二版),北京:北京大学出版社 2013 年版,第 148 页。

但也有不同。在关于妇女运动的公开发言中,冰心表态道:

> 关于妇女运动的各种标语,我都同意,只有看到或听到打倒"贤妻良母"的口号时,我总觉得有点刺眼逆耳……我希望她们要打倒的只是一些怯弱依赖的软体动物,而不是像我母亲那样的女人。①

由此可以看出,冰心对贤妻良母的观点是认可的。那么,她所认可的贤妻良母是怎样的一类女性? 茅盾当年将其指称为一种"新贤妻良母主义"。茅盾在《冰心论》中评价道:"是那时的人生观问题,民族思想,反封建运动,使得冰心女士同'五四'时期所有的作家一样'从现实出发'! 然而'极端派'的思想! 她是不喜欢的;所以在《两个家庭》中,她一方面针砭着'女子解放'的误解,一方面却暗示了'贤妻贤母主义'——我们说它是'新'良妻贤母主义罢——之必要。"②而与冰心主张"新贤妻良母主义"不同,林徽因自云"真是怕从此平庸处世,做妻生仔的过一世!"③

不论是梁思顺的"贤妻良母主义"还是冰心的"新贤妻良母主义",都与林徽因完全西式的性情,主张男女平等、十分强硬的"女权"形象不能相合。④ 徐志摩1928年家书中提到林徽因:"林大小姐则不然,风度无改,妩媚犹圆,谈锋尤健。兴致亦豪:且亦能吸烟卷喝啤酒矣!"⑤这样一副"抽烟喝酒"的形象显然与"贤妻良母"相距甚远,也自然招致了两位"贤妻良母主义"倡议者的不满。

所以说,林徽因沙龙所引起冰心和梁思顺的批评,根源在女性观的不同。新女性的代表人物林徽因,热爱自由,独立,率直敢言,突破了传统社会对女性的期待。不仅颠覆了传统男权对女性的束缚,而且以一个主导

---

① 男士(冰心):《我的母亲》,《星期评论》第14期,1941年3月。
② 茅盾:《冰心论》,《茅盾全集》(20),北京:人民文学出版社1990年版,第154页。
③ 参见林徽因致胡适信,陈学勇编,《林徽因文存:散文·书信·评论·翻译》,成都:四川文艺出版社2005版,第73页。
④ 很有意思的是,冰心所主张的"贤妻良母"和林徽因所热衷的"沙龙女主人",背后都有着家庭的支撑。如果是一个待字闺中的女孩子,在二三十年代的中国,是决计做不了一个沙龙的女主人的。
⑤ 徐志摩:《致陆小曼281211》,《志摩的信》,第95页。

者的姿态走在了时代的前列。而冰心,作为贤妻良母主义的支持者,虽然在新的时代环境下拓展了传统贤妻良母主义的内涵,但仍然不能摆脱传统男权对女性的规约。金岳霖晚年将冰心对太太客厅的批评理解为"不知亡国恨",明显存在偏差。在冰心那里,我们看不到对于沙龙违反民族国家大义的指责,冰心所针对的仅仅是林徽因这个沙龙女主人而已。尤其需要再次指出的是,冰心也是沙龙的热衷者,并在同时期举办沙龙。所以,冰心小说很明显地将笔墨重点放在了女主人身上。两人并不在是否举办沙龙上存在争议,而是在如何举办沙龙上存在分歧。

在西方,沙龙离不开女主人,在中国特殊的文化背景下,女性并非所有沙龙的重心,甚至可以说,大多数文化沙龙都是男性担当"沙龙先生"的角色,像上海的曾朴、邵洵美,北平的朱光潜、金岳霖等,他们都是合格而优秀的沙龙男主人。但是沙龙对现代女性发展及女性文学的促进依然值得我们重视。沙龙女主人的出现,一方面促进了中国女性文学的发展,更深远的意义在于促进了中国女权的发展和进步。从这个意义上说,林徽因沙龙所带来的影响不止于文坛,还对社会风气和女性文化起到了某种引导和示范作用。

(二)《我们太太的客厅》

以上可谓《我们太太的客厅》产生的背景。林徽因沙龙的文艺范和多多少少存在的暧昧氛围,激发了冰心的讽刺灵感。1933年,冰心创作了她个人写作史上少有的讽刺作品——《我们太太的客厅》。[①] 冰心写作这篇小说的时候,林徽因的沙龙风头正健。冰心虽未目睹,但想来从沈从文等人处可以耳闻得到,因而小说对"太太客厅"的记录,相比后人捕风捉影或添油加醋的众多描述,可以说最符合历史的情状。冰心晚年曾在访谈中谈及此篇小说,说"《太太的客厅》那篇,萧乾认为写的是林徽因,

---

① 1933年9月27日,冰心在《大公报·文艺副刊》上开始连载《我们太太的客厅》。这篇小说是边写边连载的,最后一篇连载文末冰心郑重署下:"竟于一九三三年十月十七日夜。"

其实是陆小曼,客厅里挂的全是她的照片"。陆小曼,在时人眼中一向被视为海上交际花,徐志摩的朋友大多对其不以为然。冰心的初衷和读者萧乾的联想显然不一致。或许,冰心在创作之初,是打算影射林徽因的,在写作过程中,却因为"先在的偏见"有意无意地将陆小曼的形象揉入了进来。所以,我们一开篇就从小说中读出了沙龙女主人浓浓的"名媛"气息。

"名媛"一词,在中国传统文化中早有所本。最早的涵义是"出众的女子",《世说新语》中,"贤媛"门共 32 则,记载了二十多位女性,这些女性或胆识过人,或能言善辩,或才艺出众。明清之际,出现过《名媛诗归》《名媛诗话》等文集,然而此处的"名媛"主要指代那些"妇德"出众的女性文人。文集中女性多为烈女、贞女、孝女。到了晚清,"名媛"一词指向受过新式启蒙教育的杰出女性。晚清上海著名的中国女学堂召集中西女子集会之际,《新闻报》就冠以"名媛会议"之名,此会中西女客曾发布声明如下,特意强调集会的"非娱乐性":"本学堂邀请诸女客,专为讲求女学,师范西法,开风气之先,并非如优婆夷等设筵以图香积也。"[①]此时,"名媛"和"现代"相联。到了二三十年代,"名媛"一词的内涵又发生了变化,由之前的褒义转化为类似于"贵妇"的褒贬暧昧的词语。沈从文在关注女子教育的一篇文章中提及过对这类名媛的看法:这样的女性有着良好的家世和教育,然而,"生命无性格""生活无目的""生存无幻想"。"她主要的兴趣在玩牌,她的教育和门阀,却使她作了国选代表。她虽代表妇女向社会要求应有的权利,她的兴趣倒集中在如何从昆明带点洋货过重庆,又如何由重庆带点金子到昆明。"[②]可以说,在冰心眼中,林徽因这样的"太太客厅"里的沙龙女主人,正是一位典型的交际"名媛"。从这里也可以看出,冰心对林徽因的文坛地位和文学成就是否相合存在质疑。

小说开篇,冰心便将沙龙女主人"美"直接界定为交际花:"墙上疏疏落落的挂几个镜框子,大多数的倒都是我们太太自己的画像和照片。无疑的,我们的太太是当时社交界的一朵名花,十六七岁时候尤其嫩艳!

---

① 《新闻报》1897 年 12 月 3 日。
② 沈从文:《烛虚》,《沈从文全集》第 12 卷,第 5 页。

相片中就有几张是青春时代的留痕。"①女主人的相貌体态是惯于卖弄风情的:"我们的太太从门外翩然的进来了,脚尖点地时是那般轻,右手还忙着扣领下的衣纽……"②冰心竭力描画"美"的名媛气:"太太已又在壁角镜子里照了一照,回身便半卧在沙发上,臂肘倚着靠手,两腿平放在一边,微笑着抬头,这种姿势,又使人想起一幅欧洲的名画。"③甚至连沙龙中读诗的场景,在冰心笔下,也充满了浓郁的挑逗色彩:"大家都纷纷的找个座儿坐下,屋里立刻静了下来。我们的太太仍半卧在大沙发上。诗人拉过一个垫子,便倚坐在沙发旁边地下,头发正擦着我们太太的脚尖。"④概而言之,在冰心笔下,"美"是个十足的"名媛",周旋于几个沙龙男客人中间——小说几乎是《我劝你》影射诗的扩充版。⑤ 而这样的场景显然不符合林徽因沙龙的实际。同样不曾参加过林家沙龙,同样写了影射小说,钱锺书对林家沙龙的"想象"要客观得多。

　　冰心对林徽因一再表示反感,很多人将之归因为"女人之间的嫉妒"。说是因为冰心不美,林徽因美,冰心因而"羡慕嫉妒恨"了,所以才有种种付诸笔墨的讥刺之文。究竟是不是因为这样浅薄的理由?我们不妨来了解一下冰心对待社交的看法。冰心认为人要有"才,情,趣"的三位一体,方能做人家的一个好朋友,⑥也才可以做一个不俗的"朋友"。在

---

① 冰心:《我们太太的客厅》,《冰心全集》第3卷,第22页。
② 同上书,第23页。
③ 同上书,第25页。
④ 同上书,第33页。
⑤ 有意味的是,小说中冰心写道"我们的太太说,只有女人看女人能够看到透骨,所以许多女人的弱点,在我们太太口中,都能描画得淋漓尽致",联系《我劝你》诗的开头一句"只有女人知道女人的心,虽然我晓得,只有女人的话,你不爱听"以及《我们太太的客厅》本身的讥讽意味,不难看出,冰心射向"我们太太"的暗箭也同时指向了自己。
⑥ 抗战时期,梁实秋每于雅舍中与友人相聚为欢。冰心也是常客之一。有一次,饭后冰心乘兴在梁实秋的册页簿上题字。内容如下:"一个人应当像一朵花,不论男人或女人。花有色、香、味,人有才、情、趣,三者缺一,便不能做人家的一个好朋友。我的朋友之中,男人中只有实秋最像一朵花——虽然是一朵鸡冠花,培植尚未成功,实秋仍需努力!"据梁实秋回忆,当冰心写到"男人中只有实秋最像一朵花"时,围绕在四周的朋友大为不满,纷纷叫嚣"实秋最像一朵花,那我们都不够朋友了?"冰心无法,只得说"少安毋躁,我还没有写完"。于是,添上了最末一句"虽然是一朵鸡冠花,培植尚未成功,实秋仍须努力!"参见梁实秋:《方令孺其人》,《梁实秋怀人丛录》,第228页。

冰心眼中,林徽因显然是不能满足这个要求的。在她笔下,林名媛气太重,有失女知识分子的庄重。①

沙龙中的客人,小说中写到了如下几位人物:科学家陶先生,画家袁小姐,诗人,文学教授,哲学家,政治学者,外国女人柯露西。可以说大体上是现实中林徽因沙龙的人员对照版。"诗人"是"白袷临风,天然瘦削,头发平分,白净的脸,高高的鼻子,薄薄的嘴唇,态度潇洒,顾盼含情,是天生的一个'女人的男子'"②,这是徐志摩无疑了,"哲学家"是"瘦瘦高高,深目高额,两肩下垂,脸色微黄,不认得他的人,总以为是个烟鬼"③,这自然指的是金岳霖。小说对沙龙的活动未做详细描述,只一提而过,重心放在描摹"美"和沙龙客人之间微妙的关系上。在作家笔下,沙龙的男客大多是女主人的追求者或爱慕者,而两位女客人袁小姐因为貌丑粗笨而得到主人的欢心,而风流寡妇露西因为幽默大方受到女主人的冷遇。整个沙龙或读情诗,或眉目调情,洋溢着一种附庸风雅而暧昧庸俗的气息——到访的家庭医生甚至说起了"乍暖还寒时候,最易伤风"的句子。小说中描写的这个沙龙的格调正代表着现实中冰心对林徽因的看法——冰心对林徽因的个人品格和作风显然很是不满。

《我们太太的客厅》连载于《大公报·文艺副刊》1933年第2期至第10期。④《大公报·文艺副刊》是林徽因沙龙里最常阅读和讨论的读物。显然,林徽因读到了这篇小说。李健吾回忆:"我记起她亲口讲起的一个

---

① 有意思的是,冰心所爱的庄重,在苏雪林这里成了虚伪:"冰心却偏不然,她同你谈话态度虽颇亲热,但她的心扉却是永远关闭着的,无论写信或说话,她都是极有分寸,极善保留的。你以极大的热情对待她,她回答你的,总是那冷冷的,不着边际的几句话。因此朋友中之会过冰心者辄大失所望,骂她只是个'青年会式'(基督教会交际机构)的女诗人,对人讲的仅是交际手腕,缺乏真实的感情。"苏雪林:《我所认识的女诗人冰心》,《文坛话旧》,台北:传记文学出版社1969年12月1日初版,第42页。
② 冰心:《我们太太的客厅》,《冰心全集》第3卷,第28页。
③ 同上。
④ 有意思的是,以诗和小说影射讥讽林徽因的冰心,在田汉的话剧《暴风雨中的七个女性》里也被开涮了一把。田汉这个话剧带有鲜明的政治色彩,影射现代七个女作家:冰心、陈衡哲、丁玲、苏雪林、白薇、萧红和凌叔华。据苏雪林回忆:"后来凌叔华女士在北平会见冰心,问她对那剧本意见如何?冰心面现极不豫之色,哼了一声,并不接腔,叔华知道她这回很是伤心,遂亦不敢再提那剧本的话。"(苏雪林:《文坛话旧》,第42页)

得意的趣事。冰心写了一篇小说《太太的客厅》讽刺她,因为每星期六下午,便有若干朋友以她为中心谈论时代应有的种种现象和问题。她恰好由山西调查庙宇回到北平,她带了一坛又陈又香的山西醋,立时叫人送给冰心吃用。"①林徽因的回应骄傲而自负,充满了回击对手的热情。并且,她将此回应当做一件得意的趣事,向并非常客的李健吾讲述,想来,更多的沙龙成员也都知晓了。作为刊物编辑,沈从文显然是看过这篇小说的,他对小说的看法在一篇散文中也暗示出来了。在散文《水云》中,沈从文形容一位女客时,提到了"太太客厅"。在沈从文笔下,这位女客是"一个受过北平高等学校教育上海高等时髦教育的女人","照表面看,这个女人可说是完美无疵,大学教授理想的太太,照言谈看,这个女人并且对于文学艺术竟像是无不当行,若仅仅放在'太太客厅'中,还不免有点委屈,真是兼有了浪子官能上帝与君子灵魂上帝的长处的一种杰作。"——虽然对这位女客语带讥讽,然而对"太太客厅"女主人的肯定还是溢于言表。此篇文章刊发于1943年《文学创作》第1卷第4期。这里沈从文加引号的"太太客厅"显然有所特指,继冰心的小说而来。

再看沙龙里另一位重要人物金岳霖的反应。金岳霖晚年在回忆文章中谈到这则公案:

> 在三十年代里,有人写了一篇文章,题目是《少奶奶的客厅》。这样一来可真是把英国乡居富人的社交情况形容出来了。英国的乡居富人请客时,大吃其牛肉,吃完之后,男的进入他们的雪茄烟和Whisky酒的房子里去了,女的则进入她们的客厅去聊天。她们当中虽然也有老太太,但总还是以少奶奶为主。这篇文章确实有这一好处。但是它也有别的意思,这个别的意思好像是三十年代的中国少奶奶们似乎有一种"不知亡国恨"的毛病。

这就把问题搞得复杂了。"国"很不简单。当其时的中国就有

---

① 李健吾:《林徽因》,见柯灵编:《作家笔会》,北京:海豚出版社2013年版,第50页。

两个不同的国,一个以江西为根据地,一个以南京为首都。少奶奶究竟是谁呢？我有客厅,并且每个星期六有聚会。湖南饭店就是我的客厅,我的活动场所。很明显批判的对象就是我。不过批判者没有掌握具体的情况,没有打听清楚我是什么样的人,以为星期六的社会活动一定像教会人士那样以女性为表面中心,因此我的客厅主人一定是少奶奶。哪里知道我这个客厅的主人是一个单身的男子汉呢？①

金岳霖说"很明显批判的对象就是我",这个"很明显"明显是有意的误读。金岳霖指出冰心之作臆测居多,不了解实情,而且张冠李戴。对冰心的不满之意溢于言表。以金岳霖在"太太客厅"中的核心地位,这应该是林家沙龙对此次发难的代表性态度。

总而言之,冰心这篇小说虽说针对沙龙发声,然而讥讽的矛头却并未指向知识分子社交本身,笔触明显围绕女主人不放。② 浓厚的"嫉妒"色彩让冰心小说的说服力明显减弱,也由此招致了林家客厅里知识分子的集体反对。金岳霖、沈从文、李健吾等人都对冰心的"名媛"指控不以为然,在他们眼中,林徽因对于文学艺术无不当行,是时髦的新女性,也是道地的知识分子。在这场对林徽因身份的怀疑和指控中,批评者显然势单力薄。

(三) 钱锺书的冷眼旁观

在30年代,沙龙作为文人之间的交际方式,已经风行南北,成为京派、海派文人聚合的一种普遍方式,也各自引起了批评。但有意思的是,批评者中也不乏自己身在沙龙的人,比如鲁迅就长期参加内山书店的文学漫谈会,这也是一种沙龙。而冰心和沈从文,更是对沙龙十分热衷。真正对沙龙冷眼旁观的是钱锺书。一向不爱交际的钱锺书,对林徽因沙龙

---

① 金岳霖:《我的客厅》,刘培育整理:《金岳霖回忆录》,第47—48页。
② 在这篇小说里,冰心写到了诸位茶客,但讽刺的重心却一直放在沙龙女主人身上。在她的笔下,"我们太太""美"轻浮做作,惯于卖弄风情,利用女性的魅力将到访的客人玩弄于股掌之上。客人"陶先生""诗人"均和女主人有暧昧不明的情愫。

的讽刺可谓一针见血。因而,讨论这场由冰心引起的沙龙风波,也有必要将钱锺书的《猫》纳入进来。如果说冰心的批评更多让读者感受到文人相轻的色彩的话,那么钱锺书的观察则道出了沙龙在30年代引起争论的症结所在。

《猫》明显影射林徽因的沙龙,对其提出了尖锐的批评。《猫》,中篇小说,作者钱锺书,1910年出生,比林徽因小6岁,30年代初,当钱在清华求学之际,他的老师叶公超和朱自清是朱光潜沙龙的常客,与林徽因在读诗会上常相晤面,钱锺书本人虽未出入过太太客厅,想来对其也有耳闻。因而,虽然《猫》①这篇小说写于林徽因沙龙结束之后,与冰心的在场状态不同,但创作主体仍然处于同一个文学场之中,依然值得参考。在《猫》里,钱锺书以30年代一次沙龙活动为主要场景,塑造了北平文化圈中的一批高级知识分子群像。此篇具有明显的影射性质,直指林徽因的太太客厅。② 在钱锺书笔下,"太太客厅"女主人的"名媛"色彩明显减弱,他更多的将其作为北平知识分子之一员来批评,这名"女知识分子"具有漂亮女性所惯有的虚荣、爱美和轻薄。然而与冰心小说中以沙龙女主人为核心不同,钱锺书的小说将笔触重点放在塑造各类知识分子茶客上,同时小说对沙龙男主人"李先生"的讽刺挖苦明显多于冰心之作。

《猫》里塑造的人物众多,与冰心小说中用职业泛泛指称人物不同,《猫》中的每个人都有鲜明而立体的个性,钱锺书对他们的刻画短而精粹,有入木三分之妙。女主人爱默(林徽因),男主人李建侯(梁思成),客人马用中(罗隆基)、袁友春(林语堂)、陆伯麟(周作人)、郑须溪(周培源)、赵玉山(胡适)、曹世昌(沈从文)、陈侠君(徐志摩)、傅聚卿(朱光潜)、齐颐谷(萧乾),各有影射,钱锺书对他们个人典型特征的描绘非常

---

① 钱锺书:《猫》,《文艺复兴》创刊号,1946年1日10日,郑振铎、李健吾主编。钱锺书的小说创作数量不多,除了长篇《围城》之外,短篇小说《猫》是分量最重的一篇。《围城》的写作和发表都晚于《猫》,某种程度上,《猫》可谓《围城》的短篇练习。
② 钱锺书在1946年出版的短篇小说合集序言中预先打了预防针,声明"书里的人物情事都是凭空臆造的"——这分明是此地无银三百两,虽然小说中人物叙事场景多少有虚构的成分,但人物具有鲜明的影射色彩,熟悉文化史的读者一看便知。

鲜明,读者很容易对号入座。① 小说的主体由沙龙聚谈构成,极其细致的对话和场景描写仿若现实中沙龙的情景再现。② 钱锺书显然是借小说中沙龙这一场合来影射现实中的知识分子,标题"猫"便是一个隐喻,刻画中国这群热衷沙龙聚会的知识分子所普遍具有的"猫性"特征。这一批评同样适用于现实中林徽因的"太太客厅"。相比而言,无论构思还是立意,以及对人物精神世界的分析,此篇都远远高于冰心之作。

与冰心不同,女主人爱默在钱锺书笔下少了许多脂粉气和名媛气,更多呈现出了一个现代女知识分子的形象。

> 她(爱默)虽然常开口,可是并不多话,一点头,一笑,插进一两句,回头又跟另一个人讲话。她并不是卖弄才情的女人,只爱操纵这许多朋友,好像变戏法的人,有本领或抛或接,两手同时分顾到七八个在空中的碟子。颐谷私下奇怪,何以来的都是近四十岁、久已成名的人。他不了解这些有身家名望的中年人到李太太家来,是他们现在唯一经济保险的浪漫关系,不会出乱子,不会闹笑话,不要花费,而获得精神上的休假,有了逃避家庭的俱乐部。③

钱锺书对爱默的评价想来也对应着现实中对林徽因的态度,这里面有旁观者的洞察,也有深于人性的理解和宽容,有微讽,同时也有一丝遮不住的赞赏。以钱氏的刻薄,这一点实属难得。总的来说,《我们太太的客厅》和《猫》因为作者的知名度以及影射对象的著名,而在当年的文坛以及后世的文学史上影响深远。冰心因为实乃沙龙中人,她的影射之作

---

① 然而很明显,《猫》中人物与现实中的"太太客厅"成员不是一一对应的关系,比如林语堂是上海邵洵美沙龙的重要成员,却不曾迈入过"太太客厅",而朱光潜、周作人、胡适虽与林徽因有交往接触,也不曾到过林家。钱锺书此文显然是对当时国内尤其是北平文化圈尚清谈的一批知识分子的集体批判。事实上,他将朱光潜的"读诗会"和林徽因的"太太客厅"两个沙龙杂糅在一处,艺术化地构思了这一篇影射小说。
② 这个特点在钱锺书后来的《围城》中也体现得很明显。《围城》里苏小姐主持的文人宴会即类似于沙龙聚谈。钱锺书对知识分子的关注,往往采取刻画群体活动的方式进行,在人与人的互动中体现人物个性。
③ 钱锺书:《猫》,《人兽鬼》,北京:三联书店2007年版,第38页。

有同行相嫉的成分。① 而钱锺书向不喜交际,孤高自傲,他在小说中对这些沙龙知识分子的讽刺、挖苦、嘲笑,某种程度上有一种"站在庐山之外"的清醒。钱锺书看出了在热闹的沙龙交游背后这些文化人的逃避和懦弱,也指出了在内忧外患的国际国内政治背景之下沙龙存在的"不合时宜"。② 事实上,相当长一段时期内,政治的波澜诡谲正是后来沙龙在中国销声匿迹的主要原因。而众多学者围绕着究竟是否影射展开争论,笔者认为这些争论本身的意义不大,因为既是小说体裁,虚构和加工便在所难免,不可能凡事属实,也不可能一一对应。本书将两篇文章均定义为影射小说,通过分析,借以窥视当年文坛知识分子的群体概貌。

那么林徽因究竟是"名媛"还是"知识分子"? 一边是圈外人冰心和钱锺书的批评,③一边是圈内人费慰梅、费正清、李健吾、沈从文、卞之琳、金岳霖、萧乾、朱光潜等众多友人的赞誉。两者都不免因为关系的远近亲

---

① 总结起来,冰心对林徽因的质疑有如下几点:1.《我劝你》中隐含的对林徽因和诗人搞暧昧关系不能"相夫教子"的指责。"不过还有一个好人,你的丈夫……不说了! 你又笑我对你讲圣书"。冰心爱讲"圣书",沈从文称其为"教婆"。2.《我们太太的客厅》中进一步将其具体化,指责林徽因"名媛"气太重,在沙龙里卖弄姿色,让整个沙龙的风气变得轻浮庸俗无聊。也在文中批评了林徽因过于开放的女性观。"她认为所有的中国女性都太琐细,太小方。"言下之意,本来冰心是够资格做"现代、大方"的女朋友的,但林徽因出于嫉妒而不邀请。林徽因的"爱展示自己的魅力"得到了很多人的印证。吴荔明、费慰梅都提到这一点。3. 在梁实秋和朱光潜沙龙发生争论之后,梁实秋批评林徽因的诗《别丢掉》不"明白清楚","看不懂"。林徽因依然未辩一词。而朱光潜沙龙大部分成员都发声力挺。冰心和梁实秋关系很好,在这场争论中,冰心写诗《一句话》,这首诗显然再次讽刺林徽因的爱情故事。

② 40 年代,钱锺书也曾参加过文艺沙龙。宋以朗先生新近出版的《宋家客厅——从钱锺书到张爱玲》一书,披露了父亲宋淇与钱锺书夫妇的交往细节。他说宋淇喜欢在家中开派对,筹办文艺沙龙。自1942 年宋淇与钱锺书夫妇相识后,有段日子,几乎每星期都有聚会。"此信写时,不免想到从前每周必去尊府受教,恨不得时间倒流,再能受先生教诲也。"(1980 年 3 月 19 日宋淇致钱锺书)参见《宋家客厅——从钱锺书到张爱玲》,广州,花城出版社 2015 年版,第 99 页。而杨绛的回忆也证实了这一点。"李拔可、郑振铎、傅雷、宋悌芬、王辛迪几位,经常在家里宴请朋友相聚。那时候,和朋友相聚吃饭不仅是赏心乐事,也是口体的享受。"(杨绛:《我们仨》,北京:生活·读书·新知三联书店 2011 年版,第 118 页)

③ 在林徽因沙龙这里,影射作品呈现出的是冷嘲和热讽的基调,与现代文化史上影射曾朴、邵洵美沙龙之作大为不同。这原因是简单的,前者是圈外人所作,后者是圈内人所作。前者旁观,看得更清楚。后者人在庐山之中,难免大吹大擂。然而无论批评还是誉扬,客观效果都传播了这几大沙龙的影响和知名度,为更多人所熟知。此外,与邵洵美沙龙在文坛上遭致鲁迅等人猛烈的批评不同,北平沙龙的批评者们采取的是一种较为委婉和曲折的方式,以虚构的形式间接发声,显示了北平文坛知识分子的分歧和论争并不激烈。

疏而带有鲜明的主观色彩。判断林徽因的文化地位,最终还得回归到她本人的学术成就和文学事业上来。这一点,是有目共睹的,不必多言。另一面,我们也不得不承认,作为机智与美貌并重的沙龙女主人,林徽因沙龙的"爆得大名"很大程度上的确也有赖于一些社交场面的因素,比如美丽的容貌,时髦而得体的修饰,爽朗大方的性情,敏捷的应对能力以及相当聪颖的领悟力。而与徐志摩、金岳霖有案可查的暧昧情愫更是为她多了许多飞短流长。

我想,林徽因的魅力之处,在于她不仅自己写作,同时也启发了他人的灵感。

第五章　朱光潜家的"读诗会"与一场诗歌论争

　　与之前的三大沙龙主人不同,朱光潜主持读诗会,是以一个学者的身份,而非文人。相比曾朴、邵洵美和林徽因而言,沙龙男主人朱光潜并没有出众的口才和浪漫的性情,相反,朱光潜个性沉稳内敛,以理性见长。读诗会的氛围也相较前者显得专业而严肃。据多位成员回忆,颇类似于一个高端学术讨论会。它有社交性质,然而不在此层面停留,它也以文艺为话题,然而有更精深的理论思考。可以说,在本书讨论的四大沙龙之中,朱光潜的文艺沙龙最具学理性,带有鲜明的学院色彩。

第一节　朱光潜初入北京时的文坛

　　在朱光潜1933年召集读诗会之前,沙龙在北平已经以"茶会"的形式存在,影响最大的便有林徽因主持的著名的"太太客厅"。此外,北平文化圈早年的几个聚集值得关注。第一个便是徐志摩主持的聚餐会。这个聚餐会可以说是后来新月社的储备期。徐志摩显然对此聚餐会抱有厚望,1924年2月1日,徐志摩致胡适信:"听说聚餐会幸亏有你在那里维持,否则早已呜呼哀哉了——毕竟是一根'社会的柱子'!"[①]胡适日记记

---

① 徐志摩:《致胡适1924年2月1日》,《志摩的信》,上海:学林出版社2004年版,第252页。

载(1924年1月5日):"到聚餐会。是日到会的只有陈通伯、张仲述、陈博生、郁达夫、丁巽甫、林语堂。但我们谈的很痛快。"①1月19日胡适日记:"聚餐会在公园举行,我们谈到四点多钟。"②聚餐会的目的自然不在聚餐,而在自由地讨论文艺,徐志摩甚至将其视作一根"社会的柱子",这种形式已经很接近于朱、林二人的文化沙龙了。这时期聚餐会的成员后来大致都加入了新月社,而自新月社俱乐部成立后,活动地点便从石虎胡同转移到了松树胡同七号。

新月社成员经常举行文艺活动。其中之一便是读诗。沈从文回忆:"我头一次见到这个体面作家(徐志摩)时,是在北平松树胡同新月社院子里,他就很有兴致当着陌生客人面前读他的新作。那时节正是秋天,沿墙壁的爬墙虎叶子五色斑斓,鲜明照眼。他坐在墙边石条子上念诗。"③除了新月社,徐志摩的家也常是聚会之所。1925年年底,徐志摩搬至北京中街租住。于赓虞回忆:"自《诗刊》发刊到停刊,这中间每周要在志摩家中开一次读诗会,在这个会中讨论最多的,是诗的形式及音节。"④这个读诗会既有对诗艺的讨论,也常是诗人第一次发表诗作之所。蹇先艾回忆:"每次在志摩家开会,你(刘梦苇)到得比谁都早,而且每回都有几篇诗带来给大家传读,当时几乎没有人不惊诧你的创作力的。"⑤

其次便是聚谈。熊佛西回忆,新月社在北京成立的时候一般文人学者常到松树胡同去聚谈,或研讨学问,或赋诗写文,或评论时事,颇极一时之盛。除了聚谈之外,还有专门的讲座活动。有一次梁启超便应邀讲述《桃花扇》传奇,末了梁朗诵了《桃花扇》中的填词,"诵读时不胜感慨之至,顿时声泪俱下,全座为之动容"⑥。除了新月社常举行读诗会之外,现

---

① 胡适:《胡适日记1924年1月5日》,《胡适日记全编》第4卷,第153页。
② 胡适:《胡适日记1924年1月19日》,《胡适日记全编》第4卷,第164页。
③ 沈从文:《谈朗诵诗》,《沈从文全集·17卷》,太原:北岳文艺出版社2002年版,第244页。
④ 于赓虞:《志摩的诗》,《北平晨报·晨学园·哀悼志摩专号》,1931年12月9日。
⑤ 蹇先艾:《吊一个薄命的诗人——刘梦苇》,《晨报副刊》1926年9月27日。
⑥ 熊佛西:《记梁任公先生二三事》,转引自韩石山著《徐志摩传》,北京:十月文艺出版社2001年版,第145页。

代文学史上还有单个作家举办的个人读诗会,这种类似于"作品发布会"的形式由诗人朱湘率先倡议,①然而因故并未举行。这种读诗会偏于对诗歌音乐节奏的试验,和本章以读诗为目的相聚一处的沙龙聚会有所不同,故这里不做过多讨论。

在徐志摩组织新月社读诗的同时,清华大学的闻一多家里也召集了一个小小的读诗会。徐志摩在文章中称:"我在早三两天前才知道闻一多的家是一群新诗人的乐窝,他们常会面,彼此互相批评作品,讨论学理,上星期六我也去了。"②在这个小规模的文艺聚集中,"彼此互相批评作品,讨论学理",离我所定义的沙龙已经很接近。在这个"新诗人的乐窝"里,酝酿产生了后来的《诗刊》。然而因为参加人员的有限和持续时间较短,这个小沙龙在当时仅仅局限于诗歌圈。然而这样的文艺风气显然给朱光潜创办"读诗会"奠定了良好的文艺氛围。

除了实践上的努力,在诗歌圈,对沙龙这一文艺风尚提出理论倡导的也大有人在。其中,以受法国象征派诗歌和理论影响较深的两位诗人为代表,其中之一是李金发,其二是梁宗岱。李金发,20年代末中国著名的象征派诗人。李金发早年留学法国,在诗艺上也深受法国诗歌影响。1934年李金发撰文呼吁法国式的文艺沙龙,文章中,在介绍了几位法国知名的沙龙女主人之后,他感叹:"可惜我们中国没有这样好客而有钱的夫人,女士,给我们大家认识之机会,不致再文人相轻,我笑你,你骂我,弄得大家以后不好意思,各筑壁垒。"③李金发对沙龙的期待出于其联合文艺界的作用,认为可以避免"各筑壁垒,文人相轻",而着眼点还在女主人。另一位提倡象征主义诗歌的诗人梁宗岱虽无直接的文章提倡沙龙,但我们可以从他对法国诗人马拉美的沙龙介绍中看出他的态度。梁宗岱对这个诗人沙龙充满了向往:"这真是法国文学史上底美谈:每星期二晚

---

① 朱湘:《我的读诗会》,《晨报副刊》1926年4月24日。
② 徐志摩:《诗刊弁言》,《晨报副刊·诗镌》1926年4月1日。
③ 李金发:《法国的文艺客厅》,《人间世》第18期,1934年12月20日。写作文章之际,李金发显然对北平林徽因的太太客厅不甚了了,否则当不如此感慨。

上,巴黎罗马街(Rue de Rome)五号的住宅里,聚集着一班青年——当时及现在尚存的法国及欧洲文坛上许多显赫的名字。一灯荧然,在卷烟缭绕的重重薄雾中,马拉梅对他们柔声低谈艺术上底各种问题。这班青年诗人都把他底话像金津玉液般饮了,灌溉出来的便是日后绚烂的象征之花。"①或许这正是促发梁宗岱日后和朱光潜一起创办"读诗会"的潜在原因。②

这里,需要提一下胡适的文化设想。在 30 年代初期,胡适相继邀请徐志摩、梁实秋、张慰慈等人回京任教。朱光潜也正是在胡适的推荐下进入北大任职。胡适对朱光潜的期待很高,在给梁实秋的信中,明确表示希望他"和朱光潜君一般兼通中西文学的人能在北大养成一个健全的文学中心"。胡适一直欲借大学之力来整顿文坛,在给梁实秋的信中,他感叹全国尚无一个第一流的大学文科,"殊难怪文艺思想之幼稚零乱。此时似宜集中人才,汇于一处,造成一个文科的'P.U.M.C'"③。胡适的意图是在北大打造一个健全的文学中心。朱光潜的努力,一定程度上正符合胡适的期待。在"读诗会"进行的几年中,胡适虽也曾和梁实秋一起同沙龙成员发生过文艺上的争论,但对朱光潜沙龙组织的文化活动,一直大力支持。这其中就包括《文学杂志》的创办。《文学杂志》与商务印书馆的合作,是胡适一手推动的。此是后话。

可以说,在朱光潜回京之前,北平文坛已经呈现出"万事俱备,只欠东风"之势。

---

① 梁宗岱:《保罗哇莱荔评传》,《小说月报》第 20 卷第 1 期,1929 年。
② 在友人回忆中,读诗会上的梁宗岱锋芒毕露,甚至和"尊贵的小姐"林徽因因为一首诗而发生争执。
③ 胡适:《致梁实秋 19340517》,耿云志、欧阳哲生编:《胡适书信集》(中),北京:北京大学出版社 1995 年版,第 620 页。

第二节　朱光潜周围诗歌圈子的形成

在朱光潜举办"读诗会"之前,中国现代文坛已经有了不少尝试。如闻一多家的"黑屋子"聚会,新月社的"聚餐会",林徽因的"太太客厅",都曾有过具体的读诗活动。在朱光潜举办读诗会的同时,北平也还另有其他的类似活动,朱自清在《语文杂谈》中提到一位张仲述先生在南大电台诵读徐志摩的诗,而清华大学此时也有诵读会。① 此外,朱自清日记还留下了他参加外国人哈丽特·蒙罗小姐诗朗诵会的记录。② 至于朱光潜,虽然回国较晚,没有赶上之前的文化活动。但朱在英国留学期间,就接触到了"读诗会"这一形式,对其十分认同:"我在伦敦时,大英博物馆附近有个书店专门卖诗。这个书店的老板组织一个朗诵会。每逢周四为例会,当时听的人有四五十,我也去听。觉得这种朗诵会好。诗要能朗诵才是好诗,有音节,有节奏。所以到北京后也搞起了读诗会。"③

朱光潜召集读诗会,出于对西方文化形式的模仿,但显然也有着更长远的考虑,存有建设中国现代语体文的远大抱负——这是继早年胡适白话文运动之后又一次规模较大的语言改革试验。朱光潜的提议得到了朋友们的热烈支持,尤其是朱自清和梁宗岱,这两位对语体文一向抱有研究的热情,"当时朋友们都觉得语体文必须读得上口,而且读起来一要能表

---

① 参见朱自清:"与采用口语体连着的,便是诵读。听说张仲述先生前回在南大电台广播,诵读徐志摩先生的诗,成绩很好。清华那边也有过两回诵读会。北大教授朱光潜先生也组织了一个诵读会,每月一回。"《语文杂谈》,朱乔森编:《朱自清全集》第8卷,南京:江苏教育出版社1997年版,第204页。

② 朱自清:《朱自清日记1934年10月29日》,《朱自清全集》第9卷,第325页。由朱自清日记中可以得知,在30年代中期的北平,茶会在知识分子中间并不属于新鲜事。据朱自清记载,王了一也曾定期举办茶会。而外籍教师也举办读诗会这样的活动。只不过影响较大的是朱光潜的沙龙。朱自清对林徽因家的茶会记载不多。应该是不常参加。可见,朱光潜和林徽因的沙龙成员交集并不太多。

③ 朱光潜:《敬悼朱佩弦先生》,《文学杂志》第3卷5期,1948年10月。

情,二要能悦耳。以往我们中国人在这方面太不讲究,现在要想语体文走上正轨,我们就不能不在这方面讲究,所以大家定期集会,专门练习朗诵,有时趁便讨论一般文学问题。"①这个定期集会,用卞之琳的话说,"开始逐渐成了北平文艺小圈子中的一个无形的沙龙"②。

像林徽因的太太客厅一样,朱光潜的沙龙也选在自家庭院,没有走向公园或者咖啡馆,在北平文化人的活动日程中,我很少看到有逛咖啡馆的记录,除了沈从文、萧乾经常到来今雨轩等公园召集约稿会外,北平沙龙的举办地点更多选择比较具有私密性的家居场合。这样的空间是私人的,同时又具备一定的公共性,某种程度上,是介于私密与公共、物理与精神之间的"第三种空间"。在朱光潜这里,这"第三空间"便是"慈慧殿三号"。朱光潜显然对这个院子充满了好感,他专门写了一篇散文详细介绍此处的风景:

> 慈慧殿并没有殿,它只是后门里一个小胡同,因西口一座小庙得名。庙中供的是什么菩萨,我在此住了三年,始终没有探头去一看,虽然路过庙门时,心里总要费一番揣测。慈慧殿三号和这座小庙隔着三四家居户,初次来访的朋友们都疑心它是庙,至少,它给他们的是一座古庙的印象,尤其是在树没有叶的时候;在北平,只有夏天才真是春天,所以慈慧殿三号像古庙的时候是很长的。它像庙,一则是因为它荒凉,二则是因为它冷清,但是最大的类似点恐怕在它的建筑,它孤零零地兀立在破墙荒园之中,显然与一般民房不同。③

风景并不是迷人的,"荒凉"而"冷清",和北总布胡同三号的幽静美丽不可同日而语。然而,这份僻静却也正适合做高谈阔论的背景。居所是具有传统特色的庙宇风格的建筑,而举行的活动却是西式的沙龙,这中间很有些中西杂糅的成分在,某种程度上也是这些沙龙知识分子暧昧复

---

① 朱光潜:《敬悼朱佩弦先生》,《文学杂志》第 3 卷 5 期,1948 年 10 月。
② 卞之琳:《追忆邵洵美和一场文学小论争》,《新文学史料》1989 年第 4 期。
③ 朱光潜:《慈慧殿三号——北平杂写之一》,《论语》第 94 期,1936 年 8 月 16 日。

第五章　朱光潜家的"读诗会"与一场诗歌论争 | 221

图 5-1　1934 年,朱光潜在北平"慈慧殿三号"寓所前。

图 5-2　20 世纪 30 年代在北平朱光潜和友人合影,右一为朱光潜。①

---

① 图片由朱光潜之孙宛小平先生提供,在此感谢。

杂的文化心态的一个折射。而与金—林沙龙合二为一相似,慈慧殿三号也曾一度有两位主人,一位是朱光潜,另一位是与其同居的梁宗岱。中间梁宗岱因婚恋问题远走日本,主人便成了朱光潜一人。与众多的对其他沙龙主人口才以及轶事的回忆不同,关于朱光潜的回忆显得单薄,在谈及读诗会具体活动的时候,人们也不大提及这位主人。似乎,朱光潜一直处于沉默静听的角色,他所擅长的是将思考付诸笔端。

沙龙成员都是哪些?当年的参与者沈从文有过详细回忆:

> 北方《诗刊》结束十余年,北平地方又有了一群新诗人和几个好事者,产生了一个读诗会。这个集会在北平后门朱光潜先生家中按时举行。参加的人实在不少。计北大梁宗岱,冯至,孙大雨,罗念生,周作人,叶公超,废名,卞之琳,何其芳,徐芳诸先生。清华有朱自清,俞平伯,王了一,李健吾,林庚,曹葆华诸先生。此外尚有林徽因女士,周煦良先生等等。这些人或曾在读诗会上作过有关于诗的谈话,或者曾把新诗,旧诗,外国诗当众诵过,读过,说过,哼过。大家兴致所集中的一件事,就是新诗在诵读上,有多少成功可能?新诗在诵读上,已经得到多少成功?新诗究竟能否诵读?差不多集所有北方系新诗作者和关心者于一处,这个集会可以说是极难得的。①

《论朗诵诗》发表于1938年,离朱光潜"读诗会"结束的时间只有一两年的间隔,沈从文本人又是当事人,这份名单应该很准确。此外,顾颉刚1936年4月25日日记中提到:"到朱光潜家,为诵诗会讲吴歌。到研究院,记日记两天[……]今日同会:周启明、朱孟实、朱佩弦、沈从文、林徽因、李素英、徐芳、梁宗岱、卞之琳、冯文炳、孙子书、贺昌群、夏云、吴世昌(共二十人)。"②结合沈从文、顾颉刚、萧乾等人当年的回忆,"读诗会"成员可以列表如下:

---

① 沈从文:《论朗诵诗》,《沈从文全集》第17卷,太原:北岳文艺出版社2002年版,第247页。
② 顾颉刚:《顾颉刚日记(1933—1937)》第3卷,台北:联经出版事业公司2007年版,第468页。

表 5-1　朱光潜"文学沙龙""读诗会"成员情况一览表
（1934 年—1937 年）

姓名	籍贯	出生年月	教育背景	职业、职位	文化活动
朱光潜	安徽桐城	1897	肄业于英国爱丁堡大学、伦敦大学，法国巴黎大学、斯特拉斯堡大学	北京大学西语系、中文系教授	主持"读诗会"《文学杂志》
梁宗岱	广东新会	1903	毕业于岭南大学，后意大利游学	北京大学法学系主任	主持"读诗会"
朱自清	江苏东海	1898	北京大学哲学系	清华大学文学系主任	编辑《新文学大系》"诗歌卷"、《文学季刊》、《太白》
李健吾	山西运城	1906	清华大学文学院外文系，法国巴黎现代语言专修学校	剧作家、评论家	翻译福楼拜小说，发表《福楼拜》评论，1935年夏任国立上海暨南大学文学院法国文学教授兼上海孔德研究所研究员，与黄佐临等创办上海实验戏剧学校。
尤淑芬	江苏无锡	1909	清华大学经济系	学生，李健吾夫人	
林徽因	福建福州	1904	宾夕法尼亚大学美术系	诗人，营造学社职员	编造《大公报文艺丛刊小说选》
王力	广西博白	1900	清华国学研究院，巴黎大学文学博士	语言学家	
俞平伯	浙江德清	1900	清代朴学大师俞樾曾孙，毕业于北京大学	散文家	著有《燕知草》等散文集
钱稻孙	浙江吴兴	1887	在比利时接受法语教育，后在意大利国立大学完成本科	清华大学教授	

（续表）

姓名	籍贯	出生年月	教育背景	职业、职位	文化活动
顾颉刚	江苏吴县	1893	北京大学哲学系	燕京大学历史系教授	
周作人	浙江绍兴	1885	江南水师学堂，后留日先后在法政大学、东京立教大学学习。	北京大学教授	编辑《骆驼草》《水星》杂志
罗念生	四川威远	1904	康纳尔大学研究院毕业	燕京大学教授	编辑《大公报·诗特刊》
叶公超	江西九江	1904	剑桥大学文学硕士	清华大学西洋文学系教授	编辑《学文月刊》
废名	湖北黄梅	1901	北平大学北大学院英文系	北京大学中文系讲师	编辑《骆驼草》
孙大雨	上海	1905	清华学校（今清华大学）高等科	诗人，翻译家	
何其芳	四川万县	1912	北京大学哲学系	北京大学哲学系学生，诗人，散文家	
林庚	北京	1910	清华大学中文系	清华大学中文系讲师	编辑《文学季刊》
曹葆华	四川乐山	1906	清华大学中文系	清华大学研究生	
徐芳	江苏无锡	1912	北京大学	北大文学研究所助理	编辑《歌谣周刊》
冯至	直隶涿州	1905	北京大学德文系		
周煦良	安徽至德	1905	光华大学化学系、英国爱丁堡大学文学系	英国爱丁堡大学文学系	
唐宝鑫	北京通县	1915	清华大学	清华大学研究生	
沈从文	湖南湘西	1902	小学毕业	小说家	编辑《大公报·文艺副刊》
顾宪良	不详		清华大学外文系	清华大学外文系助教	
董同和	江苏如皋	1911	清华大学中文系	清华大学研究生	
张清常	贵州安顺	1915	清华大学中文系	清华大学研究生	
孙作云	辽宁复县	1912	清华大学中文系	清华大学研究生	

（续表）

姓名	籍贯	出生年月	教育背景	职业、职位	文化活动
李素英	不详	不详	燕京大学中文系	燕京大学研究生	
王小姐	不详	不详		身份未知	
马静蕴	不详	不详		小剧场演员	
萧乾	北京	1910	燕京大学新闻系	新闻系学生，后任《大公报》编辑	编辑《大公报·小公园》
卞之琳	江苏海门	1910	北京大学英文系		编辑《文学季刊》、《水星》
陈世骧	河北滦县	1912	北京大学英文系	北京大学讲师	

资料主要来源：徐友春主编：《民国人物大词典》，石家庄：河北人民出版社2007年版。

从上表可以看出，在年龄结构上，朱光潜沙龙显示出极大的兼容性，同时又呈现出鲜明的代际特征。其兼容在于师长辈和学生辈同聚一堂，而其代际之分在于，以1910为界，沙龙成员基本上可分为两类。1910年之前出生的大多为文坛已成名的前辈或者学院里的师长，如周作人、俞平伯、朱自清、顾颉刚、罗念生、叶公超等，其中以周作人资格最老。他们大多出生于19世纪末20世纪初，这些人有着良好的旧学训练，同时也大多有很好的留学背景。这些成员是朱光潜沙龙的主力军，也为此沙龙的学理色彩和专业化奠定了底色。——这些文坛的前辈和元老们加入到朱光潜这个"后学"组织的活动中来，和朱光潜本人的"资历"不无关系。朱光潜虽然1933年下半年才进入北平文化圈，然而其年龄和学养都让他很有号召力。这也可以部分解释为什么朱光潜沙龙的这些老一辈成员大多并未迈入林徽因的太太客厅，林徽因的太太客厅更多依赖一种"私谊"联系，沙龙中人多为新月派的旧人。从林徽因沙龙到朱光潜沙龙，可以说正折射出了北平文坛由新月派主政转而向京派过渡的过程。1910年之后出生的大多为北平高校的学生辈或者文坛新秀。这些人有孙作云、董同和、张清常等，这一年龄段的成员参与到朱光潜沙龙中，更多带有学习和参与的色彩，他们多数同时为前一个年龄段中学院派的学生或弟子，比如张清常、孙作云就是朱自清和叶公超的学生。①

  从出生籍贯上看,朱光潜沙龙成员来自天南地北,并没有呈现出集中的地域色彩。有意思的是,这些后来在论争中被命名为"京派文人"的成员以南方人居多,这也和当年中国普遍的教育情况有关,并没有什么特殊性。可以说,地缘的联结作用在朱光潜沙龙聚合中表现得并不鲜明。这与上海邵洵美的沙龙呈现出鲜明的"地缘"特征大为不同。在朱光潜这里,和金岳霖的"湖南饭店"类似,因为教育而形成的"学缘"起到了更主要的作用。一方面,年长的沙龙成员和林徽因太太客厅成员一样,大多有海外名校的教育背景,这些人归国后又多选择在清华北大任教,另一方面,年轻的一辈,也多是北大清华的在读学子。卡尔·曼海姆在《意识形态与乌托邦》中认为:"所有知识分子群体之间都有一个共同的社会学纽带,这就是教育。它以引人注目的方式把他们联结在一起。分享一个共同的教育遗产,会逐渐消除他们在出身、身份、职业和财产上的差别,并在各人所受教育的基础上把他们结合成一个受过教育的个人的群体。"②"清华北大"可以说就是朱光潜沙龙成员共同的"教育遗产",借助这份价值不菲的"遗产",朱光潜沙龙成员形成了一个比传统的地缘纽带更为密切的"知识共同体",也让这个沙龙具有鲜明的学院色彩。在《中国文坛缺乏什么》一文中朱光潜认为,商业气息浓郁的"新闻纸"派正在弥漫中国文坛,而学院派因为过于清高固守书斋,这都不是正确的态度,正确的态度是"经院派多加努力,给新闻纸派一个不可少的调剂"。某种程度上,"读诗会"正是朱光潜号召北平学院派知识分子进军文坛的一个努力。

  围绕着此沙龙,日后日渐形成了"京派"这个文学群体。有学者已经注意到了沙龙在京派形成过程中的作用:"优雅的、经常性的沙龙聚会是

---

① 有意思的是,后来写了专门影射沙龙知识分子小说(《猫》)的钱锺书却从未踏足朱宅,但想来从这些清华同学口中一定知晓此沙龙的大概。
② 〔德〕卡尔·曼海姆:《意识形态与乌托邦》,黎鸣、李书崇译,北京:商务印书馆2002年版,第158页。

'京派'形成和活动的重要方式之一。它将北平的文人组织起来,形成相对固定的封闭的文人圈子和文学共同体,形成了一个有机的公共领域。这不仅使他们在内部交流中产生一种凝聚的作用,而且也使他们和社会之间产生了一种离心力和疏离感。"①"文艺沙龙一方面是以思想倾向、文学观念和创作风格的趋近或相容而结成,另一方面最终又通过自由讨论将这种思想倾向和文学风格调和发展和传播出去。沙龙缔结的稳固的文人圈子为某种文学风格和流派的形成创造了条件和环境。"②朱光潜本人也承认:"在解放前十几年中,我和沈从文过从颇密,有一段时期我们同住一个宿舍,朝夕生活在一起。他编《大公报·文艺副刊》,我编商务印书馆的《文学杂志》,把北京的一些文人纠集在一起,占据了这两个文艺阵地,因此博得了所谓'京派文人'的称呼。"③

"京派文人"群体内部显然不是铁板一块,而是充满了融合和分歧。从身份上看,朱光潜沙龙成员非常多样,北平各个文学流派的代表人物都参加了:周作人、废名为代表的"骆驼草"同人,顾颉刚、罗念生等燕京学人,清华大学的文学教授朱自清、叶公超,北平文坛的新兴力量林庚、孙大雨等。身份也呈现多样化的特征,有学者、评论家、诗人、戏剧家、理论家,可以说是北平文坛的大聚合。然而这些人有着共通的特色,用朱光潜本人的话来形容,他们是"地道的文人派"。"地道的文人派"是什么样的人呢?朱光潜这样解释:"他们有经院派的训练而没有经院派的陈腐,有新闻纸派的流动新颖而没有新闻纸派的油滑肤浅。文学是他们的特殊工作,有时也是他们的特殊职业,当时他们的文学却没有完全走上职业化的道路。他们能保持一种超然的态度,不泥古也不超时,只是跟着自己的资禀和兴趣向前走。好的文学创作是从他们手里出来的。他们有时也做经院派的考据批评,做新闻纸派所做的通俗化的工作,当然比这两派人做的

---

① 旷新年:《1928:革命文学》,济南:山东教育出版社,1998年,第259页。
② 同上。
③ 朱光潜:《从沈从文先生的人格看他的文艺风格》,《艺文杂谈》,合肥:安徽人民出版社1981年版,第262页。

更好。"①这原本是朱光潜对布鲁姆斯伯里知识分子群体的定位,然而和他创办读诗会的宗旨是一脉相承的,显然也是围绕在他身边的"读诗会"知识分子群体的典型特征。

在现代中国几个著名沙龙中,朱光潜的沙龙开办最晚,延续的时间也并不长,只有短短的两年左右,然而影响却是最大最深远的一个。下面我们来详细考察一下朱光潜沙龙的具体活动。

首要问题是:沙龙起于何时?又终于何时?最直接的证据自然是当事人的记录。然而目前关于此沙龙活动,当事人的回忆并不多,我主要从朱自清的日记内容来判断。朱自清是"读诗会"的最热衷者之一,②在日记中留下了比较详尽的关于此沙龙的记录。最早的记录是 1934 年 5 月 22 日,最末一次记录是 1935 年 11 月 10 日。基本上可以判断,朱光潜沙龙活跃在这个时期内。另据朱自清记述,沙龙每月举办一次。

至于"读诗会"③的具体活动,则并不完全与名相符,读诗会有诗歌诵读,也有戏剧扮演,还有学术演讲,同时自然有沙龙中最常见的观点争论。首先,诗歌诵读是最常见的,诗艺的讨论是朱光潜开此沙龙的初衷,读诗会自然偏重,朱自清也说"读诗会以新诗为主"。沙龙成员大多读过诗,其中尤以诗人和诗歌评论家为主。诗人有:早期白话诗的作者俞平伯,象征派诗人梁宗岱,抒情诗人冯至,新月派诗人孙大雨、林徽因、徐芳、尤淑芬等,他们各有所长,在各自的领域里都做过诵读试验。评论家中,叶公超、罗念生、周煦良、朱光潜也读过诗。读诗是为了试验诗歌的音韵和节奏的规律。为此,他们尝试在多种诵读方法之间探索。或用方言:"朱、周二先生且用安徽腔吟诵过几回新诗旧诗,俞先生还用浙江土腔,林徽因女

---

① 朱光潜:《中国文坛缺乏什么》,《朱光潜全集》第 8 卷,合肥:安徽教育出版社 1987 年版,第 474 页。
② 用朱光潜的话说:"佩弦先生对于这件事最起劲。语文本是他的兴趣中心,他随时对于一个字的用法或一句话的讲法都潜心玩索。参加过朗诵会底朋友们都还记得他对于语体文不但写得好,而且也读得好。"朱光潜:《敬悼朱佩弦先生》,《文学杂志》第 3 卷 5 期,1948 年 10 月。
③ 在朱自清笔下,朱光潜的沙龙往往被称作"诵读会""朗诵会"或者"文学讨论会"。

士还用福建土腔同样读过一些诗。"①或区分新旧:钱稻孙读八股,董同和读《秋声赋》。②或辨别中西:孙大雨尝试找寻最恰当的元音来表达莎士比亚原剧的感情。以诗歌为纽带,读诗会将北平诗歌圈的诗人和评论家集聚在了一处。当然,诗歌诵读关注的面比较宽泛,不仅关注诗歌和文章的形式、音律和节奏问题,还在意诵读的感情表达以及是否有诗意等形式表演层面。1935年4月3日朱自清日记就记录了这一层面的讨论,他评论道:"张清常与唐宝兴才华出众。王小姐朗诵时声音发抖,口型亦颇不雅,孙作云不够认真。"③

诗歌而外,散文、小说也是读诗会经常诵读的内容。朱自清的日记详细记载了这些诵读的情况。以1934年5月22日为例,众人朗读了《大摊儿》《孔乙己》《卡尔佛里》《给亡妇》《子夜》。1935年1月20日,朱自清朗读散文《沉默》。沙龙成员大概是想从这些诵读中考察中国现代语体文的特点。而何种文章适合诵读,怎样诵读才能达至最佳效果,是沙龙成员关注的重心。一则日记中朱自清评论道"稻翁读八股,声调至佳",而"至董同和读《秋声赋》,真背书耳"(1934年5月22日)。对此,众人意见不一,朱自清认为"《子夜》之文实太啰嗦,不便诵读,其描写处尤然","愈工口语与文之愈近口语者自易成功,唐君是也。大抵不近口语之作,当另有读法。须着重咬字,使字有高尚感情(Noble Feeling),则尚远于口语声调"。而钱稻孙则认为"惟幽默轻巧之作乃能诵读"。

读诗会除了诵读,也有学术演讲。而演讲的议题主要是由沙龙主人朱光潜安排的。朱光潜作为诗歌理论家,既关注创作,也关注学术研究。可以说,朱勾连着文坛和学界。这些学术演讲的话题往往由朱光潜建议,同时也正是演讲者的研究领域。目前看到的记载有:一、"读诗会"邀请

---

① 沈从文:《论朗诵诗》,《沈从文全集》第17卷,第248页。
② 朱自清:《朱自清日记1934年5月23日》,《朱自清全集》第9卷,第293页。
③ 朱自清:《朱自清日记1935年4月3日》,《朱自清全集》第9卷,第349页。

顾颉刚讲授"吴歌";二、朱自清受邀讲授"一九二七年前新诗运动";①还有一次,废名讲新诗,并分析自己的诗歌作品。

在沙龙中,因时间短暂和议题众多,某一个话题的"口谈"自然有不能尽兴之处,于是自然而然地,这些沙龙中的话题便又转移到相关印刷媒体上,继续进行"笔谈"。以1935年1月20日的沙龙为例。在这天的沙龙上,剧作家李健吾和一位"马小姐"扮演戏剧《委曲求全》的角色,这是李健吾本人翻译的外文剧本,原著者是王文显。根据朱自清的回忆,这次扮演显然是不尽成功的。其他人对这次演剧活动的看法我们不得而知,沙龙主人朱光潜在此日沙龙上的高论不见朱自清记载,想来朱本人更擅长"笔谈"——朱后来专门写了一篇长书评《读〈委曲求全〉》,刊于1935年2月10日的《大公报·文艺副刊》上,对此剧大加赞扬,可以说是沙龙交谈的余绪和扩展。

争论是沙龙的题中之义,在这批崇尚自由、民主的自由主义知识分子之间,围绕着学术和文艺的辩论时常可见。朱自清日记1935年3月25日记载了与"P.P."的一次谈话,在谈话中他们各持异议。朱自清认为年轻读者不会对古诗感兴趣,但P.P.不以为然,认为新诗的读者也不会太多。② 1935年1月20日的沙龙上,林徽因对梅斯菲尔德日记中的一句话作了一番阐述。这句话是:"坦普尔(Temple)先生,你太多心了。我想买一块腌肉。"朱自清显然持有异议,认为她从这短短一句话里悟出的言外之意似乎太多了些。③ 朱自清为人敦厚,只在日记中私下表达异议。更为激烈的争论爆发于林徽因和梁宗岱之间,沈从文、萧乾都对此印象深刻。朱自清日记1935年10月22日也记载:"下午进城。沈从文告以林

---

① 朱自清:《朱自清日记1935年11月10日》,《朱自清全集》第9卷,第389页。"1935年11月10日:进城参加朗诵会。作关于一九二七年前新诗运动之演讲。准备不足,颇不成功。感到自己在以下三件事上做得不够认真:对基督教青年成员会的讲课;给《宇宙风》杂志投稿中的一段;以及今天的演讲。像这样做事是'拆烂污'。"
② 朱自清:《朱自清日记1935年3月25日》,《朱自清全集》第9卷,第348页。
③ 朱自清:《朱自清日记1935年1月20日》,《朱自清全集》第9卷,第339页。

徽音与梁宗岱间之口角。"①可以看出,朱光潜的沙龙更像一个严肃的学术辩论会,与"太太客厅"里社交和休闲的轻松气氛大为不同。在此间,不仅客人之间针锋相对。主人之间也毫不留情面。梁宗岱回忆中提到:"朱光潜先生是我底畏友,可是我们底意见永远是纷岐的。五六年前在欧洲的时候,我们差不多没有一次见面不吵架。去年在北平同寓,吵架的机会更多了:为字句,为文体,为象征主义,为'直觉即表现'。"②然而这种"吵嘴"显然是纯粹学术性的,是圈子内部的探讨。

李健吾的一段回忆很有可能就是读诗会的场景:

> 当着她(林徽因)的谈锋,人人低头。叶公超在酒席上忽然沉默了,梁宗岱一进屋子就闭拢了嘴,因为他们发现这位多才多艺的夫人在座。杨金甫(《玉君》的作者)笑了,说:"公超,你怎么尽吃菜?"公超放下筷子,指了指口若悬河的徽因。一位客人笑道:"公超,假如徽因不在,就只听你说话了。"公超提出抗议:"不对,还有宗岱。"③

除了沙龙当面的"舌战",沙龙中人的"笔战"也很常见,他们撰文在报刊媒体上继续争论。纵览这时期沙龙成员的文章,发现他们的观点常常是互相应和的。例如朱光潜就与罗念生就节奏问题展开了几轮论争,而朱光潜的一篇对话体的文章《诗的实质与形式》更似乎是沙龙中争论的实录版。

此外,在朱光潜家沙龙里,杂志的创刊和编辑也是题中之义。《大公报·文艺·诗特刊》的创办、编辑及《文学杂志》的创刊、编辑,均在朱家沙龙里进行。某种程度上,"读诗会"还兼任了这两份杂志编辑部的功用。来看陈世骧写给沈从文的一封信:

> 那天在朱先生家"诗会"上会见,到现在已有几个礼拜了,自己每日忙着教书,很少有阅读杂志和拜会朋友的余暇,不知先生所计划

---

① 朱自清:《朱自清日记1935年10月22日》,《朱自清全集》第9卷,第387页。
② 梁宗岱:《论崇高》,《文饭小品》第4期,1935年5月30日。
③ 李健吾:《林徽因》,柯灵编《作家笔会》,北京:海豚出版社2013年版,第51页。

诗刊已怎样。今天趁着学校放假,把自己对诗刊的一点小意见写给先生……我的见解不一定对,但是我的注意点许是值得大家注意的。先生如果同意,下次大家聚会的时候是否可把以后诗刊中批评一栏规划的具体一点,凡是现代出过诗集对新诗有影响的诗人都分头讨论一下。以他们的作品为主,范围不怕狭,甚至只选一两首他的代表作来批判,从小地方推敲,把他们所用的工具检讨一下,用具体的例证判断他的情调、风格、成功与失败,总比空泛地讲些"内容""形式""艺术与人生"好些罢。①

从信里可以看出,在"读诗会"上,众人筹办了《诗特刊》,并对现代诗歌批评有深入关注。

沙龙很快传播开来,在社会上也很快引起反响。1935年2月7日《北洋画报》刊登了一则新闻稿《朱光潜发起读书会》,对此做了详细的报道:

> 北大教授以作《给青年的十二封信》著名之朱光潜,最近发起在其寓所中举行读书会,集合现在旧都中之新闻人,各诵其所作品。其第一次会已于日前举行,是日到会者计有梁任公之子梁思成及其夫人林徽音,喜剧作家李健吾,小剧场演员马静蕴,小说家废名,沈从文及其夫人,散文家朱佩弦,青年诗人林庚等。女性除上述各夫人外,尚有前本报记者吴秋尘之小姨徐芳,与朱光潜之小姨等,共二十余人,为最近北平文人罕有之盛会。……
>
> 开会时间为下午三时,最初为李健吾与马静蕴对读剧本《委曲求全》,剧本为清华教授王文显以英文著,由李译成中文,因李等最近将上演此剧,藉此机会作一练习……故是日李马所读即该剧末一幕。李马读毕,由朱佩弦读彼所作之散文《沉默》,朱后为废名所读自作之诗,并加以解释。废名与已死之梁遇春为北大同学,原为冯文炳,

---

① 陈世骧:《对于诗刊的意见》,《大公报·文艺·诗特刊》第55期,1935年12月6日。

本以小说名。但其小说趣味如散文,故彼作诗实胜于作小说。废名与周作人曾同居一处,亦以受周等之推许而出名。是日彼解释其所作两小诗之意念,颇引起人兴趣。废名后,群请林徽音女士,读其作品。林以身体不适,辞。坚请,林始说一关于培根记日记之笑话……林后由林庚读其自作诗两首,林为现在肄业清华之大学生,最后梁思成唱广东戏一段儿散,此会拟每月举行,第二次已定在二月上旬举行,仍在朱光潜寓所,朱寓,即以离婚闻名之梁宗岱之故居也。①

  介绍得如此详尽,难免让人怀疑有打广告之嫌。通篇行文对此"最近北平文人罕有之盛会"充满艳羡之情。与此同时,读诗会也传播到了上海文坛。江寄萍和禾子相继在《申报·自由谈》和《现代》上刊文,表达不同看法。前者持支持态度,认为此类活动可以停息文人间笔墨官司、养成健康的文化环境。② 后者则谴责"睡在饥饿的恐慌中作着沙龙的梦的迷恋的文人们","是该醒的时候了,因为时代的巨轮是不容情地向前进展着的呵!"③"虎狼屯于阶陛",尚"咬文嚼字",禾子的文章对北平固守象牙塔里探究字句之音调节奏技艺的这批知识分子提出了严厉批评。可以说正戳中痛点。——对读诗会的批评主要来自南方文坛,这是可以理解的。因为读诗会的成员几乎囊括了整个北平文化圈,以朱光潜的号召力和成员的影响力,北平文人实在不便置喙。

  在朱光潜"读诗会"沙龙举行的同时,林徽因的"太太客厅"以及金岳霖的"湖南饭店"仍然活跃。然而这三大沙龙之间微妙的区别还是存在的。金岳霖的湖南饭店客人大多为新月旧侣,学者居多,领域也更为多样,这些人因为金林同住的关系,也每每向邻家"太太客厅""迁移",由此形成了金—林沙龙"合流"的现象。然而,对于朱光潜的"读诗会",湖南饭店的成员们却显得并不热心,他们多数不曾参加读诗会的文化活动。

---

① 《朱光潜发起读书会》,《北洋画报》1935 年 2 月 7 日。记者记载的这次读诗会,对照朱自清的日记,当是于 1935 年 1 月 20 日举行的。相较朱自清的日记,此篇报道更为翔实,想来也是知情者。
② 江寄萍:《读书会与"沙龙"》,《申报·自由谈》1935 年 3 月 1 日。
③ 禾子:《读书会与沙龙》,《现代》1935 年第 3 期。

唯有林徽因热爱文艺,和客厅成员中的文人如沈从文、萧乾等频频光临朱宅。由此"太太客厅"的女主人成为"读诗会"的常客。此后的文化活动,也每每由朱林沙龙成员组织筹划,尤其是《大公报·文艺·诗特刊》的设立,朱光潜的沙龙显然起到了举足轻重的作用。

第三节 1937年前后的"胡梁论诗"

"胡梁论诗"是中国现代诗歌史上的一个历史公案。在这次论争中,朱光潜沙龙的诸多成员牵涉其中。因而,本节将借助对此论争的考证和分析,来考察此沙龙对北平文坛文人分化流变的影响。

论争的发起人是梁实秋。1934年,梁实秋辞去青岛大学教职,赴北大任教,此番来京是胡适几次三番"挖墙脚"的结果。胡适接连写了好几封信,督促梁实秋来京。从中我们不难看出胡适对梁实秋的器重以及二人交情匪浅。胡适希望梁实秋"和朱光潜君一般兼通中西文学的人能在北大养成一个健全的文学中心",并望其能成为"生力军的中心","逐渐为中国计划文学的改进,逐渐吸收一些人才"[①]。然而,梁实秋北来之后的处境显然不如胡适所料,不仅没有成为这批生力军的"中心",反而沦为"边缘",乃至被孤立的境遇。原因是复杂的,直接的原因是人事上的纷争。梁实秋来京之前,林徽因的太太客厅已经成型许久,而朱光潜的"读诗会"也已经初具规模。朱—林沙龙的合流,新月派的分化,和学院青年学子、文坛新人这些新兴力量的加入,让"京派"已有成型之势。[②] 梁实秋30年代中期回京,工作关系属于北大外语系,而在文坛,则仍然是以

---

① 胡适:《致梁实秋19340426》,耿云志、欧阳哲生编:《胡适书信集》(中),北京:北京大学出版社1995年版,第615—616页。
② 学者高恒文在著作《京派文人:学院派的风采》中指出"京派"由四个方面的成员组成。一是从《语丝》分化出来的《骆驼草》成员,二是从《新月》分化而来的《学文》成员;三是朱光潜、梁宗岱、李健吾等30年代初从国外留学归来的学者,四是30年代初从北大、清华、燕京等大学毕业的李广田、卞之琳、何其芳、常风、萧乾、林庚等年轻作家。可以发现,这些人中的绝大多数参加了朱光潜的文学沙龙。

新月派批评家的身份出场。和京派大本营"读诗会"的关系如何便直接影响他在文坛的处境。

在这场论争爆发之前,梁实秋与朱光潜沙龙的几名成员早已存在分歧和人事矛盾。其中之一是诗人孙大雨。孙大雨时在北平任教,是读诗会的积极分子。朱自清1935年2月16日日记:"孙大雨先生简要地讲了诗的形式问题。他以莎士比亚的《李尔王》第三幕第二场为例,读了九行诗,并解释如何使音调与感情一致。他还谈了莎士比亚的无韵诗,并强调莎翁诗形式的多样化。然后他朗读了自己的译文,并声称他尽了最大努力找寻最适当的元音以求符合原著的效果,但仍不成功。他说有位中国评论家曾声称这样的诗句是译不好的。但孙大雨先生还是译了。我们知道他指的是梁实秋。"①孙大雨在沙龙公开集会中不点名地批评梁实秋的翻译观,众人持"默认"态度。显然,梁实秋不大参加这个沙龙聚会,在这个群体中也不大受人待见。这里得提一下胡适主持的文化基金会筹划莎士比亚戏剧全集翻译一事。翻译成员为闻一多、梁实秋、陈通伯、叶公超和徐志摩五人。在翻译文体上,胡适建议韵文体和散文体都要尝试,并没有详加规定,大体要求是"有节奏的散文"。梁实秋则主张用散文体翻译。正是在翻译文体上,梁实秋与孙大雨发生了分歧。朱自清这则日记提到的孙大雨对梁实秋的批评便出自这里。

其次,是梁宗岱。正如梁宗岱本人所云"自从一九三一年我在给志摩论诗的信里向你请教过之后,你便不断地辱赐教言"——早在30年代初,梁实秋和梁宗岱便因为诗学观点不同而发生频繁的论争。②1933年后,梁宗岱和朱光潜同居慈慧殿,并共同主持"读诗会",梁实秋回京后,显然不便常来常往。

再次,是沈从文。1931年—1933年之间,沈从文和梁实秋同时任职于青岛大学。然而两人相处得并不和睦,后来尤其因为小说《八骏图》关

---

① 朱自清:《朱自清日记1935年2月16日》,《朱自清全集》第9卷,第343页。
② 1936年之前梁宗岱和梁实秋的论争详情,参见柴华:《一桩被"遗忘"的诗学旧案——象征主义诗学观念建构中的"二梁之争"》,《东岳论丛》2008年第4期。

系趋于恶化。在这篇小说中,沈从文将讽刺的矛头对准了身边的"绅士"同事,影射人物之一便是梁实秋。1933年,沈从文北上,继而和杨振声一起主持《大公报·文艺副刊》,频繁出入林徽因太太客厅,同时也是读诗会的常客。并且借着《大公报·文艺副刊》的名义,经常组织约稿会。在"京派文人"这个群体中,虽不是振臂一呼应者云集的核心人物,却属于承上启下的中坚,和年轻的一辈如萧乾、卞之琳等走得尤其亲近,可以说有着相当的影响力。

有此种种,梁实秋北来后在北平文化圈中的处境相当尴尬。

这种不睦的关系在《学文》月刊上表现得很明显。《学文》月刊是北平新月旧侣召集的,对其创办过程,胡适记载得很详尽:

> 午饭在欧美同学会,有两局:一面是孟和、孟真为袁守和践行;一面是余上沅约梁实秋吃饭,并有今甫、一多、吴世昌、陈梦家、公超、林伯遵诸人,商量办一个月刊,为《新月》的继承者。杂志的名字,讨论甚久,公超提议《环中》,吴世昌提议《寻常》,一多提议《畸零》,我也提了几个,最后决定《学文月刊》。①

胡适的日记给我们提供了一个《学文》月刊的创办人名单,其中余上沅、梁实秋、杨振声、闻一多、吴世昌、叶公超等都是新月社的前成员,而据叶公超回忆,创办人还邀请了北平文坛的一位"新人",这就是朱光潜,朱光潜此时在北平文化圈很有号召力,邀请他加入也是情理之中。② 初创时期的《学文》月刊,有着不小的野心,打算成为《新月》的继承者。然而,这本杂志只存在了短短的四期便告终刊。编者之间的分歧是导致刊物终结的主要原因。朱自清1934年9月15日日记记载:"闻说《学文》杂志因无人编辑即将停刊,梁实秋先生可能要另出一种季刊。"③ 创刊人众多,结

---

① "叶公超与闻一多约吃饭,谈《学文月刊》事。"见《胡适日记1934年3月4日》,《胡适日记全编》第6卷,第324页。
② 《学文》月刊创办,林徽因出力不少,不仅为其设计封面,随后又在创刊号上撰稿支持,发表短篇力作《九十九度中》,正是这篇小说,赢得批评家李健吾的大力赞誉——李健吾也是朱光潜沙龙的常客。
③ 朱自清:《朱自清日记1934年9月15日》,《朱自清全集》第9卷,第318页。

果却"无人编辑",而梁实秋另有所图,这暗示了编辑阵营出现了严重的分歧和矛盾。——1934年,新月社早已风流云散,北平文坛开始以朱光潜和林徽因的沙龙为纽带形成一个新的文化圈子——学者多谓为京派,而梁实秋在这个由新月社向京派转化的过程中却表现了明显的分离,向冰心等人的燕京派靠拢。

以上都是本次论争的背景。直接的导火索是太太客厅的女主人同时也是朱光潜沙龙常客的林徽因的一首诗,这便是1936年3月15日刊载于《大公报·文艺》的诗歌《别丢掉》。

别 丢 掉

别丢掉

这一把过往的热情

现在流水似的

轻轻

在幽冷的山泉底

在黑夜,在松林

叹息似的渺茫

你仍要保存着那真!

一样是月明

一样是隔山灯火

满天的星

只有人不见

梦似的挂起

你问黑夜要回那一句话——

你仍得相信

山谷中留着

有那回音!

这首诗在林徽因的诗歌创作中并不特别,可以说带着她一向的特色:

捕捉刹那间的情绪的波动,文字灵动跳跃,重视音乐感,喜欢用单音字。初读有点拗口,然而有林氏自己的个性在内。而且很明显,这是首爱情诗,纪念往昔的恋情。此诗发表后,3月20日,梁实秋化名灵雨在《自由评论》上发表《诗的意境与文字》,对林徽因这首诗作出批评。① 文章采用读者来信的方式。梁实秋首先抬出胡适作诗的三大信条:一,说话要明白清楚;二,用材料要有剪裁;三,意境要平实。接着便对梁宗岱发表于3月13日《大公报·文艺·诗特刊》上的《法译陶潜诗选序》一文的跋语作出批评。在这篇跋语中,梁宗岱对胡适的诗歌观点提出反对意见,认为胡适所提倡的"明白清楚"论容易让诗歌流于"浅薄"。梁实秋便针对这一点代替胡适反驳,认为固然"平淡"的诗有沦于"浅陋"的危险,但"浓郁"的诗也会有让人"糊涂"的后果。因而他主张不管意境是平淡还是浓郁,文字总要明白清楚。② 那么,究竟什么样的文字才叫"明白清楚"呢?梁实秋给出了这样的解释:

> 明白清楚,不是不准用典故,也不是不准用艳丽的字眼,更不是不准用古文辞的成语,这些都不足以妨碍一首诗之为明白清楚,明白清楚者,乃是在辞句上大致不太悖于普通语法与文法,要令读者在读完之后懂得诗人所要传达的意义。③

依照梁实秋的逻辑,在文法上让读者看不懂的诗,就不是好诗。接下来他"随便"举出了一个例证,这就是林徽因的《别丢掉》。

> 我不得不老实的承认,我看不懂。前两行我懂,由第三行至第八行一整句,我就不明白了。"现在流水似的"是形容第二行的"热情"

---

① 梁实秋:《诗的意境与文字》,《自由评论》第16期,1936年3月20日。
② 在梁实秋批评林徽因诗"看不懂"之前两个月,胡适和梁实秋在信中已经讨论了相关话题。胡适对《自由评论》上灵雨的《普罗文学》一文很感兴趣,梁实秋所称赞的普罗文学的特征"明白清楚"正是胡适一向提倡的。信中胡适称赞一首民歌是绝好的"普罗文学",并对其末尾两句"你不会做天,你塌了吧!"尤其击节。而这样的诗歌显然是林徽因等人所不能认同的。
③ 梁实秋:《诗的意境与文字》,《自由评论》第16期,1936年3月20日。

第五章 朱光潜家的"读诗会"与一场诗歌论争 | 239

呢？还是形容第七行的"渺茫"呢？第八行是一句,但是和第三至第六行是什么关系呢？第十二行"只有人不见"是何所指？①

梁实秋此文可谓一石二鸟,既批评了梁宗岱的诗论,又批评了林徽因的创作。前文已述,林徽因和梁宗岱都是朱光潜沙龙的成员,梁宗岱还算半个主人,这一事件自然引起了"读诗会"成员的集体关注。我们来看一封信,这是1936年3月31日沈从文给胡适的:

……《自由评论》有篇灵雨文章,说徽因一首诗不大容易懂(那意思是说不大通)。文章据说是实秋写的。若真是他写的,您应当劝他以后别写这种文章。因为徽因的那首诗很明白,佩弦、孟实、公超、念生……大家都懂,都不觉得"不通",那文章却实在写的不大好。②

从此信可知,文坛已经有人猜出"灵雨"即梁实秋,此封信还告诉我们读过《别丢掉》一诗并表示认可的文人名单:沈从文、朱自清、朱光潜、叶公超、罗念生……皆是朱光潜沙龙中人。显然,在梁实秋批评文章发表之后,《别丢掉》此诗曾作为沙龙话题被讨论过。讨论的结果是"大家都懂"。既然"大家都懂",梁实秋的行径,自然引起了众人的不满。

1936年4月10日,在朱光潜沙龙作出书面回应之前,一名年轻学者水天同率先发文,对梁实秋和胡适的诗论表示质疑。水天同的文章题目是《胡梁论诗》,水天同认为"诗是一种经验,是两种心理间的一个作用,一种过程,其中包括作者与读者两种心理"。"明白"或者"晦涩"这些字眼,"若不作为整个的批评方法中的工具而希图把它尊为律条,单独应用,如试金石一般,那是非徒无益而且有害的"③。而这一点正击中了梁实秋的软肋,梁正是将胡适的"明白清楚"论作为律条。

我们再来看沙龙成员的反应。1936年11月1日,朱光潜在《大公

---

① 梁实秋:《诗的意境与文字》,《自由评论》第16期,1936年3月20日。
② 沈从文:《19360331致胡适》,《沈从文全集》第18卷,第224页。
③ 水天同:《胡梁论诗》,《新中华》第4卷第7期,1936年4月10日。

报·文艺》发表《心理上个别的差异与诗的欣赏》,①朱光潜并没有针对具体的人事之争,而是从读者的阅读接受和心理差异上着眼,指出:"'明白清楚'不仅是诗的本身问题,同时也是读者了解程度的问题。""'明白清楚'不是批评诗的一个绝对的标准。现在有许多类似口号的诗,毛病并不在话没有说得明白清楚,而在话的本身没有意味。就另一方面来说,也有许多诗,比如说阮籍和李贺的作品,对于一般读者并不够'明白清楚',但是仍不失其为好诗。"②如果说朱光潜从理论上为梁宗岱做了辩护,那么朱自清的《解诗》一文则为林徽因提供了支持。开篇,朱自清即明确表示支持朱光潜的观点:"今年上半年,有好些位先生讨论诗的传达问题。有些说诗应该明白清楚;有些说,诗有时候不能也不必像散文一样明白清楚。关于这问题,朱孟实先生《心理上个别的差异与诗的欣赏》(二十五年十一月一日《大公报·文艺》)确是持平之论。"接下来,朱自清逐句回答了梁实秋对《别丢掉》的质疑:

> 这是一首理想的爱情诗,托为当事人的一造向另一造的说话;说你"别丢掉""过往的热情",那热情"现在"虽然"渺茫"了,可是"你仍要保存着那真"。三行至七行是一个显喻,以"流水"的"轻轻""叹息"比"热情"的"渺茫";但诗里"渺茫"似乎是形容词。下文说"月明"(明月),"隔山灯火","满天的星",和往日两人同在时还是"一样",只是你却不在了,这"月",这些"灯火",这些"星",只"梦似的挂起"而已。你当时说过"我爱你"这一句话,虽没第三人听见,却有"黑夜"听见;你想"要回那一句话",你可以"问黑夜要回那一句话"。但是"黑夜"肯了,"山谷中留着有那回音",你的话还是要不回的。总而言之,我还恋着你。"黑夜"可以听话,是一个隐喻。第一二行和第八行本来是一句话的两种说法,只因"流水"那个长比喻,又带着转了个弯儿,便容易把读者绕住了。"梦似的挂起"本来

---

① 朱光潜:《心理上个别的差异与诗的欣赏》,《大公报·文艺》1936年11月1日。
② 同上。

指明月灯火和星,却插了"只有'人'不见"一语,也容易教读者看错了主词。但这一点技巧的运用,作者是应该有权利的。①

朱自清用详细的解读证明:《别丢掉》并不很难懂。梁实秋在反驳水天同的文章时说:"举例原是最好的辩论方法,但举例外的例就不见得公平了,除非预先加以声明。其实,水先生举的例是一个很不幸的例,他原想举一个'不很明白清楚'的例,而实在呢,那一首诗却'很明白清楚'。"②——这同样的一段话正可以用来解释朱自清《解诗》一文的意图。③

当这场诗歌论争进行得如火如荼之际,远在上海的邵洵美也发出了自己的声音。1936 年 4 月 1 日,邵洵美撰文《诗二十五首·序》,其中谈到胡梁论诗:"大凡不喜欢新诗的都说新诗看不懂,即连胡适之与梁实秋最近也再三说新诗应当要明白清楚,前者那种笼统的批评,显然是不负责任的固执,他们也许从来就没有读过新诗。后者的说话背面有苦衷。新诗的现状,除了几个特殊的人才,的确有一种普遍的病象;但是胡适之与梁实秋所给的,只能作为暂时的药石,而不能作为永久的丹方。我以为诗是根本不会明白清楚的。"④接着邵洵美从修辞和题材两方面谈了读诗中存在"看不懂"现象的原因。一则诗歌中使用譬喻和象征时,诗便容易"曲折";二是随着时代的进步,新诗人的题材也随着变化。最后,他说:"总之,我们懂不懂是一件事,但是我们绝不能因为不懂而说这是诗人的荒唐。"⑤之前,邵洵美还曾在《人言周刊》上发表《诗与诗论》一文,对梁实秋的文章提出质疑。他认为梁实秋缺乏批评家应有的了解的能力与虔谨的态度,对待象征主义诗歌存有偏见。邵洵美引用卞之琳的诗《距离的

---

① 朱自清:《解诗》,《文学》第 8 卷第 1 号,1937 年 1 月。
② 梁实秋:《谈一首"不很明白清楚的诗"》,《自由评论》第 25—26 期文艺专号,1936 年。
③ 后文,朱自清还引述邵洵美的文章,继续分析卞之琳《距离的组织》一文和《别丢掉》有类似的艺术构思。
④ 邵洵美:《诗二十五首·序》,转引自《花一般的罪恶》,上海:上海书店出版社 2008 年版,第 8 页。
⑤ 同上书,第 10 页。

组织》作为例证,强调诗歌艺术构思的独特性,认为明白清楚在诗的领域是毫无意义的。在这篇文章中,邵洵美还极力称赞梁宗岱的诗论著作《诗与真》,①这"一捧一贬",显然让梁实秋感到极其不快。

因为化名,梁实秋自然不好突然"现身"与朱光潜沙龙成员一一论战,于是他便拿远在上海的邵洵美开刀。在《自由评论》第25—26期《文艺专号》书评一栏,借着谈邵洵美新诗集《诗二十五首》之际,对邵洵美《诗二十五首·序》以及《诗与诗论》两文作出反驳。同一期,还刊载了梁实秋反驳水天同的文章《谈一首"不很明白清楚"的诗》。此外,还有对梁宗岱象征主义诗论集《诗与真》的批评。② 这一期"文艺专号"可以说是梁实秋的"答辩"专号。

这是此次论争的第一回合。梁实秋遭到了朱光潜沙龙的群体反攻。虽然林徽因本人并无回应,但朱光潜、朱自清和沈从文均以各自的方式对梁实秋做出了批评。而沙龙之外,邵洵美和水天同也予以了支援。在这第一回合的论争中,朱光潜沙龙成员的回应总体来说是温文尔雅的,是有理有据的。反观梁实秋的化名行为及批评文章中的措辞,大有挑拨胡适和梁宗岱关系之嫌。前文已述,梁实秋在北平文化圈中的地位比较特殊。他是新月社的主要成员,曾在与左翼作家尤其是鲁迅的论战中,对新月社做了诸多的辩护。但1934年后,新月派已经出现了分化,不复是上海时期的亲密合作了。对于新月派的回京和分化,学者高恒文有过详细的论述。"'新月派'知识分子虽然重聚北平,朝夕相处,但已经分道扬镳了,成为'议政'与'治文学'两种旨趣的人生道路上的朋友。"③上海时期,当《新月》月刊出现"议政"和"谈文艺"的分歧时,梁实秋是和闻一多、叶公

---

① 邵洵美和北平的两大文化沙龙交往不多,此时的仗义执言,纯属文艺观的认同。邵洵美在《诗与诗论》一文中赞同朱光潜的看法,而朱自清在《解诗》一文中也引用了邵洵美的观点,南北两大沙龙在对诗歌艺术的探讨中达成了共识,这在一向"京海对立"的30年代文坛上是一个少见的现象。
② 梁宗岱后于1936年11月和次年4月分两次发表《释"象征主义"——致梁实秋先生》,载《人生与文学》第2卷第3期(1936年11月)及第4期(1937年4月)。此时,梁宗岱在南开大学英文系任教,《人生与文学》是系里师生"人生与文学社"主办的刊物。
③ 高恒文:《京派文人:学院派的风采》,上海:上海教育出版社2000年版,第37页。

超、余上沅、沈从文持有相同立场的,"议政"派的罗隆基就曾在给胡适信中抱怨梁实秋等新月同人不为杂志供稿。而到了北平,梁实秋因人事纷争逐渐偏离了"谈文艺"的方向,开始向胡适"议政"派靠拢。梁实秋脱离《学文》月刊,另办和胡适主编的《独立评论》风格相近的《自由评论》,可谓一证。梁实秋之所以发生这样的转变,和他与"读诗会"及"太太客厅"的人事纷争有很大关系。

对于第二回合的论争,当事人之一卞之琳曾在晚年回忆中,将导火索归于自己在朱家沙龙里无心的一句话。在卞之琳参加的这次沙龙聚会中,主人朱光潜讲到《文学杂志》创刊(1937年5月)集稿的情况,收到的稿子里有梁实秋的文章《莎士比亚是诗人还是戏剧家》(此文有针对孙大雨之意),卞之琳就说了一句:"奥,还有梁实秋!"卞之琳担心梁实秋喜论战爱批评的个性会让《文学杂志》"遭殃",而这句话的言外之意显然被众人领悟并且夸大了。"当时梁不在场,会后听人传言夸大了,说我不愿意和梁在同一个刊物上发表作品。这句话这样传到梁耳中,会如何触动他不快的反应,可想而知。"①

接下来《文学杂志》的出版似乎验证了这个"传言",创刊号登载了卞之琳的诗《近作四章》和叶公超的诗论《论新诗》、戴望舒的《新作二章》和胡适的《月亮的歌》,②没有刊发梁实秋的论文。而是将其延至第二期发表。于是,论争的第二回合,梁实秋再度发声,由之前的对诗歌领域"晦涩"的批评扩展到散文领域。这便是1937年6月13日刊载于《独立评论》上的《看不懂的新文艺》。这封写给主编胡适的信,再度使用化名(絮如),信中梁实秋从中学教育的角度出发,批评北平文坛一些"所谓作家","走入了魔道,故意作出那种只有极少数人,也许竟会没有人能懂的

---

① 卞之琳:《追忆邵洵美和一场文学小论争》,《新文学史料》1989年第3期。
② 当论辩双方同时在杂志登场,智慧的朱光潜委婉地给出了自己的态度,他在创刊号编辑后记中如此评价这几位诗人的成绩:"读者在无意中常欢迎诗人走熟路,所以新技巧与新风格的尝试难免是向最大抵抗力去冲撞。胡先生曾经勇敢地冲撞过,戴卞两先生也还是在勇敢地冲撞。这两种冲撞的方向虽不同,却各有各的价值。"倾向性不言自明。

诗与小品文"。接下来梁实秋又故技重施,在批评文坛上的"糊涂诗文"之后,举出了三个例子,其中有两个例子分别是卞之琳的《第一盏灯》和何其芳的《扇上的烟云》。① 由此挑起了新一轮风波。

这一次,胡适显然已经知道了"絮如"是谁。他在这一期的编辑后记中评论道:"'絮如'先生来信指摘现在最时髦的'看不懂的新文艺'",在"絮如"这个词上特意加了引号,显然有言外之意。总体而言,胡适对梁实秋的观点表示认可,而对作为"箭靶"的三个例子,胡适表示了异议。他将卞之琳的诗排除在外,认为是能"看得懂"的——虽然不算是好诗。至于其他两个例子,他认为是因为作者能力太差的缘故,值得"哀怜"。这就将何其芳的散文推到了风口浪尖。就在不久前的"大公报文艺奖金评选"活动上,何其芳的散文集《画梦录》因为林徽因的大力推荐而获选。可以说,何其芳的散文风格一定程度上也正是"太太客厅"和"读诗会"的文学品位的体现。对何其芳不留情面的批评,自然也是对其欣赏者和支持者的不认可。不论胡适是真不知何其芳和京派沙龙的关系还是有意为之,这都让朱光潜沙龙成员感到不满。

这回几乎动了众怒。周作人、沈从文、废名等均发声对卞之琳和何其芳表示支持。周作人和沈从文都分别从文学创作以及文学教育的角度为两人辩护。周作人指出看不懂的东西有两种:"甲种由于思维的晦涩","乙种由于文章的晦涩"。前者犹如禅宗的语录、西洋的形而上学或玄学的诗文,这样引起的"晦涩"不一定是胡适所说的因为能力低下的缘故,也有可能是作者为了营造某种情调而有意为之。从文艺方面看,周作人认为,假如看不懂或觉得不好,便干脆放下不看。而从教育上看,周作人承认"模仿"和"看不懂"于中学国文是不适宜的,但中学教员应该担当起责任来。

---

① 梁实秋这两封发难信,每次都是给对手戴大帽子,不做学理上的详细论述,只在价值、意义和影响上做文章。这一回,梁实秋很明显想模仿五四时期的"双簧戏",结果却适得其反,遭到了众人的集体批评。整个论争,除了胡适蜻蜓点水地在编辑后记中表示了一下支持,北平文坛的大多数作家都对其不满。

所以我以为中学教员只要对于教育与国文有主见与自信,便可自在应付,不必向社会呼吁,徒表白其无气力,纠正学生的看不懂的文章教员自有权衡。不必顾虑文艺与批评界的是非。看不懂的新文艺即使公认为杰作亦非中学生所当仿作。反过来说,中学生虽不合写看不懂的文章,而批评家亦未能即据此以定那种新文艺之无价值也。①

周作人的这个论断无懈可击,对梁实秋化名为中学教员呼吁胡适出面纠正文艺风气这一行为本身做出了否定。

沈从文在信中则自称是"一个散文走入魔道的义务辩护人",对胡适和梁实秋提出了质疑。他给出的理由是,文学是随着时代而变动的,不能以文学革命初期的"明白易懂"理论继续要求30年代中期的作家的创作。此外,从读者一方看,有喜欢明白易懂的,也有喜欢曲折的。至于某些看不懂的诗文,沈从文指出,胡适只说对了一半。那些所谓晦涩的作品可能正是某些作家"有他自己表现的方法",形成了自己独特的风格。"他们不是对文字的'疏忽',实在是对文字'过于注意'",而这样的文字对于文学发展显然"功大过小"。随后,沈从文对胡适和梁实秋做了这样一个定位:

适之先生,如今对当前一部分散文作品倾向表示怀疑的,是一个中学国文教员,表示怜悯的,是一个文学革命的老前辈,这正可说明一件事,中国新文学二十年来的活动,它发展得太快了一点,老前辈对它已渐渐疏忽隔膜,中学教员因为职务上关系,虽不能十分疏忽,但限于兴趣人事,对它也不免隔膜了。创始者不能追逐时变,理所当然。但一个中学教员若对这种发展缺少认识,可不是一件很好的事。②

---

① 周作人:《关于"看不懂"(一)》,《独立评论》第241号,1937年7月4日。
② 沈从文:《关于"看不懂"(二)》,《独立评论》第241号,1937年7月4日。

接下来,沈从文把问题引向中学教员的教育问题上,指责已有的大学负责人对现代文学教育重视不够。周作人和沈从文的这两封信,周作人的尚且周全委婉,沈从文的粗莽率直显然让胡适相当不快。因而在随后的后记中,胡适的回复撇开周作人,针对沈从文的观点发言。胡适似乎丝毫没有听进去周、沈二位的辩护,坚持认为,文字的表现要考虑读者的接受,"如果作者只顾'有他自己'而不顾读者,又何必笔之于书,公布于世呢?"接着,严词厉色地训斥沈从文道:"从文先生大概还记得我是十年前就请他到一个私立大学去教中国现代文艺的。现代文学不须顾虑大学校不注意,只须顾虑本身有无做大学研究对象的价值。"胡适一向以宽厚示人,这次让沈从文难堪,除了沈从文"忘恩负义",不提当年提拔之情,反而公开指责,有失言之过外,还因为沈从文尖锐地指出了胡适这位"老前辈"的"落伍",这正戳中了胡适的"痛点"。

至于废名,据卞之琳回忆,愤激之下,径直跑到胡适家理论。后来,废名在给当时尚在雁荡山的卞之琳写信道:"北平有一个无聊的'中学教员'据说是大学教员做了一个无聊的勾当,不阻扰山中瀑布的清听也。"①从废名的口气,可以想见北平朱家客厅里众多成员对梁实秋此举的反感。这场论争在北平因为战争的到来戛然而止,却直接启发了一年后邵洵美的系列诗论《金曜诗话》的产生。

对于这次论争,邵洵美给出的解释是:"实秋先生讲那种话,大概是因为他继着他所接受的系统而对'象征主义'有了成见的关系。"②这种文艺歧见,不仅让梁实秋将批评指向和他曾论争过多次的梁宗岱,更将林徽因、卞之琳、何其芳等人裹挟进来。而卞之琳对这次论争的定位是:"文艺歧见为个人意气引爆"的结果,可以说基本符合史实。③ 在整个论争过程

---

① 转引自卞之琳:《回忆邵洵美和一场文学小论争》,《新文学史料》1989 年第 3 期。
② 邵洵美:《诗与诗论》,《人言周刊》第 3 卷第 2 期,1936 年。
③ 30 年代中期,远在上海的"花厅先生"邵洵美和北平"读诗会"沙龙里的客人们并无太多来往,而在《诗二十五首·序》中批评梁实秋和胡适的诗歌观点,对梁宗岱、孙大雨、卞之琳予以高评,可以说主要是出于文艺观点的认同与否。

中,梁实秋早年与沈从文、孙大雨等的人事纷争加剧了事态的演化。而与1933年沈从文发起京海论争之际北平沙龙成员集体"噤声"不同,面对梁实秋的挑战,朱光潜沙龙的知识分子们表现了积极参与的热情。

有意思的是,在这场论争中,梁实秋的好友冰心以另一种方式对其表示了支持。这便是刊载于《自由评论》第25—26期合刊文艺专号里的《一句话》。

一 句 话

那天湖上是漠漠的轻阴,
湿烟盖住了泼刺的游鳞。
东风沉静地抚着我的肩头,
"且慢,你别说出那句话!"

那天晚上是密密的乱星,
树头上栖隐着双宿的娇禽。
南风戏弄地挨着我的腮旁,
"完了,你竟说出那一句话!"

那夜湖上是凄恻的月明,
水面横飞着闪烁的秋萤。
西风温存地按着我的嘴唇,
"何必,你还思索那一句话?"

今天天上是呼呼的风沙,
风里哀唤着失伴的惊鸦。
北风严肃地擦着我的眼睛,
"晚了,你要收回那一句话?"①

---

① 冰心:《一句话》,《自由评论》第25—26期《文艺专号》,1936年。

林徽因《别丢掉》一诗中有这样一句"你问黑夜要回那一句话",朱自清在《解诗》中将这句话揭示了出来,认为这句话指的是"我爱你"。与梁实秋对《别丢掉》表示看不懂相反,冰心显然看懂了这是一首爱情诗,并隔空对林徽因做出了回应:"晚了,你要收回那一句话?"

下 编

第六章　沙龙里的知识分子

以沙龙为中心,20年代末以后的上海和30年代中期的北平,形成了几个核心的知识分子群体。上海的以曾朴、邵洵美为代表,北平的则属朱光潜和林徽因的沙龙知识分子群最为知名。这些沙龙群体有着大体相近的文学认知,按照布迪厄的文化场域理论,每个公共交往网络都是依靠参与者们相近的"惯习"形成的。所谓的"惯习"与习惯不同,它是某个共同体成员在长期的共同社会实践中形成的高度一致、相当稳定的品位、信仰和习惯的总和。这些沙龙群体多有留学欧美的经历,在思想、趣味、审美、生活方式诸多方面均有相近之处,或即便未曾留学异国,然而对以上诸种精神文化生活颇为向往,在此基础之上,他们相聚一处,谈诗论文,在这样的自由交流和交往过程中形成了相似的价值共识,并在文化界造成声势,逐步形成某种文化权力和象征资本。

"君子和而不同。"虽然沙龙共同体拥有许多共同的"惯习",然而在沙龙圈子内部,依然存在许多分歧。这一方面体现在沙龙虽然提倡自由交谈,然而依旧存在着等级性。一些人处于沙龙的边缘,一些人则身处核心,在边缘和核心之间,存在着紧张关系。不论边缘还是核心,沙龙成员都不可避免地要争夺"场域"内发言的权威性,有了这个权威,在沙龙内部,就能界定什么是好的被认可的文化产品。这样的争论每每可见,而伴随着争论的发生,沙龙成员的聚散和流变便在情理之中。另外,在沙龙与沙龙之间,他们也不是各自铁板一块,存在着交集和重合,也充斥着矛盾和歧异。

在这交集与歧异之中,有两个文化人的身影尤其值得关注。一是徐志摩,徐志摩是"新月俱乐部""聚餐会"的组织者和核心成员,同时他对南北几大沙龙的沟通交流起着黏合剂的作用。邵洵美的圈子和徐志摩联系密切,而林徽因的客人很大程度上是由徐志摩的朋友承继而来。对徐志摩的文坛活动做一考察便显得很有必要。二是沈从文。沈从文是沙龙圈子里一个特殊的存在,他不像鲁迅、钱锺书等站在外场发声对沙龙予以批判,沈对沙龙抱有相当矛盾的态度。一面向往成为沙龙的一员乃至核心人物,同时又在场内发出异议和质疑,乃至严厉的嘲讽和批判。沈从文对沙龙的态度以及沙龙成员对沈从文的态度颇有意味,值得探究。——本章将就沙龙知识分子的以上议题做一详尽论述。

第一节　合辙:沙龙知识分子的集体认同

沙龙在现代中国的兴起不限于北平和上海,然而显然发扬于此两大都市。虽然分布地域远隔千里,盛行于二三十年代的现代中国文化沙龙,却有着许多交集和共识。

首先,北平和上海这两个城市里的沙龙各自存在着一定的流动性。北平的几个沙龙成员有明显的交集。林徽因沙龙的客人如沈从文、萧乾就常在《大公报·文艺副刊》的聚餐会或是朱光潜的沙龙上出现,而朱光潜"读诗会"的成员如朱自清、梁宗岱、李健吾等也曾光临过"太太客厅"——然而苦雨斋主人周作人及其弟子们未曾踏入太太客厅,金岳霖"湖南饭店"里的学者们也很少在读诗会上出现。其中缘故,大概有两个:一是专业所限,读诗会是专业的文学探讨,而金岳霖等人是业余的对艺术的热爱。另一个是代际之分。以周作人的文坛地位和个性,是不大可能到一个年轻太太主持的沙龙里高谈阔论的,此外,"读诗会"主人朱光潜也很少去林家客厅,大抵出于同一个原因。所以说,沙龙之间虽然有流动,但这个流动还是有附带条件的。相比而言,海派的几大沙龙则开放得多,也洒脱得多。曾朴、邵洵美两大沙龙与"咖啡座谈"成员、"文艺茶话会"联系密切,多穿插来往。这种同一地域内沙龙之间的流动性,分别对京、海派文学产生了深远的影响,各自凝聚了京海两地的文学力量,最终形成深具地域特色的"京派文学"和"海派文学"。

其次,南北沙龙之间的联系虽没有同处一地的那么密切,然而也并非铁板一块,它们之间也有着一定的合作和来往。比如,北平文化人便常在海派沙龙成员主持的《论语》《人间世》等杂志上发表文章。① 朱光潜的《慈慧殿三号》发表于邵洵美主编的《论语》第94期,在这期的编辑随笔中,"花厅主人"邵洵美对"读诗会"主人朱光潜做了很高的评价:"出于我们意外的,是朱孟实先生的《慈慧殿三号》。朱先生是我国今日最难得的美学家,他对于文学艺术的深刻的见解,早已有了公评。但是他不仅是一位批评家,他的创作也同样的令人可佩。他在新著《文艺心理学》里说'一个人必先自有艺术的经验然后才可以批评艺术'。这句正好是他自己的按语,他是这样一位散文的能手,我们读了这篇文章,我们都会羡慕这慈慧殿三号的居停主人。"②邵洵美并没有参加过朱光潜主持的"读诗会",然而,同为诗人也是沙龙主人的邵洵美对北平的"读诗会"显然有所耳闻。写于40年代的《金曜诗话》某种程度上正是他对30年代读诗会所引发出的诸多话题的集中探讨。除了《论语》,邵氏沙龙成员主持的英文杂志《天下》月刊也对介绍京派文学做了重大贡献。沈从文的《边城》,金岳霖的论文,都曾在此刊发。——总的来说,30年代,南北沙龙存在着"合辙"现象,这种现象在以下几个方面体现得比较明显:

首先,在30年代,因为沙龙的风行,文化界对言语、交谈、讲话艺术的重视和强调成为一个南北风行的重要的文化现象。在北平,"读诗会"除了对诗歌艺术的探讨外,还同时进行散文、话剧、小说等文体的诵读试验,在这过程中,进一步讨论现代语体文表情达意的最佳效果。在此基础上,

---

① 林语堂主办《人间世》,成功的一大因素便是借助了北平文化人的力量。
② 邵洵美:《编辑随笔》,《论语》半月刊第94期,1936年。

对讲话艺术的关注也自然是题中应有之义。例如朱自清日记记载:"金群善下午来访,他很健谈,后同去拜访闻一多,就有关讲话艺术进行了讨论。我们全感到中国人的讲话艺术中语音单调。但闻认为过去的官话中已经形成了一种讲话风格,这种风格不同于西方人,而且也不自然。"① 在上海,对谈话的艺术,热衷沙龙的这些爱好者,也有过许多专门的论述。张若谷在《珈琲座谈》一文中,引用了麦修士《文学会底性质》关于谈话的一段论述:

> 从迫忙的生活中偷出晚上一两点钟工夫,来加入文学的谈话。同一些和蔼可亲的对手舌战,或者倾泻出自己心中积蓄着底甜蜜,为使同气的朋友们得着欢愉与教益。只要谈几小时底话,你便可以知道他底心情与思想宝库,而且能够探出他理想底高贵与心血底热烈……还有比同思想家相契这件事更快乐底么?坐在一个图书馆里或读书室内,这也是很爽快底。但是还有比这个更快乐底,就是同着活的人交往,他们底谈话里充满了数种所载底人底成熟的生命,他们已在文学底各种园地里游玩过,并采了最精彩的各种花,罗列起来专为喜悦你……学问底收获光藉着个人的研究是不够底,谈话底风必须扇他,把秕糠都给吹走了,然后智慧底洁明底籽粒才可储藏起来,为自己用或是为别人用。②

张若谷显然对此完全认同。"文艺茶话会"的成员黄觉寺也关注同人的言谈艺术,并以优美的语言分别做了精当的点评:"在几次文艺茶话、酒话会内,给我一个最深的印象,就要算各人的谈话了。不差,这个会既名了'话'会,所以各人的话,正是层出不穷。以兄弟的观察,觉得春苔的话,隽永有味,适于细嚼;仲年的话,雄伟奇丽,不假思索,妙造自然;华林的话,不时有,语必有入木三寸之妙;宝泉的话,使我最佩服的就是说来头

---

① 《朱自清日记1934年9月15日》,《朱自清全集》第9卷,第318页。
② 张若谷:《珈琲座谈》,《珈琲座谈》,上海:真美善书店1929年版,第6—7页。

头是道,娓娓动听;陈承荫先生的话,当然是合理中击,不愧是一个名辩论家。"①而作为"花厅先生",邵洵美对中国人的谈话更是做过专门的研究,在多篇文章中对谈话的内容、技巧乃至听话的艺术进行讨论。在《中国人谈话的资料》一文中,他指出:"可见得中国人谈话的资料,因种种的分别有绝对的不同。有谈财色者,有谈商业者,有谈影戏及服装者。他们难得有切实的谈话。"②《谈话的衰败》一文他抱怨谈话的艺术并没有随着时代的进步而与时俱进,反而呈现出"衰败"之象。至于衰败的原因,邵洵美将其归结为虚伪客套的"演讲"、冠冕堂皇的"官话"和"麻将、扑克"等无聊娱乐的盛行。因此,他呼吁现代人饮酒品茗促膝谈心的休闲生活,并在他自己的沙龙聚谈中进行了类似的谈话训练。而在章克标著名的《文坛登龙术》一书中,介绍"登龙"之"谈天"一术之际,对"谈话"艺术的洞察也是十分精当:"谈话固不必选择对手,但也不能太随便,正如能不对牛弹琴一样,对于暴发户的富商,不能谈学问,对于横蛮的军人,不能讲道理的。所以说话,有时须看对手,善于交际的人,不外乎能对人说相当的话。要有对某一种人说某一类话的才能,须要懂得很多的事情,熟知社会的情形,则一开口便可左右逢源,滔滔不绝。"③章克标认为"所以定好由若干兴味相投的同志,组织一个集合,规定会集杂谈的时间,临时再备一点茶果点心,邀请几个异性的朋友来参加,那可以算是理想的了。"④——这说的大概就是他经常参加的邵氏沙龙了。沙龙对交谈内容及技巧的关注和强调,显然对中国现代语言的发展做出了一定的贡献。

其次,在沙龙成员的组织方式上,南北各大沙龙有着相似的特征。虽然存在地缘、学缘乃至人缘的不同,但在"以文会友"这一点上,中国现代沙龙的知识分子们达成了共识。曾、邵沙龙接纳新成员的方式主要有以下几种:一是以文会友。二是朋友之间的引荐。三是由杂志的同事和撰

---

① 黄觉寺:《文艺茶话归来》,《文艺茶话》第2卷第5期,1933年。
② 郭明(邵洵美):《中国人谈话的资料》,《时代》第4卷第10期,1933年。
③ 章克标:《文坛登龙术》,《章克标文集》(上),上海:上海社会科学院出版社2003年版,第471页。
④ 同上。

稿人发展而来。而北平的朱、林沙龙虽然主要因"学缘""人缘"联结,但在引进新成员方面也是遵循这一模式。林达祖与邵洵美的会面与萧乾第一次见林徽因的情形类似,不妨对读。前者是编者和读者之间的交流,后者是作者和评论家之间的交往。但都遵循以文会友的交往模式,不同的是,前者没有后者的忐忑和期待,林达祖是为索要稿费而见东家邵洵美的,邵洵美热情招待,并委以重任。可以说,带有鲜明的海派文人交往的特色。后者则带有明显的"朝圣"心态,是边缘知识分子对象征知识和文化权力核心交往圈的膜拜和向往,为"名"所惑的成分更多一些。而这些沙龙,理所自然地成为了成员们推销自己的作品之所。前述文艺茶话会的主持人孙福熙就十分坦白地告诫新入会者:"你编辑先生缺少些小说戏曲这类货色,你可在茶话会中征求,倘若你是有诗篇想出卖,你可带了货色到会中去兜售,你既然以文字为职业,自然要尽量的推销你文字的用处。"①这明显是将沙龙当做文艺的发展平台来看的,可以说,有着鲜明的功利色彩,代表了海派沙龙的一个面向。

  联系沙龙的纽带虽有学缘、地缘和私谊,然而更重要的还是相近的审美趣味和文艺观。在欧洲沙龙史上,沙龙女主人引导众多才华横溢的宾客,发展出一种合乎规范和礼仪的"生活的艺术"。在中国境内,沙龙热衷者显然有着相似的人生主张。他们都有相近的将日常生活"艺术化"的态度,日常生活艺术化的理念是共通的,但艺术化的方式不同。联结曾朴沙龙的关键因素便是对法国文艺以及异国情调的共同爱好,曾朴就曾在给张若谷的序里如此自白:"究竟我和若谷情调的绝对一致在哪里?老实说,都倾向着 Exotisme,译出来便是异国情调。"②而邵洵美的沙龙,也因对英、法、日唯美主义诗歌以及小说的爱好而得以聚集。对法式异国情调的迷恋、对沙龙文学闺帏文会的热衷可以说是上海沙龙的重要凝聚点,对唯美主义文学的推崇和热爱,也是海派沙龙知识分子的一大特征。

---

① 孙福熙:《卑之无甚高论》,《文艺茶话》第 1 卷第 1 期,1932 年 8 月。
② 东亚病夫(曾朴):《张若谷〈异国情调〉·小叙(一)》,《申报·艺术界》1928 年 12 月 12 日。

京海两地沙龙对"异国情调"的追求有一致之处,冰心、钱锺书的影射小说中不约而同地提到了沙龙女主人及成员对洋化的热衷,将猫唤作英文名,或给婢女取英文名,大概不是空穴来风,即使并未实有其事,林家客厅对中西文化的讨论是常见的,费正清的回忆可为一证。西方文化、西方文学及至西化的生活方式是这些热衷沙龙的知识分子惯有的标签,借用布迪厄的术语,可以说是他们共同的"惯习"。北平沙龙更多地体现在日常交谈及生活方式之中,并未有海派那么大张旗鼓地宣扬。相较之下,海派对西方文明代表的现代都市的快节奏生活充满了迷恋和向往。而北平,却更多倾向于悠闲淡远的英国绅士风度。这点同中之异,自然和知识分子本身的性情、趣味、学业背景有关,同样的,也和上海、北京这两座城市的文化底蕴密切相连。《文艺茶话》的一位读者当年便感叹,上海沙龙往往热衷于选择饭店、咖啡馆、点心店作为聚会场所,环境嘈杂,远不及北平之走向公园、客厅、私人院落有风味。① 京海沙龙格调之别,从物理空间的选择上已经体现得十分鲜明。

不论京派还是海派沙龙,都是对异国文化模仿后的产物,上海沙龙文人显然更热衷于法国式的"名士才情",北平的更偏向于英国式的"绅士风度"。

何谓"名士才情"?海派沙龙中人章克标曾以嘲谑的口吻自说自话,在《文坛登龙术》里概括了多条捷径,可以说正符合他周围沙龙文人的特色。而在另一篇文章中,章克标说得更加直白:

> 我们这些人,都有点"半神经病",沉溺于唯美派——当时最风行的文学艺术流派之一,讲点奇异怪诞的、自相矛盾的、超越世俗人情的、叫社会上惊诧的风格,是西欧波德莱尔、魏尔伦、王尔德乃至梅特林克这些人所鼓动激扬的东西。我们出于好奇和趋时,装模作样地讲一些化腐朽为神奇,丑恶的花朵,花一般的罪恶,死的美好和幸

---

① 凫公:《茶话座中所忆》,《文艺茶话》第 2 卷第 2 期,1933 年。

福等,拉拢两极、融合矛盾的语言。《狮吼》的笔调,大致如此。崇尚新奇,爱好怪诞,推崇表扬丑陋、恶毒、腐朽、阴暗;贬低光明、荣华,反对世俗的富丽堂皇,申斥高官厚禄大人老爷。①

章克标这段话点明了海派沙龙文人的群体特征。他们沉溺于唯美派,追求新奇怪诞的语言表述和文字风格。不仅在文学理念和文学创作上宣扬唯美主义,在日常生活中也处处呈现出独特的唯美主义的个人形象。

我们来看看时人眼中的邵洵美:

> 以邵浩文之名而作《小姐须知》的沙龙派诗人。时代印刷厂和第一出版社的老板。好客,健谈,一见如故,在他的沙龙里,便常是宾朋满座。因为生活比较富裕,所以像"老板作家"和"汽车文人"之类的称呼,也在所难免。[……]人是满含着诗意,飘逸,潇洒,便常是飘然欲仙的样子。最显著的商标,是下巴下的羊胡子。②

这位著名的"沙龙先生"、出版商和诗人,呈现给文学界的更多是一幅美男子的形象。正如本书前文所述,这幅形象与邵洵美本人刻意的营造有关。在这点上,热衷沙龙聚谈和坐茶馆的林微音做得尤其出格,据施蛰存回忆:"夏天,他(林微音)经常穿一身黑纺绸的短衫裤,在马路上走。有时左胸袋里露出一角白手帕,像穿西装一样。有时纽扣洞里挂一朵白兰花。有一天晚上,他在一条冷静马路上被一个印度巡捕拉住,以为他是一个'相公'。他这一套衣裳,一般是上海'白相人'才穿的。"③林微音的这身装束和行为显然是模仿王尔德在广场上手举百合花散步的个人表演,然而也同时与其文学理念有关,林曾在一篇文章中说:"要使你的生活成为一件精致的艺术作品,这样,你的作品也能成为精致的艺术。"④在施蛰存等人眼中让人啼笑皆非的行为,在其本人那里,却正是一种将自身

---

① 章克标:《回忆邵洵美》,《文教资料简报》总 125 期,1982 年 5 月。
② 参见黄苗子:《作家漫画》,梁得所编,《小说》第 6 期,1934 年 8 月 15 日。
③ 施蛰存:《林微音其人》,《沙上的脚迹》,沈阳:辽宁教育出版社 1995 年版,第 153 页。
④ 林微音:《为艺术而人生》,《绿》第 2 卷第 1 期,1932 年 10 月,第 19 页。

塑造为精致的艺术品的行动。而曾、邵沙龙的另一人物夏莱蒂也不相上下,并且让常人更加不能容忍。据施蛰存回忆:"此人崇拜郁达夫,亦步亦趋地学郁达夫的颓废。曾在郁达夫家中亭子间里住过几个月,经常赤身露体,醉酒胡闹,被王映霞下了逐客令,才不得不迁出。"①正是这种过于做作的"名士风度"招致了众多的批评。②

此外,这群文人还以对众多都市娱乐休闲空间的熟稔和消费而在文坛成为引领时尚的一群。曾经参加过邵氏沙龙的施蛰存如是形容:"我们是租界里追求新、追求时髦的青年人。你会发现,我们的生活与一般的上海市民不同,也和鲁迅、叶圣陶他们不同。我们的生活明显西化。"③这种西化的生活体现在饮食、着装、娱乐、休闲等各个方面。以邵氏沙龙成员傅彦长为例。傅彦长日记中,缤纷多彩的都市消费生活一一记录在案。1927年3月19日记载:"邱代铭、潘伯英、谭汗真等,同到霞飞路沙利文访彭丹吃咖啡,由邱请。"④1927年3月30日记载:"周大融请往霞飞路大东公司吃咖啡、蛋糕、面包、牛油等。"⑤"访张春炎,请往沙利文吃珈琲。"⑥此外记录最多的是和朋友一道参与都市文化活动,其中又以观看电影、听音乐会为主。日记中频频可见"卢梦殊请往奥迪安看影戏""到中央大戏院看天涯歌女,同往者顾梦鹤、吴家瑾""张若谷请往恩巴西看影戏,偕往者谭抒真""到市政厅听贝多芬百年祭"等记录。⑦ 可以发现,这些被记录的大多是都市新兴的时髦的消费品,属于"西洋化"的生活方式。⑧ 和傅彦长类似,咖啡座谈文人向以"西装少年"自许,他们经常光顾跑

---

① 施蛰存:《林微音其人》,《沙上的脚迹》,沈阳:辽宁教育出版社1995年版,第153页。
② 在中国现代文化史上,对沙龙这一现象表示不满的不在少数。鲁迅、钱锺书、冯至、冰心、沈从文等从各个角度做出过严厉的批评。其中鲁迅、钱锺书是站在局外人的立场发出批判的声音,而冰心、沈从文是身处沙龙之中,同时存在清醒的反省意识。
③ 张芙鸣:《执着的中间派——施蛰存访谈》,《新文学史料》2006年第4期。
④ 傅彦长:《傅彦长日记》,张伟辑录,《现代中文学刊》2015年第1期。
⑤ 同上。
⑥ 傅彦长日记中还频繁记录和张若谷往市政厅听交响乐、同朱应鹏到巴尔干牛浮店喝咖啡、去快活林吃奶油可可茶、到卡尔登看波西米亚人等日常消费活动。
⑦ 据张伟统计,仅1927年,傅彦长共观影73次。
⑧ 参见傅彦长:《傅彦长日记》,张伟辑录,《现代中文学刊》2015年第1、2期。

狗场、跳舞厅、咖啡馆、游泳馆、饮冰室等当时上海最流行的消费场所,并在文章中津津乐道。他们对化妆品十分熟稔,并在文章中极力展示(参见张若谷的《都会交响曲》及叶灵凤的《禁地》),他们在意仪表、重视修饰,热爱逛马路、散步、观光游览——例如邵洵美就对装饰、打扮十分在行,在《从时代说到装饰》一文中,他详细介绍穿衣技巧,鞋子式样,首饰、粉、香水的种类和用法,甚至专门出了一本《小姐须知》的书,引导女性如何打扮修饰。

图 6-1 《小姐须知》封面①

上海的霞飞路等深具异国情调的空间成为这群文人日常的散步之所。对于霞飞路,穆时英在《上海的狐步舞》中这样写道:"一九三二年四月六日星期六下午:霞飞路,从欧洲移植过来的街道。"②这条街道繁华、时髦而充满异域感。"红的交通灯,绿的交通灯,交通灯的柱子和印度巡捕一同地垂直在地上。交通灯一闪,便涌着人的潮,车的潮。"③这样的一个都市空间深深吸引了这批海派沙龙文人。他们常常在此流连忘返。傅

---

① 此图由邵洵美之女邵绡红女士提供,在此感谢!
② 穆时英:《上海的狐步舞——一个断片》,《穆时英小说全集(上)》,长春:时代文艺出版社1998年版,第266页。
③ 同上。

彦长日记写道:"1927 年 4 月 17 日,天气好。独自一人在霞飞路上散步。"①1927 年 7 月 15 日:"晚膳后外出,在霞飞路散步,顺便至新月书店访余上沅。"②除了傅彦长,曾朴、林微音、张若谷等也是都市街道漫游的热衷者。曾朴说自己走在充满异域情调的法租界,会有一种身在异国的感觉;而林微音在众多散文中描写自己深夜散步于都市街头的观感。至于张若谷,更是对都市漫游十分沉迷:

> 单就我个人而言,上完了课或著作完毕以后,常喜欢在热闹街道上散步,浏览百货公司,衣装店或书店的窗饰。到咖啡馆小坐,听音乐会,看影剧,舞蹈,歌剧,酒楼茶馆,随意小酌,图书馆看书,找朋友谈天——可以总算是尽享艺术文化的能事了。③

图 6-2　热衷沙龙的"西装少年"们,从左至右分别为张若谷(右)、朱应鹏、邵洵美、徐蔚南。

上海的沙龙文人就是这样一群"都市的猎奇者",沉醉于都市的艺术氛围之中,并因为这些时髦的对都市文化生活的推崇和消费而为当时的小报所追逐报道,成为半明星式的人物,如时人就称邵洵美"专在美人面上用工夫,舞场饭店,常见踪迹"④。这与当年左翼作家被压迫、被遮蔽的

---

① 傅彦长:《傅彦长日记》,张伟辑录,《现代中文学刊》2015 年第 2 期。
② 同上。
③ 张若谷:《刺激的春天》,许道明、冯金牛选编,《海派小品集丛·张若谷集·异国情调》,上海:汉语大词典出版社,第 10 页。
④ 九鼎:《谈谈几位富丽的新文艺作家》,《上海报》1933 年 12 日 19 日。

处境正形成了极其鲜明的对比。

与上海沙龙文人的"名士"做派不同,北京的"茶会"和"沙龙"热衷者以"绅士"居多。胡适一向以绅士自居,①徐志摩亦如此,徐志摩在家信中直言"我又是好面子,要做西式绅士的"。梁实秋则专门撰文讨论何为"绅士",认为所谓"绅士",就是"一个从不令人感觉苦痛的人"②。在北平绅士眼中,海派文人的名士做派颇近似"洋场人物"。这便是京派绅士与海派名士在性情、教养上的差异。但他们对沙龙这一文人交往方式的热衷却如出一辙。

与海派沙龙文人热衷电影院与跳舞场不同,北平沙龙中人少有倡导文章,作品里也不大提及,朱光潜曾在文章中暗示自己的态度,将其视作文化衰落之病态象征的一种,认为这些娱乐休闲和打麻将、抽大烟、逛窑子一样,只图一时刺激和麻醉。北平中人对象征都市文明的电影院、舞厅、咖啡馆抱着的这样一种冷眼观看的态度,与上海文人的"迷恋"显然大为不同。然而在视娱乐休闲为国家文化象征这一点上,朱光潜和邵洵美显然是"同道中人"。他们都希望借倡导有生气的高尚的娱乐来振兴国民文化,提高国民素质。朱的建议更多偏于日常生活的休闲,而邵洵美的计划显然更为深远。

对照张若谷、梁得所、林微音等"都市的炫奇猎艳者",朱光潜的"漫游"之路正朝向另一个方向。他不向往朱梁画栋的北海和香荷绿柳,相反,他喜欢独行于古老的后门大街。后门大街是"偏僻""阴暗""局促"之地,但是它"自在""随便",这赢得了朱光潜的青睐,尤其是"你可以尽量地饱尝着'匿名者'(incognito)的心中一点自由而诡秘的意味"③。这种

---

① 对此,胡适在日记中也做了反省和自剖。他在回忆自己的婚姻之际,说:"我自信那一晚与第二天早上的行为也不过是一个 gentleman[绅士]应该做的。"《胡适日记全编》第 3 卷,第 453 页。不仅在为人处事上,胡适主张"绅士"的风度,在政治上,胡适也主张"绅士的行为"。在对待冯玉祥军包围清宫驱逐清帝一事的态度上便是一证。他认为"若从容提议,多保存一点'绅士的行为',亦可妥当处理清室之事"。

② 梁实秋有一篇文章专门谈论"绅士"有哪些特征,此语出自他引用的英国作家牛曼(Cardinal Newman)《大学教育之范围与性质》一文。见《梁实秋文集》(1),厦门:鹭江出版社 2002 年版,第 356 页。

③ 朱光潜:《后门大街》,《朱光潜全集》第 8 卷,第 455 页。

对匿名者身份的偏爱我们在上海沙龙文人如张若谷、林微音的行为做派中常常可见,张若谷喜爱漫步于异国情调浓郁的法租界宽阔马路上,而林微音常踟蹰于夜晚的大街和人流熙攘的茶室一角,他们共同之处都是在"观看",以一个在场的"局外人"身份。

  在朱光潜这位大学教授的笔下,后门大街呈现出了一种浓郁的"平民文化"色彩。这里充斥的是贩夫走卒的身影和气息,流行的是坐茶馆而不是喝咖啡,可谓十足的古老中国的缩影,即或有都市文明渗入其间,只会更反衬出旧文化的韧劲:照相馆中的时装少女和京戏名角的照片同列,洋货铺门上张着无线电的大喇叭,却放送着大鼓书……朱光潜这位"匿名"的漫游者融入了这样的人群之中——"尽量地满足牛要跟牛在一块,蚂蚁要跟蚂蚁在一块那一种原始的要求。我觉得自己是这一大群人中的一个人,我在我自己的心腔血管中感觉到这一大群人的脉搏的跳动。"① "身处学院,俯览大街",教授朱光潜的观看显然带着一种居高临下的姿态。不止是朱光潜,我们在林徽因身上同样可以看到这种倾向。和朱光潜一样,行走于大街之上的林徽因,也是隔着一个"窗子"在观看。在热闹的大街上,她自称"仍然像在特别包厢里看戏一样,本身不会,也不必参加那出戏",她的观看姿态是"倚在栏杆上,你在审美的领略,你有的是一片闲暇"②。这些生活优裕的学院派知识分子,他们对劳苦大众的生活当然抱着同情,然而,在他们眼中,这种"平民文化"仍然是一种"窗子之外"的风景。③ 这也是将日常生活审美化的体现,但这种审美的眼光,让他们缺乏感同身受的体谅。这一点和"乡下人"沈从文是完全不同的。沈从文身处"审美化"的绅士淑女群之间,显然感受到了强烈的孤独。

  而不论海派沙龙,还是京派沙龙,他们与当时文坛的其他作家相比,

---

① 朱光潜:《后门大街》,《朱光潜全集》第 8 卷,第 458 页。
② 林徽因:《窗子以外》,《中国现代作家选集·林徽因》,陈钟英、陈宇编,北京:人民文学出版社、三联书店联合编辑出版,1992 年,第 84 页。
③ 正如朱光潜本人所云,他之所以不愿意另开一门,让慈慧殿成为独门独户的情境院落,就是舍不得刚进门时杂乱艰难的车夫生活之景。

又存在共通性。他们都属于经济优渥的一群人。① 虽然经济生活并不能完全影响一个人的文学观和生活方式,但是经济的优劣还是或多或少分化了知识分子的交游。在欧洲沙龙史上,几乎每一位沙龙女主人都有着丰厚的资财,作为贵族女眷,她们可以尽可能地帮助沙龙里的贫穷文人或是哲学家们。在欧洲沙龙衰落的过程中,现代出版业作为信息和传播媒介曾是促使沙龙走向衰落的致命一击,代替了沙龙曾经承担的"信息中心"的职能。然而20世纪初,当沙龙作为新兴的舶来品被引进中国,它从一开始就与现代传媒密不可分。当沙龙到了中国语境之际,闲适富有的传统贵族阶层早已成为过去式,主持沙龙的是在现代大学或出版传媒体系就职的现代文化人。沙龙成员自然不再有机会从沙龙主人那里获得资助,然而这些文化人也大多无生计之忧。我们来看一看当年关于知识分子经济生活的几则史料。

20世纪二三十年代,高校教师属于高收入阶层。1927年国家教育行政委员会曾公布了一则《大学教员薪俸表》:

表6-1 大学教员薪俸表②

类别	月俸数	类别	月俸数
教授	400至600圆	讲师	160至260圆
副教授	260至400圆	助教	100至160圆

北平沙龙成员大多为清华、北大等名校知名教授,月俸至少当在400—600银元之间,而30年代北平普通人家一月生活之费只需30银元左右,③两相比较,可见,北平的知识分子属于高收入阶层,比较富裕。而

---

① 南北沙龙的"合辙",还在于他们有类似的文学观。虽然京派沙龙同人与海派沙龙同人的文学观存在着比较大的偏差,然而对政治的疏离却是相当一致的。无论京派还是海派,都对在文学中卷入政治比较反感。
② 转引自陈明远:《文化人的经济生活》,上海:文汇出版社2005年版,第150页。
③ 金受申30年代末写就的《老北京的生活》中提到北平"牡丹每朵花价在十银圆上下,一盆三朵,便是寒家一月生活之费",可以推知,北平普通百姓人家维持日常生活每月只需要30圆左右。金受申:《老北京的生活》,北京市政协文史资料研究委员会东城区政协文史资料征集委员会编,北京:北京出版社1989年版。

上海文化人的生活水平,一般要比北平差了许多。上海沙龙文人虽然也有部分在高校任职,但多数还是书店、杂志社、报社的编辑或记者。关于20年代上海市新闻出版界的经济情况,戈公振《中国报学史》中记载,报馆最高职务之"总理"(负责编辑、营业和印刷三方面事务)月薪在300元左右,而总编辑或曰主笔(编辑部领袖),月薪在150—300元之间,其下有"编辑长""特派员"之类,月薪分别在150元和100元左右,此外,还有"本埠编辑",月薪在80元左右,"副刊编辑",月薪约60元左右。至于普通记者,则还要少,大概在10—30元之间。① 以热衷坐茶馆和咖啡座谈的海派沙龙文人傅彦长为例。1930年,傅彦长在日记中记载了一年的经济情况:"本年一共用去一千一百六十八元四角,平均每月用去九十七元,有角子若干。"② 而当年一户普通工人家庭平均每年才支出四百多元,两相比较,可见境遇悬殊。到了30年代,媒体界的薪金标准有所提高。虽然与北平沙龙文人相比,收入少了许多,但相对左联文人,这些海派沙龙文人的境遇还是优渥得多。

  1939年《鲁迅风》杂志上一个报道称,上海作家按照经济收入可分四个等级。头等作家如鲁迅、郁达夫等,著述多年,作品颇丰。稿酬、版税加编辑费等收入累加每月可达400元甚至更多,一般住在租界的新式里弄(如大陆新村)。二等作家已经成名,稿酬在千字3—5元,可住三间房,每月生活费至少160元,月收入在200元左右,如成名后的夏衍、胡风等,属于中产阶级。三等作家稿酬在2—3元,住一层前楼加亭子间,房租15元左右,生活费120元,比普通市民生活略好;四等作家一般是初出茅庐的文学青年,稿酬在千字1—2元,住亭子间,每月房费加生活费,至少需要60元左右。③ 以此标准,上海的左联文人大都居于三四等之列,他们往

---

① 参见戈公振:《报界之现状·第八节·用人》,《中国报学史》,上海:上海古籍出版社2014年版,第187—188页。
② 见《傅彦长日记》1930年12月31日,转引自张伟:《一个民国文人的人际交往与生活消费》,《现代中文学刊》2015年第1期。据张伟统计,仅1927年一年,傅彦长就品尝了62家酒店饭馆,既有中式饭馆,也有外国酒家。
③ 转引自陈明远:《文化人的经济生活》,上海:文汇出版社2005年版,第164页。

往居于亭子间,生活窘迫,常常入不敷出,和普通贫民无异。据关露回忆,左联成员叶紫住的房子里连张桌子都没有,只能在床板上写文稿,而周扬也常常向关露借钱做车费。这些左翼文人大多无固定职业,属于卖稿为生的自由撰稿人,发表渠道一旦断了,经济上便十分捉襟见肘。如此,连日常生活尚且成了问题,集聚欢宴更是无从谈起。

经济生活的差距对人际交往的影响是明显的。在此,我们不妨以徐志摩为例。徐志摩刚回国之际和创造社的成仿吾及郭沫若等有过一段时间交往,然后不久便告中断。境遇之别,可以说是重要原因。与徐志摩、胡适等自由派知识分子的衣食无忧不同,创造社同人每每奔波于文学和生计之间,处处显得捉襟见肘,显然难有定期高谈阔论的闲暇心境。《志摩日记》1918年10月11日记载了与胡适、朱经农同访郭沫若的经过:

> 与适之经农,步行去民厚里一二一号访沫若,久觅始得其居。沫若自应门,手抱襁褓儿,跣足,敞服(旧学生服),状殊憔悴,然度额宽颐,怡和可识。入门时有客在,中有田汉,亦抱小儿,转顾间已出门引去,仅记其面狭长。沫若居至隘,陈设亦杂,小孩羼杂其间,倾倒须父抚慰,涕泗亦须父揩拭,皆不能说华语;厨下木屐声卓卓可闻,大约即其日妇。坐定寒暄已,仿吾亦下楼,殊不话谈,适之虽勉寻话端以济枯窘,而主客似有冰结,移时不涣。沫若时含笑睇视,不识何意。经农竟嗫不吐一字,实亦无从启端。五时半辞出,适之亦甚讶此会之窘,云上次有达夫时,其居亦稍整洁,谈话亦较融洽。然以四手而维持一日刊,一月刊,一季刊,其情况必不甚愉适,且其生计亦不裕,或竟窘,无怪以狂叛自居。①

"沫若居至隘,陈设亦杂,小孩羼杂其间,倾倒须父抚慰,涕泗亦须父揩拭",这样的家居环境,显然不适宜风雅的沙龙式聚谈。以徐志摩和胡适的随和与健谈,此会竟"窘"成这般,"似有冰结",显然是"话不投机半

---

① 徐志摩:《西湖记》,《徐志摩全集》第5卷,南宁:广西民族出版社1991年版,第396页。

句多"的缘故,和社交技巧无关。同样是这处居所,1921年当梁实秋去拜访时,虽然主人态度不同,然而经济的困窘仍然让梁实秋印象深刻:

> 我记得有一年暑假,我初访其处,那情形和志摩所描写的一模一样,只是创造社的几位作者均在,坚留午餐,一日妇曳花布和服,捧上一巨盆菜,内容是辣椒炒黄豆芽,真正是食无兼味,当天晚上以宴我为名到四马路会宾楼狂吃豪饮,宾主尽醉,照例的由泰东书局的老板赵南公付账。①

一巨盆食无兼味的辣椒炒黄豆芽便是待客之道,而赵南公买单的宴请也不过是借客人之名,真正为的是主人的狂吃豪饮。创造社同人的经济状况可见一斑。相反,不论上海还是北平,热衷沙龙,常于客厅高谈阔论之人往往少有柴米之忧。这些人或者如曾朴、林徽因家境殷实,或如胡适、朱光潜、金岳霖等身居学院,或如邵洵美经营出版事业,都有足够的经济实力。② 因而,沙龙这一文化组织和生活方式所折射出的作家经济生活的巨大差异,也是它招致批评的原因之一。冯至就曾愤怒地批判道:"若是在报纸上看到什么沙龙式的晚会之类的消息,而这些聚会又是由什么银行家、贵妇人、文化专员之类的人举办的——我们只感到这类的消息有些使人作呕。"③因此,虽然沙龙中人并非没有自省意识,例如徐志摩就曾自辩道:"假如我们的设备只是书画琴棋加酒茶,假如我们举措的目标是有产有业阶级的先生太太们的娱乐消遣,那我们新月社岂不变了古式的新世界或是新式的旧世界了吗?这 Petty borbgeois(注:小资产阶级)的味儿我第一个就受不了……"④但这种"Petty borbgeois 的味儿"却还是如影随形地与沙龙活动相伴左右。——沙龙主持者如邵洵美呼吁"文艺大众化",但沙龙自始至终都没有真正进入中国普通人的日常生活,与传统

---

① 梁实秋:《谈徐志摩》,《梁实秋怀人丛录》,第38页。
② 林徽因的《窗子以外》是一个观察沙龙中人经济状况的极佳文本。
③ 冯至:《沙龙》,储安平编《观察》周刊第1卷第12期,1946年11月16日。
④ 徐志摩:《致新月的朋友250314》,虞坤林编:《志摩的信》,上海:学林出版社2004年版,第406页。

的民间公共空间茶馆相比,沙龙明显存在着鲜明的阶层分隔和等级性,它更多的是有闲阶级的一种"高尚的"社交和娱乐,它对知识人的影响要远远大过平民。

欧洲文化史上,17世纪的沙龙所营造的纯净情感和体贴陪伴,某种程度上是通过新的形式使骑士文化复活。而中国沙龙,则促进了"绅士文化"的流行。此外,还对现代文学思潮流变产生了不可忽视的影响。因为主持者的个性、审美的差异,现代文化沙龙的氛围也各不相同,但它们依然具有共同的特色,即都是二三十年代知识分子精神文化生活的汇聚与交流之地。这些"思想社交"对当年的京派、海派文学产生了重要的推动力,某种程度上可以说,这几个沙龙群体是二三十年代京派文学和海派都市文学思潮的"摇篮",他们孕育、推动了这些文学流派的形成,并且促进了"影射小说"这种文学体裁的流行,这类旨在记录沙龙同人生活的非虚构体小说,是现代中国沙龙的重要衍生品。

第二节 歧路:沙龙知识分子的分歧

1931年,《诗刊》杂志刊登了一则小小的启事。这是由徐志摩执笔的一份声明:

> 本刊的作者林徽音是一位女士,以前的《绿》的作者林微音,是一位男士,他们二位的名字是太容易相混了,常常有人错认,排印也常有错误,例如上期林徽音即被误刊为林薇音,所以特为声明,免得彼此有掠美或冒牌的嫌疑。①

此则声明便是林徽因改名事件。这则小小的个人更名事件或许并未引起太多人的关注,其实颇富意味。前文说过,林微音是曾朴、邵洵美及

---

① 《诗刊·叙言》,《诗刊》1931年第3期。

新雅茶室等上海几大沙龙的常客,林本人和海派沙龙文人甚为相熟,林写诗,也写小说,同时和芳信、朱维基三人共办《绿》杂志。这是一个倡导唯美主义的小杂志,常刊发带有色情意味的诗歌或散文作品。有这样的背景,可以想见林徽因对与其"同名"者的鄙夷和憎厌。林徽因说过,"不怕我的诗被认作别人的,就怕别人的被认做是我的",这显然是针对林微音所发——北平文化人与上海文化人的趣味、分歧略见一斑。有意思的是,林微音的态度却截然不同,他似乎觉得这是一个浪漫故事的开端,甚至依据此事创作了一篇小说体的散文。①

如果说林徽因更名还仅仅出于对林微音的个人好恶,那么,1933年北平沙龙里的重要成员沈从文发起的"京海论争",则表达了北平沙龙知识分子对海派沙龙文人的集体反感的态度。正如本章上节所述,京海沙龙知识分子对沙龙的喜好虽然相近,然而在"惯习"上却有着鲜明的不同。海派沙龙以出版家、小说家、散文家和艺术家为主,而京派沙龙以学者、批评家、诗人为主,分别呈现出了不同的"沙龙—出版"与"沙龙—学院"两大组织体系。此外,南北沙龙知识分子群体的活动空间有明显的差别,北平的沙龙以公园和私家客厅为主要活动空间,上海的则以咖啡馆、书店和同人杂志为主要活动场所,都市空间的差异也导致了南北沙龙群体的文化氛围和审美取向的迥异。在北平,沙龙群体内部的"意见领袖"以学识和个人魅力即布迪厄说的"文化资本"产生权威,而上海沙龙则更多以"社会资本"和"经济资本"取得主导权。因而,上海的沙龙群体明显有"商业化"和"趋利"色彩,而北平文人显然更为纯粹,也更为小众化。

初期,两地沙龙文人群体之间并无大的冲突,还不时有来往。② 直到

---

① 即《微音顿首》一文。在这篇文章中,林微音写了一个浪漫的爱情故事,故事的男女主人公有着极其相近的名字。文中有一节标题是"名字的纠葛",林微音如此写道:"从一个我们的 mutual friend,我尝听到了好些你对于我不大高兴的话。'提到了你的名字,她会 faint。'他有一次说。'有一次不晓得读到了你哪一篇文章,她叫道:哦,我的妈!'他又一次说。[……]你的有些讨厌我,我知道,是由于我的名字。这我很能了解……我自己也领略到了那麻烦。"见林微音:《微音顿首》,《深夜漫步》,第112—113 页。联系现实中"林微音"和"林徽因"名字的相近,当年的读者不难产生联想。
② 徐志摩在沟通南北沙龙文人的关系上起到了很大作用。

1933年。1933年是文坛纷争激烈的一年,和沙龙有关的论争就有两次:一个是上海文坛鲁迅和邵氏沙龙成员之争,另一个就是沈从文在北平发起的,目前学界一般命之为"京海论争"的这场论争。关于这场论争,相关研究已经很多,这里不打算再细细考证沈从文与杜衡、施蛰存、胡风、姚雪垠等人的来往笔墨,而只是针对沙龙议题,考察在南北知识分子共同体之间的交往和论争。

1933年,沈从文挑起了文学史上著名的京派、海派论争。然而,在最初的文章中,沈从文的重心并非"京派"和"海派",他针对的是一种文坛"不严肃"风气的流行。① 沈从文对上海出版界的商业化风气早就不满,1931年在《窄而霉斋闲话》中,沈即指出海派文人的"白相"态度,认为他们"'玩'着文学,文学也自然变成玩具"②。沈从文对上海部分作家的批评,和他向有的文学观有关,并非自迁居北平之后,所以说,京海之争,一开始和地缘并无多少关联。1932年他还写了一篇评论文章:《上海作家》③,在这篇文章中,沈从文指出:"一个旧'礼拜六派'没落了以后,一个新'礼拜六派'接替而兴起。两者之间的不同处,区别不过如此:一是海上旧式才子,一是海上新式才子而已。前者懂得些本国旧诗旧文,也不深懂,后者知道些西洋艺术文学,或装作知道的神气……大家聚集到租界上成一特殊阶级,全只是陶情怡性,写点文章,为国内腹地一切青年,制造出一种浓厚的海上趣味。"沈从文所批评的"新礼拜六派",以及"海上趣味",正是当年章克标等沙龙文人所热衷的"唯美风度"和"颓废趣味"。这个群体的矫揉造作之处,也遭到了左翼作家的批评,茅盾就不无鄙夷地

---

① 学者凌宇在《从"京派"与"海派"之争谈起》(《上海文化》1994年第2期)也认为这场论争"其本意,'海派'不过一种文坛恶劣风气的代名词而已",此外,叶中强先生也认为"经由论争参与者的各自理解和一番叠床架屋式的引申,终将一次普通的文坛风气批评,演绎成了一场影响至今的地域文化之争",参见叶中强:《沈从文:以拒绝'都市'的方式介入都市》,《上海社会与文人生活》,上海:上海辞书出版社2010年版,第475页。而学者刘淑玲则从《大公报·文艺副刊》与此次论争的关系着眼,给出了另一个视角的观察。她认为这次论争是沈从文为其主编的刊物"定调"的结果。
② 沈从文:《窄而霉斋闲话》,《文艺月刊》第2卷第8号,1931年8月15日。
③ 岳林(沈从文):《上海作家》,《小说月刊》第1卷第3期,1932年12月15日。

将其称为"礼拜五派"。① "新礼拜六派"也好,"礼拜五派"也罢,都指向 30 年代上海文坛这一群沙龙文人。

1933 年 10 月,沈从文发表《文学者的态度》,此文一向被视为京海论争的导火线。这是继鲁迅之后对海派沙龙文人的第二次批判。文中,沈从文提出如下观点:"平常人以生活节制产生生活的艺术,他们则以放荡不羁为洒脱;平常人以游手好闲为罪过,他们则以终日闲谈为高雅;平常作家在作品成绩上努力,他们则在作品宣传上努力。这类人在上海寄生于书店、报馆,官办的杂志。在北京则寄生于大学、中学以及种种教育机关中。""已经成了名的文学者,或在北京教书,或在上海赋闲,教书的大约每月皆有三百至五百元的固定收入,赋闲的则每礼拜必有三五次谈话会之类列席。"②

这段文字说得十分巧妙,是沈从文对京海沙龙的各打五十大板。"终日闲谈""寄生于书店、报馆、官办杂志的文人",明显指向上海那帮和出版界联系密切的沙龙文人,而"寄生于大学、中学及种种教育机关中的知识分子"又分明有沈从文身边文化人的影子。不论南北,沈从文一律将这些作家称为"文学的票友与白相人"。"这些人古怪处倒并不是他们本身如何与人不同,却只是他们在习气中如何把身份行为变得异常的古怪"。——沈从文对海派文人的不满在很大程度上源于"习性"的不认同。这"习性"之差固然有人为之故,却也跟上海的消费文化语境密切相关,事实上,沈从文早年在上海居留之际也正是凭借着当地"商业竞卖"的风气,才得以生存并发展下来。1931 年 6 月沈从文在北京小住期间给王际真写信,他说:"我不久或到青岛去,但又成天只想转上海,因为北京不是我住得下的地方,我的文章是只有在上海才写得出也才卖得出的……"③上海活跃的出版文化,和广大的读者需求,显然给予过沈从文

---

① 即"一批所谓文人,有礼拜六派的无耻,文章却还没有礼拜六派的好,无以名其派,暂名为'礼拜五'"。转引自《透底》一文注释 9:"礼拜五六派",《准风月谈》,《鲁迅全集》第 5 卷,北京:人民文学出版社 2005 年版,第 113 页。
② 沈从文:《文学者的态度》,《大公报·文艺副刊》第 8 期,1933 年 10 月 18 日。
③ 沈从文:《致王际真 1931 年 6 月 29 日》,《沈从文全集》第 18 卷,第 144 页。

文学上的支持。1933年成为北平文化名人的沈从文,再度回望上海文坛,显然忘记了当年自己将写稿当做一项"生意"来做的经历。

此文发表之后,杜衡率先在《现代》杂志上以苏汶的笔名发表《文人在上海》作出回应,从经济和文化环境的视角,为海派作家辩护。杜衡的回应并没有从沈从文所关注的文坛风气以及文人态度上着眼,而是以京海两地作家的生活境遇不同来为海派文人辩护,认为上海文人靠稿费为生,自然不能像京派作家那样对文章反复雕琢修改。① 苏汶的回应点出了上海文人创作环境的不尽如人意,可说属于实情。不仅杜衡如此,鲁迅也对上海糟糕的文化环境十分不满。在书信中,频频可见鲁迅对上海出版界、书店、书报审查制度、文坛及文人的批评。他不时地用"阴险""黑暗至极"来形容它们,并时时想离开这个在他眼中乌烟瘴气的都市。② 而对北平,鲁迅是"心向往之而不能至"。1934年12月18日,鲁迅在致杨霁云信中写道:"中国乡村和小城市,现在恐无可去之处,我还是喜欢北京,单是那一个图书馆,就可以给我许多便利。但这也只是一个梦想,安分守己如冯友兰,且要被逮,可以推知其他了。所以暂时大约也不能移动。"③1935年1月9日他告诫郑振铎:"先生如离开北平,亦大可惜,因北平究为文化旧都,继古开今之事,尚大有可为者在也。"④从鲁迅的态度中,我们也可看出当年京海文化资源和环境的优劣。

然而沈从文认为杜衡的回应偏离了原来的论题,且并不具说服力,于是又发表《论"海派"》一文,对自己的观点做出了更明确的解释。他指出

---

① 杜衡:《文人在上海》,《现代》第4卷第2期,1933年12月。前文说过,一般而言,参与沙龙的文化人大多经济生活较好,然而相较而言,有光鲜而体面的大学教职的北平教授们显然更为优裕。海派沙龙中虽然也有邵洵美这样的"老板文人",但总体经济状况显然不能与京派相提并论。
② 鲁迅:《19341112致萧军、萧红》:"上海实在不是好地方,固然不必把人们都看成虎狼,但也切不可一下子就推心置腹。"《鲁迅全集》第13卷,北京:人民文学出版社2005年版,第255页;《19341206致萧军、萧红》:"我到上海后,即做不出小说来,而上海这地方,真也不能叫人和他亲热。"《鲁迅全集》第13卷,第279页。
③ 鲁迅不愿将家北移的主要原因不仅在北京政治局面的好坏,也在家庭私事的处理——和鲁迅决裂了的周作人,被鲁迅遗弃了的朱安,30年代都在北京。
④ 鲁迅:《350109致郑振铎》,《鲁迅全集》第13卷,第340页。

海派文学的特征是"名士才情"与"商业竞卖"的结合。① 在对"海派"的诸多定义中,有两条直指上海热衷沙龙聚会的文人。

> 如邀集若干新斯文人,冒充风雅,名士相聚一堂,吟诗论文,或远谈希腊罗马,或近谈文士女人,行为与扶乩猜诗谜相差一间。从官方拿到了点钱,则吃吃喝喝,办什么文艺会,招纳子弟,哄骗读者,思想浅薄可笑,伎俩下流难言,也就是所谓海派。②

"邀集若干新斯文人,冒充风雅,名士相聚一堂,吟诗论文"云云,沈从文将其归为海派所为,殊不知,他自己所身处的"太太客厅"以及"读诗会"亦是如此。与此同时,他指出:"在南方所谓海派刮刮叫的人物,凡在作品以外的卖弄行为,是早已不能再引起羞耻感觉,把它看成平平常常一件事情了的。"③沈从文对海派作家热衷展示日常生活的"起居注",常常借助私生活来宣扬自己的声名等行为十分警觉,认为已经对北方文坛造成了不良影响,他将其归因为北方作家对海派一再容忍所招致的报应。沈从文所谓的海派文人的"卖弄",在30年代的文坛的确是个很普遍的文化现象,尤其在热衷沙龙的那些"西装少年"身上体现得很明显。这一方面和海派沙龙文人所主张的"将生活艺术化"的理念有关,另一方面,不如说也是"文坛登龙"之一术,是为了"博眼球",为了"成名",即布迪厄所说的"文坛占位"。——这种"卖弄"带有一种故作姿态的"表演"性质。邵氏沙龙重要成员章克标《文坛登龙术》里所列举的众多成名捷径,便有

---

① 而在随后不久的另一篇注解文章《关于"海派"》中,沈从文对此作了详细解释:

> 我所说的"名士才情",是《儒林外史》上那一类斗方名士的才情,我所说的"商业竞卖",是上海地方推销XXX一类不正当商业的竞卖:正为的是"装模作样的名士才情"与"不正当的商业竞卖"两种势力相结合,这些人才俨然地能够活下去,且势力日益扩张。

> 在沈从文这里,"海派"仍然指称一种文艺风气,这种文艺风气是"装模作样的名士才情"与"不正当的商业竞卖"的结合物,也即沈从文所说的"白相"和"票友"的游戏态度。沈从文:《关于"海派"》,《沈从文全集》第17卷,第60页。

② 沈从文:《论"海派"》,《沈从文全集》第17卷,第54页。
③ 同上书,第56页。

着周遭同人的影子。可以说,沈从文对文学严正风气的倡导以及对海派"恶劣"风气的批评,一定程度上正反映了具有"绅士风度"的北平沙龙知识分子对崇尚"名士才情"的海派沙龙文人的不认同。

这次京海之争,其实是北平专业作家和上海文艺青年之间的分歧,专业作家以文学为事业,将其与民族国家的"宏大叙事"相联系,而文艺青年之热爱文艺或假装热爱文艺,却更多和生存策略乃至娱乐休闲相关。他们是完全不同的两类人。沈从文在论战的几篇文章中主张作家过一种健康的正派的生活,并且将私人生活与严肃的文学创作分开,避免媒体报道作家的"起居注",而只投注精力于作品,海派那些沙龙文人显然不能做到,无论他们是真落拓还是假不羁,这种高调张扬、刻意求异、特立独行的生活方式和他们所信仰的唯美主义理念一样,构成了这一群体的身份标签和相互认同。这是沈从文所不能理解的,也是海派文人不予争辩的原因。

沈从文在此论争之中的策略,采取了一个最简单的方式,即"定义",在这三篇文章中,沈从文将他所谓的"不严肃的文学态度"定义为"海派",而将正直的从事文学创作的人称为"北方作家",在这个定义中,沈从文认定上海沙龙文人的创作态度是不严肃的,进一步说,他们不是真正的文学家,而是"白相和票友"——言下之意,"沈"本人及"北方作家"才是真正的文学家的代表。沈从文显然想在30年代文坛推行他所理想的文学标准和原则。这个"定义"行为本身是一个排除和驱逐的武器,为的是以名符其实的作家的名义,否定所有可能以"海派"作家之名过活的人的创作。杜衡显然敏感地察觉到了沈从文的攻击性,在文章中他对沈从文"不问一切情由而用'海派文人'这名词把所有居留在上海的文人一笔抹杀"的行为十分不满。

接下来曹聚仁、胡风、姚雪垠和师陀都接连发声。然而,论者或插科打诨,或偏离主题,都针对沈从文对"海派"作家的定义给予反批评,而对"不严肃的文学态度"这一更广泛的论题不做过多置评。沈从文为此深感"委屈"和"失望",他在《关于"海派"》一文中抱怨道:"使我极失望的,就是许多文章的写成,皆差不多仿佛正当这些作家苦于无题目可写的时节,故从我所拈取的题目上有兴而感。就中或有装成看不明白本文,故意说些趣味打诨,目的却只是捞点稿费的,或有虽然已看清楚了本文意思所在,却只挑眼儿摘一句两句话而有兴有感……所以对于这类文章,我无什么其他意见可说。"①

在这场论争中,鲁迅《"京派"与"海派"》一文向被学者引述。② 鲁迅显然看懂了沈从文的初衷和真意,他一开始就为沈从文"平反",认为杜衡的指责并无道理:"所谓'京派'与'海派',本不指作者的本籍而言,所指的乃是一群人所聚的地域,故'京派'非皆北平人,'海派'亦非皆上海人。"③接下来他给出了结论,这段论述可谓精辟至极:

> 北京是明清的帝都,上海乃各国之租界,帝都多官,租界多商,所以文人之在京者近官,没海者近商,近官者在使官得名,近商者在使商获利,而自己也赖以糊口。要而言之,不过"京派"是官的帮闲,"海派"则是商的帮忙而已。但从官得食者其情状隐,对外尚能傲然,从商得食者其情状显,到处难于掩饰,于是忘其所以者,遂据以有清浊之分。④

与沈从文的策略相近,鲁迅也采取了"下定义"的手段,只是更为高明。在此过程中,鲁迅悄然对沈从文的"海派"定义进行了转化,并提出了"京派"这一新的定义。然而,正如学者高恒文所指出的,鲁迅的"文人之在京者近官""京派乃官的帮闲"云云显然是针对胡适派知识分子而发。此文中的"京派"和沈从文身处的北平文艺圈知识分子群在内涵上大有不同。可以说,此次论争只是启发鲁迅批评知识界的一个由头而已。

综上所述,上海作家的回应最后不约而同转向了本与此次论争没有

---

① 沈从文:《关于"海派"》,《沈从文全集》第17卷,第60页。
② 鲁迅关于此次论争的文章共有三篇:《"京派"与"海派"》《南人与北人》《"京派"和"海派"》。
③ 鲁迅:《"京派"与"海派"》,《鲁迅全集》第5卷,第453页。
④ 同上。

瓜葛的北平以胡适为首的"议政派"自由主义知识分子,而非朱光潜、沈从文这一派的"治文艺"者。与此同时,被沈从文视为最具"名士才情"的上海沙龙中人却未应声而战。沈从文射了一个虚空之箭,最后论争草草结束。

对沈从文引发的这场论争,北平沙龙里的知识分子们显然也都注意到了,然而他们并没有发文为沈从文"撑腰",持有一种观战的冷静。和海派的杜衡、曹聚仁等纷纷发声不同,沈从文的"战斗"颇有些"荷戟独彷徨"的味道——这也一定程度上折射出沈从文在京派沙龙知识分子群体中的地位。然而,北平同仁虽未直接参战,他们的态度还是很明确的,虽不"明帮",但却"暗扶"。朱光潜在1936年写作的《中国文坛缺乏什么》一文中即表明了立场。借欧洲文坛分派为由头,朱光潜提出"经院派""新闻纸派"和"地道的文人派"三个派别,他认为,有浓郁商业色彩的"新闻纸派"的盛行正是中国文坛最大的弊病——矛头所向,十分鲜明。在40年代的回忆中,朱光潜提及这次论争,说过这样的话:"京派海派,左派右派,彼此相持不下;我冷眼看得清楚,每派人都站在一个'圈子'里,那圈子就是他们的'天下'。"①——将自己撇得更远。从中,不难看出,在面对有政治背景的左翼作家之际,朱光潜等自由派知识分子唯恐避之不及,不愿或者也是不屑与之争论,以免惹来麻烦。这就和朱家沙龙成员与同是自由派阵营的梁实秋的论争形成了鲜明对比。

此外,钱锺书也曾对此次论争发表过看法。他对京派不以为然,在影射小说《猫》中,借题发挥道:"京派差不多全是南方人。那些南方人对于他们侨居的北平的得意,仿佛犹太人爱他们入籍归化的国家,不住地挂在口头上。"②钱锺书的批评虽不"及时",却也反映了论争之外第三方的态度。

虽然论争并没有按照沈从文的预期进行,然而此次论争却唤起了海

---

① 朱光潜:《文学的趣味》,《朱光潜全集》第4卷,第175页。
② 钱锺书:《人·兽·鬼》,北京:三联书店2002年版,第20页。

派文人意图实现京海联手的打算。这主意来自邵洵美。1936年7月,邵洵美北上,意在寻求南北合作办刊,由北京作家编辑,上海作家出版,以实现"沙龙—学院—出版"三线联合的局面。客观来说,邵洵美的设想虽有为自身出版事业谋划的成分,但其意图联合南北作家共创现代文坛和谐局面的抱负却是真诚的。但落花虽有意,奈何流水无情。最终京派文人拒绝了这一计划。京派知识分子的清高自守,固守一己田园,对海派的"敬而远之",在此事上体现得很明显。

以上讨论的是京海沙龙之间的"歧路",其实在各个沙龙圈子内部,也存在着理念认同的差异,并非铁板一块的和谐局面。初时默契,中途改弦易辙的情况多有发生。布迪厄在《艺术的法则》一书中认为:

> 当统治地位的占据者尤其是经济统治地位的占据者,比如资产阶级戏剧,内部非常一致的时候,尤其在消极方面被确定的先锋派位置,通过与统治地位的对立,在资本的原始积累阶段曾一度接纳了出身和配置迥然不同的艺术家和画家,他们的利益一度曾经接近过,当时紧跟着就发生了分歧。这些被统治的集团是孤立的小派别,小派别内部消极的凝聚力兼有感情上的紧密团结,团结通常体现在对一个领袖的拥戴上,当这些集团得到承认时,它们有通过表面的互相矛盾产生危机的倾向,获得承认的象征利益通常只能给一部分人,甚至一个人,紧密联系的消极力量也削弱了:团体内部的地位差异,特别是社会和学术差异,在开始时能被对立的一致性克服和超越,但此时却通过积累的象征资本的不平等分配再次体现出来。①

这个过程在邵洵美沙龙发展流散的过程中,体现得非常明显。1934年,邵洵美沙龙圈子因《论语》杂志而起论争,最终分化。1932年9月16日《论语》在上海创刊,章克标回忆:"当时我们想办一刊物,适逢语堂等也想办一刊物,于是联合起来同办,决定有文有图,独创一格而以带幽默

---

① 〔法〕皮埃尔·布迪厄:《集团的形成与解散》,《艺术的法则:文学场的生成和结构》,刘晖译,北京:中央编译出版社2001年版,第315页。

风趣为主。"①可见当初沙龙成员在审美品位、商业利益等方面有很一致的认同。林语堂参与邵氏沙龙,选择与邵氏合作,其间考量,似乎正是鲁迅所说的"文人之近商者在使商获利,而自己也赖以糊口"的情形。

随着《论语》的一纸风行,沙龙成员之间开始出现了矛盾。这矛盾主要是商业上的分利,据章克标回忆,林语堂认为邵洵美作为老板和发行人,在《论语》杂志上获得的商业利益过多,心生不满。此外,林语堂在文坛的地位显然远高于邵洵美,林拥有广泛的文化资本和学术资本,相较之下,邵洵美身边最亲密的小圈子大多属文坛新人,并且不大被主流文坛所认可。一开始因为利益之需他们尚且能达成合作,而当商业上获得了成功,文化上的分歧便显得越发难以融合。

1934年4月初,林语堂离开《论语》杂志,创办并主编《人间世》半月刊,这一事件标志着邵氏沙龙的正式分化。邵洵美和林语堂由最初的一拍即合到后来的分道扬镳,可以说充分体现了上海文坛"商业竞卖"的特色。邵氏沙龙同人在这一团体分裂面前的选择颇有意味,站在邵洵美这边的章克标因此与林语堂发生了多次笔战。表面上是"章—林之争",实则是邵洵美主导下的沙龙成员和林语堂的集体分歧,分歧的原因和分化后的"站队",都和经济利益不可分割。鲁迅很敏锐地指出了这一点,1934年6月2日,在致郑振铎信中鲁迅谈及"章林之争":"但章之攻林,则别有故,章编《人言》,而林辞编辑,自办刊物,故深恨之,仍因利益而已,且章颇恶劣,因我在外国发表文章,而以军事裁判暗示当局者,亦此人也。"②鲁迅此处并未提及他这时期高密度批评的邵洵美,大概是对邵氏的"沙龙—出版"体系不甚了了之故。这场邵氏沙龙内部的分化,对日后上海文坛的影响是明显的。从此林语堂新辟阵地,加强了与北平文化人的合作,而邵洵美则和更多的海派先锋作家及艺术家加深了联系。

需要一提的是,与邵洵美沙龙相似,北平林徽因、朱光潜的沙龙里,因

---

① 章克标:《林语堂先生台核》,《十日谈》第34期,1934年7月10日。
② 鲁迅:《340602致郑振铎》,《鲁迅全集》第13卷,北京:人民文学出版社2005年版,第134页。

一首诗的"看不懂"也起了分歧,前者起因于商业上的分利,后者则因为美学上的偏离。

第三节　徐志摩:行走于京海之间

以赛亚·柏林曾在论托尔斯泰的文章中将作家分为"刺猬"和"狐狸"两类,前者围绕一个基本的美学和道德原则,有着统一性的一元中心识见,陀思妥耶夫斯基、普鲁斯特是为显例。后者的代表作家如巴尔扎克和普希金,他们的思维活动是离心而非向心的,这些人兴趣广泛,追逐许多层面的似乎毫不相干的文艺实践。中国现代文化史上,鲁迅和胡适可谓两类迥异的知识分子的典型代表。借助以赛亚·柏林对知识分子的划分,鲁迅可以说是明显的"刺猬型"知识分子,胡适则是"狐狸型"。在现代文学史上,"刺猬"和"狐狸"各有一个系列。徐志摩、邵洵美可谓"狐狸"派的成员。他们都是典型的"江南才子",个性浪漫,性格温润,常以天真的乐观主义看待世界,其思想虽不免浅薄,很多时候对世事人情缺乏一种深刻的批判力,然而却有一种极富魅力的"磁性人格"(唐德刚先生语)——这种"磁性人格"恍如物理界带有磁性物体所发生的磁场,在交际社会中起到了凝聚人心的枢纽作用。这种人格魅力,虽然算不上深刻的道德修养,却因更多出自天禀,显得尤为珍贵。

与邵洵美风姿卓异的外貌常常给人良好的第一印象不同,徐志摩并不以"美男子"知名,也不像邵洵美那样刻意去营造"一个唯美主义者"的肖像。徐志摩的魅力在于他的"性情",梁实秋将其形容为一种"讨人欢喜的风度"。这种讨喜的风度不是一般人轻易能具备的,"必其人本身充实,有丰富的情感,有活泼的头脑,有敏锐的机智,有广泛的兴趣,有洋溢的生气,然后才能容光焕发,脚步矫健,然后才能引起别人的一团高兴"[①]。徐志摩

[①]　梁实秋:《谈徐志摩》,《梁实秋怀人丛录》,第40页。

在这几个方面可以说是兼而备之,甚至连周作人都说:"志摩这人很可爱,他有他的主张,有他的派路,或者也许有他的小毛病,但是他的态度和说话总是和蔼真率,令人觉得可亲近,……就是有些小毛病小缺点也好像脸上某处的一颗小黑痣,也是造成好感的一小部分,只令人微笑点头,并没有嫌憎之感。"①

这自然是一种天性,除此而外,这种"讨喜"还和徐志摩本人有意识地习得有关。他一向有意识地要做西式的"绅士"。早年留学期间,徐志摩便从与英国名士的来往中学习社交技巧,在 1920 年 11 月 26 日致父母信中,徐提到自己的海外交游:"儿尤喜与英国名士交接,得益倍蓰,真所谓学不完的聪明。"②这些"名士"大多是深具英国绅士气质的作家和学者,如罗素等,在和这些绅士的交往中,徐志摩显然获益匪浅。

徐志摩亲切、活泼的性情加上高超的社交技巧,让他自然而然地成为聚会之所杰出的男主人。20 年代末,北平知识分子因为政治关系纷纷离京赴沪,上海因为环境安定,成为各派知识分子聚集之地。此段时期,胡适等自由主义知识分子常常召集聚餐活动,并组织了一个短期的政治沙龙:"平社",徐志摩也是成员之一。在聚餐之际徐志摩往往喧宾夺主,抢了胡适的风头。梁实秋回忆:

> 我记得,在一九二八、一九二九年之际,我们常于每星期六晚在胡适之先生极斯菲尔路寓所聚餐,胡先生也是一个生龙活虎一般的人,但于和蔼中寓有严肃,真正一团和气使四座并欢的是志摩。他有时迟到,举座奄奄无生气,他一赶到,像一阵旋风卷来,横扫四座,又像是一把火炬把每个人的心都点燃,他有说,有笑,有表情,有动作,至不济也要在这个的肩上拍一下,那一个的脸上摸一把,不是腋下夹着一卷有趣的书报,便是袋里藏着一扎有趣的信札,传示四座,弄得大家都欢喜不置。③

---

① 周作人:《志摩纪念》,《新月》第 4 卷第 1 期,1932 年 3 月。
② 徐志摩:《致父母 201126》,虞坤林编:《志摩的信》,上海:学林出版社 2004 年版,第 4 页。
③ 梁实秋:《谈徐志摩》,《梁实秋怀人丛录》,第 41—42 页。

梁实秋进而将徐志摩比作《世说新语》里描写的王导①,认为徐具备高超的社交能力。徐志摩的确具有让"四座并欢"的社交天赋。回国伊始的徐志摩,热衷交友,并不分门别类。20年代初,中国现代文坛正是文学研究会和创造社两分天下之际,两个流派之间多有纷争,不能相容。怀揣一腔热情的徐志摩回国之后,不分青红皂白,两边都投石问路来往结交。然而,很快他便在创造社成员那里受了挫,导火索是一篇《假诗、坏诗、形似诗》的诗评。在这篇文章中,徐志摩批评了诗坛一种普遍现象的同时,提及郭沫若的一句诗"泪浪滔滔"不妥。成仿吾读后大怒,随即在《创造周刊》上发文,直指徐志摩是"假人",并未经徐志摩许可,将先前徐志摩写给他的信予以发表。1923年6月10日,《晨报副刊》发表徐志摩致成仿吾信,题名"天下本无事"。在信中,徐志摩极力"喊冤",自述新从欧洲回国,于政情商情文艺界种种经纬脉络很隔膜,无意中得罪了两方面的人,两边不讨好。但是他坚持自己理想的"爱艺术"与"爱友谊"的态度,呼吁双方"有过共认共谅,有功共标共赏",消除成见的暴戾与专复,协力守护辛苦得来的新文艺的领土。虽然苦口婆心,然而终不免陷于理想家的天真,只是一厢情愿。② 徐志摩虽善交友,然而与创造社诸人因性情、文学观等分歧最终还是分道扬镳,看似是因文生隙,根源却是文艺观的分歧。

日后在自由主义知识分子同人圈里,徐志摩按照他所提倡的去行事为人,却获得了一致好评。"爱艺术""爱友谊",包容反对和质疑的声音,是徐志摩一派知识分子结交的共识,也是后来北平沙龙文人聚合的思想前提。

---

① 《世说新语》中记载:王丞相拜扬州,宾客数百人,并加沾接,人人有说色。唯有临海一客,姓任,及数胡人,为未洽。公因便还到任边云"君出临海,便无复人。"任大喜悦。因过胡人前,弹指云:"兰闍、兰闍。"群胡同笑,四座并欢。[南朝宋]刘义庆:《世说新语·政事第三》,《世说新语汇校集注》,[南朝梁]刘孝标注,朱铸禹汇校集注,上海:上海古籍出版社2002年版,第154页。

② 由此纷争可见,创造社同人与徐志摩等自由主义倾向的知识分子在对待言论上持不同态度。成仿吾因徐志摩批评郭沫若一首诗的字句不妥,就下"相差不可衡量的时空的断语",说徐全在"侮辱沫若的人格"。徐为此感到委屈和不解:"这是哪里说起呀!"

在20年代末、30年代初的现代文坛,徐志摩在自由主义知识分子群中可谓如鱼得水,十分受欢迎。徐去世后,胡适在悼文中写道:"他对于任何人,任何事,从未有过绝对的怨恨,甚至于无意中都没有表示过憎嫉的神气。陈通伯先生说,尤其朋友里缺不了他。他是我们的连索,他是粘着性的,发酵性的,在这七八年中,国内文艺界里起了不少的风波,吵了不少的架,许多很熟的朋友往往弄得不能见面。但我没有听见有人怨恨过志摩,谁也不能抵抗志摩的同情心,谁也不能避开他的粘着性。"①这种"粘着性"对于文坛和谐局面的营造是很重要的。在盛行论争的二三十年代文坛,徐志摩的这种"粘着性"让他成为一个凝聚点。

徐志摩的京海两地文化交游,勾连了南北文坛,也铺垫了南北沙龙,也可说徐志摩过渡了京海两地的沙龙。在他之前,是曾朴、邵洵美的初步尝试。在他之后,是朱光潜和林徽因的声名鹊起。徐志摩可说是京海自由主义知识分子的枢纽和润滑剂,既与学院派关系密切,又与上海自由派文人相交甚契。邵洵美的"花厅",林徽因的"太太客厅",在人员构成上与徐志摩的朋友圈有很多交集。相比于胡适在政治沙龙里的一时无二,徐志摩可谓二三十年代文艺圈的"交际明星",风头炙手可热。

在上海,徐志摩和曾朴、邵洵美沙龙成员多有接触,尤其和邵洵美走得亲近,小到生活琐事,大到新月书店的经营,两人频繁来往,友情甚笃,因为相貌相似,又同是诗人,被人称作"诗坛双璧"。来看一封他写给"好哥哥"胡适的信:

> 昨晚我家大集会,我报人名你听听,洵美、小蝶夫妇、朱维基、芳信、孙大雨、高植、邵寒梅、光宇、振宇、隆基、有乾、增嘏还有别的几个人。那套《竞畅图咏》大获欣赏,洵美道谢,老罗也有了艳绩——在琼楼高处,洵美昨演说经过,合座喷饭。今天下午"小姐"请茶,老罗已敬谨请约,候亲承色泽后,再作报告。②

---

① 胡适:《追悼志摩》,《新月》第4卷第1期,1932年3月。
② 徐志摩:《致胡适310716》,《志摩的信》,第294页。

图6-3 张振宇所作画像,上:陆小曼、谢寿康,下:邵洵美、徐志摩。

图6-4 徐志摩赠胡适的照片

徐志摩列举的这份名单中,我们可以看到邵氏沙龙的大部分成员在内,像朱维基、芳信、张光宇、张振宇等,余者大多为留沪的新月派成员,既有热衷议政的罗隆基,也有热衷纯文艺的孙大雨。这时期,徐志摩已经在北平高校任职,不时往返于京海之间。

虽然徐志摩和海派文人交往密切,然而,他对上海却多有不满。尤其是到了30年代初,新月同人纷纷回京之后,徐志摩急欲脱沪赴京。他多次在家信中抱怨:"但上海的环境我实在不能再受。再窝下去我一定毁;我毁,于别人亦无好处。""因为我是我,不是洋场人物。"可以看出,徐志摩在上海虽然也呼朋引伴,但在精神上终究向往着北方那批"新月旧侣"。徐志摩对上海的不喜主要在于海派文化"纸醉金迷"的洋场气息,令人"筋骨衰腐,志气消沉"之弊。

后来,当胡适邀请其赴京任教时,徐志摩不顾陆小曼的反对,决意北上。从上海回到北平的徐志摩,可谓"池鱼"回到了"故渊",到处都是不期之会。"北京实在是比上海有意思得多,你何妨来玩玩。我到此不满一月,渐觉五官美通,内心舒泰;上海只是销蚀筋骨,一无好处。"①初到北平,金岳霖即为其召集新月旧侣,一时"高朋满座""胜友如云"的场景得以再现。为此,徐志摩不无炫耀地写信给陆小曼,并且一一列举接风之客的名单:

> 星期中午老金为我召集新月故侣,居然尚有二十余人之多,计开:任叔永夫妇、杨景任、熊佛西夫妇、余上沅夫妇、陶孟和夫妇、邓叔存、冯友兰、杨金甫、丁在君、吴之椿、瞿菊农等,彭春临时赶到,最令高兴,但因高兴喝酒即多,以致终日不适,腹绞脑涨,下回自当留意。②

看得出,这份"新月故侣"的成员名单和后来金岳霖"湖南饭店"及林

---

① 大概这反复的对上海生活的指责正激起了陆小曼的逆反之心,最终,陆小曼并未理睬徐志摩的北上之邀,继续留在上海。
② 徐志摩:《致陆小曼281211》,《志摩的信》,第95页。

徽因"太太客厅"的成员有相当大的重合。此时,新月社已经远非盛时,然而徐志摩依然可以"振臂一呼,应者云集"。而"应者云集"的代价是为朋友前后奔走。在家信中,徐志摩自白:"我这人大约一生就为朋友忙!来此两星期,说也惭愧,除了考试改卷算是天大正事,此外都是朋友,永远是朋友。杨振声忙了我不少时间,叔华、从文又忙了我不少时间,通伯、思成又是,蔡先生、钱昌照(次长)来,又得忙配享,还有洋鬼子!"①

在北平时的徐志摩,经常参加各类茶会。有陈衡哲的"周四茶会"②、金岳霖及其女友丽琳·泰勒的茶会,③以及几个外国人的茶会。与此同时,徐再度召集新月社"两周聚餐会"。1931年11月,因对女作家曼殊菲尔的喜爱,徐志摩"移情"至其姐姐、姐夫,专门组织了一次欢迎柏雷博士的茶会,回南之前,他特地托林徽因购买绣品托胡适转交给柏雷夫妇,从此小事亦可见徐志摩处事为人之"多情厚道"。

1931年11月徐志摩去世之后,文坛随后出现了分化。这个分化也反过来证明了徐志摩之前的"粘着"文坛之功。首先是林徽因、凌叔华两位女作家因为"八宝箱"事件关系闹僵,而因为徐志摩飞机失事,冰心对林徽因的评价降至谷底,也影响到了冰心好友梁实秋,1936年梁实秋批评林徽因的诗"看不懂",不能不说有受冰心态度影响的成分在内。其次,"新月社"彻底分化为"议政"派和"文艺"派。之前新月社虽然出现分歧,但因为徐志摩的"粘着"性,并未出现很大矛盾。徐志摩之后,梁实秋本来可以是较好的联结两派的人选,但是梁实秋虽然有此文化素养,却无足够的个人魅力。梁实秋的同时论文艺和论政并没有促使原来的新月派再度合作,反而加剧了他本人以及胡适与专心治文艺的朱光潜沙龙成员的分歧和矛盾。再次,"京海"沙龙缺乏一个桥梁,上海沙龙文人和北平

---

① 徐志摩:《致陆小曼310625》,《志摩的信》,第119页。
② 冰心、凌叔华、杨振声、沈性仁都曾参加此茶会。
③ 在林徽因"太太客厅"和金岳霖的"湖南饭店"成气候之前,金岳霖女友丽琳便常举办茶会,参加者众多,徐志摩是常客之一。这个茶会的成员有张奚若、钱端升等,徐志摩与金岳霖、丽琳交情深厚,常在家信中提及,他还有致梁实秋的一封信,专门调侃金、丽二人,题为《徐志摩寻丫》,此信于1927年7月27日刊于上海《时事新报·青光》。

沙龙里的知识分子们缺乏足够的交流。沈从文1934年发起的京海论争,便是这一后果的直接呈现。

第四节 沈从文:从边缘到中心的位移

在现代沙龙知识分子之中,沈从文是一个特殊的存在。作为30年代朱—林沙龙的重要成员,沈从文无疑是沙龙活动的一个积极参与者。然而,在"在场"的同时,沈从文却又同时发出了"不在场"的不和谐的声音。对沙龙既热衷又批判的矛盾态度,折射在文学创作中,便是其都市小说中比比皆是的对"都市智识阶级"及"绅士"——这些人正是沙龙的常客——的讥讽和调侃。本节将对沈从文30年代早中期的经历做一个社会学的考察,从人际网络的改变、文化空间的转移等层面,分析一个"边缘知识分子"是如何借助沙龙社交这一平台获得新的身份认知,以及走向象征文化权力的"中心"地带的。

关于沈从文早年生平的述说已经很多,留给我们的印象是一个为新文化运动感知的边地青年"走异路,逃异地"的奋斗旅程。① 这个旅途的起点是20年代北京前门外的"酉西会馆"。和新文学史上著名的"S会馆"一样,"酉西会馆"给初来北京的文学青年沈从文提供了暂时的立足之地。因为和会馆管事有远房表亲关系,沈从文的免费入住很顺利。然而此时的会馆,早已经失去了历史上兴盛时期的文化功能,科举的废除和新式学校的兴起,使得文化中心转移到了各所大学周边。这时期会馆里的沈从文,虽说已走进了文化名城北京,却仍然徘徊于文化空间之外。在回忆中,沈从文对会馆时期的生活并没有多少描述。不久,沈从文迁入沙滩附近的公寓居住。正如学者指出的,从宣南酉西"会馆"迁居到"沙滩

---

① 在沈从文本人后来的追溯里,这个旅程的"冒险性"和"曲折性"被有意地夸大了,成了一种类似于小说笔法的回忆,一种炫奇的展览。

公寓",沈从文的迁居一方面吻合了北京城市格局的转变,一面也使得他接近了正在生成中的文化秩序。① 这个文化秩序是由一批游离于大学周围居住在各式公寓中的文学青年营造的。公寓时期的沈从文,有了新的文学交往圈子。正是在这个阶段,沈从文结识了胡也频、刘梦苇、冯至、陈翔鹤等人。然而这批文学青年虽然自足地生成了一个文学小团体,离象征文化资本和知识权力的北平文化圈还有着相当的距离,依然处于边缘的位置。

这时期的沈从文,也曾试图走一条通过求学以改变命运之路。他对自己的身份定位是"沈从文年二十岁学生湖南凤凰县人",并参加了燕京大学二年制国文班入学考试,结果"一问三不知,得个零分,连两元报名费也退还"。报考大学的失败,让沈从文失去了通过求学以改变自身处境的机会,这时候,他理想中的自我——由学生进而成为学者、教授——成了梦幻泡影,这一理想反过来成为他心中的伤疤。

> 眼前的一切,都是你的敌人! 法度,教育,实业,道德,官僚……一切一切,无有不是。至于像在大讲堂上那位穿洋服梳着光溜溜的分发的学者,站立在窗子外边呲着两片嘴唇嬉笑的未来学者……他们却不是你们的敌人;只是在你们敌人手下豢养而活的可怜两脚兽罢了!②

"大讲堂上那位穿洋服梳着光溜溜的分发的学者,站立在窗子外边呲着两片嘴唇嬉笑的未来学者"正是象征着知识和学问、身份和地位的人们。身处公寓之中,对这些人的"可望而不可即",字里行间难免充斥着一种"羡慕嫉妒恨"的酸劲儿。日后在《焕乎先生》这篇自传体小说中,沈从文再度感慨北京城"充满了习惯势利学问权力",至于自己,则是"在北京等于一粒灰尘。这一粒灰尘,在街头或任何地方停留都无引人注意的

---

① 参见姜涛:《从会馆到公寓:空间转移中的文学认同——沈从文早年经历的社会学再考察》,《中国现代文学研究丛刊》2008 年第 3 期。
② 沈从文:《狂人书简——给到 X 大学第一教室绞脑汁的可怜朋友》,《沈从文全集》第 11 卷,第 26 页。

光辉"①。既无显赫的家境,也无耀目的文凭,来自湖南"蛮夷"之乡,却又执拗地想在都市出人头地,此时的沈从文正是罗志田先生所说的"边缘知识分子"的典型代表。罗先生认为:"近代以还,由于上升性社会变动的途径多在城市,边缘知识分子自然不愿认同于乡村;但其在城市谋生甚难,又无法认同于城市,故其对城乡分离的情势感触最深。他们不中不西,不新不旧;中学、西学、新学、旧学的训练都不够系统,但又粗通文墨,能读报纸;因科举的废除已不能居乡村走耕读仕进之路,在城市又缺乏'上进'甚至谋生的本领:既不能为桐城之文、同光之诗而为遗老所容纳,又不会做'八行书'以进入衙门或做漂亮骈文以为军阀起草通电,更无资本和学力去修习西人的'蟹行文字'从而进入留学精英群体。他们身处新兴的城市与衰落的乡村以及精英与大众之间,两头不沾边也两头都不能认同——实际上当然希望认同于城市和精英一边而不太为其所接受。"②——这正是沈从文们的尴尬处境。

沈从文的这种边缘处境一直延伸到其离开北平,奔赴商业化气息更为浓郁的上海。20年代末,当曾朴、邵洵美文学沙龙圈子风头正盛之际,敏感的沈从文也感知到了这一文化现象。在《十年以后》这篇杂文中他愤愤不平地感叹:"好像法国的沙龙客厅也有了,(并不是新雅也不是上海咖啡!)成天就是这一群上海作家来往,这些作家每天从主人方面挹注一点灵感,一年做一篇小说,或写一句诗,其作品全可以发誓说并非压榨而来,照抄则间或有之,然而也不缺灵感!"③这篇文章里看得到日后沈从文发起京海论争的影子。很明显,此时,沈从文对那些流连于"法国的沙龙客厅"里的一群上海作家是不满的,认为他们缺乏严肃认真的创作态

---

① 与此同时,表弟黄村生给了沈从文最早的指引,就是他建议沈从文由最初居住的西西会馆搬到了沙滩公寓,"用意是让我在新环境里多接近些文化和文化人"。沈从文:《忆翔鹤——二十年代前期同在北京我们一段生活的点点滴滴》,《沈从文全集》第12卷,第252页。
② 罗志田:《近代中国社会权势的转移——知识分子的边缘化和边缘知识分子的兴起》,许纪霖编:《20世纪中国知识分子史论》,北京:新星出版社2005年版,第143页。
③ 沈从文:《十年以后》,《沈从文全集》第14卷,第36页。原文发表于《人间》第2期,1929年2月20日。

度。这时期的沈从文,和曾朴、曾虚白父子一样,也租住在法租界——善钟路善钟里一间亭子间里。然而与曾朴热衷在法租界的马路上散步常能感受到别样的异国情调不同,沈从文对法租界居所的关注更多地停留在房租、生活费用等话题上,根本无暇顾及"文艺的谈天"。"文学"此时对于这个尚未成名的新文学青年作家而言,只是一桩用以换取面包供生存之需的"生意"。① 即便在文坛声名和经济状况都有了改善之后,沈从文对文化人的沙龙闲谈风气依然不认可。1931年6月29日,他给王际真写信:"我不久或到青岛去,但又成天只想转上海,因为北京不是我住得下的地方,我的文章是只有在上海才写得出也才卖得出的。……北京一般朋友都劝我住在北京,他们在这里倒合适得很,各人在许多大学里教书,各人有一个家,成天无事大家就在一块儿谈谈玩玩。我怎么能这样生活下去?我心想,我一定还得回去,只有上海地方成天大家忙匆匆过日子,我才能够混下去。"②"北京一般朋友",指的便是同一封信中提到的徐志摩、陈西滢、凌叔华、梁思成、林徽因、陈雪屏等人,这些人正是北京方兴未艾的茶会的主要成员。沈从文此时已经和这些人熟络起来,然而性情以及生活态度上显然不能相得。

  1931年5月,沈从文回到北平,短期逗留后于同年8月赴青岛大学任职。两年后,1933年8月沈从文第三次回到北平。在这两年之内,经由徐志摩及胡适等人的提携,沈从文分别在中国公学、武汉大学、青岛大学任教。不仅文学事业得到了发展,人生事业也开始迈上了新的台阶。在经历了这两次返平之旅后,青年作家沈从文开始一步步走进北平高级知识分子的交往圈,在新的文化空间中努力找寻新的身份认同。这个新空间,便是林徽因的太太客厅和朱光潜的读诗会。这一次的空间转移,与之

---

① 沈从文在法租界的住所,虽然前后有变迁,一度由亭子间搬到洋房的前楼及至法租界马浪路(今马当路)的新民邨,后又与丁玲、胡也频同租萨坡赛路(今淡水路)一幢老洋房。然而,经济的困窘却一路相随,并没有随居所的改善而有太大的改变。这种经济状况十分鲜明地反映在此时期沈从文的书信中,"哭穷""牢骚"和"告贷"是沈从文此阶段书信的三大主题。不独沈从文,文坛老将鲁迅此时在给友人的信中也不时地将自己投稿的行为称为"卖钱"。
② 沈从文:《致王际真》,《沈从文全集》第18卷,第144页。

前沈从文从"会馆"到"公寓"的迁居,有相似之处,比如结交了新的人际网络,开辟了新的文化空间,却也有更大的不同。沈从文在之前的变迁中,得到的是如鱼得水的愉悦,因为那是一群相似处境的文学青年的聚合。这一次却不同。这次由公寓走进客厅,沈从文经受了许多挣扎的苦涩。在一篇随笔中,沈从文曾写到自己初次走进一个"阔大华贵"的客厅时的感受是"愣住了",继而他"选定靠近屋角一张沙发坐下来",并且觉得客厅里的事事物物竟像是"特意为压迫客人而准备"的。① 走进林徽因太太客厅的沈从文,选择的座位是否也是"屋角一张沙发"我们不得而知,然而有类似的心理感受是可以想见的。而"屋角"这一客厅里的位置,也正是沈从文对自己沙龙处境及身份的自我设定。

身处北平高级知识分子交游圈的这个乡下人,在行事与心态上充满了悖论,其对沙龙的热衷向往与讥讽拒斥同样鲜明,对沙龙中高级知识分子的企慕与憎厌也难舍难分。前文已经分析过,林徽因和朱光潜两大沙龙的客人,是以北平清华—北大—燕京等高校教授为主要成员的,这些人同时也在文坛上声名遐迩,可以说握着学术和文化的双重资本,以这些人为常客的沙龙,便不仅是一个物理性的空间,也是一个具备一定权力关系也再生产权力关系的"第三空间"②。这样的一个空间,沈从文既想接近又想疏离,既获得利益,也感受到了压力。处处显示出了不协调。

---

① 沈从文:《水云》,《沈从文全集》第 12 卷,第 105 页。
② 在此,我们不妨借用爱德华·索亚的"第三空间"的概念。"第三空间"概念的由来是列斐伏尔的著作《空间的生产》,在列斐伏尔看来,空间不仅仅是物质的存在、社会进程的空洞载体、社会关系的容器,也具有它社会的、文化的、心理的属性。它既是社会权力关系的表征/再见,也生产/再生产着社会的权力关系。在此基础上,索亚提出了他的"第三空间"理论。所谓"第三空间"是建立在对"第一空间"和"第二空间"这一二元论的重新估价的基础上的,按索亚的说法,"第一空间"主要是列斐伏尔所说感知的物质的空间,可以由观察实验等手段来直接把握。"第二空间"则从构想的或想象的地理学中获取概念,用精神对抗物质,简单来说,就是想象的空间,主要是文学艺术作品中的空间,如卡夫卡的"城堡"、萨特《禁闭》中的房间等。而"第三空间"既是感知空间又是想象空间,是对第一空间和第二空间认识论的解构又是对它们的重构,它在把空间的物质纬度和精神纬度同时包括在内的同时,又超越了前两种空间,呈现出极大的开放性,向一切新的空间思考模式打开了大门。参见〔美〕Edward W. Soja 爱德华·索亚:《第三空间——去往洛杉矶和其他真实和想象地方的旅程》,陆扬等译,上海:上海教育出版社 2005 年版,第 94—104 页。

图 6-5　青年沈从文

图 6-6　20 世纪 30 年代中期的沈从文

这压力主要来自以下几个方面,一是乡村与都市的对立。由湘西的"蛮夷"之地来到大都市北京之初,沈从文处处显示出了隔膜和不适应。他看电影抢前排,对路上的电车铃声也感到不习惯,处处显示出一个"乡下人"见识的孤陋寡闻,每每成为他人笑柄。沈从文的这个经历其实有一定的普遍性,是习惯了传统乡土生活的人们在面临现代都市文明之际必然要遭遇的过程。① 然而,沈从文在这城乡冲突面前所受的刺激却显得尤为强烈。多年以后,沈从文这种态度依然不改。在《丈夫》一文下,沈从文题识:"我应当和这些人生命在一处,移植入人事复杂之大都市,当然毁碎于一种病的发展中。"②《柏子》题识更为极端,直接否定了城市生活:"这才是我最熟的人事,《习作选集》系改动过字句。我应当回到江边去,回到这些人身边去。这才是生命!城市所见除骗子,什么都没有。"③

第二便是文凭的压力。在近代中国,自从科举制度取消之后,新式学校逐渐取代科举的功名,成为培养文化人的主要机构。据学者研究,1920—1930 年间,一个以现代学统为中心的等级性精英网络基本形成。在等级性的文凭社会中,处于第一核心地位的,便是留洋归来的留学生,留日学生其次,再次便是清华大学、北京大学、燕京大学等国内名牌高校的毕业生。④ 沈从文所处的圈子,正是处于第一核心地位的欧美留学生集中群体。而沈从文本人,却只是小学毕业。巨大的教育背景的差异对沈从文的刺激是明显的。他不断地在文本中讥讽"博士""学者",过度的关注其实正是一种受压抑的焦虑的折射。

此外,便是性情上的不合。借用布迪厄的术语,在"惯习"上,沈从文和身边的沙龙成员们的交往好似沙子遇到了丝帛。性情风度、品味爱好

---

① 郑逸梅的《清末民初文坛轶事》记载了类似的囧事,1921 年,《时报》经理狄楚青邀请李涵秋任《时报》副刊《小时报》主编,李在跨入电梯间时,对狄楚青说"这屋太小,不能起居"。成为笑谈。
② 沈从文:《题〈沈从文子集〉书内》,《沈从文全集》,第 14 卷,第 457 页。
③ 沈从文:《题〈八骏图〉自存本》,《沈从文全集》第 14 卷,第 464 页。
④ 详细论述参见许纪霖:《"知识人社会"的公共网络:学校、社团与传媒》,《近代中国知识分子的公共交往》,上海:上海人民出版社 2008 年版,第 12 页。

及为人处事的态度种种,沈从文都与这些受过高等教育的知识分子不能相合。即便在成为向往已久的高校教师之后,沈从文仍然不能摆脱似乎与生俱来的乡下人的自卑感。听过沈从文课的温梓川回忆道:"他的样子是那么朴实,不肥不瘦的中等身材老是穿一件阴丹布长袍,或深蓝哗叽长衫,西装裤,黑皮鞋,提着一个大布包袱,匆匆地显得很忙碌,看起来倒有点像收账的小商人,或是出堂的理发师。"①温梓川对邵洵美的第一印象是"看到他那副形容,你绝不会不想到诗人这个字眼的",而对沈从文的印象则毫无光彩。对于学生的"不尊重",沈从文本人显然有所察觉,他跟朋友哭诉:"不过上海之从文比北京之从文并不变成两个人,其脏其迂,则初不因教书稍有修正……正如在此教书以前,许多男女学生似乎感到很大趣味,可是待到一见了我这肮脏衣服同旧呢帽下阴沉沉的脸,谈话又差不多与衣饰一样的不足尊重,他们就都失望了。"②其实沈从文的着装在当年是非常标准的"学者范",之所以"身份"与"形象"不相称,是和沈从文本人的气质、性情有关的,当然,这里面有着积重难返的心理暗影。

在和同事的交往中,沈从文也处处显露出自身的不能合群和有意疏离,在这有意的自我疏远之中,却又显示了某种傲慢。这种复杂的态度明显让身边人感到了不快。与之共过事的梁实秋回忆说:"从文虽然笔下洋洋洒洒,却不健谈,见了人总是低着头羞答答的,说话也是细声细气。"③陈西滢回忆:"我第一次看到沈从文,即在此。我与志摩说话时,一个人开了门,又不走进来,脸上含笑,但是很害羞,这就是从文,他只是站在房门口与我们说话,不走进来。"④梁实秋对沈从文的描述和陈西滢类似。⑤ 在《忆沈从文》一文中,梁实秋还讲了这样一件事,可见沈从文当年心境:

---

① 温梓川:《沈从文像小商人》,《文人的另一面》,桂林:广西师范大学出版社2004年版,第73页。
② 沈从文:《海上通讯》,《沈从文全集》11卷,第85页。
③ 梁实秋:《忆沈从文》,《梁实秋怀人丛录》,第209页。
④ 陈西滢:《关于"新月社"》,陈子善、范玉吉编:《西滢文录》,沈阳:辽宁教育出版社2000年版,第262页。
⑤ 梁实秋和沈从文关系很淡。多年以后回忆起时,仍有一种轻视之意。

后来我们办《新月》月刊,沈从文写长篇小说《阿丽思中国游记》在月刊上发表,每期写一万五千字。当时他很穷,来要稿费,书店的人说要梁先生盖章才行。沈从文就找到我家来了,他人很奇怪,不走前门按铃,走后门,家里的佣人把收据给我,我看是"沈从文",盖了章。后来我想下来看看他,但是他已经走远了。①

对于个人风度及性情上的不讨喜,沈从文有很清醒的意识,也正是这种过分清醒的自我认知,让沈从文陷入了焦虑之中。他说自己像一只狐。在自剖中,称自己这种性格为"小丑人格",是一种狐狸兽类性格。这种性格使得他"只想躲避生人,同时也就使我同一些熟人永远不能相熟"②。这种个性使得沈从文惯于独处,不适合在沙龙中高谈阔论。走进了象征文化资本和权力中心的沙龙,面对着在沙龙里谈笑风生的"绅士们",沈从文的心理是矛盾的。一方面,他和这些"绅士们"维持着频繁的交往,并且自己也努力在风度、性情上模仿接近;③另一方面,他却又对他向往的这些人们表示了明确的讥讽和质疑,这鲜明地反映在他众多的都市小说中。④

在沈从文笔下,这些绅士们显示出了与其光鲜的外表极不相称的猥琐气质。小说《薄寒》中,知识分子是这样的形象:"面前男子一群,微温,多礼貌,整洁,这些东西全是与热情离远的东西。"在女主角眼中,这是一群孱弱的"假绅士":"她故意坐到一个无人的地方去,为假绅士溜转的眼

---

① "站在房门口"到"后门"及至"客厅的屋角",这种种空间的位移,其实也正是沈从文对自身身份地位的一种折射。梁实秋:《忆沈从文》,《梁实秋怀人丛录》,第 326 页。
② 沈从文:《甲辰闲话二》,《沈从文全集》第 14 卷,第 51—52 页。
③ 张兆和曾在信中对沈从文强迫自己穿高跟鞋、烫头发,故做绅士气表示不满。作为沈从文的亲密伴侣,张兆和显然比任何人都了解沈从文。在信中,她严厉地批评自己的丈夫:"我不喜欢打肿了脸装胖子外面光辉,你有你的本色,不是绅士而冒充绅士总不免勉强,就我们情形能过怎样日子就过怎样日子。[……]应一扫以前的习惯,切实从内里面做起,不在表面上讲求,不许你再逼我穿高跟鞋烫头发了,不许你用因怕我把一双手弄粗糙为理由而不叫我洗东西做事了[……]你有你本来面目,干净的,纯朴的,罩任何种面具都不会合式。"沈从文:《沈从文全集》第 18 卷,《1937 年 10 月 25 日张兆和致沈从文》,第 254 页。
④ 在早年小说《蜜柑》中,沈从文其实已经对知识分子题材做出了尝试,这篇小说他叙写了一个教授举办周末茶会的故事。但讽刺意味明显没有后来的都市小说浓厚。

睛见到了,独自或两个,走过来,馋馋如狗的卑鄙的神气,从不知打什么地方学来的屠头行止,心儿紧紧,眼睛微斜,停了一停,看看不是路,仍然又悠悠走去了。其中自然就有不少上等人,不少教授,硕士同学士。他们除了平时很有礼貌以外,就是做这些事。他们就是做恋诗的诗人。他们就是智识阶级。智识把这些人变成如此可怜,如此虚伪。"①这样的充满主观情绪的文字还有很多,与沈从文笔下活灵活现的湘西人物不同,他所书写的都市知识分子或曰绅士大多是一群理念化的角色,是他早年人生际遇所产生的偏见的一种图解。换句话说,沈从文的知识分子小说,写得很"隔"。我们可与钱锺书的作品做一个对比。钱锺书善于写知识分子,也常写知识分子,钱氏笔下的知识分子自然是多种多样的,但不论哪种类型,钱氏都写出了他们身上的"小"和"大",笔下的人物是鲜活的,我们读来丝毫"不隔"。这和钱氏本身即是一个学问渊博的知识分子有着莫大的关联。相较而言,沈从文写的知识分子,则呈现出了隔靴搔痒的样貌,他远远的站在边缘之地,以自卑而又自傲的"局外人"视角去观察,去批判,写出的小说人物,便缺失了感同身受的"艺术真实"。

沈从文的都市小说大多有现实的模本,《有学问的人》题识:"这里也应感谢一个人,因为想起那么一个人,这文章才写好的。"②《自杀》③中的主人公刘习舜也是一名大学教授,小说中描写了教授在公园开会的场景,可以说是沈从文现实生活的反映。④ 在其后的《八骏图》自存本的题识中,沈从文再度提到这篇小说影射的手法:"像是一部长写影。神气像。

---

① 沈从文写知识分子,从来是局外人立场,先存了偏见,故每一写到知识分子,便脱了客观,失了真相。
② 沈从文:《题〈雨后及其他〉》,《沈从文全集》,第 14 卷,第 436 页。
③ 沈从文:《自杀》,《大公报·文艺》1935 年 9 月 1 日。
④ 此外,沈从文讥讽知识分子的小说还有:《绅士的太太》;《焕乎先生》(沈从文的自叙传);《如蕤》;《八骏图》(《文学》第 5 卷第 2 号,1935 年 8 月 1 日);《有学问的人》(《中央日报·红与黑》第 24 期,1928 年 9 月 12 日);《薄寒》(《小说月报》第 21 卷第 9 号,1930 年 9 月 10 日);《知识》(《水星》第 1 卷第 3 期,1934 年 12 月 10 日)

事实自然更像。"①《八骏图》发表后,立即被人认定为影射之作。② 据沈从文本人的自述,小说尚在《文学》上刊载之际,文坛上便有人附会,认为可做索引。作品写成后,青岛大学的同事也反响强烈,大不高兴。虽然沈从文曾一再辩解自己是为学生示范而作,目的在于讨论"一个短篇宜于如何来设计,将眼下事真真假假综合,即可以保留一印象动人而又真且美,重要点在设计"③。然而将眼下事"真真假假综合",仍然为人看出影射的意思来。后来,沈从文终于承认,这篇小说"事实上倒是把几位绅士画出来了。完全正确而生动的画出到纸上了"④。

在这些都市小说中,沈从文对笔下的"绅士"极尽嘲讽挖苦,这些小说中所影射的现实生活中的"绅士"和他所处沙龙里的绅士未必完全重合,然而对"绅士"这类人的批评却是一以贯之的。他本人也多次自省,自责自己"二十七年的生命,有一半为都市生活所吞噬,中着在道德下所变成虚伪庸懦的大毒",而"所有值得称为高贵的性格,如像那热情、与勇敢、与诚实,早已完全消失殆尽"。心中不屑,行为上却又趋同。这种心态似乎可以说在"羡慕嫉妒恨"之外,还有一种知其不可为而不得不为之的无奈和心酸。在一些乡土小说乃至杂文随笔的写作中,沈从文这种"在而不处于"的处境也时有显露。

对沈从文这种尴尬处境看得十分透彻的是另一位小说家——钱锺书,钱氏显然看透了沈从文小说中折射出的隐晦心理:

> 他现在名满文坛,可是还忘不掉小时候没好好进过学校,老觉得那些"正途出身"的人瞧不起自己,随时随地提防人家损伤自己的尊严。蜜里调油的声音掩盖着剑拔弩张的态度。因为地位关系,他不

---

① 沈从文:《题〈八骏图〉自存本》,《沈从文全集》第 14 卷,第 463 页。
② 1931 年 8 月,沈从文应聘到青岛大学任教,同事中有闻一多、梁实秋、杨振声、方令孺等人,课余闲暇,教授们常聚餐共饮,自称"酒中八仙"。而沈从文不在此列。正是基于青岛时期的教学生活,沈从文写出了著名的《八骏图》。
③ 沈从文:《题〈八骏图〉自存本》,《沈从文全集》第 14 卷,第 462 页。
④ 同上书,第 463 页。

得不和李家的有名的客人往来,而他真喜欢结识的是青年学生,他的"小朋友们"。这时大家讲的话,他接谈不来,憋着一肚子的忌妒、愤怒、鄙薄,细心观察这些"绅士"们的丑态,有机会向小朋友们淋漓尽致地刻划。①

钱锺书的观察可谓一针见血。在拥有名牌大学文凭的文友面前,自学成才的沈从文明显感受到了强大的压力。正如叶中强先生所指出的:"沈从文在文本中极力针砭的,正是一个他在现实生活中最想进入的生命场域;而其深情讴歌的,又恰是一个弃之离之的社会、人文环境——当年由边地走向都市,先是期于通过考大学跻身'知识阶级',后则试图经由写作争取社会、文化权利并以此收获'新时代女子'的爱情,其人生取径,并未脱离一种'现代性'的设计。"②而林徽因的"太太客厅"和朱光潜的"读诗会"正是最具文化权力的知识阶级的集合地,也即沈从文最想进入的生命场域。

1933年9月,在沈从文讨厌的"绅士们"的支持下,其主编的《大公报·文艺副刊》声名渐起。借助副刊每月的约稿会,沈从文自身也开始做起了东道主。

来看一封信。1934年11月17日,沈从文以《大公报》的名义邀请胡适参与座谈:

适之先生:

闻从上海归来,想来极累。今天下午六点,《文艺》编辑部在锡拉胡同东"雨花台"请客,大约有十二个人,商量一下"若这刊物还拟办下去将怎么办"的事情,并且十八为志摩先生三周年纪念,《文艺》出了个特刊,希望从先生处得到点文章,得到点意见。若下午并无其他约会,我同今甫先生很希望您到时能来坐坐。在座的为佩弦、平伯、一多、西谛、岂明、上沅、健吾、大雨等。若怕吃酒,戴戒子来就不

---

① 钱锺书:《猫》,《人·兽·鬼》,北京:三联书店2002年版,第36页。
② 叶中强:《上海社会与文人生活》,上海:上海辞书出版社2010年版,第466页。

至于喝醉了。

从文敬启　十七日①

诸位文坛"大佬",沈从文径直点名呼之。身份的今非昔比,不可谓不悬殊。在名流面前,昔日自卑的沈从文似乎已经找回了信心。而在青年学生面前,沈从文更可以借助"文坛前辈"的身份扭转自己"文凭"的劣势,获得一种身份上的尊严。相比对前述"绅士们"犹自抱有一份暧昧不明的复杂心态不同,在后者面前,沈从文显然更为真诚,也更加自信。编辑《大公报·文艺副刊》时期,沈从文热心地为年轻作家看稿、改稿,为之绍介,并常常设宴聚谈,俨然是一个新的文艺沙龙主人了。参加过聚会的王西彦回忆:

> 我们常去的地方,是中山公园的来今雨轩,还有北海公园的漪澜堂和五龙亭。大概是每隔一两个月就聚会一次,所约的人也并不完全相同,但每次都是沈从文先生亲自写简短的通知信,大家先后到了,就那么随便地坐了下来,很自然地形成了一个以从文先生为中心的局面。时间也没有规定,每次总是两三个小时的样子。完全是一种漫谈式的聚会,目的似乎只在联络感情,喝喝茶,吃吃点心,看看树木和潮水,呼吸呼吸新鲜空气。②

在文学青年群中,沈从文既是刊物主编,又是名满文坛的大作家。此时,这位"乡下人"的身份发生了彻底的改变,已然成为聚会的中心人物,完成了一个由"边缘"向"中心"的身份位移。——这时候的沈从文,仿佛回到了20年代居住沙滩公寓的时候,和更年轻的文学青年的聚会,让他有了一种归属感和成就感。这类聚会和他所在的绅士云集的"太太客厅"明显不同,离精英气息浓厚的沙龙派头已经远甚,却也正是沙龙由精英走向平民、走向社会的一个体现。

---

① 沈从文:《致胡适19341117》,《沈从文全集》第18卷,第213页。
② 王西彦:《宽厚的人,并非孤寂的作家》,转引自《长河不尽流——怀念沈从文先生》,长沙:湖南文艺出版社1989年版,第86页。

第七章 沙龙与现代文学创作

沙龙聚集的既是文人,又不乏批评家,那么品评作品,切磋诗艺,便都自然在情理之中。沙龙的活动以交谈为主,对言谈艺术的重视一直是法国沙龙的主要特色,幽默、机智、才华横溢的言谈是宾客在沙龙里获得尊重和影响力的重要因素。中国现代沙龙对言谈艺术的重视也毫不逊色于它的西方原型。在当事人后来的回忆中,曾朴、邵洵美、徐志摩、林徽因等人无不以健谈给人留下深刻印象。即或遇到口拙或交谈不能尽兴之际,便常将议题付诸文字。于是自然而然地产生了同人刊物。因为几个沙龙的推动,中国现代文坛兴起了不少重要的期刊,像《真美善》杂志、《金屋月刊》、《学文》月刊、《大公报·文艺·诗特刊》等——由此形成了"知识分子共同体"和印刷媒介形成的"阅读受众共同体"的良性互动。从而扩大了文学和批评的空间,推动了文艺的发展。30年代京派的复兴,朱光潜、林徽因的两大沙龙功不可没。而二三十年代唯美主义思潮乃至海派文化的生成,曾朴父子和邵洵美的沙龙亦是担了大梁。本章选择几个具体的案例分而论之,探讨现代中国沙龙与"都市文学""影射小说"和"现代散文"的关系。

第一节 沙龙与都市文学的发展

海派沙龙文人对"成名成家"的关注要远甚于北平知识分子,他们在迈进文坛之初,就有着强烈的出人头地的欲望,章克标所总结归纳的各种文坛登龙术,或多或少都曾在沙龙文人身上发生。除了在客厅、咖啡馆聚会以外,这群文人还是诸多时髦的都市消费空间的常客,这种生活方式也影响了他们的思想感受和文学表达。落实在文学创作上,他们寻找到了一种最适合自身风格的文学类型:都市文学。与左翼作家对都市的批判性态度不同,海派这些沙龙文人对都市文明大多抱着一种热烈欢迎的态度。他们认为都市是时代进步之必然。与此同时,北平沙龙中的知识分子则并未对都市表现出明显的关注。

上海的沙龙文人在二三十年代的文坛以"都会文学"的倡议者和书写者知名,时人称其为"所有一向写着灯光、色香、口脂、女人、汽车柏油路的都市文学者"①。其中,尤以张若谷、梁得所、傅彦长、徐蔚南、倪贻德这几位"西装少年"对都市文学最为热衷。张若谷对于"都会的诱惑"十分着迷,在随笔里,大量介绍和描写去咖啡馆闲坐,去音乐会欣赏交响乐,去外文书店"渔猎",去饮冰室吃冰激凌等时髦的都市经验。他认为"'都会的诱惑'不仅可作为文学作品的绝好题材,同时也可以供给近代的艺术以许多资料。近代成功的艺术作品,大多是用都会的生活,作为描写与表现的核心的"②。傅彦长也认为"近代艺术,必集中于都市,盖伟大之建筑,音乐会,歌剧,绘画展览会,大公园,华丽之雕刻等,非有城市不足以表现"③。徐蔚南在《都市的男女·序》里,也表达了对都市以及都市题材文学的认可,或者说是辩护。二三十年代的上海,都市生活和都市文学尚属新兴事物,故方才有张若谷、徐蔚南、傅彦长这群人的鼓与呼。他们对都会文艺的欢迎出于以下几个理由:一是都市里有迅速的交通器具、广阔的道路、盛大的音乐会、电影、歌舞,可以享受异国情调。其二,都市男女和乡村男女一样,也是国人生活的一部分,有值得付诸文学的必要。有此文艺理念指导,在这些沙龙文人笔下产生了《都市的男女》《都会的诱惑》

---

① 台生:《多角的张资平》,《社会日报》1933年5月5日。
② 张若谷:《都会的诱惑》,许道明、冯金牛选编:《海派小品集丛·张若谷集·异国情调》,第5页。
③ 转引自同上书,第1页。

《咖啡座谈》等大量反映都会生活的作品,或发布在期刊上,或结集出版。这些文章有着相近的文学品位,也因作家本人频繁的日常聚集而带上了沙龙的集体趣味。下面提出几点做一分析。

首先,在这些沙龙文人笔下,出现了一个"城市地理学"的热潮,出现了《上海百景》《上海的鸟瞰》《上海酒店巡礼》《饮冰室巡礼》《女性在游泳池》《舞场的赐予》等众多介绍上海及其都市消费空间的作品。这些作品中,沙龙文人的口气是如此地带着钦慕色彩,让人怀疑这些人简直成了上海这个都市的代言人。而在这些文本中所呈现出来的那种对都市的熟悉和了如指掌的姿态,更让人感觉他们仿佛就是这个都市真正的主人。写作这些文章,就是主人对作为读者的客人的一个导游。在这些旅游指南式的散文中,上海都市文明象征的几个标志性建筑均被提及,比如梁得所《上海的鸟瞰》中对黄埔滩、南京路、法租界、北四川路等都做了指南式的介绍,梁对这几处的繁华给予认可,认为它们是"生之欣悦"的象征,至于依然沿袭古老中国悠闲、缓慢生活节奏的城隍庙,他将其形容为"乌龟池畔"[①]。——这些对都会的现代化娓娓道来的文字,也正是这一群"都市漫游者"的风格所在。而这种漫游先在地就区分了上海内部的地域差异,这是"现代"的上海和"老旧"的上海的差异。

30年代的上海城区,存在着截然二分的区域差异。一是以租界、南京路等为代表的现代化、都市化的新城区,一是落后、脏乱的老城区。谷崎润一郎在《忆东京》一文中曾提及对中国上海"租界"的美好印象:"目睹天津、上海那整齐的街衢,清洁的路面和美丽的西式房屋,仿佛踏上了欧罗巴的土地一样,感到由衷的高兴。"将殖民地租界视作欧罗巴的重现,"山寨版"竟成了被赞叹被膜拜的风景,谷崎的这一心态和曾朴很相近。在众多日本作家的游记里,近代中国的大都市上海都呈现出了一副"东方巴黎"的风采。然而,这些外国人很快便开始"吐槽"起中国城市的市容

---

① 梁得所:《上海的鸟瞰》,《猎影与沉思·梁得所集》,上海:汉语大辞典出版社1996年版,第70—71页。

市貌来。中国本土市街的污秽不堪、狭窄、肮脏、缺乏维护和修缮,几乎在每一位旅行者的笔下都出现过。①

可以说,租界和中国区城市卫生的状况之别犹如天壤。当租界被喻作"东方巴黎"之际,上海中国城区则被视为"乌龟池畔"。那么,这样一个缓慢落后的"乌龟池"是怎样一副面貌呢?上海的这批沙龙文人笔下很少描写,他们有意无意地采取了一种视而不见的姿态。新城区内形成的现代化的市民消费空间是这些沙龙文人所热衷展示的。张若谷感叹"我们凡是住在位居世界第六大都会的上海,就可以自由享受到一切异国情调的生活"②,他兴奋地将黄埔滩比作马赛港,将南京路比作纽约第五街,将北四川路比作美国唐人街。③ 梁得所也对南京路大力推介:"这条路的商店,店面装饰很讲究,宽大的玻璃橱窗中,五光十色,什么都有。上海的旅客,不妨在灯火灿耀的夜间,浏览两旁橱窗,足以增加美术兴味和货物见识,获益一定不浅。"④而除了南京路,法租界的"霞飞路"也是沙龙文人最爱去的地段。"霞飞路,从欧洲移植过来的街道"⑤,宽阔,整洁,正宜于散步。事实上,曾朴、张若谷、傅彦长等人常在此路上观光游览,并将所见付诸文字,给读者呈现了一群闲庭信步的现代都市漫游者形象。

以张若谷为例:"单就我个人而言,上完了课或著作完毕以后,常喜欢

---

① 外国租界道路的齐整洁净,也是有原因的。这和租界的市政管理的先进密切相关。有材料记载了当年租界修整道路的措施:"如界内之地,概用碎石砖填垫,俟人足迹履平则又垫,凡四五次。另用石片石子以千斤铁滚过,用马拖平,必期坚固,遇雨不潦而止。雨后即补填。掘地数尺,接埋水管,以通积水,又有马车上安水柜,尾横铁管,上皆细孔,水从孔出,沿街遍及不使灰尘飞腾。"参见《申报》(第4册),上海:上海书店出版社1984年影印版,第439页。受租界的影响,老城区也曾采取过相关的管理措施,试图改善城市的公共卫生状况,但结果并不让人满意。参见何益忠:《晚清自治中的城市民众——以上海城市卫生为中心的考察》,《华东政法学院学报》2005年第3期。
② 张若谷:《写在卷头》,《异国情调》,上海:世界书局1929年版,第8页。
③ 对于都会生活,不仅沙龙文人热衷描摹,连苏雪林也在旧体诗词中予以呈现。《南京路进行曲》:"飞楼百丈凌霄汉,车水马如龙,南京路繁盛谁同!天街十丈平如砥,岂有软红飞。美人如花不可数,衣香鬓影春风微。"
④ 梁得所:《上海的鸟瞰》,许道明、冯金牛选编《猎影与沉思·梁得所集》,上海:汉语大辞典出版社1996年版,第68页。
⑤ 此语出自穆时英小说《夜总会里的五个人》。

在热闹街道上散步,浏览百货公司,衣装店或书店的窗饰。到咖啡馆小坐,听音乐会,看影剧,舞蹈,歌剧,酒楼茶馆,随意小酌,图书馆看书,找朋友谈天——可以总算是尽享艺术文化的能事了。"①张若谷是咖啡馆及咖啡座谈的鼎力支持者,在他的作品中,有两个都市空间最常见:一是咖啡馆,一是霞飞路。

> 窗外走过三五成群的青年男女,一队队在水门汀街沿上走过,这是每夜黄昏在霞飞路上常可看见的散步者,在上海就只有这一条马路上,夹道绿树荫里,有各种中上流的伴侣们,朋友们,家族们,他们中间有法国人、俄国人,也有不少的中国人,男的不戴帽子,女的也披着散乱的秀发,在这附近一带徘徊散步。②

优雅的环境,加上"各种中上流的"路人,让张若谷这样的热衷异国情调的文艺青年享受着想象中的西方大都市的艺术生活。另一方面,身处咖啡馆这一室内空间对室外街道的观看行为本身,具有了将日常生活"艺术化"的意味。

> 我一个人沉静坐在这座要道口的咖啡店窗里,顾盼路上的都会男女,心灵上很觉得有无上的趣味快感。在那里,既听不见车马的嚣闹,小贩的叫喊,又呼吸不到尘埃臭气,只有细微的风扇旋舞声,金属匙叉偶触瓷杯的震音,与一二句从楼上送下的钢琴乐音,一阵阵徐缓地送到我的耳鼓。有时路上没有好看事象人物,就低下头来,翻看缪塞的《一个时代孩子的忏悔录》。③

在这样一个优雅的物质和文化空间中,窗外的霞飞路上的景色以及它的行人正像是一个点缀,"艺术化"了张若谷在咖啡馆的"阅读"行为。本雅明曾如此形容游荡于大街之上的抒情诗人的处境:"一个文人与他生

---

① 张若谷:《刺激的春天》,《海派小品集丛·张若谷集·异国情调》,第10页。
② 张若谷:《忒珈钦谷小坐记》,《海派小品集丛·张若谷集·异国情调》,第12页。
③ 同上书,第13页。

活的社会之间的同化就如此地发生在大街上。在街头,他必须使自己准备好应付下一个突发事件、下一句俏皮话或下一个传闻。在这里,他展开了自己与同事及其他人之间全部的联系网,他对这种关联的依赖就好像妓女离不开乔装打扮的技巧。"① 张若谷仿若本雅明笔下的都市漫游者,在对都市观光时的散步中获得了一种崭新的现代性体验。与此同时,这样的文字将享受这一阅读和消费行为的作者本人的形象也传播了开去。

对于游荡在都会空间中的文人,梁得所在《上海的鸟瞰》一文中为他们辩解道:"本来醇酒妇人,狂歌达旦的生活,是个人主义的享乐,未免过于自私,但总好过到四马路青莲阁等处去泄欲,并不是道德高下的问题,实因狂歌醉舞的人有生命力。"② 这种个人主义的享乐,显然带着一种故作"颓废"的唯美主义气息。这一点,与当时同样踯躅于大街的其他类型文化人构成了鲜明的对比。我们可以将其与 20 年代末同样身处上海的"乡下人"沈从文的"观看"做一对比。

> 照你说的那笑话,我是就为存心想去看看南京路的走路的顶好看的新式女人,才勒着急于要动身往别处去的[张]采真陪我玩的。但这里也看了,那里也看了,我相信我是一个人都不放松。每一个脸我都细心的检察一番,每一个人从我身边过去的我都得贪馋的看一个饱。只要是女人,我全不让她在我审视以前把她从我心上开释。但结果,怎么样? 一百个穿皮领子新式女人中间,不到五个够格。每一个女人脸上倒并不缺少那憔悴颜色。每一个女人都像在一种肉欲的恣肆下受了伤。每个人都有点姨太太或窑姐儿神气。也许是到街上走的或是坐在汽车里在街跑的,全部是属于野鸡一类,还有所谓"家鸡""飞鸡"是还"无缘识荆"吧。③

---

① 〔德〕瓦尔特·本雅明:《发达资本主义时代的抒情诗人》,王才勇译,南京:江苏人民出版社 2005 年版,第 23 页。
② 梁得所:《上海的鸟瞰》,《猎影与沉思·梁得所集》,第 72 页。
③ 沈从文:《南行杂记》,《沈从文全集》第 11 卷,第 80—81 页。

这是1928年沈从文初到上海之际写给好友的信,沈在南京路的观看行为是一种"猎艳",为了"新式女人",字里行间充斥着一种"乡下人"对陌生都市的困惑与敌意。这与沙龙文人对街道上女性美的欣赏形成了鲜明对比。

有学者指出:"在1930年代,一种强调'世界主义'和'现代物性体验'的空间生产,已见诸包括南京路在内的上海各主要消费街区。"①这种"物性体验"也移植到了沙龙文人的文学作品之中。除了经常的对"漫游"的叙述,沙龙文人笔下,还频频出现舞厅、百货公司、点心店、咖啡馆、跑狗场、跑马场、饮冰室、游泳馆等都市景观——对声光化电,这批沙龙文人根本来不及反思,更不谈批判,他们迷醉于都市化所带给他们的新奇时髦异样的感受之中,沉迷其间,不能自拔,文字中呈现出的便多是广告式的炫耀和展览。

这类文字首先体现在散文中,其中,上海的咖啡店作为都市消费空间和文化空间的"兼美"之所,成了沙龙文人最热衷描写的景点。其中,尤以张若谷为最,张若谷一向将坐咖啡馆看做是都市摩登生活的象征,一种时髦而有品味的生活方式,他在《申报·艺术界》的《咖啡座》专栏里发表了大量书写都市生活及坐咖啡馆的散文。除此之外,在他的散文里,法国作家作品不时出现,像比勒路易《私密日记》、佛罗贝尔(Flunbert)《圣安多尼之诱惑》、法郎士(France)《泰绮思》等,这些作品大多和咖啡馆有关,因而也成了张若谷推崇之作。

咖啡馆是个分析现代中国都市文化的很好的空间,尤其在其初兴之际。咖啡馆首先是一个物理性质的空间,承担着一定的消费和商业功能。同时它又是一个可供想象的精神性的象征空间,借助爱德华·索亚"第三空间"的概念,可以说,咖啡馆在现代中国兴起之初,便是一个复杂而暧昧的第三空间。张若谷等人在此享受到的不仅是咖啡的消费和女侍的服务,他们更借助此地,对现代都市文明以及西方文化进行了充分的想象性

---

① 叶中强:《民国上海的城市空间与文人转型》,《史林》2009年第6期。

图 7-1　张若谷《珈琲座谈》封面

图 7-2　张若谷《珈琲座谈》内页

享受。虽然,这种想象的空间很有限,仅限于霞飞路等少数几个街道——除此之外,"车马的喧嚣""小贩的叫喊""尘埃臭气"等中国落后的物质以及精神生活依然普遍存在。① 值得注意的是,当年咖啡馆的老板往往是外籍人士,对中国文人的光顾自然不可能像朋友那样周到,且往往存在拒绝中国人入内的现象,譬如曹聚仁就曾在回忆录里指出外国人的咖啡馆拒绝"乡下佬"进入。② 那么,部分中国文人的热衷咖啡馆,可以想见,还有一种超越殖民地位和建构阶级身份的意图,在对咖啡的消费里,想象性的"上流人士"的身份得以建构和完成。另外,虽然本书将咖啡馆的文坛交游视作现代沙龙之一,然而公共空间的咖啡馆与私人所属的客厅、书店还是有明显区别。位于私人居所的沙龙,是另一个典型的第三空间。它位于私人和公共之间的边缘地带,既是带有个人私密性的客厅,又是公开的文友谈诗论文之地。在私人居所举办的沙龙,因而更具人情味,成员往往私交甚笃。而茶楼、咖啡馆则更接近于哈贝马斯所说的"文学公共领域"。——事实上,"咖啡座谈"文人当年已经认识到了咖啡馆作为文化空间的重要意义,张若谷在《咖啡》一文中即称"座谈,作为都会公共领域让人们交流思想与智慧"③。

诗歌领域,不妨以邵洵美为例,邵洵美对都市文学持认可态度,在一篇诗论中,他如此解释都市诗的兴起:"机械文明的发达,商业竞争的热烈,新诗人到了城市里,于是钢骨的建筑、柏油路、马达、地道车、飞机、电线等便塞满了诗的字汇。"④ 与此同时,邵洵美写作了不少都市诗,《上海的灵魂》可为代表作:"啊,我站在这七层的楼顶/上面是不可攀登的天

---

① 随着消费文化的发展,咖啡馆越来越趋于消费意味,当时一些咖啡店为招揽顾客而别具匠心,1929 年 4 月 4 日,《申报·本埠增刊》刊载《都会交响曲》一文,内中介绍了一家"纽约咖啡店"设有抽奖机的报道。
② "我在上海,咖啡实在喝得太少了。对咖啡,至少如我们这样的乡下佬,总是不大感兴趣的。何况上海有些番鬼佬的俱乐部跟大饭店,都不让我们中国人进去;我呢,当然也不高兴进去的。"曹聚仁:《百乐门及其他》,《上海春秋》,北京:三联书店 2007 年版,第 325 页。
③ 张若谷:《咖啡》,《咖啡座谈》,上海:真美善书店 1929 年版,第 7 页。
④ 邵洵美:《现代美国诗坛概观》,陈子善编:《洵美文存》,沈阳:辽宁教育出版社 2006 年版,第 96 页。

庭/下面是汽车,电线,跑马厅/舞台的前门,娼妓的后形/啊,这些便是都会的精神/这些便是上海的灵魂"——时髦的消费场所被看作上海的"灵魂"所在,这些新兴的都市空间显然被赋予了"现代""进步""发展""时尚"等诸多内涵。

小说领域,我们不妨以徐蔚南的小说集《都市的男女》为例。这本小说集遵循了徐一惯宣扬的都市文学理论,大多以都会为题材。与小说集同名的《都会的男女》是作者比较用力的一篇。主人公是上海交易所的职员,一个穿黄绿色羊毛军服的二十多岁的青年,在小说里,徐赋予他笔下的主人公同样的都会气派,让其沉迷于都会的迷醉之中:"上海!他一想着就欢喜了。走在上海平阔的人道上,看看商店里的窗饰,看看穿着红红绿绿衣衫的中外仕女,已尽够幸福了,何况还有香槟,还有音乐,还有电影?他想到上海的这一切华丽,真正觉得气概昂然,他威严地呼吸着他所爱好的 555 牌的纸烟。"① 小说的情节简单,主要写主人公在旅行途中和几位时髦女郎相遇,他们在一起交谈上海的消费生活,小说的重心在于对上海甜品的介绍。另一篇小说《戏剧》,也是相似的写作策略,主角是一个洋货店的老板,小说情节同样毫无深意,读后最深刻的印象是作者对上海跑狗场的描写,似乎作者只是为了介绍跑狗场的情景才来写这一篇小说的,人物只是陪衬,都会的娱乐才是要旨所在。与之类似的作家还有曾虚白,他写了一系列反映"夜上海"魔力的小说:《舞场之夜》《电影场之夜》《跑狗场之夜》。在所有这些作品中,都市消费空间都喧宾夺主,代替了人,成了小说真正的主人公。

可以说,不论在诗歌、散文还是小说中,都市新兴的消费场所和消费人群都是沙龙文人笔下重要的描写对象,有时候对消费物品的过分渲染甚至超过了情节本身,喧宾夺主地抢占了读者的眼球,成为类似于当下的"软文"或"插入式广告"的一类文字。作家在书写这些消费场所之际,笔下往往充满炫耀的自豪。在他们眼中,对都市消费生活的书写正像对现

---

① 徐蔚南:《都市的男女》,上海:真美善书店1929年版,第3—4页。

实中商品的实际消费一样,是一种身份的标签。借助此类作品,这些沙龙文人在 30 年代的上海文坛建构了一个"炫目"的"时尚作家群"的形象——他们的穿着、娱乐和文化活动,被不少媒体争相报道,某种程度上,他们已经成为一种文化符号,早已跨越文坛,走向时尚,成为一种现代化和都市化的象征。值得注意的是,除了被作为描写对象予以呈现之外,都市空间同时还是文本重要的结构性元素,人物在一个个空间中的移动构成了文本叙事的重要线索,也绘出了这些沙龙文人都市漫游的地图。

在张若谷、林微音等人的散文中,异国女性是一个崭新的角色,可以说,更新了中国现代文学史女性人物形象的序列。在张若谷的随笔集《异国情调》和《咖啡座谈》中,有多篇散文刻画了这样一群时髦、洋气,散发着浓郁异国情调的异国女性或异国化了的中国都市时髦女郎。咖啡馆里的俄国侍女,舞厅里的日本舞女,都成了张若谷的主角。他以欣赏、赞叹且不乏色情的眼光观看,描摹她们的风情万种——目的显然在表达新奇与时髦的都市特色,因为往往这些吞吐着洋文的女郎,正是都市文明得心应手的消费者,作者在这些作品中不厌其烦,工笔描绘人物的服饰化妆,铺张扬厉地渲染着都市的气氛。

在沙龙文人的都会文学作品中,不论散文还是小说,还出现了一个现象,这便是外文的频繁使用,这些外文名词指称的或是外国的化妆品,或是外文的店名,或是外文书籍,而在林微音、张若谷的作品中,更是出现了人物之间全用外文对话的场景。对外文的熟稔,显然是这些沙龙文化人一个值得炫耀的象征资本。借助这些洋名词,他们笔下的人物乃至他们本人,与"乌龟池畔"的古老中国拉开了距离,在"不时髦"的国人面前,他们获得了一种深具优越感的洋洋得意。[①]

---

① 因为思想和生活的局限,这批沙龙文人笔下的都市文学的主要色调是"消费"和"娱乐"。茅盾当年就对此种现象给予了批评,指出都市文学的畸形发展:"大多数的人物是有闲阶级的消费者,阔少爷,大学生,以至流浪的知识分子;大多数人物活动的场所是咖啡店,电影院,公园;跳舞场的爵士音乐代替了工厂中机械的喧闹,霞飞路上的彳亍代替了码头上的忙碌。"(茅盾:《都市文学》,《申报月刊》第 2 卷第 5 期,1933 年 5 月 15 日)可谓正戳中了这批沙龙文人的软肋。

第二节 "诗坛双璧"与一篇小说——《珰女士》

在欧洲沙龙史上,17世纪的沙龙曾成功推动一种新的文学体裁的形成和流行,即"文字肖像","文字肖像"最早源于沙龙女主人德·丝鸠德里小姐的浪漫小说,后在大郡主(Anne Marie Louise d'Orleans)的沙龙里得到了推广,而后影响了社会各个阶层。拉布吕耶尔的《品格论》(Les Caracteres)便是这一"文字肖像"的成熟样式。在中国,当沙龙成为二三十年代风行的文化现象时,书写沙龙人物、沙龙交游的文艺作品,也便开始多了起来。沙龙文人大多是新文学作家和艺术家,将沙龙经验诉诸笔端,便有了现代文学史上的"沙龙文学"。由沙龙推动发展并流行于二三十年代文坛的一种文学形式便是——"影射小说"。

(一)"诗坛双璧"合写小说:

中国传统小说史上有一个重要的门类:历史小说,历史小说以历史人物和事件为主要题材,虽有适当虚构,然而情节故事基本属实。到了晚清民国以后,历史小说有了新的变体,出现了一批人物情节虽然不明言然而了解历史背景的读者很容易猜出原型的小说类型,我将其称为"影射小说"。具体而言,"影射小说"指的是这样一种小说门类,即以现实事件或人物为背景写作、文本与现实存在一定互文,熟悉文坛掌故的读者很容易看出原型的一类小说,在小说的写作中大多附有作者的主观感情,有一点别有怀抱的意思在内,这样的小说的阅读接受很类似于红学中的索隐派,读者总是在阅读中自然而然地想起原型。①

近代以来最早的影射小说当属曾朴的《孽海花》,主人公傅彩云以晚

---

① 郁达夫的自传体小说中常常出现于质夫等自我指涉非常明显的人物,鲁迅也常在小说或戏剧中写入自己的形象,属于小说中的影射,不在本节所定义的"影射小说"范畴之内。

清名妓赛金花为原型,与此同时,小说还影射了晚清一大批文人政客;1919 年遭受《新青年》攻击已久的林纾发表《荆生》《妖梦》两篇小说,影射批评胡适、陈独秀等人。新文学作家中写作影射小说的亦不乏其人。丁玲的小说《韦护》以瞿秋白和王剑虹的故事为本;庐隐的《象牙戒指》以石评梅和高君宇的凄美爱情为原型;前文提及的两篇小说;冰心的《我们太太的客厅》和钱锺书的《猫》亦在此列。此外,还有张若谷的《都市交响曲》《月光奏鸣曲》《儒林新史——婆汉迷》,邵洵美的《绍兴人》等——本节将要关注的亦是一篇以历史人物为原型的小说,这篇小说虽未为人所熟知,但在历史文本与小说文本的互文性以及文本与现实间存在的缝隙等诸多方面提供了许多值得思考之处。这便是徐志摩与邵洵美合写的小说《珰女士》。对这篇小说的考察,又将同时和我对沙龙知识分子的关注紧密相连,意即我试图从此小说的分析中考察沙龙交游对作家创作的影响。

与众多的影射小说相比,《珰女士》很特别。它的特别之处在于,这是一篇新月派诗人徐志摩和唯美派诗人邵洵美合力写作的以左翼作家丁玲、胡也频等为原型的小说。徐志摩和邵洵美两人的文本既联合又有缝隙,各自呈现了他们对左翼作家丁玲、胡也频以及鲁迅的不同观感(京派作家沈从文亦呈现其中),并且表达了他们作为自由派作家对"营救胡也频"这一事件的看法。小说影射的人物众多,而且大多为知名人物,有鲁迅、徐志摩、邵洵美、丁玲、胡也频、冯雪峰、沈从文等。京派、新月派、唯美派和左翼诸多身份的交集让这一小说呈现出了复杂而暧昧的内涵①。

这篇小说由徐志摩起笔,徐先写了一万多字,②未完成。徐志摩的小说作品不多,且多为短制,但《珰女士》创作之初是有写长篇的打算的。

---

① 冰心的《我们太太的客厅》、钱锺书的《猫》和徐、邵二人的《珰女士》这三篇小说可以说是现代文学史上最为典型的影射小说。写的都是现代文化史上的知识分子和文人,创作者和人物角色既疏离又非常接近。冰心和钱锺书两人更多是采取旁观者的心态去讥讽调侃与他们不同风格做派的那些作家,而徐、邵二人则带有更多同情的态度对待小说中的人物。
② 刊于《新月》月刊第 3 卷第 11 期,1931 年 1 月 10 日。

据邵洵美的交代,徐是被这"故事"感动了,且他一向对丁玲的"大胆"颇为欣赏,于是由此引发了创作的欲望。① 四年后,邵洵美续写《珰女士》。② 邵洵美的续写此文,有着天然的优势。一是,二人私交甚好,邵洵美20年代在法国留学期间经朋友介绍与徐志摩结识,由于相貌相似,又同是诗人,身边的朋友便调侃他们是兄弟,徐志摩本人亦直呼邵洵美为弟弟③——故而时人称呼二人为"诗坛双璧"。在20年代末开始的邵洵美的沙龙中,徐志摩是一个不可或缺的重要角色。邵洵美的不少朋友是由徐志摩介绍的,而徐志摩也通过邵洵美结识了许多友人。二是,邵洵美参与了"营救胡也频"事件本身,是历史的亲历者,写起来更有现实感,并且他对徐的创作心态和风格非常熟悉。这两点就为邵洵美续写徐志摩的小说未完稿打下了基础。在《人言周刊》第2卷第11期上,邵洵美明确交代了自己的续写意图。他先是这样解释徐志摩的未完稿:"他是诗人,有故事他先捉他的神韵,情节本来不是他稀罕的。诗人心思简单,是新闻都会叫他惊异……这珰女士是影射一个朋友,她自己也会写文章。徐志摩见到会写文章的人总爱。"在写小说之前,邵洵美专程拜访了丁玲,并提起了徐志摩的《珰女士》,那么他们谈了些什么呢? 邵在文中没有多说,只略略提及丁玲不肯承认珰女士是她自己,但也觉得这个小说没有写完很可惜。邵洵美继而说他想写完这个"故事",对于牵涉到的人,他希望看在文学的面上,不要见怪,申明并无取笑人的意思。④——从某种程度上讲,对徐志摩的敬仰和纪念是他写作此文的一个动因。

和徐志摩的看重故事的"神韵"一样,邵洵美对"营救胡也频"这一事件的侧重也是文学上的"故事"的完成和"韵味"的捕捉。——"看在文学

---

① 邵洵美:《徐志摩的珰女士》,《人言周刊》第2卷第11期,1935年5月6日。
② 徐志摩的原文重刊于《人言周刊》第2卷第12—14期,又见邵洵美小说集《贵族区》第154—172页;邵氏续篇则刊载于《人言周刊》第2卷第15—40期,又见《贵族区》第172—241页(邵洵美:《贵族区》,上海:上海书店出版社2008年版)。
③ 参见邵洵美的散文《儒林新史》,《辛报》1937年6月25日。
④ 但是在写作中,文中牵涉到的人物邵分明给予了斩钉截铁的高下之分:对廉枫(影射徐志摩)和辛雷(影射邵洵美自己)的赞赏,对周老头(影射鲁迅)的不吝笔墨的鄙夷和奚落。

的面上"是邵洵美写作这个小说的初衷,这正和他一向主张的"为艺术而艺术"的文艺观相契合。在此艺术观的观照下,邵洵美在这个悲剧色彩极浓的政治事件背后看到的更多是玫瑰色的氤氲,他在文本中写了珰女士与黑、蘩之间的三角恋情,也写了珰女士对廉枫由感激生爱的暧昧情愫,他也大段大段地写了黑对珰女士的爱情心理,此外,他笔下的廉枫在面对珰女士的求助之际不时展现其诗意才情。对此一政治事件的艺术化反映与鲁迅等人对"左联五烈士"的态度大为迥异。我没有看到左翼作家以此为素材创作的小说,左联作家大多对此采取了更直接的应对。例如鲁迅就在《为了忘却的纪念》一文里沉痛回忆了"左联五烈士"的人生行迹,那联著名的诗句"忍看朋辈成新鬼,怒向刀丛觅小诗"带着血泪的控诉,笔调十分沉痛。从体裁上看,同一个事件,鲁迅选择了锋利而直接的杂文体,而徐邵二人采用了更艺术化的小说文体。杂文的现实感对比小说的艺术化,正分明体现了各自作者对事件的微妙态度。

邵洵美一向反对左翼革命文学,在评论曾虚白的小说《德妹》时,曾对其做出批评:"这年头新书越出越多,选择真不容易,但是分析起来,不外三种人物:一种是未成名或是所谓已成名的作家,为要投机而同时不至于被人家指为落伍,于是拣些危险的字眼抄抄,盖所谓革命文学家;一种是所谓已成名的,为要在那种所谓革命文学家面前,保持他固有的尊严,于是仍旧捉着臭虫,赞美打野鸡,抽鸦片;还有一种则看出了前者的虚伪态度,后者的低级趣味,于是孜孜于技巧方面,即如法国之 Parnassians 高蹈派。小说写无产阶级可以,同情无产阶级应当,但借了无产阶级的名义作欺骗诱诈的行为,是乃无产阶级的蠹贼,文艺界中的败类。住亭子间可以,打野鸡也可以,抽鸦片也不妨,但一定要使自己的身上生臭虫,则我不懂。因此假使有人问我谁是中国现代文艺界的领袖,我便要举出第三种的无论那一位作家。"[①]这第三种作家自然是以曾朴、狮吼社同仁、新月派等为代表的。他们的文学创作刻意回避政治,注重表达美,"为艺术而艺

---

① 邵洵美:《德妹》,《狮吼》半月刊第 11 期,1928 年 12 月 1 日。

术","为生活而艺术"——这些观点也是邵洵美沙龙中经常交谈的话题,便自然而然体现在他颇为用心的小说《珰女士》的创作中。因为对徐志摩的人和文都相当熟悉,邵洵美的续文在风格的承继上可谓非常成功,他把珰女士的困境写得淋漓尽致。但他写着写着,就把一个革命者牺牲的故事写到言情小说的路数上去了。

在他的笔下,当蘩身陷囹圄生死不明之际,珰女士便给黑写了热情洋溢的一封情书——怎么看怎么像鸳鸯蝴蝶派的桥段——更是把丁玲写给冯雪峰的《不算情书》的内容杂糅摊派给沈从文的小说形象"黑"。① 信件内容的相似证明邵洵美是知道现实生活中丁玲的感情状况的,也看过登于报刊上的那些情书,然而为何他在书中将此做了置换,把原本属于"云"(影射冯雪峰)的故事给了"黑"(影射沈从文)?沈从文在《记丁玲女士》一文中对此情节曾有过一段记述:"当两人提到一个横梗在生活中间人时,我当初还以为别是这海军学生对我有了误会,以为我还会妨碍他们的生活,经过两人的陈述,到后来我才明白对我全无关系。"以邵洵美和沈从文的关系,理应知道这一曲折。那么这只能解释为邵洵美和冯雪峰不相熟故而把故事里的这个"浪漫"摊派给了与他比较熟悉的沈从文。总而言之,以艺术化的视角来对待这一历史悲剧是邵洵美文艺创作的基本态度。

徐志摩的小说从黑(影射沈从文)回来向珰女士报信写起②,以珰女士做噩梦结束。在徐的文本中出现了"珰女士""黑""蘩"和"崔"四个人物,熟悉历史背景的人一眼便可猜出,"珰女士"影射丁玲,"黑"影射沈从文,"蘩"影射胡也频,而"崔"则影射追求过丁玲的某国民党要员。在小说中,徐志摩对这几位人物各做了态度鲜明的褒贬,他认为"蘩"被捕的原因是"就因为他在思想上不能做奴隶,在感情上不能强制,在言论上不作为一己安全的检点,又因为他甘愿在穷苦无告的人群中去体验人生,外

---

① 众所周知,在现实生活中,丁玲、胡也频与冯雪峰三人发生了三角恋情。1933年,丁玲被国民党软禁,为了纪念当时传说可能遇害的丁玲,冯雪峰将丁玲写给他的信以《不算情书》的题目发表于《文学》杂志上。
② 这部分情节可参见沈从文《记丁玲》一文,《沈从文全集·第13卷》,第51页。

加结识少数与他在思想与情感上有相当融洽的朋友,他就遭了忌讳,轻易荣膺了一个十恶不赦的头衔"——可见徐对左翼作家的身世和遭遇是十分理解和同情的。他对"黑"的评价是"黑是真可爱,义气有黄金一样重,性情又是那样的柔和",而珰女士则是一个虽然遭遇不幸然而依旧非常坚强勇敢的人。小说详尽刻画了珰女士的心理,大量运用意识流抒写珰女士的焦灼期待以及痛苦。邵洵美的续作中则出现了七个人物,"黑""纂""云""周老头儿""辛雷""珰女士""廉枫",如果说徐志摩的文本对左翼人物的评价尚属客观,那么邵在续文中则加入了自己强烈的主观色彩。邵对文中人物的态度判若云泥,对廉枫不吝赞颂之词,而对周老头儿极尽挖苦之能事。至于对属于左联阵营的纂和云,邵却并无贬词,反而给予了相当的理解和客观的评价。——这种区别对待和当时文人社会的内在结构有密切关系,在这种内在结构的构成中,交游起到了重要作用。在邵洵美这里,便体现为他组织倡议的沙龙活动的影响。在此基础之上,才有这样一篇小说的产生。

  抛却内容上的主观判断,我不得不说这是一篇相当吸引人的小说创作。邵洵美最初几篇小说很粗糙,但这篇续写却很成熟。遗憾的是,徐志摩的《珰女士》没有写完,而邵洵美兴致勃勃的续写,最终亦是没有写完。在《人言周刊》连载到第40期,邵洵美发布了一个停刊启示。启示交代:"这本小说的计划,共分三部,每部自成首尾。第一部七万余字,自珰女士听到纂被捕的消息始,至谣言的真相显露为止。现在结局将近,但本刊自四十一期起,对编辑方面,略有改革,当将《珰女士》停止继续登载,明春出版第一部单行本。"①以后再无下文了。不过这份未完稿或许是无法完稿的,因为现实比小说更变幻莫测,让作者无法下笔了,也可能因为现实的情节已与邵所期待的浪漫故事相距越来越远,可以说,他不得不停笔了——这也是影射小说致命的缺陷,虽然是小说,它们还是拘泥于实事,不便离题太远。

---

① 邵洵美:《为停刊〈珰女士〉启事》,《人言周刊》第2卷第40期,1935年12月14日。

(二)《珰女士》与"营救胡也频"本事的缠绕:

与《珰女士》有关的历史背景是"左联五烈士"的被捕,在小说中则主要关注了五烈士之一的胡也频,以及围绕胡也频各路人士所采取的营救活动。包括胡也频在内的"左联五烈士"的被捕是中国现代文学史上的一件大事件。① 这一事件不仅将左联卷入到风口浪尖,还将一些自由派作家牵连进去,并引发了一系列文坛后续事件的发生。关于这次历史事件,有几种不同的叙述。首先是丁玲本人的记述,丁玲在文章《一个真实人的一生——记胡也频》中对此有记载,而事件的亲历者沈从文亦是在几篇文章中详尽叙述了此事的前因后果,见《记胡也频》《记丁玲》等文,此外,冯雪峰也作过比较详细的记述②。

而以此为本事的《珰女士》的创作便是第三方徐志摩和邵洵美对这次历史事件的解读,邵的续作更是进一步将鲁迅纳入此事,在小说中借珰女士和廉枫等人之口予以讥刺。由此,在《珰女士》文本与现实的密匝缠绕中构成了最具有历史感和现场感的一次对鲁迅的解读,这一解读便成了历史大事件之后的一个"类事件"(黄子平语)。这次解读涉及珰女士

---

① 赵歌东在《雕像是怎样塑成的——"左联五烈士"史迹综述》一文中提出了新的看法,他认为"左联五烈士事件"的发生不是一个纯文学事件,而是一个包含多重政治因素的历史事件。后来左联对五烈士的纪念和宣传,使这一事件由一个党内宗派斗争导致的政治事件转化为一个左翼文艺运动反抗国民党文化围剿的文艺事件。相应地,左联五烈士的历史定位也由党内宗派斗争的受害者转化为革命文艺运动的前驱和烈士。见 2009 年第 1 期《文史哲》杂志。

② "左联五烈士是 1931 年 1 月 17 日下午在上海东方饭店开会时被捕的,同时被捕的有 30 多人。这个会与左联无关,是党内一部分同志反对王明的六届四中全会的集会。王明于 1930 年下半年由苏联回到上海,1931 年 1 月间上台,举行了六届四中全会,抛出他的《为中共更加布尔塞维克化而斗争》的左倾机会主义政治纲领。李伟森、何孟雄等对四中全会不满,串连了一批同志开会反对。起主要作用的是李伟森,那时他年纪还很轻,非常积极。白莽(殷夫)在团中央编《列宁青年》,冯铿在左联工农工作部工作,都和李伟森有来往。胡也频在 1930 年 6 月才入党,但很活跃。他们都不满四中全会,因此参加了那个集会。东方饭店是当时地下党经常联系工作的地点,据说已为敌人识破,派特务化装成'茶房',已经侦破了一些时候。1 月 17 日开会时,特务把东方饭店包围起来,会议中间,一个'茶房'闯进来,伪称电灯出了毛病,要检查修理。电灯一亮,外面埋伏的特务冲了进来,30 多位参加会议的同志全部被捕。是否有人告密,一直未查明。"《冯雪峰谈左联》,《新文学史料》1980 年第 1 期。

(影射丁玲)、廉枫(影射徐志摩)、黑(影射沈从文)、云(影射冯雪峰)等人对鲁迅的评价。可以说是一次阵营驳杂的对鲁迅的大批判。其中,丁玲为左翼作家(鲁迅对丁玲的第一印象并不好),徐志摩和沈从文是自由派作家(和鲁迅有过过节),而冯雪峰是左联的领导人,至于那个处于小说事件中心又是背景的蘩(影射胡也频)在现实中和鲁迅也并不和睦。而作为小说作者的邵洵美的态度则不言而喻,虽然他本人的影射角色"辛雷"在文中并未正面出场。在这样一种现实语境下写作的《珰女士》便借所有人物之口开展了对周老头(影射鲁迅)的批判,来看这一长段文字:

"这点就是云懂事了,吃眼前亏总是犯不着的。要是蘩当时听到了风声,在家里躲几天,也就不会闹那个乱子了。珰,我说,那周老头儿可有什么表示?他不是你们那个文化同盟的主席吗?"

"你再别提起他了。人说绍兴人就会唱高调,一点也不错。那天晚上蘩不回家,我等到天亮也没信息,就去看他。你知道他住的地方离我多远?我坐电车去差不多一个钟头。他还睡着没醒。他家的老妈子又是他的同乡,听不懂我的话。闹了半天,这老头儿才打被窝里喊着我的名字,叫我在楼下坐。他在楼上洗脸、吐痰、吃早饭;老妈子还暖了酒上去。我那时又急、又冷、又饿,又不敢催他。他脾气的古怪,你是知道的;你只能听他自然,不如他意他就恨你,一恨你就把你当成了死对头。我是去求他帮忙的,除了死等有什么办法?他楼下的书房也有你这间屋子大,中间摆了个蓝瓷缸,里面一个小煤球:烧得很红,可只有一股冷气……"

"这小煤球倒像他自己。"廉枫这句插白当然会叫珰女士笑。她于是兴奋地接下去说:

"他书房里的书也很多,我想抽一本解解闷,可是所有的书全是日文,日文我看不懂。我看题目,大半是日译的俄国文学书;还有一个书架,上面全是字典、辞源。我于是记起不知道是谁对我说的一句话,好像是你一生只要背熟一部字典,你便是位了不起的学者了。大概也有人对周老头儿说过了这样的话。"

"我想他并不想做学者,他是用来译书的。我说,他究竟下来没有呢?"

"他下来的时候,好像已经喝醉了。两个眼睛红得可怕,脸又青得可怕,头发跟胡子硬得像是假的。"珰女士说到这里,笑了一下说:"其实我也形容得过了分。他那最恭敬的鞠躬,和一大串为天气抱歉的话,就也有可爱的地方。他也知道我已等了好久,就说,'我真是老了,在三餐以前,非喝几杯酒不可。这酒是绍兴酒;这是我所保存的唯一的国粹了。'这几句话说得诚恳又感伤,我几乎忘掉方才他叫我等了这许多时候。他又问我早饭吃过了没有,我只能说吃过了,一方面就担心肚饿的声音不要让他听见。"

"以后怎么样呢?"

"我就把繁没回家的事情对他讲了。他并不立刻回我的话;他把眉头皱紧,又用手心抹一下胡子,冷笑了一声,说了一个'好'字。"

廉枫和周老头儿并不认识,可是打朋友嘴里所形容的,和周老头儿自己文章里所表现的,他知道这一个"好"字以后,就会像蚕蛾下子样的来一大摊咒骂。他知道这周老头儿骂人的艺术,他会捉住了一点无关紧要的地方做文章,叫人家惊奇他笔法的神妙:这老头儿的有趣,就在这种地方。廉枫这时候简直像个小孩,张大眼,把舌尖顶着上嘴唇,又把下嘴唇盖在上嘴唇上边;右脚又打拖鞋里溜出来,搁在左脚的背上。珰女士停了一下,叹口气,脸上装出一个轻蔑的笑,好像是摹仿周老头儿当日的表情;又好像是对周老头儿当日的态度的表示。她就接下去说:

"他在桌上的盒子里拿了支烟,塞在自己嘴里,划了五根火柴才点着,闭上眼抽了几口,就拔出来了捏在手里,把火头指着我说:'这事情并不稀奇,他们根本就不让我们存在,他们根本就不让求生存的人存在;这年头,肚子饿就是一种罪恶。繁让他们拿去了,你也不必难过,繁自己何曾不知道迟早总免不掉这一天。我们谁免得掉这一天?我们得把眼光放大,放远。我们既然把身体许给了大众,我们的目的就是去制造这一个最大规模的工作。这工作像是炼金,我们就是煤块,堆在墙角每一块都得预备着进炉子;先进去的不必悲伤,后进去的也不必侥幸。我们也不必灰心和畏缩,多一分的牺牲,总多一分成就。'这一套话,他在演讲时常拿出来用,我以前每次听到总让他感动得挺起胸膛;可是那天我心里就有个蘩,我去找他是要他帮我想个法子。我也知道这事情并不偶然,碰巧这次轮到了蘩。我们全是煤块,不错,可是这一块煤块是我的蘩,我决不能像他那样看得透。我于是打断了他的话问他有没有方法去救蘩,他就又抽了几口烟说:'这方法倒难想。'他说了这句话,就不说下去了。他又闭上了眼。我看他的表情,好像并不是在想什么方法救蘩,倒像是在暗背着谁去做第二个煤块的那个人的名字,完全是写文章推敲字眼的样子;我心中顿时起了一种忿恨。谁愿意自己做了煤块,炼得金子让他享受?为什么他自己不做煤块?记得有一次大家公推他上一个很热闹的地方去演讲,他说他的地位跟人不同,要是他去一定有人会暗算,当时我倒也觉得对,可是现在想想,他的话完全矛盾得可怕,为什么'他的地位跟人不同'?既然全是煤块,那么,有什么两样?他说有人会暗算,谁去了不会让人暗算;他不去人家不也得去?每次要他去,他总是那样推托;换了个人去出了事,他又总是来和上面那样的一篇演讲。救蘩当然不很容易,可是他不应当就回我一个'这方法倒难想'。一切的事情是他在支配的,他的路子总比我们多。我当时简直想指着他骂,一想他究竟在转什么念头我也不知道,于是又求他说:'周先生,你总得为我们想个办法。'我讲话的音调好像把他提醒了一下,他就表示想了好久而决断的说:'当然,我们当然得想个办法。'他接下去先就问我有多少熟人;他说要是我自己有朋友,就用不到间接去托别人。间接的交情得用那样最脏的东西来衬托,这也是他的话。我就说我们目前不一定凑得到多少钱;谁知道这句话竟然恼了他!他发气的说:'珰,你别误会,我周某决不是那种卑鄙龌龊的人。这个世界上干什么事少得了它？我要是自己有，我尽可以代你付；你知道我这两年来版税一个大子都没拿到。况且我也不过这样讲讲，这件事是不是有一丝一毫的希望，谁都还不敢说。我看你最好再跟旁的人商量商量，免得我误了事。'他的气，生得太突然，我简直呆了，慌了，哭了。他看我哭了，并不马上劝住我；又好像没看见我哭那样，一半自言自语的说：'唉，你们真是年轻不懂事，要是能郑重一些，也许这种事就不会发生。少说话，多干事，老话错不到那里。我每次听见他们开会就担心，常开会有什么好处？还不是把时光和瓜子一样嚼了两三个钟头，结果是嘴干了多喝些水？开起会来我就不愿意常到：好处少，坏处多。我不开会，不是一样能做事？人家知道我也许比知道鼗的更多；我们受过教育的，根本不应当学了他们像猴子一样乱嚷乱跳。'廉枫，你听这些话像是谁嘴里说出来的？"

"除了周老头儿他自己，我倒找不到谁会这样说。"

"那他简直是个绍兴师爷！"

"不是绍兴师爷是什么？他还是县衙门里的绍兴师爷呢。"

"我当时再也听不下去，就站了起来回家。"

"你们平时那样捧他，我就好笑。他压根儿就是这一套。他说你们像猴子，他自己才是个猴子；可怜的是你们把他当人看了。市面上有本鲁迅写的《阿Q正传》，我觉得倒像周老头儿的自传；你不妨去买来看看。"①

这一大段文字一大半借珰女士之口对周老头予以谴责和讥刺，而廉枫亦是附和，再有是写云和黑评价周老头的：

（云）：她去找了什么人没有？

（黑）：找过一次周老头儿，又找过一次廉枫。

（云）：找他们干吗？

---

① 邵洵美：《贵族区》，上海：上海书店出版社2008年版，第188—193页。

(黑):还不是四处去求救。在周老头儿那里碰了一鼻子灰。廉枫可真热心:现在看看。真的友谊,还得上圈子外边去找。

(云):去找周老头儿本来是多事:你要他出些主意去害人,他倒有;自己让人害了,要他帮忙,就没什么办法。①

在邵洵美笔下的云(影射冯雪峰)和黑(影射沈从文)眼里,周老头儿是个只说不做的空头革命家的形象。殊不知,此时的鲁迅自身亦是十分危险。因柔石被捕时携带着鲁迅与书局的合同,鲁迅当时亦在被追捕之列。1931年1月20日到2月28日期间,他并未住在旧寓,一直避居于黄陆路花园庄旅馆,②胡也频等人的被杀正是这期间的2月7日。在2月2日致韦素园的信中他写道:"上月十七日,上海确似曾拘捕数十人,但我并不详知,此地的大报,也至今未曾登载。后看见小报,才知道有我被拘在内,这时已在数日之后了。然而通信社却已通电全国,使我也成了被拘的人。"③2月24日致曹靖华:"看日本报,才知道本月七日,枪决了一批青年,其中有四个(三男一女)是左联里面的,但'罪状'大约是另外一种。很有些人要将我牵连进去,我所以住在别处已久,但看现在情形,恐怕也没有什么事了,希勿念为要。"④五作家牺牲后,鲁迅应冯雪峰之邀编辑《前哨》"纪念战死者专号",⑤参与起草了《宣言》《公开信》和《呼吁书》,

---

① 邵洵美:《贵族区》,上海:上海书店出版社2008年版,第221页。
② 见鲁迅1931年1月23日致李小峰信,《鲁迅全集》第12卷,人民文学出版社2005年版,第252页。
③ 鲁迅:《1931年2月2日致韦素园》,《鲁迅全集》第12卷,第253页。
④ 鲁迅:《1931年2月24日致曹靖华》,《鲁迅全集》第12卷,第258—259页。
⑤ 据冯雪峰回忆,"五烈士牺牲后,朱镜我叫我接替冯乃超当左联党团书记……我接左联党团书记后第一件事是同鲁迅商量出版《前哨》纪念战死者,鲁迅同意。于是立即写稿,找私人印刷所印。那印刷所的老板是我一个熟人,他表示同意,但提出一个条件:如果出了问题,就说是工人自愿印的,他根本不知道,不能牵连到他身上。我们只有联系了几个革命的排字工人,他们在半夜到天亮之前,遮住灯光,没有一点声音地来给我们排印。我们就守在他们旁边,他们排好一段我们校对一段,务必在天亮以前把刊物好好拿出印刷所。鲁迅很快写了那篇著名的悼文《中国无产阶级革命文学和前驱的血》,写完就交给我,原来没有题目,题目是我加的。鲁迅还写了《柔石小传》。《前哨》的名字也是他想出的,他亲笔写的刊头,后来来不及制版,只好用木头刻成,五个同志的照片,也是事先在别处印好的。拿刊物到我家里,然后一份一份印上去,一张一张贴上去的。因此在那刊物上错漏很多,那是无怪的。"参见《冯雪峰谈左联》,《新文学史料》1980年第1期。

并写了《中国无产阶级革命文学和前驱的血》《柔石小传》《黑暗中国的文艺界的现状》和《为了忘却的纪念》等多篇文章。鲁迅如此密集地对"左联五烈士事件"表示了关注。可以说,邵洵美在借小说人物之口批判鲁迅的见死不救时,很大程度上是主观而偏激的,①邵洵美同时在小说中写了自己借钱给珰并帮助打探消息的情节,另外也写了廉枫对珰女士的柔声安慰,但是,邵洵美的浅薄在于他只看见了那温情脉脉的表层,却不知在鲁迅那里,帮与不帮,不是个性的问题,而是性命的问题。——这篇小说实际上折射出了文学团体和个人私谊的"裂缝"。

联系到现实语境,也可从狱中发出的两封信一看端倪。这或许是邵洵美敢如此断言的主要原因。胡也频被捕后,给沈从文发信求助。在沈从文后来的记忆中,胡也频的这张纸条是这样写的:

> "休:我遇了冤枉事情,昨天过你住处谈天,从住处出来到先施公司,遇女友拉去东方旅馆看个朋友,谁知到那里后就被他们误会逮捕了。请你费神向胡先生蔡先生一求,要他们设法保我出来,请吴经雄律师,乘我还不转移龙华时,进行诉讼。你明白我,一切务必赶快,否则日子一久,就讨厌了。奶奶处请你关照一声,告她不必担心。我的事情万不宜迟,迟了会生变化。我很着急!……"在纸角上另有一行字"事不宜迟,赶快为我想法取保。信送到后,给来人五块钱。"②(《记丁玲女士》)

胡也频作为左联成员,为何不向鲁迅求助,而让沈从文向胡适和蔡元培告援。可见和文化阵营无关,而仅仅出于私谊。③ 沈从文随后便向胡

---

① 除非他从丁玲处得到了确切的消息,不过从文中珰女士如此详尽的抱怨来推测,也难免不真有其事,但是也只是推测而已,因为没有材料证实。
② 丁玲的记述证实了这封信:"我到家的时候,从文也来了,交给我一张黄色粗纸,上边是铅笔写的字,我一看就认出是胡也频的笔迹,我如获至宝,读下去,证实也频已被捕了,他是在苏维埃代表大会准备会的机关中被捕的。他的口供是随朋友去看朋友,他要我们安心,要我转告组织,他是决不会投降的。他现在在老闸捕房。"丁玲:《一个真实人的一生》,《丁玲作品集》,昆明:云南人民出版社1999年版,第369页。
③ 小说中黑的一句感叹"现在看看,真的友谊,还得上圈子外边去找"表达的亦是这个意思。

适求助,胡适日记1931年1月20日记:"沈从文来谈甚久。星期六与星期两日,上海公安局会同公共租界捕房破获共党住所几处,拿了廿七人,昨日开讯,只有两女子保释了,余廿五人引渡,其中有一人为文学家胡也频。从文很着急,为他奔走设法营救,但我无法援助。"①虽说无法援助,但胡适还是给蔡元培写了封信委其设法营救,蔡元培又委托张岳军设法,然而因为此一事件的复杂内幕,营救终告失败。②

可见与左翼阵营一向不睦的胡适、邵洵美等人在营救胡也频事件中多多少少起到了一些作用。而身为左联盟主的鲁迅在其间的作用何在呢?为何在小说中邵洵美敢如此明目张胆地借珰女士之口对"周老头儿"(影射鲁迅)的懦弱退避做出指责?仅仅是小说艺术的虚构或者是作者本人的主观意气么?

这里有必要对丁玲、胡也频与鲁迅的关系做一说明。丁玲和胡也频、沈从文三人和鲁迅的交往并不顺利。甚至可以说,鲁迅一度很讨厌他们。《鲁迅日记》1925年4月30日记的"得丁玲信"是丁玲与鲁迅交往的开始,但鲁迅根据笔迹以为是休芸芸(沈从文)化名玩笑,故极为生气。而据丁玲的回忆,胡也频在丁玲离北京后不久曾去看鲁迅③,递进去一张"丁玲的弟弟"④的名片,站在门口等候。只听鲁迅在室内对拿名片进去的佣工大声说道:"说我不在家!"胡也频只得没趣地离开,以后就没有再去鲁迅家。胡也频这一行为本身折射出他对鲁迅的完全不了

---

① 胡适:《胡适日记1931年1月20日》,《胡适日记全编》第6卷,第36页。
② 见蔡元培1931年2月20日给胡适的复信,信中说:"自京回沪,大驾已北上,不克恭送,甚歉。沈从文君到京,携有尊函,属营救胡也频君,弟曾为作两函,托张岳军设法,然至今尚未开释也。"此时,胡也频等人已被秘密杀害。参见胡适1931年2月24日日记中所附蔡元培于同年2月20日致胡适信。见曹伯言整理:《胡适日记全编(1931—1937)》,合肥:安徽教育出版社2003年版,第69页。
③ 之前,胡也频曾和荆有麟、项拙三个人在《京报》编辑《民众文艺周刊》,曾去过鲁迅家,见过两三次面。
④ 沈从文回忆过胡也频称自己为"丁玲的弟弟"的情况。当时,胡听说丁玲刚刚死去一个弟弟,热恋中的胡也频,便愿将自己当作她的弟弟。在与丁玲一见钟情后,他便请公寓的伙计送去一大把黄玫瑰,并且在花上夹了一个字条:"你一个新的弟弟所献"。《记丁玲》,《沈从文全集》第13卷,太原:北岳文艺出版社2002年版,第68页。

解和被浪漫冲昏了头的不理智。也难怪鲁迅在《为了忘却的纪念》中提到胡也频时只一笔带过,说"胡也频在上海也只见过一次面,谈了几句天"。

再看鲁迅在《为了忘却的纪念》里深情提到的柔石写给同乡的信:

> 我与三十五位同犯(七个女的)于昨日到龙华。并于昨夜上了镣,开政治犯从未上镣之纪录。此案累及太大,我一时恐难出狱,书店事望兄为我代办之。现亦好,且跟殷夫兄学德文,此事可告周先生;望周先生勿念,我等未受刑。捕房和公安局,几次问周先生地址,但我那里知道。诸望勿念。祝好!
>
> 赵少雄一月二十四日。
>
> 以上正面。
>
> "洋铁饭碗,要二三只如不能见面,可将东西望转交赵少雄"
>
> 以上背面。①

柔石在信中不忘挂念鲁迅,鲁迅也对之有深切的回忆,可见两人私交甚好——但邵洵美是不会将柔石写进小说的,文化人之间的个人交往在此显示了比所属阵营更强大的力量。在邵洵美的《珰女士》中,本与此事不相干的鲁迅被各路人物集体炮轰狠狠地讽刺。邵洵美花费相当多的笔墨叙写珰女士(影射丁玲)对周老头儿(影射鲁迅)的怨意。现实中丁玲有无向鲁迅求救,目前还没有相关材料证实。在小说中,邵洵美写珰女士向周老头儿求助,周老头儿只用言语搪塞推脱,导致珰女士对其印象恶劣。那一长段廉枫与珰女士的对话,从两人的角度写出了对周老头儿的评价,现实中各自对应着徐志摩和丁玲对鲁迅的评价,事实上,是邵洵美借廉枫和珰女士之口表达了对鲁迅的不满。

文中,邵洵美用了第三人称叙事,大段大段地借用对话——"对话"在现实世界中邵洵美本人的沙龙里是一种平等和自由的象征,正是那些

---

① 鲁迅:《为了忘却的纪念》,《鲁迅全集》第 4 卷,第 499—500 页。

可称得上为"艺术"的"对话"让邵洵美的沙龙圈子呈现出自由主义知识分子的特质,在这篇小说中,大段大段的对话一方面从某种程度上折射出邵氏沙龙浓厚的交谈氛围,另一方面,这些"对话"却也同时转化为一种语言暴力,对话者的话语构成了对被言说者发言权利的剥夺,他让被言说者"周老头儿"不出场,不发言,任由珰女士和廉枫等随意点评。可见邵的圈子在容纳一批人的同时必然会排斥与他们立场相左的另一批人,正如鲁迅在文坛上也同样坚守着与邵洵美的距离一样。①

除了邵洵美的《珰女士》,张若谷的短篇小说《都市交响曲》《月光奏鸣曲》,长篇小说《婆汉迷》及章克标的《银蛇》等都是沙龙文学的成果。但是,这些沙龙里酝酿而来的文学作品显然是不成熟的。原因大概有以下几点:1. 作者的"游戏心态"。影射文学的作者写作的动机大多是为有共同经历的同人做一"肖像画",所写人物,所谈事实,同人读了大都能会意,因而,在写作上缺乏深入思考,但为"博君一笑"。这一点和法国沙龙史上促生的文学形式——"文字肖像"——颇为相近。2. 缺乏反思意识。如果说影射文学在游戏之外,还有什么目的的话,那就是为同人鼓与呼,以一种虚构的形式,来宣传同人的文学趣味及文学活动。比如,张若谷的《月光奏鸣曲》就记录了邵洵美沙龙的活动情况,并对这群文人的生活做了美化和艺术化处理。3. 攻击敌人。因为打着虚构的外衣,这些影射文学往往对论敌进行形象丑化和人身攻击,比如邵洵美、张若谷对鲁迅的攻击。这些因素或多或少降低了文学作品自身的艺术水准。

沙龙交游产生了"影射小说",但"影射小说"却并非只来自沙龙。早在 1928 年,《京报》附刊《饮虹周刊》曾刊载一篇小说《燃犀》②,影射林琴南、蔡元培和胡适三人。③ 对这篇影射小说,胡适很不满意,他特意写信

---

① 鲁迅因为邵洵美的关系拒绝为《论语》供稿即是一证,参见鲁迅 1934 年 5 月 18 日致陶亢德信,《鲁迅全集》第 13 卷,北京:人民文学出版社 2005 年版,第 108 页。
② 园丁:《燃犀》,《京报》附刊《饮虹周刊》第 6 期,1928 年 4 月 22 日。
③ 对应人物分别是:何况时——胡适之,来河清——蔡元培,凌近兰——林琴南。《胡适日记全编》第 5 卷第 63 页记载了这个材料。

给《京报》编辑,表达抗议。并且发表了对"影射小说"的看法:"本来这种用活人做材料的小说是很不易做的,做的好也不过成一种闲话的资料(gossi),做的不好变成了造谣言的乱谈了。"①在此之前的1921年,叶圣陶曾做过一篇《脆弱的心》影射胡适,这篇小说对胡适多有揄扬之意,胡适读后认为"颇有意思",并在日记里粘贴了原文。② 从这里,我们也可以看出,影射小说的特殊读者——被影射的对象的观感存在两种明显的态度。当影射作品"赞扬"或是"传播"了被影射者,被影射者的态度基本上是默许,并且听之任之。而一旦影射小说"批评"或是"讽刺"了被影射的对象,往往会遭到抗议乃至严厉的谴责。值得注意的是,虽然沙龙文人本身的影射作品艺术价值不高,但反对者创作的以沙龙为话题的影射之作却属精品,冰心《我们太太的客厅》和钱锺书的《猫》可谓现代小说史上的经典。

第三节 文学作品中的沙龙——以林微音《花厅夫人》为例

二三十年代沙龙的流行也间接地折射到当时的文学创作中,文坛上出现了不少以沙龙为背景的作品,惊蛰的《欧游回忆之一——维也纳夫人》③,就是一篇以西方沙龙为背景的小说。此文刊于1934年的《时代漫画》,以一个西方沙龙女主人和男客人的对话结构全文,文风绮艳,可以说代表了一类文艺作品。此外,以沙龙交游为主题的虚构体散文和影射小说也开始流行。这些作品有的不乏游戏色彩,似为博同人一笑而作,比如张若谷的影射小说集《都会交响曲》,有的也是十分严肃的创作,是沙龙文艺主张指导下的产物。本节我将以林微音的作品为例,讨论沙龙交游与文学创作之间的关系。

---

① 胡适:《胡适日记1928年4月25日》,《胡适日记全编》第5卷,第64页。
② 胡适:《胡适日记1921年8月16日》,《胡适日记全编》第3卷,第435页。
③ 惊蛰:《欧游回忆之一——维也纳夫人》,《时代漫画》第1期,1934年1月20日。

第七章 沙龙与现代文学创作

在现代中国沙龙兴起之初,不少提倡者都想模仿西方沙龙的组织方式,期待一位沙龙女主人来主持。曾朴、徐仲年、章衣萍、李金发、邵洵美、傅彦长、王平陵等都有过类似的言论。在曾朴家的马斯南路客厅里,还专门发起过一次"寻找沙龙女主人"的谈天。在曾朴的设想中,"这个女主人并不一定自己是文艺家,可是有欣赏文艺的能力与兴趣,因此,它就由文艺家大家共同的爱人转变而成文艺活动的中心人物。"①这也同时是众多男作家的期待。在30年代的北平,林徽因、陈衡哲、金岳霖外籍女友丽琳都是文化圈中知名的沙龙女主人,然而,在对欧式沙龙最为热衷的上海文坛,这样的女主人却一直不见踪影。解决之道,一是由"花厅先生"取而代之,此外便是在虚构的文学作品中塑造这一理想的沙龙女主人。

长篇小说《花厅夫人》便是在这样的背景下产生的。作者林微音家境贫苦,以卖文为生。在时人的回忆中,是个并不健谈的人物,他常去的地方一是新雅茶馆,一是邵洵美家的沙龙,而不论在茶馆还是在邵家,林微音都沉默寡言,经常是一言不发,静听他人高论。这样一个惯于沉默的沙龙文人却在文学作品中浓墨重彩书写对沙龙纵谈高论氛围的向往和赞叹,并且以一个"都市漫游者"的身份书写着都市的奇与异。在多篇散文中,林微音像一个都市导游一样,向读者详细地介绍或展览他对上海这个大都市的熟稔和热爱。出现在他小品散文中的都市空间有舞厅、咖啡店、浴室、回力球场。"红风车""新夏威夷""黑眼睛"等众多娱乐休闲场所更是常现于笔端。在这些摹写都市生活的文本中,女性尤其是有魔力的异国女性是他最爱书写的群体。马路上擦身而过的西洋少妇的笑,舞厅里外国舞女的风骚的舞姿、咖啡馆里与侍女的琐碎对谈,都被他一一写进散文中。虽然这类文字毫无深意,他也似乎并不介意,他只是去写,去看,去记录,字里行间带着浓郁的情欲色彩。②

林微音曾出版过短篇小说集《舞》。这本品位堪忧的小说集于1931

---

① 曾虚白:《曾虚白自传》(上),台北:联经出版事业公司1988年版,第99页。
② 林微音还写过一篇《上海百景》的长篇散文,对上海的都市文化、消费、建筑等做了详细的介绍。和梁得所的《上海的鸟瞰》类似,都属于导游类的文章。

年 11 月由新月书店出版发行。这个时期,林微音经邵洵美授意,担任新月书店的经理。这本小说集收录了《乐园中的两朵蔷薇》《人工的吻》《序幕》《残留的胭脂印》《一样的孤独》《出走》《逍遥游》《春似的秋》《秋似的春》《舞》等充满了色情描写的小说。这些篇章或是写欢场人物的调情醉语,或是详尽描写性爱过程,写作手法则采用独白、倾诉、呓语,尽情渲染都市的纸醉金迷。他沉迷于书写上海"肉的陶醉",笔下主人公每每流连往返于下等妓院、鸦片烟馆、舞场、游戏场、道旁的"野鸡店",他的兴趣和目光被这些人事牵引,通篇描写与这些女性打交道的经过和感受,只为新奇,别无深意。除了小说,林微音还著有散文集《散文七辑》,由上海时代图书公司发行。此外,他和芳信、朱维基合作创办了一个小团体"绿社",并出版杂志《绿》。《绿》是一本小刊物,主要刊发这三个人的作品,由新月书店代售。《绿》的纸张非常好,编排风格精致淡雅,然而内容却粗鄙不堪。林微音在此刊发了不少诗歌。① 总体而言,林微音写小说,写散文,也写诗,但几乎没有一个写得好,他的文章总脱不了"恶趣味",他在作品中呈现出的形象是一个孱弱的戴着有色眼镜看世界的浪荡子,说他是"文坛色鬼"似乎也不为过。②

与众多色情而烂俗的短篇小说相比,《花厅夫人》是林氏文字中较为严肃规整的一个长篇。此书出版于 1934 年,由四社出版部出版。在此之前,邵洵美曾于 1933 年在《时代》第 4 卷第 7 期发表一篇散文《花厅夫人》,文中邵洵美介绍了弗里茨夫人的沙龙及其对文艺的贡献。"花厅"即指"salon",邵洵美这么翻译是为了字面上的漂亮。不难推断,邵氏沙龙常客林微音的这本小说显然受到邵文的直接启发。不同的是,邵洵美的散文是于现实中直接宣传沙龙文化,林微音的小说则是在文本中将其

---

① 在一首《致荔枝湾的荔枝》的诗中,林微音将荔枝比作"维纳丝的奶头"。类似的文章,还有很多。
② 林微音和邵洵美关系不错,邵洵美还将《人言周刊》(第 1 卷第 36 期起)上的《艺文闲话》一栏交给他负责,在这个文艺专栏上,林微音写了好几篇谈翻译及电影、舞台剧的文字。这是林微音极其难得的不谈风月比较严肃的文章。

变作真实,可谓现代文化史上推广沙龙文化的"姐妹篇"。

邵洵美推介的是外籍的弗里茨太太,而林微音的《花厅夫人》讲述的是一个中国版"花厅夫人"的成长史,女主角孙雪非是一名大学生,年轻、漂亮、聪颖、时髦,是个典型的现代"新女性"。作为学校公认的"皇后",深得男同学爱慕。然而她爱上了有妇之夫,她的文学批评课教授钟贻程。钟贻程是法国留学生,秉持为艺术而生活的理念,深慕文艺客厅的风采,是小说的第一男主角。此外,钟的朋友欧阳旭初也是主角之一。两位男主人公有相似的人生观,也有相近的人生经历,都曾留学巴黎,认可异域风情。故事以孙雪非对钟贻程的暗恋写起,以孙雪非打算与欧阳旭初结婚南下为止。整个故事发生的时段很短,在短短的几天内,孙雪非先与钟贻程谈情说爱,继而与欧阳旭初萌生情愫。为了实现让孙雪非做花厅夫人的打算,钟教授主动提议情敌欧阳旭初做"花厅先生"——娶孙雪非为妻。小说末尾,羞涩的女大学生已然接纳了两位男主角让其做一名"花厅夫人"的设想。

图 7-3 《花厅夫人》封面

小说并没有像《我们太太的客厅》以及《猫》那样给我们呈现具体的沙龙交谈的场景，而将笔墨重点放在了钟贻程如何培养、引导孙雪非走向"花厅夫人"的过程上。这一方面吻合了现实生活中曾朴、邵洵美等人对"花厅夫人"的期待，一方面也是在向读者尤其是女性读者传达一个讯息：即"花厅夫人"是可以"培养"的。

图 7-4　上海时代图书公司发行的《散文七辑》

先来看看钟贻程想象中的沙龙是怎样的场景：

> 对咧，他忽然颖悟地想，她可以做 Madame de Salon。在上海艺术界的人太枯燥了，而且彼此又那样地疏远，要是有一位夫人对艺术既有些修养，长得又漂亮，又会应酬，而且对于钱与闲又不怎样成问题，她可以规定每星期两次或者一次，公开招待艺术界与文艺界的人吃茶。艺人们只要认识主人，或者认识主人的别的客人，而且是趣味相投的，可随便到那里去喝一杯茶，吃一些点心，他可在那里碰到熟的人，也可认识生的人。他可不受什么拘束，同他要谈的人谈谈。要是那厅堂大的话，还可辟出一片空地，以备要舞的人舞。那里除了艺

人们以外,常来的客人会有对于艺术有兴趣的夫人们和小姐们。是的,孙雪非可以做这样的主人,可以做这样的花厅夫人。①

在林微音的设想里,"沙龙"的内涵,首先是一个有钱有闲的聚会,是一个可以附带舞厅的社交平台,在这里,文艺界、艺术界光鲜亮丽的诸位"先生""夫人"和"小姐们"觥筹交错谈笑风生。其次才是文艺的交谈。这个理想的沙龙显然与林微音本人在现实中参与过的曾朴沙龙和邵氏沙龙都有着相当的距离,在曾邵两个沙龙里,是少见太太小姐加入文艺讨论的——虽然他们一直期盼着"有魔力"的女性的加入。林微音理想的沙龙主人,自然也是一个"有魔力"的女性。

如果用几个关键词来形容林微音定义的"花厅夫人",那便是:"有些修养""漂亮""会应酬""有钱""有闲"。很明显,这样的夫人带有一种"名媛气"或者不如说"交际花"的味道。林微音笔下的孙雪非显然生性浪漫,作风开放,和钟贻程春风一度后又立即与钟的朋友眉目传情。作家对这个女主人的描写证明了他仍然不脱中国传统风流才子的"恶趣味",即盼望红袖添香夜读书的"艳福"。为了实现这个理想,作者让钟贻程在生活方式、饮食等多个方面对孙雪非进行"驯化"。可以看出,林微音对沙龙女主人的想象更看重的显然是外在的"表演性",而非内在的文化教养。因而钟贻程对孙雪非的驯化便主要在物质层面展开。他教她怎样去化妆打扮,怎样表现得更风流大方。他并且教她抽烟、喝酒,带她逛舞厅,去朱古力店,鼓励她当众化妆,送她胭脂、粉和香烟合用的最时髦的女士烟盒。而在店内的消费,钟贻程也以"先生"的姿态一一向孙雪非介绍,从头至尾,钟教授都是一个指导者和启蒙者,而孙雪非一直在"接受",作者让她不停地迎合男主人公的需求,不仅是身体上的,还有精神上的。在林微音笔下,孙雪非是个美丽的棋子,在男主人为其设计的都市文本中穿行。

---

① 林微音:《花厅夫人》,上海:上海书店1989年版,第35—36页。

进一步,钟贻程还在人生观上对孙雪非给予教导,钟贻程教导她作诗只有从人生方面学得到,而不在读书和技巧。这其实正是林微音本人"将人生艺术化"观念的体现。作者还让钟教授直接向女学生普及沙龙知识,并且告诉她这是他计划的伟大事业中的一步:

> 贻程便告诉雪非在巴黎怎样有花厅夫人,她们在做些什么,而在上海这样的夫人却一个都没有;他想在上海也该有这样的设备,而她可做这样的设备的创始者。因为他看她简直是一位天生的花厅夫人。①

在钟贻程的眼里,花厅夫人是艺术界的中心人物,她属于整个社会,不仅仅属于一个小家庭,是"文艺家共同的爱人"。女学生孙雪非迅速接受了这一番"启蒙教育",小说的结尾,孙雪非已经从一个不明所以的女学生迅速展开了对婚后"花厅夫人"生活的展望,她对她的爱慕者之一发出了邀约,表示等她结婚以后,"回来了,我们规定,每逢星期二与星期五请茶,请熟识的文艺者与艺术者,也请你常来"②。

此书出版之际,正当上海以及北平沙龙之风风起云涌之时。可说是趁热打铁。此书看不出具体的影射意味,但明显是作家对自己文艺理念以及文艺主张的图解,在艺术性上不足称道,唯折射出一群海派沙龙文人对"花厅夫人"的集体想象,这种想象被嵌入到都会文化之中,一定程度上也构成了他们理想中的海派文化生态之一种。

抛却小说的主题及内容,文本本身的写作也折射出沙龙文化的典型特征。在小说中,大段大段的对话是结构全书的主要线索,和邵洵美的影

---

① 林微音:《花厅夫人》,上海:上海书店1989年,第111页。将沙龙及沙龙女主人视作一种"设备",在看似学习西方先进文化的表层之下,重视的依然是形而下的物质层面,作家通篇关注的是女主人的仪态和社交技巧,而对真正构成西方沙龙文化的平等、独立、自由交谈等核心精神置之不顾,在这样的一种"西学东渐"之下,沙龙在上海这群倡议者手中,难免要发生邯郸学步的畸变。
② 林微音:《花厅夫人》,上海:上海书店1989年版,第131页。

射小说《珰女士》相似,①对话在《花厅夫人》的结构上也起到了筋骨的作用。而对话的俏皮、幽默、绵里藏针以及种种意味深长之处,仿佛都可以视作现实生活中沙龙的情景再现或者模拟。在沙龙文人的大部分影射小说中,我们可以发现,"对话"这一技巧得到了充分的运用。甚至不限于影射小说,在邵洵美、张若谷、徐蔚南等人其他的都市文学作品中,对话也是最常用的手段。在对话中谈论都市生活和消费品,在对话中显示人物的品位和性情。这可以说是现实沙龙的文艺聚谈对文学创作的直接影响。

在此,我们不妨再来看一篇文章,这是穆时英的小说《Pierrot》,描写了一个书房沙龙的谈话场景。沙龙主人是潘先生。潘先生显然是一个文艺沙龙的主人:

> 在一间不十分大的书室里边,充塞了托尔斯泰的石膏像,小型无线电播送器放送着的《春江花月夜》,普洱茶,香蕉皮,烟蒂儿和烟卷上的烟,笑声,唯物史观,美国文化,格莱泰嘉宝的八寸全身像,满壁图画,现代主义,沙发,和支持中国文坛的潘鹤龄先生的一伙熏黄了手指和神经的朋友们……谈话的线索是这么的:从拖鞋谈到香烟,从槟榔牌香烟的奖金,谈到航空奖券,从航空奖券谈到卓别林的悲哀,从卓别林的悲哀谈到劳莱与哈代,从劳莱与哈代谈到美国文化,从美国文化谈到美国女人大腿的线条,谈到嗣治的画,谈到拉斐尔前派,谈到中古的建筑,谈到莎士比亚,谈到屠格涅夫,谈到玛雅阔夫斯基的花柳病,谈到白浊的诊法,谈到穆朗诊白浊的方法,谈到现代人的悲哀,谈到十月革命,谈到小说的内容与技巧问题,谈到没落的苦闷,谈到嘉宝的沙嗓子,谈到沙嗓子的生理的原因,谈到性欲的过分亢进,谈到嘉宝的眼珠子,谈到嘉宝的子宫病。②

---

① 对影射小说《珰女士》的详细解读,参见本章第二节"'诗坛双璧'与一篇小说——《珰女士》"。
② 穆时英:《Pierrot》,《穆时英小说全集》(下),长春:时代文艺出版社2001年版,第507页。

穆时英曾经参加过邵洵美的沙龙活动,想来对现实生活中的沙龙聚谈并不陌生,文风虽无严肃的批评,但显然也洋溢着一种嘲讽和戏谑的态度。沙龙的文化空间环境是古今中外杂糅的,既播放着古典的名曲《春江花月夜》,也摆设有左联作家推崇的俄罗斯文豪托尔斯泰的石膏像,此外,还有大众流行文化的象征——影视明星嘉宝的全身像。可见,沙龙文人对于"沙龙"这一文化场域有着一定的反省意识。然而这段文字让人印象最深的还是这种"谈话"的"随波逐流"和"漫无边际"。在小说中,这样的谈话显然营造出了一种浓郁的文艺风,可谓"社交文艺化"的典型体现。

在现实生活中,邵洵美、张若谷、曾朴等人倡议并践行着文艺客厅的主张,而这些沙龙文人的虚构作品,同样也是一种塑造"文化班底"的方式。在小说中,西方文艺与都市作家经常性地成为小说人物交谈的话题,对文艺的热爱和熟稔也往往是小说主人公常有的特征,而小说人物之间的谈天也比现实更"文艺",更具有"沙龙风味"。不难看出,这些沙龙文人在现实之外,意欲在文学作品中也打造一个"纸上沙龙"。某种程度上,这也是邵洵美所宣扬的借社交来推广文艺理想的部分实现,不过是换一种方式而已。

在沙龙文人的作品中,还常常借小说人物之口继续夸赞沙龙同人及其作品或译作,这类小说已经接近"影射"了。中国沙龙的一大贡献是直接促成了许多篇影射小说,在这些影射之作中,现实生活里的沙龙交游得到了更直观的呈现。章克标的《银蛇》《做不成的小说》、张若谷的《都会交响曲》《儒林新史——婆汉迷》都属此例。在这些影射小说中,人物行走的路线,所处的空间,所谈的话题,所读的书籍都有着鲜明的现实指向。以张若谷为例,张在《都会交响曲》①《儒林新史——婆汉迷》等小说中一面将现实中的文人交往写进虚构的文本,一面在虚构的文本里对现实指

---

① 《都会交响曲》是张若谷的短篇小说集,也是影射邵洵美沙龙文人交往的一部作品。在这本小说集中,张若谷写下了与傅彦长、朱应鹏、邵洵美等人的交往和文化活动。小说明显有游戏的心态,仿佛为博同好一笑而作。而《儒林新史——婆汉迷》是长篇小说,则将影射扩展到了整个文坛,对"敌对者"鲁迅多有影射。

指点点,抬高同仁,贬损异己,1933年,鲁迅对他的批评便是由此而起。

　　本章第一节曾经论及,在沙龙文人的都市小说中,人物的行踪和光顾的消费场所多是文本结构的大梁。《花厅夫人》鲜明地体现了这个特点。文中出现了小朱古力店、福芝饭店、沧州饭店、永安公司、圣爱娜舞厅、惠尔康、Rio Rita 游泳池等多个都市消费空间。主人公是都市里的"西装少年",经济优渥,不愁生计。钟贻程开汽车上下班,经常去舞厅、点心店、饭店,饮食上也十分西化,爱喝咖啡、鸡尾酒。而在人物对话中,充斥着大量关于消费的话题,比如喝什么酒,抽什么烟,均不厌其烦一一交代。甚至对于香烟的品牌,也一一介绍:比如钟教授买的是"Consulat"牌香烟,孙雪非相中的是"My Darling"及"Abdula 五十七号",有种商品展览和广而告之的寓意在内。或许,通过小说人物对此类商品的消费,林微音本人也在表达着某种想象中的身份认同,以证明自己见多识广,对这些最流行的时髦生活用品耳熟能详,并且有能力消费它们,这也就向读者传达了一种信息:都市小说的写作者都是这个城市里成功、时髦而有现代气息的人物,虽然这很可能并不是事实。

第四节　沙龙与中国现代散文的发展

　　本节将以沙龙与小品文的相互影响为研究视角,分析沙龙与海派小品文同时并起的文化现象和基本特征,并对沙龙与小品文在内容、形式以及风格上的彼此渗透和共同促进,作较为细致的论证。

　　现代中国沙龙对文学创作的影响不仅体现在影射小说上,还影响到了散文的风格和文体。对于现代散文的研究,从文体这一角度,有学者将其分为两类,即"闲话"和"独语"。[①] 学者余凌最早在论文《论中国现代

---

① 关于"闲话"和"独语",参见余凌:《论中国现代散文的"闲话"和"独语"》,《文学评论》1992年第1期。周作人向被认为是"闲话"散文的第一家。依笔者之见,周作人的散文与其说是"闲话风",不如说更接近"独语体",或者说是介于闲话与独语之间的"半独语"体。

散文的"闲话"和"独语"》中,提出了"闲话风"这一散文文体类别,他认为小品文中的"闲话风"是"任心闲话"的日常语境向小品文文本移植和生成的结果,在这样的散文中,日常语境与文本语境形成了一种同构关系。具体而言:"闲话风"的散文追求一种日常交流的语境,以聊天、闲谈的方式结构文章,通常有种开放的结局,风格上也讲求"娓娓而谈""信口信腕",正如周作人在其散文集《雨天的书》序言中作的注解那般:"如在江村小屋里,靠玻璃窗,烘着白炭火钵,喝清茶,同友人谈闲话"。余凌指出,对这种同构关系,一些散文家曾有过阐述,有以"絮语"名之的(胡梦华),有以"娓语"名之的(林语堂),有以"谈话风"名之的(朱自清)。命名虽有差异,但所指和内涵大体是相近的。即以胡梦华界定的"絮语散文"为例:"一个絮语散文家怎样叙述或批评一件时事呢?——举一个例子罢。就好象你看了报纸,或在外面听了什么新闻回来,围着桌子低声细语的讲给你的慈母爱妻、或密友听。——就好象你们常经验过的茶余酒后的闲谈。"①由此我们可以看出:"中国现代作家对于散文的理解与一种闲话的现场感、一种美学性的氛围气以及一种话语情境密切关联在一起。"②

巴赫金认为:"人类活动的所有领域,都与语言的使用相关联。……语言的使用是在人类某一活动领域中参与者单个而具体的表述形式中实现的。这些表述不仅以自身的内容(话题内容),不仅以语言风格,即对词汇、句子和语法等语言手段的选择,而且首先以自身的布局结构来反映每一活动领域的特殊条件和目的。所有这三个因素——话题内容、风格和布局结构——不可分割地结合在表述的整体中,并且都同样地为该交际领域的特点所决定。每一单个的表述,无疑是个人的,但使用语言的每一领域却锤炼出相对稳定的表述类型,我们称之为言语体裁。"③概而言

---

① 胡梦华:《絮语散文》,《小说月报》第17卷第3号,1926年3月10日。
② 吴晓东:《"茶话"与"咖啡座":海派散文的都市语境》,《西部》2013年第1期。
③ 〔前苏联〕巴赫金:《言语体裁问题》,白春仁等译,《巴赫金全集》第4卷,石家庄:河北教育出版社1998年版,第140页。

之,即"言语交际环境决定言语体裁"。本节所讨论的沙龙交游与现代散文发展的关系正是基于以上研究成果和理论而进行。

中国现代几大沙龙大多是以聚会、聊天、闲谈、讨论为主要活动方式,因为成员大多是关系密切的朋友,整个沙龙的氛围往往是轻松随意的。在这些沙龙中,政治、商业、金钱各种世俗的考量相对较小,而学问、才气以及社交技巧往往显得更加重要。因而,在沙龙中,人们对言谈艺术的关注度较高,某个人说话声音的节奏快慢、音量大小、音色粗细,及至谈天时候的身姿体态、相貌风度等,都有可能对其言语的效果产生不同作用。进一步说,在沙龙中,交谈具有一定的表演性。这种表演性,反过来更要求人们注意"俏皮话""警句",努力展现自己的口才。邵洵美沙龙里,傅彦长就惯会说警句,这些警句往往在友朋之间流传,对其个人魅力而言显然是"加分"项。① 而在"文艺茶话会"中,也有人评价,"最幽默的是孙福熙先生"②。

这样的交谈场景正是30年代沙龙文人小品产生的话语情境,这些由沙龙影响而来的文人小品和五四时期的"闲话体"散文有一脉相承之处,也有不同,我想用一个新的术语"对谈体"以示区别。所谓"对谈体"散文,是带有鲜明的交谈和对话色彩的文章,它和周作人的悠悠闲谈有相近之处,但也有鲜明的区分。"闲话体"看似和友人谈心,其实近似自说自话,假想的友人经常在千里之外,所以周常常采用书信体式写作,"信"只是一个形式,收信人并不重要,重点说的是讲述者自己。梁实秋的回忆文章里,曾详细记录了"苦雨斋"的摆设布置——这正是周氏"闲话体"散文产生之地。与前述沙龙的话语情境两相比较,"对谈体"和"闲话体"之分或可了然。周作人写作"闲话体"的书斋是这样的:

> 那上房是一明两暗,明间像是书库,横列着一人多高的几只书

---

① 邵洵美在《一个人的谈话》中提到傅彦长的一句警语:"有次朋友劝他多写文章,他便笑嘻嘻地回答:'我不想打死什么人,所以我一个字也做不出'。"傅的话显然是讥讽当时文坛盛行的左翼革命文学,邵洵美认同此论。
② 曙天:《华林和孙福熙先生》,《文艺茶话》第1卷第2期,1932年。

架,中西书籍杂陈,但很整洁。右面一个暗间房门虚掩,不知是作什么用的。左面一间显然是他的书房,有一块小小的镜框,题着"苦雨斋"三字,是沈尹默先生的手笔,一张庞大的柚木书桌,上面有笔筒烟台之类,清清爽爽,一尘不染,此外便是简简单单的几把椅子了。照例有一碗清茶献客,茶具是日本式的,带盖的小小茶盅,小小的茶壶有一只藤子编的提梁,小巧而淡雅。永远是清茶,淡淡的青绿色,七分满。房子是顶普通的北平式的小房子,可是四白落地,几净窗明。就是在这个地方他翻阅《金枝》,吟咏俳句,写他的冷隽的杂文小品。①

虽然这样的书斋里也常常有苦雨斋弟子来访,然而正如梁实秋所观察到的,"永远是清茶,淡淡的青绿色,七分满"。这正是周作人散文的文本传达出来的气氛。某种程度上讲,周作人的"闲话"更像是独语,是一个沉思者,一个智慧老人的隐秘而幽微的诉说,追求"言近而旨远",常有微言大义。它排斥热烈的对话,行云流水的交谈,拒绝"不隔"之境,而处处营造出一种"隔"的曲折意味。"对谈"的热烈与"闲话"的冷隽,从散文的产生语境上可作区分。另一方面,"对谈体"散文也和何其芳代表的"独语体"有交集,很多长篇的独白从形式上看也是自说自话,然而何其芳的独语是内倾的,而对谈体中的"独白"却是外倾的,有着显著不同。以林徽因为例。作为著名的沙龙女主人,林徽因的文学创作也浸染上了浓郁的"客厅"之风,这类客厅文学一方面呈现在她注重隐微情绪捕捉的诗歌上,更多的体现在她的散文创作中。在不多的几篇散文中,林徽因多选择倾诉式的语气,以"你"作为主人公,像是和友人滔滔的谈天,这在《窗子以外》《纪念志摩去世四周年》以及《蛛丝和梅花》中体现得很明显。

"人竞唇舌,而论著之风郁然兴起。""对谈体"散文产生于崇尚机智、自由、才华的沙龙聚会,换句话说,沙龙聚会,往往促发了"对谈体"散

---

① 梁实秋:《忆启明老人》,《梁实秋怀人丛录》,第200页。

文的生成。在30年代,最有代表性的是邵洵美周围一批沙龙文人的创作。对于中国现代散文,梁实秋曾有一个评价:

> 自新文学运动以来,散文作家辈出,其中有几位是我私人特别欣赏的。首先应推胡适之先生,他的文章明白清楚,干净利落,而且字里行间有一股诚挚动人的力量,在叙述说理方面是一个很崇高的标样。周作人先生的文字,冷隽冲淡,而且博学多闻,往往逸趣横生。徐志摩先生文中有诗,风流蕴藉,时常浓得化不开。鲁迅先生有刀笔之称,不愧为"辣手著文章",看他的笔下纵横,嬉怒笑骂,亦复大有可观。陈西滢先生的文字晶莹透剔,清可鉴底,而笔下如行云流水,有意态从容的趣味。①

梁实秋对中国现代散文的"论资排辈"中,唯独少了当时风靡文坛的幽默文学的主创,即以幽默小品文名世的林语堂等人——上海文化沙龙的主要参与者。对这一主要由海派沙龙文人组成的散文作家群,学界目前一般将其命名为"论语派",这个命名和《论语》杂志相关。1932年,在中国现代文学史上影响重大的《论语》杂志创刊。《论语》在创刊号上以"论语社"同人的身份亮相,这些人多是邵氏沙龙的座上客,事实上,《论语》正是在邵氏沙龙里讨论产生的。章克标的《林语堂先生台核》一文详细记载了这个过程:

> 语堂与我的交涉,不得不讲到《论语》的创刊,当时我们想办一刊物,适逢语堂等也想办一刊物,于是联合起来同办,决定有文有图,独创一格而以带幽默风趣为主。最后一次的预备会,仍在洵美家中举行,除语堂,增嘏,光旦,青崖,达夫,斯鸣外,尚有画人光宇振宇文晟等多人,大家决定办一个刊物。这刊物名叫"论语",由我提出这一点,大概语堂应该怀恨的。②

---

① 梁实秋:《重印〈西滢闲话〉序》,《梁实秋怀人丛录》,第206页。
② 章克标:《林语堂先生台核》,载《十日谈》第34期,1934年7月10日。

这是与林语堂决裂之际章克标写的一篇论战文章,然而创办《论语》的经过大抵是确实的,并不带有意气。《论语》杂志是邵氏沙龙同人直接促发而成,因而,从一开始,"论语派"的散文便带上了鲜明的沙龙风。创刊号的"编辑后记"(落款是"记者K",即是不具名的编辑章克标)这样形容《论语》的风格:

> 我们同人时常聚首谈论,论到国家大事,男女私情,又好评论人物,又好评论新著,这是我们"论"字的来源;至于语字,就是说话的意思,指我们的谈天,归入论字的话题以外,我们还有不少的谈话,这是"语"字的来源。此二字拼凑便成了《论语》。而格式内容也和孔夫子《论语》差不多,因为也是甲一句,乙一句,东一句,西一句,拉拉杂杂一大堆大道理。①

这段话解释了《论语》杂志命名的缘由,也可谓"论语派"散文现实语境的完美注脚——这语境便是邵氏沙龙里天南海北的"聚谈"。这里的"论"和"语"与周作人所推崇的"闲谈"有相近之处,也有不同。而对于《论语》杂志所倡导的这种文体,林语堂也有过详细的描述:

> 大概有性灵,有骨气,有见解,有闲适气味者必录之。萎靡、疲弱、寒酸、血亏者必弃之。其景况适如风雨之夕,好友几人,密室闲谈,全无道学气味,而所谈未尝不涉及天地间至理,全无油腔滑调,然亦未尝不嬉笑怒骂,而斤斤以陶情笑谑为戒也。两脚踏东西文化,一心评宇宙文章,是吾辈纵谈之范围与态度也。②

林语堂这段话概述了"论语社"同人的散文追求。从他本人的散文作品来看,的确是夫子自道。林语堂的"风雨之夕""好友几人""密室闲谈"这几个关键词很容易让我们想起周作人形容《雨天的书》的话,两者都是"好友闲谈"的场景。然而也有微妙的区别。周作人散文产生的理

---

① 章克标:《编辑后记》,《论语》创刊号,1932年。
② 林语堂:《与陶亢德书》,《论语》第27期,1933年10月16日。

想境界是,三两友人于瓦屋纸窗下,用素雅的陶瓷茶具,品尝清泉绿茶。谈天的物理空间是开放性的,有一种"天地人"相合一的感觉,很接近中国传统文人饮酒品茗的闲逸情怀。而林语堂的闲谈是"密室",有咖啡相伴,有一种陶醉、刺激与微醺的意味在内,正适合热烈的畅谈,相互的辩论,这就和周作人浓厚的传统文人趣味迥然有别。——可以说,30年代小品文的文体风格,与五四时期的"闲话体"散文的确有一脉相承的一面,更直接的促发却来自此时期盛行于上海的文化沙龙。

很显然,邵洵美、林语堂所喜好和倡导的"论语派"散文是由邵氏沙龙到文坛过渡的产物,即由现实中的对话到杂志上的文章,这也即是"沙龙—出版"体系的一个侧面。这种由沙龙交谈语境向文本的转化,在邵洵美的身上体现得尤为明显。邵氏有一篇散文《一个人的谈话》便是沙龙中谈闲天的记录。在后来结集的小序中,邵氏自白:"我不惯做长篇大论的批评文字,但是我喜欢发表意见。而我的意见又总是用谈话的方式来发表,朋友来,讲到天亮是极通常的事。因为是谈话,于是便琐碎得没有系统,偶然想要写篇文章,却难整理出个头绪来……但是不为这许多意见和杰作留些痕迹,这世界究竟太寂寞,所以把记得起的不由分说地塞在这篇短文章里。"①和邵洵美情况相近的是文艺茶话会的成员,比如徐仲年,就将自己在此艺术沙龙中的谈话结集出版。② 可以说,由"口谈"到"笔谈",在海上沙龙中是比较普遍的现象。

然而在"沙龙"与"出版"两者之间,并非一一对应的关系,有着一定的区别。沙龙里的常客,并不一定就是他们主办杂志的撰稿人,也就并不一定是"对谈体"散文的热衷者。所以,邵氏沙龙不能简单地等同于论语社,论语社是邵氏沙龙的一个产物,也是《论语》杂志的主要撰稿人。同是邵氏沙龙常客的郁达夫,就很少在《论语》杂志发文。

有一段时期,郁达夫被邵洵美拉来做了一阵子的临时编辑。然而,对

---

① 邵洵美:《一个人的谈话》,《一个人的谈话》,上海:上海书店出版社2008年版,第41—42页。
② 孙福熙:《徐仲年先生的座谈集》,《文艺茶话》第1卷第8期。

于《论语》杂志推崇的"幽默风",郁达夫却并不认同。在第 83 期《继编〈论语〉的话》一文中,郁达夫做了如下自白:

> 《论语》出世的时候,第一次在邵洵美的那间客室里开会,我也是叨陪末座的一个。后来经过了几次转折,编者由语堂而换了亢德,我虽不才,也时时凑过一点数,写过一点东西。但是根本就缺少幽默性的我,觉得勉强说几句笑话,来赶热闹,结果总像大脚姑娘坐里高低,对人对己,都是不舒服不雅观的事情,所以近一两年来,《论语》的文章,就绝对不再写了。①

可见,因为作家个人风格和喜好的关系,这种现实中的话语情境与文本语境之间并不能常相应和。郁达夫擅长写长篇抒情体散文,和邵洵美、林语堂等人的"对谈体"散文在风格和行文方式上相差甚远。

余凌在《论中国现代散文的"闲话"和"独语"》中还指出:"事实上绝大多数'闲话风'散文中他者都是无形的存在,虽然见不到他者的对语,但却隐藏着他者虚拟的对话痕迹。正是这种痕迹左右着作者的所有'闲话',使得每句话语都似乎在应对无形的他者。这又带来了'闲话风'文本语境的意向性特征,即所有的话语都指向一个倾听并交流与驳难的对象。"②进而,他指出"闲话风"散文中常常出现"你"这一人称代词,以表达一种开放的话语情境。在 30 年代由沙龙风而起的"对谈体"散文中,也出现了类似的表达。然而与五四小品文中冰心爱用"你"指称一种广泛意义上的读者不同,30 年代沙龙文人使用"你"常常营造一种浓厚的对谈场景,③这一用法在邵洵美的散文中体现得尤其明显。比如《三十岁的妇人》一文中,邵洵美即以"洵美"与作者聊天的口气行文,开篇说:"洵美,你对于诗的意见,我是领教过了,形式内容的完美是你所需要的一切,

---

① 郁达夫:《继编〈论语〉的话》,《论语》第 83 期,1936 年 3 月 1 日。
② 余凌:《论中国现代散文的"闲话"和"独语"》,《文学评论》1992 年第 1 期。
③ 朱自清的散文中"你想""你知道"的句式,往往指代一种虚拟的他者,而在林徽因《窗子以外》等散文中,"你"是对主体也即作家本身的指称。用法虽然不同,但都有一种交谈的感觉。

像在你所处的环境,这种自是必然的趋势。"①接着由"诗歌"聊着聊着谈到了"女性美":"讲起美人,我倒要问问你对于女性美的见解。从你对于诗的议论看来,那么,你当然只能在十六七岁的处女身上寻美了,是不是?"然后作者就滔滔不绝地谈了一通对 30 岁女性美的看法,文章最后,又回到诗歌的论题"现在你懂了吧,洵美?好,让我们再来讲诗……"②《萨弗》一文中,邵洵美则又虚拟出一个"朋史"来与"洵美"对话。在某些散文中,这种"对谈"的呈现是直接的对话记录,比如在《D. G. Rossetti》一文开篇,直接记录了"洵美"与友人讨论诗集《花一般的罪恶》的谈话。此外,在《论语》杂志《你的话》专栏里,邵洵美还写作了大量"对谈体"散文,这些文章均以"你"为主人公,叙事说理,然而这里的"你"既非第二人称,亦非作者本人的指代,而是虚拟的,"你"即是"我",注重营造一种生动而活跃的谈天气氛。不妨再来看一个例子,这是专栏中的一篇《一句话》:"谈话上了劲,整夜也不觉得累。你的房间是有着极厚的窗帷的,里面又开着电灯;但是当我辞别了你出门,太阳早已高了。我们至少谈了有十个钟头,东凑西拉,简直上下古今都搬出来做了材料。假使当时有人能用速记法把来记下来,我们至少可以得到一二十篇杰作。""你好像还有许多话,我可记不得了。"③

如此这般,"你""我"之间一直进行着频繁对话,这让邵洵美的这类散文呈现出了鲜明的"复调"色彩。而除了《论语》杂志所代表的散文一例,章衣萍、张若谷等人的文艺茶话会和咖啡馆文人群体的散文也是沙龙交游移植到文本的典型代表。对于"文艺茶话"的聚会,章衣萍有回忆:

> 在斜阳西下的当儿,或者是在明月和清风底下,我们喝一两杯茶,尝几片点心,有的人说一两个故事,有的人说几句笑话,有的人绘一两幅漫画,我们不必正襟危坐地谈文艺,那是大学教授们的好本

---

① 邵洵美:《三十岁的妇人》,《真美善》月刊第 3 卷第 6 期,1929 年。
② 同上。
③ 邵洵美:《一句话》,《论语》半月刊第 97 期,《你的话》专栏,1936 年。

领,我们的文艺空气,流露于不知不觉的谈笑中,正如行云流水,动静自如。我们都是一些忙人,是思想的劳动者,有职业的。我们平常的生活总太干燥太机械了。只有文艺茶话能给我们舒适,安乐,快心。它是一种高尚而有裨于智识或感情的消遣。①

本书第一章已述,文艺茶话是个中西社交文化糅合的聚会,它既有中国传统文人雅集的特色,又私慕西方沙龙式的空气——这种暧昧的色彩在华林将"咖啡馆"译成"佳妃馆"一事上便体现得淋漓尽致。而在这样的"不知不觉的谈笑中",所生发而来的散文便常常转移到杂志《文艺茶话》上。至于张若谷领衔的咖啡馆文人座谈,更是直接产生了《申报·艺术界》的《咖啡座》专栏。主编朱应鹏直接表示,《申报·艺术界》开设此专栏是希望读者将现实生活中的咖啡座谈转移到纸上。这些咖啡馆文人对"咖啡馆"与"文学创作"之间的关系显然有着明确的认知。黄震遐便在文章中如此谈论咖啡馆的价值:"咖啡座不但是近代都会生活中的一种点缀品,也不止是一个幽会聚谈的好地方。它的最大效益,就是影响到近代的文学作品中。咖啡的确是近代文学灵感的一个助长物。此外凡是一件作品里能够把咖啡当作题材描写进去的,就会表现出都会的情调与享乐的生活,浓郁的氛围气,与强烈的刺激性。"②咖啡馆不仅是一个幽会聚谈感受现代都市文明之地,也直接影响到了散文创作。他们一面直接将咖啡馆这一物理空间作为都市化和异国情调的一种写入散文,一面也在众多作品中直接将咖啡馆里的对谈移植到纸上。如实亭的《咖啡店里的一席话》③,不仅以对话作为题名,正文更直接是作者跟几个友人在咖啡座的谈话,而张若谷的《俄商复兴馆》亦是几个文人"咖啡座谈"的实录。

除了这种"对谈体",沙龙交游对散文文体的影响还体现在一种"亲

---

① 章衣萍:《谈谈〈文艺茶话〉》,《文艺茶话》第 1 卷第 1 期,1932 年。
② 转引自张若谷:《咖啡座谈》,上海:真美善书店 1929 年版,第 7 页。
③ 实亭:《咖啡店里的一席话》,《申报·艺术界·咖啡座》1928 年 9 月 6 日。

第七章　沙龙与现代文学创作

切"和"幽默"风格的营造。以前文所述及的"社交达人"徐志摩为例,徐的散文便带有一种亲切的谈话风味。这种风格和周作人的一些作品有相似之处,然而那种亲热劲儿却和周氏文风之虽平易近人同时也带着距离感大为不同。当年的文坛上,梁实秋已经敏锐地发现了这种风格。梁对徐志摩的散文曾做出如下评价,可谓解人:

> 志摩的散文,无论写的是什么题目,永远的保持一个亲热的态度,我实在找不出比"亲热的"更好的形容词,他的散文不是板起面孔来写的——他这人根本就很少有板面孔的时候。他的散文里充满了同情和幽默。他的散文没有教训的气味,没有演讲的气味,而是像和知心的朋友谈话。无论谁,只要一读志摩的文章,就不知不觉的非站在他的朋友的地位上不可。志摩提起笔来,毫不矜持,把他心里的话真掏出来说,把他的读者当做顶亲近的人。他不怕得罪读者,他不怕说寒伧话,他不避免土话,他也不避免说大话,他更尽量的讲笑话。总之,他写起文章来真是痛快淋漓,使得读者开不得口,只有点头只有微笑只有倾服的份儿!他在文章里永远不忘记他的读者,他一面说着话,一面和你指点和你商量,真跟好朋友谈话一样。读志摩的散文,非成为他的朋友不可,他的散文有这样的魔力!①

这种"亲热"劲儿,"幽默"气味,"跟好朋友谈话似"的口吻,可以说,虽带着徐志摩本人独一无二的个性独创,但也和他平素热衷文坛交游的生活不无相关。

至于沙龙对现代散文"幽默"风格的影响,最直接的体现是30年代中期"幽默"小品文的流行。② 幽默这种文风也跟沙龙交谈有着一定的关

---

① 梁实秋:《谈志摩的散文》,《新月》第4卷第1期,1932年。
② 余凌认为"五四"奠定的小品文传统影响了不止一代人:"林语堂在一九三二年创办《论语》半月刊,随后又出版《人间世》(一九三四年),《宇宙风》(一九三五年),正是试图沿袭五四'闲话风'小品的余绪以推进三十年代的小品文运动。"30年代的海派小品的确和五四"闲话风"散文有风格上的一致,然而我认为与其说其继承了五四小品文的传统,倒不如说,它是30年代沙龙风行的直接产物。

联。沙龙聚谈天然具有一定的表演性以及群体性,倾向于认可交谈者的俏皮、幽默和敏锐的反应能力,因为敏捷、睿智的谈吐更能赢得众人的瞩目——这种对话的情境对沙龙文人散文风格的影响是明显的,幽默文字便随之盛行。30 年代中期,以《论语》杂志为核心,形成了一个提倡幽默的散文热潮,主要倡导者便是林语堂、邵洵美等沙龙文人。①

最后,沙龙对现代散文的影响还体现在结构上。学者王兆胜曾指出:"中国传统散文往往以结构的精致取胜,即使形散而神却凝聚。这种散文传统的优点是小巧凝练,灵性容易发挥,而缺点是过于精雕细刻,往往失了自然与随意,也限制了内容的丰厚沉实。中国现代随笔则完全打开了结构的封闭性,以开放自由的姿态进行创作,从而显示出散文的广大包容性。"②五四时期的"闲话"风散文和 30 年代的"对谈体"散文正是在此意义上开拓了中国散文的新局面,随着日常生活语境中交谈话题的变换转移,行文也呈现出"行于所当行,止于所当止"的结构形态。正如余凌所云:"日常语境的琐碎性决定了小品文结构的'零零碎碎'的松散特征,它是'将话搭话,随机应变'想到何处就行文到何处的产物。"③沙龙文人的散文在结构上正呈现出了这种散漫支离的特征。这样的沙龙风并不仅仅体现在海上沙龙文人的作品中,在北平沙龙知识分子的散文中也体现得很明显。

以太太客厅主人林徽因的创作为例。林徽因的诗常描摹一刹那的情绪的颤动,而在散文中,她则善于"散点透视",通俗而言,就是想到哪里写到哪里。以《窗子以外》这篇散文为例。此文刊载于 1934 年 9 月 5 日的《大公报·文艺副刊》,开篇即表白:"话从哪里说起?等到你要说话,

---

① 邵洵美有多篇散文提倡幽默,而林语堂更是以"幽默大师"名世。可以说,这种散文的幽默风和这时期沙龙聚谈的流行有很大关系。与此同时,"伪幽默""为幽默而幽默"便不可避免地随之而来。这在一定程度上造就了文坛不严肃风气的流行。30 年代中期,小品文和"幽默"文章的流行,可以说正是沙龙文化"泛滥"后的产物,也遭到了鲁迅、沈从文等作家的批评。
② 王兆胜:《论中国现代随笔散文的流变》,《学术月刊》2001 年第 9 期。
③ 余凌:《论中国现代散文的"闲话"和"独语"》,《文学评论》1992 年第 1 期。

什么话都是那样渺茫的找不到个源头。"接下来,便拉拉杂杂地"说"开了去。在行文当中,不时出现"铁纱窗以外,话可不就在这里了""话说了这许多,你仍然在廊子底下坐着"这样的十分口语化和带有"亲热"气味的句子,在林徽因这里,文章的行文就是一种"说话",是对读者的"言谈",这样的散文呈现出了浓厚的沙龙交谈的氛围,仿如沙龙女主人滔滔不倦地和客人交谈一样。

30年代沙龙与散文之间的这种关系,当年南北沙龙中人多有关注,出现了不少谈论聚谈与散文结构之间关系的文章。"读诗会"中一向关注语体文发展的朱自清就多次谈及此话题,朱自清认为:"只有闲话,可以上下古今,来一个杂拌儿;说是杂拌儿,自然零零碎碎,成片段的是例外。闲谈说不上预备,满足将话搭话,随机应变。"林语堂说:"我所要搜集的理想散文,乃得语言自然节奏之散文,如在风雨之夕围炉谈天,善拉扯,带情感,亦庄亦谐,深入浅出,如与高僧谈禅,如与名士谈心,似连贯而未尝有痕迹,似散漫而未尝无伏线,欲罢不能,欲删不得,读其文如闻其声,听其语如见其人,此是吾所理想散文。"①"得语言自然节奏之散文",通俗点说,就是由"语"而"文",这不禁让人想起五四时期胡适提倡的白话文革命。

当然,对这种沙龙风影响下的散文,当年也有众多作家提出了质疑和批评。例如唐弢就认为"此后的小品文作家,应该注意于小品文的发展,不要让它停顿在'闲适'上,或者停顿在'大话家'的舌头上"②。而鲁迅、沈从文等作家则对"幽默"所相伴而来的"油滑""不严肃"之风多有不满。另外,值得注意的是,相对沙龙文人的热衷闲谈体,沙龙的反对者们大都选择了另一种文体风格——"独语体"或"杂文体"。以鲁迅为例,鲁迅的散文作品,部分是显示他热烈的爱憎的杂文,此外便是最能折射他真实心境与个性的"独语"体散文。

---

① 林语堂:《小品文之遗绪》,《人间世》第22期,1935年2月20日。
② 唐弢:《小品文拉杂谈》,见陈望道编:《小品文和漫画》,上海:生活书店1935年版第49页。

结　语

　　沙龙在晚清民国的一时盛行是和中国西学东渐的潮流紧密联系在一起的。在中国沙龙兴盛的同时，西方沙龙早已经呈现衰落之相。1937年，中日战争爆发，随着时事的变化，中国的沙龙组织也失去了它存在的相对自由闲逸的环境，各派知识分子奔波在战争前沿或是挣扎于后方，文艺性的群体聚集和专业化的讨论成为奢侈和不合时宜。然而其后仍然有少数几个小规模的文艺集会。其中比较知名的是"陪都"重庆的"二流堂"①。

　　"二流堂"是一处重庆文化人的聚居处，此所房子由唐瑜出资建造，"在中一路四德里下坡的四德村，有一个很宽敞的大客厅和三间住室，装修比较考究，取了一个名字，叫做'碧庐'。"②夏衍在《懒寻旧梦录》中对碧庐中的文化人有详细的回忆：

　　　　当时住在"二流堂"的，有吴祖光、高汾、吕恩、盛家伦、方菁、沈求我，他们之中，除高汾是新闻记者之外，其他都是没有固定职业的文艺界的个体户。这些人都有专业，如吴祖光是剧作家，方菁是画家，盛家伦是音乐家，吕恩是演员等等。战时的重庆谈不上有文艺界集会的地方，朋友们碰头主要的方法是泡茶馆，加上当时茶馆里几乎都有"莫谈国事"的招贴，现在有了这样一所可以高谈阔论的地方，

---

① "二流堂"名字得自郭沫若。据吴祖光回忆，郭沫若有一次来访碧庐，听见大家在互称"二流子"，便为其取名"二流堂"。参见吴祖光：《"二流堂"里外》，南京：江苏文艺出版社 2008 年版，第 10 页。
② 吴祖光：《"二流堂"里外》，南京：江苏文艺出版社 2008 年版，第 9 页。

有时候唐瑜还会请喝咖啡,于是,很自然地这地方就成了进步文化人碰头集会的地方。①

当年的"二流堂"名闻遐迩,成员囊括文艺界、新闻界和戏剧界。然而并无组织,也没有具体的章程,用堂主唐瑜的说法,"其实'二流堂'也就是这么个战时重庆文化人临时寄居聚会闲谈的场所"②,和本文所说的沙龙性质相近。事实上,当年已经有人将其视为文艺沙龙了。乔冠华1948年在香港曾说:"将来在北京,'二流堂'可以再搞起来的,继续做团结文艺界人士的工作。可以搞成一个文艺沙龙式的场所,让文艺界的人有一个休闲的地方。"③

此外,抗日战争时期的西南联大也有过几个小规模的沙龙活动。联大所在地昆明,地处大后方,环境相对安定,再加上清华、北大、南开三校联合,知识分子聚集,更是为师生的相互交流提供了便利。因而虽然身处战争时期,这个小小的"桃花源"里依旧学术氛围浓厚。一面有林徽因太太客厅里的沙龙成员再度聚集,延续着战前的风采。一面有梁实秋冰心等知识分子不时的相聚。

在西方知识分子的成长史上,沙龙是其中一个重要的环节,经历沙龙这个环节,一方面,沙龙女性所倡导的秩序和规矩让文学的优雅进入到知识分子的话语中,对知识分子的性情是个雅致的熏陶。另一方面,沙龙所倡导的自由言论和重视才华的风气对知识分子独立品格的训练也非常重要。正是借助于18世纪几个著名的贵族女性主持的沙龙,启蒙思想家的言论得以在知识分子群体中发表,并逐渐形成舆论和声势,最终推翻了君主专制。这便是西方沙龙作用于社会和政治的最典型体现。反观现代中国文化史上的这些沙龙,虽然倡议者的初衷都很好,有的为了改善中国粗鄙的国民性,有的为讲学和议政,但从兴起到衰落,现代中国的沙龙只有

---

① 夏衍:《懒寻旧梦录》(增补本),北京:三联书店2000年版,第342页。
② 唐瑜:《二流堂纪事》,北京:三联书店2005年版,第25页。
③ 转自同上书,第23页。

不到20年的活跃时间——新文化运动前后开始兴起,而到了抗日战争爆发,便失去了存在的土壤。因此,纵观这20年时间里的沙龙,有点像把西方各个阶段的沙龙压缩到一起的感觉,它随着中国学习西方的热潮涌入中国,泥沙俱下,却又没有得到充分发展。虽然曾经对中国文人的言谈、性情乃至文学创作都有过不可忽视的影响,但它对文学语言、审美的提炼,都是不充分的。甚至因为中国特殊的政治、经济语境,它对知识分子自由独立品格的训练也是不充分的,某种程度上留下了"海派近商,京派近官"的话柄。这是一个让人很感遗憾的事情。

新中国成立以后,抗日战争时期在重庆成立的"二流堂"曾在北京有过短暂的活动。关于"北京的二流堂",吴祖光有过比较详细的记述,还属以住所为因缘联系起来的一批知识分子的日常交往。常常聚会的人有吴祖光、新凤霞夫妇、黄苗子、郁风夫妇、演员戴浩、虞静子夫妇,还有盛家伦、唐瑜,以及吴祖光所在单位电影局的青年同事们。① 不久,参加"二流堂"聚会的部分文艺青年因卷入"胡风反革命集团"而遭到审查,随后,"二流堂"亦遭到了批判,②一度被定性为"反革命政治集团"。吴祖光曾有诗评价此案:"年查岁审都成罪,戏语闲谈尽上纲。"③"戏语闲谈尽上纲"的大环境下,文人之间的自由交往和讨论成了一种禁忌,沙龙于是在中国境内趋于绝迹。

值得一提的是,张沧江在《忆康同璧母女》中提到康同璧常常邀请好友举办"茶会"。这个茶会参与者的身份很多样,"这些人中,有贵族、军阀、官僚、学者、画家、诗人、教授等,都与康老有关,都是爱花人"④。所谈

---

① 吴祖光:《"二流堂"里外》,南京:江苏文艺出版社2008年版,第11页。
② 1967年12月13日,《人民日报》刊登文章《粉碎中国的裴多菲俱乐部"二流堂"》,正式开始批判"二流堂"。
③ 吴祖光:《"二流堂"里外》,南京:江苏文艺出版社2008年版,第4页。
④ 张沧江在文中回忆康同璧茶会的具体情形:"每年太平花盛开时,康老都会邀请二三十位好友,在周末下午四至七时来家茶会,诗酒言欢,共庆太平盛世。应邀嘉宾多数为老人,如叶恭绰、载涛、顾颉刚、王季范、孙诵昭、鲜英、蒋恩钿等人。[……]茶会中有茶,有酒,有点心,有水果。座位设在客厅内,花园中,树下,花旁。随意结合,纵情畅谈。谈天说地,讲文论诗,吟诗填词,直至兴尽而散。"参见张沧江:《忆康同璧母女》,网址如下:http://www.21ccom.net/articles/rwcq/article_20140507105645.html。

内容则是"谈天说地,讲文论诗,吟诗填词"①。由此看来,这是一个属于传统"贵族"和高等文化人的小圈子社交场合,可谓1949年以后难得的几个文化沙龙之一。②

与中国历史上的"清谈"和"雅集"相似,沙龙的发展也需要一个相对安定、自由的政治环境,需要一个相对民主、平等的舆论氛围。法国沙龙在大革命后受到严重挫折,便是政局动荡的结果。而在新中国成立后至改革开放前的中国大陆,显然不适合沙龙的发展。它只能以一种潜流的姿态前进。80年代以后,随着政治环境的变化,知识分子获得了更多自由言论的权利,沙龙开始重新崭露头角。1989年,北京大学谢冕教授开始组织"批评家周末",定期邀请一些作家、评论家讨论热点问题,这种学术讨论和现代时期出于私谊和社交而举行的沙龙活动有所不同(这种研讨会也常常有学生参加,然而基本上属于旁听性质)。然而,这种聚会依然有着相当大的意义。有学者指出80年代的"会中会""会下会"以及知识界朋友们的定期聚会十分重要,因为只有在那种场合,真正的讨论和争论才能够进行,这种讨论事实上是"一种非常特殊的公共空间",一定程度上促进了哈贝马斯所说的"文学公共领域"的生成。③ 进入90年代以后,出现了一种非常特殊的现象。不仅现代时期的沙龙很少出现,即便80年代真正具有思想交流性质的文学讨论也日渐其少。越来越多的和文学相关的聚会上,人们不再谈论文学话题,而更多关注物质生活。人们讨论文化和文学,开始习惯在报纸、期刊、电视媒体当中进行,而不是在私人的谈话场合。随着生活节奏的越来越快,人们已经抽不出足够的时间,来维持一个充满了闲情雅致意味的谈话活动。在宝贵的短暂休假中,人

---

① 参见张沧江:《忆康同璧母女》,网址如下:http://www.21ccom.net/articles/rwcq/article_20140507105645.html。
② 显然这样的聚会闲谈更接近于传统文人的雅集。"文革"时期,有一小批文学青年组织"X诗社"和"太阳纵队"等地下文学活动,在他们后来的回忆中将其亦命名为沙龙,然与我所定义的沙龙已相距甚远。
③ 参见赵勇:《文学活动的转型与文学公共性的消失——中国当代文学三十年的回顾与反思》,《文艺研究》2009年第1期。

们更愿意选择旅行或运动来放松自己。

　　进入新世纪以来,随着消费文化的盛行,一种特殊的社交场所"会所"开始流行起来,与沙龙词源来自西方的"salon"不同,"会所"则源自"club",和中文中的"俱乐部"意义最为接近。与沙龙文化中的不问阶级不问出身只看学识才华不同,现代的会所通常都对会员设置一定的门槛,对会员的身份或经济能力有着严格的限制,因为入会费用比较高昂,服务也便十分奢华以对外塑造一种特殊阶级的神秘感。八十几年前,沈从文在揭起京海论争的著名文章《文学者的态度》一文中,指责海派作家是"名士才情"和"商业竞卖"的结合,如今,可以说,这两顶帽子极适合当下的"会所文化"。——如果说西方历史上的沙龙曾或多或少地缩小了不同阶级之间的差异,促进了思想的沟通和交流,18世纪前的沙龙甚至对法国大革命的发生产生了重要影响,那么,现在的会所的功能正好相反,它一定程度上加剧了社会阶层的标识和分化,一种俗不可耐的附庸风雅文化的盛行。可以说,具备了沙龙文化的外形,但丢失了沙龙文化的灵魂。

　　另一面,在普罗大众那里,"沙龙"又遍地开花,到处可见以"沙龙"命名的会议、讲座或是座谈。然而这种种研讨会性质的"沙龙",早已脱离了词汇本来的真意。"沙龙"里充斥的是冠冕堂皇的学术报告,那种轻松的人情味的相互之间的争论和热情已然缺席。很多时候,这些所谓的研讨会是高校或研究机构考核的一个必需。——以"沙龙"名义产生的各种"沙龙"早已偏离原来的内涵,成为空有其表的一个文化符号。本来,沙龙由精英知识分子转向大众,淘洗去贵族化和精英化的倾向,更直接地和民众的精神生活发生作用,这正是邵洵美当年欲借沙龙将文艺"大众化"并进而建立"好社会"的梦想,然而,消费文化的盛行,将当下的所谓沙龙滥化了,也将其肤浅化了。

　　沙龙的真正复兴,仍然需要足够的开放性、平等、独立和自由,还有不乏深入的思考。那时,真正的思想才会熠熠闪光,而文化的复兴才有希望。

参考文献

报刊资料：

《文艺茶话》

《申报》

《真美善》

《大晚报》

《宇宙风》

《人间世》

《狮吼》半月刊复活号

《金屋月刊》

《上海画报》

《时代画报》

《人言周刊》

《十日谈》

《论语》

《天下》月刊

《时代漫画》

《晨报副刊》

《学文》月刊

《文学杂志》

《大公报》

《万象》

史料及作品集：

周作人：《周作人书信》，石家庄：河北教育出版社，2002年。
鲁迅：《鲁迅全集》，北京：人民文学出版社，2005年。
曹聚仁：《鲁迅年谱》（校注本），北京：三联书店，2011年。
吴宓：《吴宓日记》，北京：三联书店，1998年。
顾颉刚：《顾颉刚日记》，台北：联经出版事业公司，2007年。
钱玄同：《钱玄同日记》，杨天石编，北京：北京大学出版社，2014年。
傅斯年：《傅斯年全集》，欧阳哲生主编，长沙：湖南教育出版社，2003年。
郁达夫：《郁达夫全集》，吴秀明主编，杭州：浙江大学出版社，2007年。
孙玉蓉（编纂）：《俞平伯年谱》，天津：天津人民出版社，2001年。
胡适：《胡适日记全编》，曹伯言整理，合肥：安徽教育出版社，2001年。
郑逸梅：《清末民初文坛逸事》，上海：学林出版社，1987年。
（清）陈季同：《中国人的戏剧》，李华川、凌敏译，桂林：广西师范大学出版社，2006年。
（清）陈季同：《巴黎印象记》，段映红译，桂林：广西师范大学出版社，2006年。
（清）陈季同：《中国人自画像》，段映红译，桂林：广西师范大学出版社，2006年。
（清）陈季同：《中国人的快乐》，韩一宇译，桂林：广西师范大学出版社，2006年。
陈无我：《老上海三十年见闻录》，上海：上海书店出版社，1997年。
曾华鹏、范伯群：《郁达夫评传》，天津：百花文艺出版社，1983年。
陈福康：《一代才华：郑振铎传》，上海：上海人民出版社，1996年。
曾虚白：《曾虚白自传》，台北：联经出版事业公司，1988—1990年。
魏绍昌（编）：《孽海花资料》，上海：上海古籍出版社，1982年。
汪辟疆：《光宣以来诗坛旁记》，沈阳：辽宁教育出版社，1998年。
徐蔚南：《艺术家及其他》，上海：真美善书店，1929年。
徐蔚南：《生活艺术化之是非》，上海：世界书局，1927年。
徐蔚南：《都市的男女》，上海：真善美书店，1929年。
梁得所：《梁得所集：猎影与沉思》，许道明、冯金牛选编，上海：汉语大词典出版社，1996年。
徐仲年：《陈迹》，上海：北新书局，1933年。

包天笑:《钏影楼回忆录》,刘幼生点校,太原:山西古籍出版社,1999年。
曹聚仁:《文坛五十年》、上海:东方出版中心,1997年。
曹聚仁:《上海春秋》,北京:三联书店,2007年。
傅彦长:《十六年之杂碎》,上海:金屋书店,1928年。
张若谷:《文学生活》,上海:金星书店,1928年。
张若谷:《珈琲座谈》,上海:真美善书店,1929年。
张若谷:《异国情调》,许道明、冯金牛选编,上海:汉语大词典出版社,1996年。
赵景深:《文坛回忆》,重庆:重庆出版社,1985年。
邵洵美:《洵美文存》,陈子善编,沈阳:辽宁教育出版社,2006年。
邵洵美:《一个人的谈话》,上海:上海书店出版社,2008年1月。
邵洵美:《儒林新史》,上海:上海书店出版社,2008年1月。
盛佩玉:《盛氏家族·邵洵美与我》,北京:人民文学出版社,2004年。
林淇:《海上才子邵洵美传》,上海:上海人民出版社,2002年。
邵绡红:《我的爸爸邵洵美》,上海:上海书店出版社,2005年。
章克标:《章克标文集》,上海:上海社会科学院出版社,2003年。
章克标:《文苑草木》,上海:上海书店出版社,1996年。
温梓川:《文人的另一面》,桂林:广西师范大学出版社,2004年。
王璞:《项美丽在上海》,北京:人民文学出版社,2005年。
温源宁:《不够知己》,长沙:岳麓书社,2004年。
孔海珠:《沉浮之间——上海文坛旧事二编》,上海:汉语大词典出版社,2006年。
费慰梅(Fairbank,Wilma):《中国建筑之魂:一个外国学者眼中的梁思成林徽因夫妇》,上海:上海文艺出版社,2003年。
刘小沁(编选):《窗子内外忆徽因》,北京:人民文学出版社,2001年。
陈学勇:《林徽因寻真》,北京:中华书局,2004年。
陈新华:《百年家族:林徽因、林长民、林孝恂》,广州:广东教育出版社,2003年。
季培刚(编著):《杨振声编年事辑初稿》,济南:黄河出版社,2007年。
金岳霖:《金岳霖回忆录》,刘培育整理,北京:北京大学出版社,2011年。
张奚若:《张奚若文集》,孙敦恒等选编,北京:清华大学出版社,1989年。
刘昀:《孤帆远影 陈岱孙的1900—1952》,北京:清华大学出版社,2011年。
李济:《李济学术文化随笔》,李光谟编,北京:中国青年出版社,2000年。

冰心:《冰心文集》(小说卷),上海:上海文艺出版社,1982 年。
陈从周:《徐志摩:年谱与评述》,陈子善编,上海:上海书店出版社,2008 年。
徐志摩:《志摩的信》,虞坤林编,上海:学林出版社,2004 年。
韩石山:《徐志摩传》,北京:十月文艺出版社,2001 年 2 月。
萧乾:《未带地图的旅人——萧乾回忆录》,北京:中国文联出版公司,1991 年第 1 版。
萧乾:《萧乾文学回忆录》,北京:华艺出版社,1992 年。
李辉:《萧乾传》,南京:江苏文艺出版社,1993 年。
商金林主编:《叶圣陶年谱》,南京:江苏教育出版社,1986 年。
凌宇:《从边城走向世界》(修订本),长沙:岳麓书社,2006 年。
凌宇:《沈从文传》,北京:十月文艺出版社,1988 年 10 月第 1 版。
杨绛:《我们仨》,北京:生活·读书·新知三联书店,2011 年。
高旭东:《梁实秋——在古典与浪漫之间》,北京:文津出版社,2005 年。
徐静波:《梁实秋批评文集》,珠海:珠海出版社,1998 年。
梁实秋:《梁实秋怀人丛录》,北京:中国广播电视出版社,1990 年。
梁实秋:《梁实秋文集》,厦门:鹭江出版社,2004 年。
闻黎明:《闻一多传》,北京:人民出版社,1992 年。
闻一多:《闻一多全集》,孙党伯,袁謇正主编,武汉:湖北人民出版社,1993 年。
朱自清:《朱自清全集》,朱乔森编,南京:江苏教育出版社,1997 年。
废名:《废名集》,王风编,北京:北京大学出版社,2009 年。
沈从文:《沈从文全集》,太原:北岳文艺出版社,2002 年。
朱光潜:《朱光潜全集》,合肥:安徽教育出版社,1987 年。
顾潮(编著):《顾颉刚年谱》,北京:中华书局,2011 年。
林语堂:《林语堂自传》,石家庄:河北人民出版社,1991 年。
叶公超:《叶公超批评文集》,陈子善编,珠海:珠海出版社,1998 年。
叶公超:《叶公超传》,傅国涌著,郑州:河南人民出版社,2004 年。
叶公超:《新月怀旧——叶公超文艺杂谈》,上海:学林出版社,1997 年。
卞之琳:《人与诗——忆旧说新》,北京:三联书店,1984 年。
唐瑜:《二流堂纪事》,北京:三联书店,2005 年。
吴祖光:《"二流堂"里外》,南京:江苏文艺出版社,2008 年。

杨健:《文革时期的地下文学》,北京:朝华出版社,1993年。

陈学勇:《高门巨族的兰花——凌叔华的一生》,北京:人民文学出版社,2010年。

舒新城:《近代中国留学史》,上海:上海书店出版社,2011年。

杨联芬:《二十世纪中国文学期刊与思潮(1897—1949)》,南昌:百花洲文艺出版社,2006年。

《斜桥邵府·百年回眸》,(一)到(五),分别刊载于《上海滩》2000年第2、3、5、6期。

《盛宣怀家族百年沧桑录》,(上)、(下),分别刊载于《上海滩》1999年第2、3期。

研究论著：

〔德〕瓦托尔尼乌斯:《沙龙的兴衰——500年欧洲社会风情追忆》,何兆武译,北京:世界知识出版社,2003年。

〔美〕艾米丽亚·基尔·梅森:《法国沙龙女人》,郭小言译,北京:中国社会科学出版社,2003年。

〔法〕斐莲娜·封·德·海登:《沙龙——失落的文化摇篮》,张志承译,台湾:左岸文化出版社,2003年。

〔法〕皮埃尔·布迪厄:《艺术的法则——文学场的生成和结构》,刘晖译,北京:中央编译出版社,2001年。

〔德〕瓦尔特·本雅明:《发达资本主义时代的抒情诗人》,张旭东、魏文生译,北京:三联书店,2007年。

〔美〕史书美:《现代的诱惑——书写半殖民地中国的现代主义(1917—1937)》,何恬译,南京:江苏人民出版社,2007年。

〔美〕李欧梵:《上海摩登——一种都市文化在中国(1930—1945)》,毛尖译,北京:北京大学出版社,2005年。

〔德〕哈贝马斯:《公共领域的结构转型》,曹卫东等译,上海:学林出版社,1999年。

〔英〕马克曼·艾利斯:《咖啡馆的文化史》,孟丽译,桂林:广西师范大学出版社,2007年。

吴福辉:《都市漩流中的海派小说》,上海:复旦大学出版社,2009年。

叶中强:《上海社会与文人生活(1843—1945)》,上海:上海辞书出版社,2010年。

许纪霖等:《近代中国知识分子的公共交往》,上海:上海人民出版社,2008年。
唐小兵:《现代中国的公共舆论》,北京:社会科学文献出版社,2012年。
杨义:《京派海派综论》,北京:中国社会科学出版社,2003年。
罗志田:《权势转移:近代中国的思想、社会与学术》,武汉:湖北人民出版社,1999年。
马嘶:《百年冷暖:20世纪中国知识分子生活状况》,北京:北京图书馆出版社,2003年。
郭延礼:《中国近代翻译文学概论》,武汉:湖北教育出版社,2005年。
熊月之:《西学东渐与晚清社会》,北京:中国人民大学出版社,2011年。
郑春:《留学背景与中国现代文学》,济南:山东教育出版社,2002年。
王奇生:《中国留学生的历史轨迹1872—1949》,武汉:湖北教育出版社,1992年。
商金林:《朱光潜与中国现代文学》,合肥:安徽教育出版社,1995年。
刘淑玲:《〈大公报〉与中国现代文学》,石家庄:河北教育出版社,2004年。
高恒文:《京派文人:学院派的风采》,上海:上海教育出版社,2000年。
周小仪:《唯美主义与消费文化》,北京:北京大学出版社,2002年。
陈硕文:《上海三十年代都会文艺中的巴黎情调(1927—1937)》,台湾"国立"政治大学博士论文。
王京芳:《邵洵美和他的出版事业》,华东师范大学博士论文。
尹奇岭:《民国南京旧体诗人雅集与结社研究》,北京:中国社会科学出版社,2011年。
栾梅健:《民国的文人雅集:南社研究》,上海:中国出版集团、东方出版中心,2006年。

工具书:

贾植芳编:《中外文学关系史资料汇编》(1898—1927)(上下),桂林:广西师范大学出版社,2004年。
魏绍昌编:《中国近代文学大系1840—1919史料索引集》,上海:上海书店出版社,1996年。
徐友春编:《民国人物大词典》,石家庄:河北人民出版社,2007年。

后　记

　　本书是在我的博士论文《现代中国沙龙研究》的基础上修订而成的。完稿之际,有很多我想感谢的师友,他们在我写作过程中所给予的点滴帮助和善意我都铭记在心。

　　这本书得以成形,首先得感谢我的导师曹文轩先生,是他给了我最充分的自由,没有限定我在中国当代文学学科范围里选题,而是充分尊重我的学术兴趣,并给予大力支持。而在从开题、预答辩到最后答辩的过程中,北大中文系的陈晓明、张颐武、姜涛、秦立彦、车槿山及沈阳师范大学的贺绍俊、孟繁华诸先生曾先后给予指导或评议,我的朋友艾江涛、李雅娟、李国华、常培杰、郑海娟、雷雯等在思路讨论、资料搜集、文本校对等方面给了我无私帮助,费振刚、冯月华、温儒敏几位先生在我写作过程中给予了生活上的关心。此外,吴福辉前辈和方维规先生在百忙之中为本书写了序言。在此,一并致谢!

　　在本书出版之前,有部分章节曾在《现代中文学刊》《汉语言文学研究》《社会科学论坛》等刊物上发表,在此,也对审阅拙稿并给出详细修改意见的陈子善、孟庆澍、韩方玉等先生表示谢意!而本书的得以最终顺利出版,还要感谢北大出版社尤其是本书责编魏冬峰女士,她非常细心地纠正了初稿的错别字及标点不当之处,感谢她为此书付出的所有辛劳!

　　最后,感谢我的家人,他们给了我最珍贵的爱和勇气,没有他们的支持,我是无法完成此书的。尤其,我要感谢我的孩子:艾小竹笛。他和这本书一起孕育,一起成长。是他,勾起了我所有的责任心、细心、耐心、爱心,还有满满的温柔心。每一天都给我喜悦,每一天都给我欢笑。每一天,都让我感受到真、善、美。每一天都有小小的戏剧发生,每一天都有美妙的诗。有他相伴,这本书的写作,有苦、有累,但更有趣、有得。为此,虽然这本书很不完美,我仍将献给你,我最亲爱的小家伙。

费冬梅
2016 年 3 月